☆ BROADWAY LIMITED ☆

Malika Ferdjoukh

☆ BROADWAY LIMITED ☆

tome 2
UN SHIM SHAM AVEC FRED ASTAIRE

l'école des loisirs
11, rue de Sèvres, Paris 6ᵉ

© 2018, l'école des loisirs, Paris, pour la première édition
Loi n° 49. 956 du 16 juillet 1949 sur les publications
destinées à la jeunesse : novembre 2018
Dépôt légal : novembre 2018

ISBN 978-2-211-23484-9

Merci à l'Hôtel de la Plage de Hossegor,
à Carole, aux femmes de chambre, aux serveurs.
Merci pour vos attentions et votre belle humeur.
Merci à la vue sur l'Océan, aux tempêtes,
aux surfeurs d'être sur la vague dès l'aube,
juste pour l'inspiration de l'auteur.

À Françoise, à Jean, à Agly.

À la PENSION GIBOULÉE, 78ᵉ Rue Ouest, NY
Mrs Celeste Merle, et sa sœur **Artemisia**, propriétaires de la pension
Charity et **Easter Witty**, les domestiques
Silas alias **Drizzle**, fils d'Easter Witty, joueur d'ukulélé

Les pensionnaires
Jocelyn Brouillard, étudiant, pianiste, liftier; **Felicity Pendergast**, dite **Chic**, modèle, *gold digger* certifiée; **Page Hibbs**, actrice perplexe; **Etchika Jones**, comédienne débonnaire; **Hadley Johnson**, danseuse, taxi-girl, vendeuse de donuts; **Manhattan** (**Wendy Balestrero**), *chorus girl* troublée; **Ursula Keller**, chanteuse intrépide; **Ogden**, 2 ans et demi, spectateur du monde; **Betty Grable** et **Mae West**, chats du foyer; **N° 5**, chien au parfum.

Dido, une voisine animée; **Prospero Bezzerides**, son papa.

Au KEWPIE DOLL, dancing
Lily, taxi-girl rompue; **Jinx** et **Houray**, deux autres taxi-girls; **Ludwig**, barman classe américaine; **Benito Acquaviva**, leur patron; **Liselot**, 9 ans, dévoreuse de livres.

Au THÉÂTRE
Willoughby, costumière philosophe; **Reuben Olson**, secrétaire de la star; **Uli Styner**, la star; **Eudora Flame**, danseuse exotique houleuse; **Cecil LeRoy**, avocat yankee.

À l'ACTOR'S STUDIO
Lester Lang, professeur sinueux; **Wayne**, jeune premier ondoyant; **Bobbi**, mangeuse de rôles; **Ron**, aux pulls jacquard à poils; **Frankie**, figurante intelligente; **Victor Valdez**, dit **Vic**, fan d'un Cuba libre.

Ailleurs à NEW YORK
Fergus Ford, curieux littéraire; **Deanna**, patineuse ou pirate à Central Park; **Midget**, marchande de violettes ici et là; **Cooper**, dit **Coop**, fournisseur de bretzels; **Mrs Chandler**, bibliothécaire poétique; **Mme Lucie-Jane**, nourrice de contes de fées; **Betty** et **Terry**, *hatcheck girls* au Stork Club.

AMOUREUX, SOUPIRANTS, CHEVALIERS SERVANTS
Addison De Witt, critique au *Broadway Spot*; **Gavin Ashley**, nageur en eaux troubles; **Allen Königsberg**, aspirant génie; **Arlan Bernstein**, soldat (entre autres); **Cosmo Brown**, *golden boy* flâneur; **Ernie Culkin**, alias **Bouchon**, piètre danseur exalté; **Jay Jameson Tyler Taylor**, alias **Jay Jay**, fils de famille délicat; **Nelson Julius Macauley**, amoureux des temps lointains; **Scott Plimpton**, main-forte; **Whitey**, technicien TV; **Sloan Crocetti**, coursier persévérant; **le tombeur à lunettes**, à l'affût d'un taxi.

GUEST STARS
Woody Allen, Marlon Brando, Ann Bancroft, Francis Scott Fitzgerald, John Garfield, Billie Holiday, Grace Kelly, Elia Kazan, James Mason, Zero Mostel et Sid Caesar, Paul Newman, Lee Strasberg, Lester Young... et Fred Astaire!

Retour vers le tome 1
de BROADWAY LIMITED
Un dîner avec Cary Grant

Grâce à un petit arrangement, **Jocelyn**, 17 ans, français, a pu rester à Giboulée, respectable pension new-yorkaise où l'on n'accepte pourtant que les demoiselles. Il y découvre un tourbillon de jeunes filles fauchées, riches de rêves, de passion, de secret…

Manhattan, la danseuse, se fait passer pour habilleuse afin d'approcher Uli Styner, la star de Broadway qui a bien des ennuis avec les chasseurs de sorcières de la Commisson des Activités Anti-Américaines… Il ignore que Manhattan est la fille qu'il a abandonnée, enfant.

Chic, la croqueuse de diamants, enchaîne les publicités… et les fiancés fortunés, jusqu'au jour où un adolescent nommé Allen Königsberg – futur Woody Allen – la présente à Whitey, jeune homme distant et ténébreux, simple technicien à CBS… Mais qui est-il vraiment ?

Hadley élève Ogden, son fils de 3 ans, en prétendant qu'il s'agit de son neveu. La vie a basculé pour elle par une nuit de neige dans le train *Broadway Limited*. Malgré des débuts prometteurs avec l'illustre danseur Fred Astaire, elle a tout arrêté. Carrière et existence en suspens, elle cherche Arlan, son beau soldat perdu à la suite d'une cruelle méprise. Depuis, elle survit. Ce n'est guère facile, même si Jay Jay aimerait beaucoup l'aider…

Il y a aussi **Etchika**, la camarade pleine de répartie. Et la singulière **Ursula**, qui chante et file un amour parfait, mais strictement interdit, avec Silas, le musicien de jazz.

Enfin **Dido**, la voisine *bobby soxer*, qui combat les préjugés et manifeste avec vigueur pour les libertés, contre le FBI et les chasseurs de sorcières. Jocelyn en tombe vite amoureux.

La Pension Giboulée est dirigée par **Mrs Merle** et sa sœur, **Artemisia**, dont les amours de jadis tissent leurs liens subtils avec l'actualité de cette ardente jeunesse de 1948, bien décidée à en découdre avec une guerre si proche encore, dans un monde où tout est à refaire.

1949
MOUILLÉ EN JANVIER, ROUILLÉ EN FÉVRIER...

1

One more time

La jeune fille ouvrit la porte au jeune homme. Un fantôme de brume s'invita effrontément à l'intérieur de la maison, où il s'effilocha et s'évanouit telle une promesse de sénateur – ou un serment amoureux.

Le jeune homme repoussa son chapeau d'une pichenette, révélant des boucles cuivrées, presque orange, des yeux rieurs, une paire d'oreilles fort mignonnes. Il portait une valise; un petit chien à sourire déluré accompagnait son mollet gauche.

La jeune fille rejeta vivement le tire-bouchon châtain qui lui pendait sur la joue, plaqua les deux mains sur ses hanches, l'air de vouloir cacher le gros tablier gris qui l'enserrait.

Le jeune homme entendit un bafouillis – peut-être un «oui?». D'un claquement de doigts, il renversa un peu plus son chapeau, dévoilant un peu plus d'yeux, un peu plus d'oreilles et de boucles.

– Bonjour! lança-t-il avec entrain.

Après un bond de grand chat qui le fit survoler les dernières marches du perron, sa valise posée, il se redressa en acrobate. La jeune fille fut obligée de lever la tête.

– Je suis à la Pension Giboulée ?

Elle opina, chassant le tire-bouchon qui résistait.

– Si c'est vous la propriétaire des lieux, sans mentir, Miss, vous avez les plus beaux yeux de propriétaire que j'aie jamais vus jusqu'ici.

Elle battit des cils, deux fois, ses joues se colorèrent comme si elle venait de respirer un fruit rose.

– Non… non, balbutia-t-elle.

– Ah, mais si, si. Les plus jolis, je l'affirme.

– Non, je ne suis pas la propriétaire d'ici. C'est Mrs Merle, et sa sœur Miss Artemisia.

Il fourra un poing dans la poche, s'en vint caler une épaule désinvolte contre le grès violet du mur, près de la plaque gravée «Pension Giboulée». Elle dut lever davantage la tête, voulut rejeter une nouvelle fois le tire-bouchon – il ne bougeait pourtant plus de là où elle l'avait rangé, derrière le lobe droit – et le geste finit en caresse sur la joue.

– Pension douillette, prospère, où l'on mange bien, je parie ? badina-t-il. Allons, je tombe à pic.

Le petit chien flairait entre les plis du tablier gris. Il avait une tache sur l'œil, comme dans ces films où les chiens sont farceurs et gentils. La jeune fille se redressa encore. Le jeune homme était vraiment grand.

– On ne loge ici que les dames. Les messieurs ne sont pas admis.

– Oh, j'habite New York ! riposta-t-il joyeusement. Je ne cherche nullement à louer de chambre. En revanche…

Il installa la valise à plat, fit claquer les ferrures, l'entrebâilla. On y aperçut des couteaux, pointus, ronds, courts, longs, astiqués, ordonnés.

– C'est quoi, votre petit nom, belle mademoiselle? enchaîna-t-il pour prendre de vitesse le refus qui s'annonçait.

– Charity, mais...

– Charity?... Pas possible! Ma jeune sœur à Milwaukee s'appelle également Charity.

Le chien se mit à gambader autour, proprement réjoui lui aussi de pareille coïncidence.

– Milwaukee...? Le visage de Charity s'éclaira. C'est de là que je viens. Ma famille vit là-bas. C'est vrai, dites voir? Vous êtes de Milwaukee?

– Mais comment! Vous avez sûrement connu Mrs Trampas, l'institutrice du jardin d'enfants? Qui portait un bibi rouge?

Elle réfléchit en direction du brouillard qui emmitouflait de cache-nez bleuâtres les érables chauves de la 78ᵉ Rue. Ses sourcils se froncèrent, si fort qu'ils se rejoignirent en haut du nez.

– ... Mrs Trampas, vous dites?

– Elle a déménagé pour Amarillo à la fin de mon année dans sa classe. Vous avez dû arriver bien après, vous êtes jeune... Quel âge vous avez, Charity?

Il y avait des boutades et des espiègleries dans ses yeux dorés. Une boucle rieuse lui sautillait au milieu du front. Ses oreilles étaient vraiment menues, vraiment charmantes. Il ne devait guère avoir plus de vingt ans.

– Bientôt dix-huit, dit-elle, battant deux autres fois des paupières.

Elle exagérait un peu. Elle venait de fêter ses dix-sept.

– Ah bien voilà, c'est pour ça! Elle était jolie, Mrs Trampas, mais beaucoup moins que vous, Charity.

Il répétait son prénom à la façon dont il eût chatouillé le ventre d'un chaton, avec douceur et malice.

— Vous vendez tout ça ? reprit-elle, la voix qui vibrait un peu, et montrant la valise à moitié ouverte.

— Avec difficulté, soupira-t-il, gaiement fataliste. Ma pauvre mère est seule pour élever la petite Charity, j'ai dû abandonner mes études de comptable pour faire le commis voyageur. Oh, je les reprendrai un jour, je ne désespère pas. En attendant...

— C'est bien courageux à vous, monsieur...

— Gavin Ashley. Ashley comme dans *Autant en emporte le vent*. Quand on est aussi ravissante que vous, continua-t-il, revenant s'appuyer au mur, si proche que sa manche de veste la toucha au bras, on a le droit de m'appeler Gavin.

Il lui frôla le menton du dos de l'index avant de s'écarter, à regret semblait-il, pour étaler la valise large ouverte en travers de la balustrade.

— Ces couteaux résistent au détergent le plus puissant, leur piquant est garanti à vie. Une vie entière, imaginez ! Quant aux lames, elles couperaient le plus épais des accents allemands.

Elle rit.

— Ou un brouillard comme aujourd'hui ? avança-t-elle. Je veux dire, c'est un brouillard à couper au... n'est-ce pas ?

Il rit aussi, dans une espèce de chaud murmure.

— En plus vous êtes drôle, Charity. Oui, fameux brouillard, hein. Hier encore il faisait si rudement beau pour une fin de janvier.

Elle se frotta les avant-bras, recto, verso, contre les hanches.

— Vous me voyez bien désolée. J'aurais aimé vous en acheter quelques-uns... Mais, comme je vous disais, je ne tiens pas cette pension, c'est pas moi qui décide quoi faire ou quoi acheter.

— Ma foi, dit-il gentiment, si cela nous a permis de faire connaissance, la journée n'aura pas été perdue. J'aurai peut-être plus de chance avec vos voisins… Vous les connaissez ?

Il rabattait le couvercle. Elle n'avait pas envie qu'il reparte si vite.

— Oh, très bien. C'est Mr Bezzerides qui habite là, avec sa fille Dido. À eux deux ils ne doivent pas user tellement de couverts, notez.

— Probable, sourit-il. Votre pension serait une meilleure affaire pour moi. Ils sont seulement deux, dites-vous… ?

Ses doigts cajolaient les serrures de la valise, sans les boucler. Lui non plus ne paraissait pas avoir envie de repartir.

— Une minute, se décida-t-elle. Je vais appeler Mrs Merle. Qui sait ?

Elle s'éclipsa.

Il fit un signe au chien qui, sagement, s'assit. Abandonnant la valise ouverte, Gavin Ashley sauta au bas du perron pour entrer dans le brouillard qui enfumait la rue avec l'arrogance d'un congrès de banquiers à La Havane.

À travers la grille voisine, son œil vif inspecta le jardinet mitoyen, la façade, scruta les bow-windows. Après quoi, une nouvelle pirouette le renvoya en haut du perron, toujours de cet élan de grand chat, au moment où Charity réapparaissait en compagnie d'une dame d'un certain âge.

— Gavin Ashley, dit-il, comme s'il les avait attendues là sans bouger, soulevant plaisamment son chapeau.

— Celeste Merle, fit la dame, jaugeant d'un œil approbateur la mise soignée et les manières affables. Je crains malheureusement que nous n'ayons aucun besoin de couverts, ni aujourd'hui ni dans un avenir proche. Tous les nôtres sont en parfait état.

– Tant pis ! dit-il avec un sourire vaillant – où pointait une tristesse malgré tout, mais un sourire qui n'entendait pas renoncer même s'il restait beaucoup de portes auxquelles frapper. J'aurai rencontré deux gracieuses personnes aujourd'hui.

– Vous êtes bien aimable. Bon courage à vous, dit Mrs Merle en disparaissant dans la maison.

Non sans une mimique navrée, traînant des talons pleins de regret, Charity se résigna à emboîter le pas à sa patronne.

Face à la porte close, le jeune homme tapota la tête du chien en sifflotant un air qui ressemblait moitié à *Lulu's Back in Town*, moitié à *Easy to Love*. Il referma – très lentement – sa valise, embrassant du regard la rue asphyxiée de brouillard, puis descendit – plus lentement encore – les sept marches de la pension.

Il écouta la porte qui se rouvrait. Compta jusqu'à cinq avant d'opérer une volte-face.

Elle le regardait. Il monta en deux sauts, laissant la valise sur le trottoir, et se retrouva tout près d'elle.

Charity avait attaché ses cheveux mais, l'ayant fait à la hâte, un autre tire-bouchon se dressait à son insu, en périscope, sur le côté de son crâne. Elle s'était débarrassée du tablier, on voyait sa jupe imprimée d'hortensias. Retenant contre son dos la porte presque fermée, de façon qu'on n'entendît rien de l'intérieur, elle lui glissa vite et bas :

– Rien à faire. Je lui ai pourtant dit que certains de nos couteaux avaient le manche tordu, mais…

– Jolie, drôle… et drôlement gentille, chuchota-t-il. Ça vous va bien, cette jupe, ces fleurs.

– Je… C'est à mon cours de couture, le jeudi. On apprend à faire un tas de choses. Moi, c'est comme vous… Un jour je me mettrai couturière, à mon compte. Plus de patronne, plus de chef, et je vous achèterai une tonne de couteaux ! acheva-t-elle, avec un petit rire hardi qui l'effraya.

– Le monde sera à nous, il n'aura qu'à bien se tenir, hein ? Courageuse, adorable Charity. Je ne vous oublierai pas.

Il chiquenauda le bord de son chapeau une dernière fois, avec tendresse eût-on dit. Il chuchota :

– Adieu.

– Comment il s'appelle ? s'empressa-t-elle, avant qu'il fasse demi-tour.

En silence, il effleura du pouce le menton qu'involontairement elle tendait.

– Votre chien, dit-elle, de l'air que l'on a lorsqu'on essaie d'attraper le bus qui va disparaître au coin. Vous l'appelez comment ?

– Oh. Topper. Comme le fantôme Topper dans ce film avec Cary Grant.

Il redescendit, à sa manière élastique et muette qui rappelait le brouillard. Le brouillard où, après avoir empoigné la valise, le jeune homme s'enfonça bientôt avec le petit chien au nom de revenant.

★

En cuisine, Charity reprit son poste à l'évier rempli de vaisselle. Un demi-pas en crabe… Elle inclina le buste sur 30 degrés pour observer son reflet dans la porte-fenêtre côté jardin. Elle s'y vit penchée et pas très nettement, assez pourtant pour y découvrir, horrifiée, cet épi de cheveux dressé en biais sur son crâne. Qu'en avait-il pensé, le beau vendeur de couteaux? Oh, mon Dieu, il y avait de quoi éclater de rire, se moquer.

Mais il ne l'avait pas fait.

Non, il ne l'avait pas fait. Ses yeux dorés l'avaient contemplée avec leur chaude sympathie, et même une sorte de… Le cerveau de Charity interdit au mot «tendresse» de franchir la barrière de ses pensées, même si son cœur, intensément, le lui souffla.

Elle regrettait de n'avoir pu lui acheter quelque objet. Avec une morgue toute dirigée à l'encontre de sa patronne, elle bombarda une poignée de fourchettes dans l'évier.

Etchika parut sur le seuil.

– J'aurais besoin d'un couteau propre, dit-elle en soustrayant un citron du compotier.

D'un coude hargneux, la jeune domestique désigna l'égouttoir. Etchika dit merci, coupa le citron, en garda une moitié après avoir répudié l'autre, avec le couteau, parmi les fruits, tout en se faisant la réflexion que la coiffure de Charity évoquait une pauvre squaw dépitée.

Après son départ, Charity repêcha le couteau pour le rincer.

Quatre minutes plus tard, Mrs Merle survint avec le projet de prélever un pot de chutney sur l'étagère aux conserves.

– Charity, chuchota-t-elle, parcourant les étiquettes d'une mine chagrine. Ne trouvez-vous pas que cette maison manque terriblement de… quelque chose?

Charity, qui essuyait les fourchettes, émit un son de gorge dont la tonalité, mi-grinche, mi-interrogation, allait aussi bien à la question de Mrs Merle qu'à la corne décatie des couverts qui refusait de briller malgré ses frottages soutenus.

– Mr McGonoghey m'a fait l'éloge d'une émission à la télévision. Sur les koalas de la région de Melbourne. Melbourne se trouve en Australie, vous le savez, Charity. Il paraît qu'ils abritent leurs petits dans une poche, comme les kangourous. Quel étrange pays où les bébés grandissent tous dans des poches.

– Ces couteaux ne valent plus guère ! lança Charity en décrassant avec humeur les objets de son ressentiment. Le manche est sec comme un talon de clochard, la lame n'entrerait même pas dans du beurre.

Mrs Merle lui largua un œil distrait, saisit un pot.

– Mr McGonoghey, continua-t-elle, compare un téléviseur à une agence de voyages. On y fait le tour du monde en une heure. Quel prodige, pas vrai ? Mais, chuinta-t-elle en dévissant le pot, j'ai peur d'avoir à livrer une vraie bataille de Midway pour en convaincre ma sœur.

Avant de s'esquiver, elle accorda un éclair d'attention à sa bonne. Seigneur ! Cette petite se coiffait assurément avec un pieu.

Depuis la salle à manger – où le chutney trouva sa place sur la table après qu'elle en eut retranché et léché une cuillerée –, Mrs Merle écouta ses jeunes pensionnaires qui vibrionnaient à l'étage.

Chuchotis animés, piaffements de pouliches agitées, vrou-vrous excités du battant de la salle de bain… L'une d'elles devait se préparer pour une soirée en ville !

Celeste Merle alluma la radio en sourdine et, fredonnant avec Fred Astaire le premier couplet de *Me and the Ghost Upstairs*, se permit une demi-cuillerée subsidiaire de chutney.

À la seconde où Jocelyn s'apprêtait à placer ses lettres de Scrabble – un M, un K – sur les genoux d'Elaine Brussetti, la cloche du Penhaligon College retentit.

– Sauvée par le gong! triompha-t-elle à mi-voix.

Les pieds de chaise gémirent de soulagement sur le sol de la salle de cours, les élèves se dressèrent en un même soupir. Elaine rassembla discrètement les lettres en bois dans une poche de toile, tandis que le professeur Patricia Helmet effaçait du tableau noir deux heures de musicologie médiévale. Elle aussi poussa un soupir, profond même, mais qu'aucun de ses étudiants ne remarqua.

– J'allais gagner, pesta Jocelyn. Où as-tu été dénicher ce «zen»? Tu l'as inventé, je parie.

– Secte bouddhique du Japon.

Les autres, autour, faisaient autant de vacarme qu'un essor de canards sauvages.

– Jamais entendu parler.

– Ça te fera quelque chose à raconter à tes petits-enfants… Quand tu leur auras trouvé une grand-mère.

Le gratifiant d'un coup de coude guilleret, elle ajouta :

– Même si ta Dido n'a pas exactement l'air d'une grand-mère.

Il se vengea d'une tape. Elaine s'échappa en riant, pendant qu'il remballait ses livres et allait récupérer son duffle-coat au vestiaire.

Il la retrouva, calfeutrée dans un gros manteau en laine framboise, battant la semelle sous le brouillard du campus au milieu d'autres canards sauvages, tous étudiants, et majoritairement du genre masculin.

— Est-ce un club privé? s'enquit Jocelyn en s'avançant vers le groupe. Ou bien tout le monde peut entrer?

— *Welcome*, Jo. Vincent nous racontait la réception de ses parents, samedi.

— Chez lui, les cocktails sont si énormes que les glaçons enfilent des bouées de sauvetage.

— Comment tu sais ça, Elaine? objecta Vincent. Tu n'es jamais venue à la maison.

— Oh… J'ai simplement lu deux fois *Gatsby*! répondit-elle en trémoussant des bras vers son amoureux qui sortait du bâtiment des sophomores*.

Roy arriva parmi les canards en pardessus. Il enlaça sa dulcinée par le cou, fit mine de mordre son col framboise.

— Sale temps! grogna-t-il. On va se réchauffer quelque part?

À l'apparition de ce boy-friend baraqué, en canadienne, gloire du dernier tournoi inter-collèges d'*american football*, les canards prirent sobrement le large pour reformer un groupe plus loin dans l'allée. Le brouillard lâchait de longs châles mauves sur les épaules des sycomores.

— Qui a gagné au Scrabble aujourd'hui?

---

* *Sophomores* : nom donné aux élèves de 2e année dans les universités américaines.

— Je ne suis qu'un pauvre Français. Ta fiancée en profite pour inventer des mots.

— Faux, je ne suis la fiancée de personne. Roy *darling*, tu nous offres un cacao ? Hier, c'est moi qui ai invité.

— Grâce aux 85 cents que tu m'as extorqués.

— Je te rembourserai quand tu marcheras sur ta barbe, roucoula-t-elle, blottie contre sa canadienne. Tu ne viens pas ? cria-t-elle à Jocelyn qui s'éloignait à reculons, ses livres sous le bras.

— Je suis mauvais perdant, tu retrouverais du sel dans ton cacao. Et puis, soirée chargée : piano pour Mrs Merle. Poker avec le Dragon ensuite.

Il disparut dans le décor cotonneux.

— Dragon ? s'étonna Roy.

— Un vrai. Qui menace de faire avaler à Jo une pomme empoisonnée s'il ne dispute pas un poker par mois avec elle, expliqua Elaine, lugubre.

— Yeurk. Tu as déjà rencontré ce Dragon ?

— *Gee*, non. Mais j'ai vu trois fois *Blanche-Neige* le jour où j'ai perdu ma première canine de lait, au cinquième rang du Bijou. On va le boire, ce cacao que tu brûles de me payer, Roy *de mi corazòn* ?

Jocelyn Brouillard avait appris à aimer le brouillard. Pas facile quand, à la moindre nébulosité météorologique, les copains d'école vous appellent Jocelyn Purée-de-Pois. Mais ça, c'était en France. À New York, personne ne blaguait jamais son nom.

Après tout, il n'était pas Jocelyn Fog.

Il sortit de Penhaligon, l'esprit tracassé par une énigme essentielle : comment faire un nœud à un mouchoir en papier ? Deux points avaient échappé à l'inventeur du Kleenex : dimensions étriquées ; texture effilochable. Ça partait en morceaux ou ça se froissait en boule. Impossible d'à la fois se souvenir et se moucher.

Il slaloma dans l'affluence de l'avenue, déjà accoutumé aux étrangetés de cette ville devenue son quotidien. Le détail qui le surprenait encore était le gris rayé des pigeons, si aimablement pareils qu'à Paris.

Il eut envie de voir briller ses chaussures. Cela se fit devant le Marty's Soda Spring, à l'angle de la 99e. Le jeune cireur noir qui officiait sur un coin de trottoir parut tout étonné que Jocelyn lui demandât son prénom. Généralement, pendant qu'il s'activait à genoux sur leurs pieds, les clients restaient plongés dans leur *New York Times* – s'ils étaient seuls. Dans leur conversation – s'ils étaient plusieurs.

– Robinson, répondit-il. Comme Sugar Ray Robinson. Tu connais ?

– Le boxeur. Bien sûr.

– Le plus fort du monde.

– Le plus fort, c'est Marcel Cerdan.

Le gosse hurla de rire. Il avait de petites dents moqueuses, rondes, brillantes comme des gouttes. Peut-être les astiquait-il aussi.

– Rendez-vous en juin ! dit-il en briquant le cuir. Ce sera le match du siècle. Un dîner avec Batman que Jake LaMotta le pulvérisera ?

– Pari tenu. Même si je ne connais pas personnellement Batman.

– Moi non plus. Mais je connais le Horn and Hardart sur la 7ᵉ, reprit le garçon. Si tu perds, et tu perdras, faudra m'offrir cinq Triple Jumbo frites.

– Rendez-vous en juin. Ou avant, pour un petit coup de *polish* ?

– Suis là tous les jours, dit sobrement le gamin en empochant la monnaie. Tu t'appelles quoi, toi ?

– Jo. Et toi ?

– Jump.

– Tu sais faire des nœuds à un Kleenex ?

– Pourquoi que tu veux y mettre des nœuds, à ton Kleenex ?

– En pense-bête. Tu sais, quand on doit faire quelque chose. Mais avec un Kleenex, tout part en confettis.

– Y a qu'à déchirer un coin. Quand tu regarderas, ça te reviendra. Pareil qu'avec un nœud.

Jocelyn s'épanouit.

– Pourquoi n'y ai-je pas pensé ?

– Parce que t'y avais pas mis de nœud ? rigola le petit.

Ils se séparèrent en se tapant dans la paume.

– Jake LaMotta, on l'appelle *Raging Bull*. Ton Cerdan, tu l'appelles comment ?

– Le boxeur qui me fera gagner mon pari.

Jocelyn courut à la bouche de métro. Là-haut, le brouillard décapitait les buildings.

Vingt minutes après, il arriva au coin de la 78ᵉ, en même temps que Chic qui déboulait de Columbus.

– Tu parles bizarre, nota-t-il après qu'elle l'eut salué.

Elle avait passé l'après-midi à enregistrer un spot sur les vertus d'un remède contre la toux. Une explosion de grippes décimait New York depuis l'historique blizzard de décembre*.

– Un sirop à base d'épices mexicaines, confia-t-elle d'une voix qui paraissait jaillir de ses oreilles. Cette saloperie m'a dévasté les cordes vocales. Deux gargarismes, six bains de bouche, rien n'y fait.

– Un soda? suggéra-t-il. Une menthe à l'eau?

– Suis allée presto me jeter dans un bar, tu penses.

Elle grimaça.

– C'était plein de lumières bleues. Les clients avaient tous l'air atteints d'une maladie mortelle. J'ai décampé. Dans le suivant, j'ai commandé un sandwich à la dinde.

Ils arrivaient au bas du perron de Giboulée.

– Et…?

– Comment dire? C'était comme si le chef, à court de dinde, avait rôti un animal inconnu.

Il l'accompagna jusqu'en haut des marches.

– Il me reste une boîte de bonbons des Vosges dans ma malle. Un seul, et tu inhales les sapins des montagnes françaises. Tu descends la chercher?

– Tu es chou, Jo, mais ce tournage m'a lessivée. À côté de moi, une méduse échouée ressemble à une bombe atomique. Je vais me laver onze fois les dents et dormir vingt minutes. Tu n'entres pas?

– Ma galanterie prend fin ici, puisqu'un garçon n'a pas le droit de franchir ce seuil.

* Voir le tome 1, *Un dîner avec Cary Grant.*

– Et tu es un garçon, Jo ! Un fort joli, même.

Elle lui appuya le pouce sur le nez.

– Gagné ! Tu rougis.

Elle s'engouffra – seule donc, tandis qu'il redévalait le perron pour la volée de marches qui s'enfonçait du trottoir à son sous-sol.

À une fenêtre, tout en haut de la pension, une main tira un voilage… Lequel s'immobilisa devant une Artemisia ébranlée par les sentiments ambigus qui l'assaillaient chaque fois qu'elle épiait les allées et venues de ses locataires. Une joie réelle à les voir jeunes, rieurs, animés, mais une joie aussi mordante que la nostalgie qui allait avec. Elle caressa Mae West entre les oreilles, avant de le chasser du sofa qu'elle et lui se chamaillaient en alternance.

Elle avait fini de se farder pour la soirée à venir. Depuis ses lointains dix-huit ans, époque où elle sortait tous les soirs, c'était un rituel auquel elle s'adonnait à partir de cinq heures, et avec un soin extrême… Pourtant elle ne sortait plus.

Bien obligée de constater qu'avec les années la session maquillage rallongeait de façon passablement vexante. Elle plaça un 78-tours sur le gramophone Victrola. Sous l'aiguille en ergot, Bing Crosby se mit à siruper :

You must hav' been a beautiful baby
You must hav' been a wonderful child…

Et si elle mettait… ?

Elle ouvrit un tiroir du meuble japonais sur lequel trônait un carillon Westminster, en sortit le boîtier plat en lézard. Le fermoir, toujours indocile, lui griffa les doigts. Mais ils étaient là. Ses deux oiseaux étincelants, leur plumage à la noirceur moirée intacte. Cette parure était le lointain cadeau de Nelson Julius Macauley, son splendide amoureux de Park Avenue, gendre rêvé par toutes les matrones de l'aristocratie new-yorkaise, lorsqu'elle-même était encore une donzelle frondeuse et dissipée. Il ne l'avait pas su, alors, mais ç'avait été un cadeau d'adieu. Elle soupira.

Restait à se choisir une tenue de poker.

Il trouva son lit fait, le studio propre et rangé. Et même des fleurs fraîches dans le vase boule. Charity n'était pas censée s'occuper de tout cela, mais elle le faisait parce qu'elle aimait bien Jo. Sans doute aussi parce qu'il était un garçon.

Il largua son duffle-coat et ses livres sur le guéridon Fred Astaire où ils écrasèrent Adèle, le renne en peluche. Jocelyn s'affala en travers de l'édredon, les yeux en l'air, fixés vers la fenêtre en demi-lune encastrée au ras de l'asphalte.

Les jambes de passants passaient…

Dido était-elle rentrée ? Les cours à Toyfell étaient terminés. Pour berner son impatience, il attrapa son ukulélé (cadeau de Noël de Silas) et se mit à mollement gratter *Monsieur, monsieur, vous oubliez votre cheval, ne laissez pas ici cet animal, il y serait vraiment trop mal…* Il fut interrompu par une pression discrète, mouillée, sur son coude.

– Oh, salut, N° 5. Tu m'apprendras un jour à traverser les murs comme toi, dis ? murmura-t-il au balai qui paraissait être une tête de chien.

Il le cajola, continuant à guetter l'apparition d'une paire de socquettes blanches derrière la fenêtre perchée. Bon camarade, N° 5 guetta avec lui. Il pratiquait avec une remarquable conscience professionnelle son job d'animal de compagnie.

Jocelyn se remit à beugler à tue-tête par-dessus l'ukulélé : *Grand-maman c'est New York, c'est New York, je vois les bateaux-remorques, […] les mouettes me font bonjour, dans le ciel je vois les jolies mouettes, et je sens-z en moi de longs frissons d'amour…*

Il amorçait *On n'est pas des imbéciles, on a même de l'instruction, au lycée Pa-pa, au lycée Pa-pil, au lycée Papillon*, lorsqu'on toqua à l'autre porte, celle du fond, en accès direct avec l'intérieur de la maison. D'un bond, il se flanqua des tapes aux cheveux, resserra sa cravate. N° 5 s'assit convenablement sur son derrière.

– Entrez !

Le chignon de Celeste Merle ballotta par l'entrebâillement.

– Vous devez avoir bien faim après cette journée de cours ? Je vous apporte de la tarte aux noix et un verre de lait.

– Oh, heu… Merci. C'est très aimable à vous, Mrs Merle.

À cet instant des talons résonnèrent derrière la fenêtre perchée. Il vit, horrifié, apparaître les socquettes blanches… Il se précipita au-devant de Mrs Merle et se répandit en remerciements. L'abreuver de sa gratitude pour lui obstruer la vue.

– Serez-vous en forme pour notre concert, tout à l'heure ? Vous semblez épuisé, jeune Jo.

– Pas d'inquiétude, Mrs Merle! claironna-t-il avec le tonus d'un Marc Antoine rameutant les foules du Capitole à la mort de César. J'ai prévu la valse d'*Eugène Onéguine* et la *Sonate au clair de lune* de Beethoven, euh, Mrs Merle!

Si Dido n'entendait pas…

– Oooh, minauda la logeuse, lâchant presque son plateau d'extase. Je les adore, ces deux-là.

Il saisit la tarte et le lait, et resta planté, à jouer les paravents, épouvanté à l'idée que Dido se manifeste dans sa pose favorite, accroupie sur le trottoir au ras de la fenêtre, ainsi qu'elle en avait l'habitude. Et, oh, bonté divine, pourvu qu'elle ne lui chante pas son traditionnel *Où es-tu, embrasseur fou?*…

Pour tuer dans l'œuf cette effroyable éventualité, il démarra une non moins effroyable quinte de toux. Mrs Merle branla doctement du chef.

– Offrez-vous dix minutes de sieste, vous en avez besoin. Vous n'avez pas oublié, n'est-ce pas? Ce soir? Ce, hum, ce… poker?

Elle crachota le mot comme elle aurait lâché un flacon de nitroglycérine.

– Non, non, Mrs Merle! clama-t-il entre deux quintes et d'une voix de stentor. Comptez sur moi, Mrs Merle!

Il agrippa la poignée de porte dans l'espoir de lui suggérer de filer. Mais elle ne bougeait pas.

– Si je puis me permettre un conseil, dit-elle, les filles vont bientôt kidnapper la salle de bain. Je serais vous, je m'y rendrais tout de suite.

Elle opéra un demi-recul.

– Merci mille fois, Mrs Merle! J'y vais de ce pas.

Mais elle n'avait pas fini. Son index pointait en direction du sol.

– Qu'est-ce que c'est ?

Deux lueurs, deux prunelles implorantes perçaient l'amas de peluche vautré par terre.

– Oh, euh, c'est… N° 5, Mrs Merle. Le chien d'Ursula.

– Je le vois bien. Que fait-il chez vous ?

– Il lui arrive de me rendre visite.

– S'il vous dérange…

– Pas du tout, Mrs Merle ! Il ne me dérange pas du tout !

Alternant verbe et toux, il ancra une main résolue à la poignée.

– D'ailleurs, il en a le droit, ajouta-t-il finement. C'est un mâle.

Subtil rappel à la règle que Mrs Merle avait édictée à son arrivée à la pension : Nulle dame chez Jo. Jamais. Excepté sa mère.

Elle sourcilla, réalisant qu'en vertu de cette loi elle-même n'aurait pas dû se trouver là.

– À tout à l'heure, finit-elle par dire.

Il s'enferma et fit volte-face, haletant. Plus de socquettes en vue ! En trois foulées, il gravit les marches, tira la porte de la rue. Dido manqua dégringoler sur lui.

– Elle est partie ? frémit-elle, entre terreur et fou rire.

Il l'attrapa farouchement, et ils s'embrassèrent comme s'ils ne s'étaient jamais embrassés de leur vie. Alors que, depuis un mois, ils ne faisaient que cela.

Le rideau tiré, ils s'en allèrent rouler sur le lit, en bas, sans cesser de se serrer, de se palper, de s'entrelacer, et toute cette sorte de choses.

– Embrasseur fou ! chuchota-t-elle à une pause-respiration.

– Embrasseuse folle, répondit-il, expulsant sa cravate à travers l'espace.

Peut-être par tact, peut-être parce que l'occasion fait le glouton, N° 5 se détourna et entreprit de posément attaquer la tarte et le verre de lait.

Ni Jo ni Dido ne s'en préoccupèrent. Elle portait un de ses pull-overs mousseux qui le rendaient proprement cinglé… et il arrivait justement au moment exquis, qu'il adorait par-dessus tout, où ses doigts plongeaient dessous pour ramper vers ses seins.

Il aimait nettement moins lorsque, d'une main ferme, Dido soudain le repoussait. Ce qui finissait toujours par se produire.

Et qui, donc, se produisit.

– Tu n'aimes pas mes caresses, se plaignit-il une fois de plus.

– Je les aime, assura-t-elle, assise au bord du lit pour ressusciter, comme chaque fois, pull-over et queue-de-cheval. Mais papa va se demander ce que je fabrique.

Il souffla. Les filles n'étaient pas drôles. Il attrapa l'ukulélé et recommença à chanter : *Si les mystères de la vie vous mènent à zéro, n'y pensez pas, n'y pensez pas trop ! Si vous avez soif la nuit et qu'il n'y ait pas d'eau-ho…*

– *Nipon sepa nipon sepa nipon sepa t'woh !* entonna Dido avec conviction.

– *Pourquoi les vaches ont des puces, et les puces pas de veaux-ho ? Pourquoi dit-on mon « beau-frère » à un type qu'est vraiment pas beau ?*

– *Nipon sepa nipon sepa nipon sepa t'woh !*

– *Et pourquoi ver solitaire quand il y a tant d'anneaux ? Bah, c'est dégoûtant. N'y pensez pas bah bah…*

* En français.

33

Ils roulèrent à nouveau sur le dos, hilares, comblés, infiniment rêveurs.

– C'est si romantique, ces chansons françaises. Ça donne le frisson. Ça parle de quoi, celle-là ?

– Heu, ma foi... de banjo, d'eau la nuit, d'animaux fabuleux...

Ils s'embrassèrent (réflexe quasi automatique au-delà de deux phrases).

– Papa est de service ce soir, au Pennsylvania. On joue *Yolanda et le voleur.* Un *musical* avec Fred Astaire. On y va ?

Ah, qu'il aurait aimé ! Il ne connaissait pas d'heures plus suaves, plus délicieuses, que ces séances de cinéma où Dido et lui ne voyaient pratiquement rien du film.

– Im-pos-sible, tu sais bien. Aujourd'hui, c'est LA soirée pensum.

Il en rajoutait. Les parties de poker chez Artemisia réunissaient des personnalités plutôt cocasses, et pianoter quelques sonates aux invités de Celeste Merle lui dérouillait les phalanges. Tout de même, il ratait une occasion d'être avec Dido.

– J'y vais ! dit-elle en se levant.

Elle se leva. Il envoya l'ukulélé sur l'édredon, ainsi qu'une série de *pffff* grognons en direction du plafond, et l'imita à regret.

Ils se réenlacèrent dès la première marche et montèrent, étroitement embrassés, jusqu'à la porte où ils restèrent un bon quart d'heure, collés au battant.

– *Bonsoir jolie madame,* fredonna-t-il, enfoui dans la queue-de-cheval, *je suis venu vous dire bonsoir… Revenez vite, c'est le printemps…*

— Le frisson, répéta-t-elle dans un chuchotis. Là. Au cœur. Quand tu chantes français… Même si tu fiches ma queue-de-cheval par terre.

Après un ultime et interminable baiser, un ultime et infini soupir, elle se résigna à partir, lui à la laisser.

Il courut rouvrir le rideau. Pour le plaisir de voir, dans la rue là-haut, passer ses jambes. Avant ça, il les écouta venir…

Les socquettes apparurent bientôt. Marquèrent un stop imprévu face à la vitre en éventail. 1, 2, 3… Elles cabriolèrent sur le macadam en pas de claquettes brefs, sonores, joyeux. Ce fut leur adieu avant de s'éloigner en sautillant vers la maison d'à côté. Jocelyn sourit.

Il était temps d'aller prendre cette douche.

2

I'll be hard to handle

Manhattan, un œil à sa montre, jeta le manuscrit de *Tout, sauf Mortimer* sur le lit.

— C'est bien meilleur qu'il y a une semaine. Tu la tiens, ta Thelma.

— Moui. Il me semble pourtant que je pourrais…

— Tu es épatante. Je t'assure.

Sceptique, Page toupillait une de ses tresses en silence.

— N'y passe pas la nuit, ça ne sert à rien. Oublie la scène. Oublie demain. Quant à moi, enchaîna Manhattan, lorgnant derechef sa montre, je file.

Page continuait de rabrouer sa tresse d'un doigt soucieux.

— Il y a forcément moyen de la jouer mieux.

— Dodo. Voilà le moyen.

— J'aimerais. Tu danses où, ce soir ?

— Comme d'habitude, mentit Manhattan.

Avant de filer, elle pinça le menton anxieux de son amie.

— Un dîner avec Cary Grant qu'ils seront tous dingues de toi, demain.

Dix minutes pour se rafraîchir, se coiffer, enfiler souliers, manteau et chapeau. Comme Manhattan était une fille rationnelle et organisée, huit suffirent. Sur le point de sortir, elle marqua une halte dans le vestibule, pour regarder fixement le téléphone mural.

Elle décrocha, composa trois chiffres… Finalement, raccrocha. Elle déserta Giboulée dans la nuit qui se dépliait et la brume qui épaississait.

À l'étage, Page repartit à tournicoter dans la chambre, et à répéter sa scène, en dépit du conseil de Manhattan.

Le trac la dévorait. Il ne s'agissait pas d'une banale audition, mais d'une sélection qui ferait d'elle – *peut-être* – une élève à l'Actor's Studio. Les places étaient chères, ils étaient tellement nombreux à y rêver.

Personne ne connaissait son projet secret. Pas même Manhattan, qui croyait à un casting de routine. Page se taisait autant par superstition que par orgueil. Si elle n'était pas admise, elle préférait que son échec restât intime.

– *Je ne te comprends pas, Mortimer!* hurla-t-elle au miroir incliné… *Tu m'interroges dans l'espoir perfide que je sois coupable…* Oh, va te faire voir, crétin de Mortimer! explosa-t-elle en s'écroulant tout d'une masse entre ses oreillers. Toi aussi, stupide Thelma!

On tambourina à la chambre.

– Qui c'est, ce Mortimer crétin que vous planquez chez vous? rouspéta une voix sur le palier. On est une maison convenable, ici.

Page alla ouvrir, sourire éclatant.

– Mon actuel cauchemar, Easter Witty. Peut-être à cause de cette tourte aux rognons de midi? insinua-t-elle, ingénue.

– Réjouissez-vous, alors ! rétorqua Easter Witty avec une joie féroce. J'inaugure ce soir ma recette d'omelette d'intestins de bœuf au saindoux.

– Ciel… Pitié.

– Houlà. Vous êtes réellement barbouillée, s'émut la domestique. Attendez un peu, mon poussin, j'ai la médecine qu'il faut.

Elle partit fourrager dans un placard du corridor, fut vite de retour avec un verre empli d'un liquide sans couleur.

– Les toubibs n'ont rien découvert de mieux depuis la saignée. Gobez.

Page but docilement… et se mit à suffoquer, et tousser, et vaciller.

– Cuvée filtrée par les chaussettes à Pancho Villa, exulta Easter Witty. Ou à Trotski, je sais plus.

– Vous ne surestimez pas les vertus de la tequila, Easter Witty ? interrogea Page quand elle eut recouvré souffle et esprits.

– C'est le monde qui surestime celles de l'eau, mon poulet. Après ça, évitez tout de même de souffler sur votre jupon ou sur un chèque de 100 dollars, vous risqueriez d'y fiche le feu.

Elle fit un demi-tour, puis un second, de sorte à se retrouver dans la même position.

– Le Mortimer, là, de vos cauchemars… Il est marié ?

Page gloussa. Elle adorait Easter Witty et ses flairs inattendus.

– Je crois que non. Pourquoi ?

– Faudrait pas faire le bonheur d'un salaud par inadvertance.

Elles hennirent de joie.

– Sur ce, mon canard, vous prendrez bien un peu de nourriture ?

– Jamais l'estomac vide, Easter Witty. Merci.

La porte close, Page l'entendit rire jusqu'au rez-de-chaussée. N'empêche. Easter Witty venait de libérer des horizons. L'apprentie comédienne se concentra devant sa glace.

— Es-tu marié, Mortimer? gémit-elle. *That is the question.* L'auteur ne le dit pas. Oh, bon sang! Si tu l'es, ça veut dire que je ne peux plus jouer ma Thelma comme prévu…

☆

Sur fond de Victrola, Artemisia barguignait entre sa robe charleston à perles vertes, celle en shantung, et la noire aux guipures… quand on toqua à sa porte. Mae West bondit sur une étagère où il se figea dans la pose d'une vigie de navire. On entra.

Avant même de la voir ou de l'entendre parler, Artemisia ressentit l'embarras de sa sœur.

— Mitzi, dit Mrs Merle après un toussotement délicat. Ça va?

— Aucune idée. Pas vu de médecin depuis des lustres.

Elle daigna regarder sa cadette, réprima une grimace.

Depuis qu'elle était veuve, Celeste portait en alternance trois robes qui donnaient l'impression qu'il s'agissait de la même : en velours foncé, couturées d'une ligne verticale de petits boutons mornes, jusqu'au col montant.

On les dirait tatouées sur elle, songea l'aînée, consternée.

Elle revint aux siennes, déployées, étincelantes, sur leurs cintres d'acajou. Elle n'avait toujours pas fixé de choix.

— Mitzi… As-tu une minute?

— À un homme jeune, beau, drôle, riche et intelligent, j'accorderais la soirée. À un homme tout court, mettons une heure. Tu n'es que ma sœur, la minute est donc simplement envisageable.

Mrs Merle fit une mimique acidulée.

— À ton âge, tu rêves d'un époux jeune, beau, drôle, riche, intelligent ?

Artemisia la transperça du vert oblique de ses iris.

— Pour obtenir tout ça, chérie, il faut se marier cinq fois. Au reste, j'ai parlé d'homme, pas d'époux.

Elle souleva par les épaulettes la robe aux perles.

— L'expérience du mariage est la seule que je n'aie pas tentée.

Elle effleura les perles. Un seul homme aurait pu demander sa main. Il ne l'avait pas fait.

Le buste de Celeste trahissait un discret essoufflement, signe – subodora l'aînée – qu'elle s'apprêtait à quémander une faveur.

— Je désire t'entretenir d'une chose à laquelle je songe depuis pas mal de temps, mais j'ai voulu réfléchir d'abord, et tout considérer, attendre que Mr McGonoghey me confirme l'utilité et l'avantage de…

La phrase était trop longue. Sa sœur ricanait déjà.

— Ton bon ami McGonoghey n'est ni jeune, ni riche, ni beau, ni intelligent. Quant à drôle… Oui, il peut faire rire. Heureusement, il ne le sait pas.

— Il n'est pas mon bon ami ! se défendit Mrs Merle, piquée. Que vas-tu imaginer ? Mr McGonoghey est marié.

— Tu vois une meilleure raison ? Toi non plus tu n'es pas drôle, tiens. Tu ne joues même jamais au poker. À ce propos, rappelle l'heure à Easter Witty et au jeune Jo.

– Ils monteront après souper. Tu m'embrouilles. J'ai pensé… J'ai réfléchi…

– Ça doit te faire bizarre, en effet! coupa Artemisia, sans pitié.

Elle gloussa, toujours étonnée, malgré des décennies d'ironies, de si facilement désarçonner sa cadette.

– Allons, reprit-elle, moins rudement. Décapite Bing Crosby, je veux dire éteins ce gramophone, et parle.

Mrs Merle obéit, du moins pour ce qui fut d'éteindre l'appareil. Elle effleura d'une main la mousse rousse de son chignon, se mit de l'autre à égrener les boutons de son col comme elle aurait écossé une rangée de petits haricots.

– Que dirais-tu d'installer un poste de télévision chez nous? Ce serait comme une radio, une banale radio, mais avec des images qui…

– Je sais ce qu'est une télévision.

– Tous nos voisins – presque tous – en possèdent une.

Pour le coup, la déconcertée fut Artemisia.

– Au nom du ciel, dit Celeste. Cesse de me fixer comme si j'avais trois têtes.

– Une seule suffit bien. Seigneur… Les voisins ont tous la télévision? J'ai la solution: déménageons.

Sa sœur traversa la pièce en silence pour aller soulever un coin de rideau. Dehors, le brouillard poussait la vitre de ses longs doigts exsangues. Elle se remit à parler, dos tourné.

– On l'installerait dans le salon. Recluse comme tu l'es dans cet appartement, tu ne la verrais pas, tu ne l'entendrais pas. Je veillerai à ce qu'elle ne te dérange en rien. Tu ne sauras même pas que nous en avons une.

— Sais-tu ? Tu arrives encore à me surprendre. La chose est à noter. Céleste… c'est vrai ? Tu as envie, réellement envie, d'une telle chose ?

La cadette s'étira en hauteur, comme tractée par son chignon.

— Oui, Artemisia. Je veux *réellement* cette chose qui fait traverser les horizons, les mers, les jungles, et descendre le Colorado, clama-t-elle en une sorte d'envolée de tragédie mûrement répétée. Qui me permettra de réaliser les voyages que je ne fais pas et ne ferai jamais…

— … Qui passe des films où des femmes embrassent des hommes en français, en nuisette et bas résille.

— Oh, Mitzi, dit Celeste en retrouvant une voix et une hauteur normales. Je la paierai entièrement. Même si ça doit prendre des mois.

— Tu sais combien ça fait en jours ? Ce truc tombera en panne avant la fin du crédit.

— Dans la vitrine, une pancarte propose un technicien pour une démonstration gratuite. À domicile.

Artemisia ferma des paupières lasses.

À Celeste, elle évoqua cet iguane dans l'imagier de leur enfance. L'aînée, quant à elle, se demandait en quoi la petite sœur s'était sentie obligée d'implorer sa permission.

— Tu es majeure, n'est-ce pas ? Fais la sotte sans mon autorisation. Achète-le, ton joujou. Espérons seulement qu'il soit beau. Je parle du technicien à domicile !

Mrs Merle rajusta deux ou trois boutons que sa fébrilité avait martyrisés. Elle gagna la porte, s'exhortant à ne pas courir, ni sourire.

– Je passe au magasin la semaine prochaine. C'est sur Lexington.

Artemisia refoula l'espace d'un geste de pitié affligée.

– Tu es une midinette, vrai. Tu me brises le cœur.

– Et toi, c'est à mon foie que tu ne fais pas du bien.

Avant de refermer, Mrs Merle jeta par l'entrebâillement :

– Un dîner avec Cary Grant que tu la regarderas, toi aussi !

– Sur Lexington, il y a aussi des boutiques de confection ! cria Artemisia à travers le battant. Achète-toi des robes qu'un chien n'aura pas envie d'enterrer.

Sur le palier, légère, libérée, Mrs Merle tapota ses joues qu'elle trouva un tantinet échauffées.

Voilà. Cela ressemblait à une victoire, même si le Dragon n'avait pu se retenir de cracher quelques étincelles… Petite sœur était habituée.

À l'étage au-dessous, une porte claquait, reclaquait. Ces demoiselles se pomponnaient dans leur QG, la salle de bain. À combien étaient-elles, là-dedans ?

Trois. Elles n'étaient que trois. Deux en grande toilette, l'autre en simple badaud. Chic et Etchika essayaient robes, fards et accessoires. Ursula, elle, passa par hasard sur le palier.

– De sortie ?

– Seulement dans une semaine. Ce soir, on teste. Auditions de coiffures et de rouges à lèvres.

– Resquille-théâtre en vue ?

– Mieux : *blind date* !

– *Blind date* uniquement pour moi, corrigea Etchika. Puisque Chic connaît déjà son Ernie.

Ursula fouilla sa mémoire.

– Ernie… Ernie… Oh, ce type que tu appelles, euh… Bourdon ?

– Bouchon, sotte. Ernie du Kentucky. Héritier du roi du bouchon en liège ! récita Chic, nez collé au miroir. Qui prend vos orteils pour la piste de danse de l'*El Morocco*. Espérons qu'il aura pris quelques leçons depuis la dernière fois.

Elle unifia la teinte de sa lèvre inférieure d'un auriculaire aérien.

– Il a invité un ponte de l'édition new-yorkaise. Pour affaires. Le type étant seul, Ernie m'a priée de lui dénicher une demoiselle cultivée, jolie, avec de la classe. « Dommage, je suis déjà prise ! » ai-je répondu à Bouchon. Bouchon adore mon humour. Je le fais beaucoup rire. Quand il rit, ses cheveux trépignent.

– Résultat : j'hérite du ponte inconnu mystère, dit Etchika en présentant à Ursula sa guêpière à lacer. J'espère qu'il dansera mieux que Bouchon. J'ai les orteils de la Princesse au petit pois.

– Si l'inconnu mystère est plus joli et danse mieux, garde-le pour toi, Chic. Laisse ce Bouchon à Etchika. Qu'est-ce qui arrive à ta voix ?

– J'ai changé de dentifrice.

– Je ne voudrais pas de Bouchon, même avec de la chantilly dessus ! riposta Etchika. Oh, misère, ces cheveux… Quelqu'un m'offre une permanente Chez Henri-Jean ?

– T'inquiète. Le bel inconnu ne regardera pas tes cheveux.

– Bouchon vaut un demi-million de dollars, reprit Chic,

rêveuse. Enfin, son père. Le bel argent est celui que l'on oublie, répétait ma maman. Et il en faut beaucoup, BEAUCOUP, BEAU-COUP, pour oublier que ça existe.

— Vénale! murmura Ursula en tirant une flasque de son sweater.

— J'ignore de quoi tu parles, mais ça a l'air désagréable. Sais-tu que cette honorable pension pratique toujours la Prohibition, Ursula?

— C'est uniquement pour me laver les dents. Ça blanchit fantastiquement l'émail.

— Argent, millions, fortune… soupira Etchika. Je croyais que ces mots-là ne se rencontraient que sur les grilles de mots croisés.

— Mais tous ces riches persuadés qu'ils peuvent acheter le monde entier…

— … ont tellement raison, Ursula!

Chic dévissa un flacon en cristal à peine plus grand que la moitié de son petit doigt.

— Respire. On appelle ça du parfum. 12 dollars la bouffée. Cadeau d'Ernie. Juste parce qu'il m'adore dans ma robe rouge.

— Elle aime les couleurs gaies, dit gaiement Etchika. D'ailleurs, quand elle aura épousé le président des États-Unis, Chic repeindra la Maison-Blanche.

— Qui parle d'épouser? se hérissa Ursula. Pas moi.

— On est au moins d'accord sur ça, observa Chic. Me marier? Alors qu'une flopée de garçons s'arrachent les cheveux en espérant mes coups de fil?

Ursula ricana.

— Qu'est-ce que tu attends pour les rappeler, alors?

– Tu rappellerais des chauves, toi? À moi Rockefeller! À toi les intellectuels abonnés à d'obscures gazettes que personne ne lit... excepté le FBI.

Ursula se contenta d'un sourire intime, presque abstrait, un sourire dont elle fut la seule destinataire. Elle tapota la poche où était rangée sa flasque.

– Je vais continuer mon lavage de dents avec un bon bouquin, conclut-elle en s'orientant vers sa chambre.

On sonna à la porte. Charity lâcha précipitamment son saladier de hachis de veau, rinça les débris de viande accrochés à ses doigts, écrasa son épi de cheveux, et se rua dans le hall. Après un coup d'œil au miroir du portemanteau, aspirant un coup, elle ouvrit.

– Ah, c'est vous.

Le coursier de Federal Rush, un carton de fleurs sous le bras.

– Je le prends comme un compliment, roucoula-t-il, l'œil engageant et le sourire amène.

– D'habitude, c'est Bill. Vous êtes nouveau?

– Je fais des remplacements depuis Noël. Ils me gardent, j'en déduis qu'ils m'apprécient. Et vous?

– Moi?

– Vous m'appréciez?

Charity expérimenta le sourcil intimidant d'une Joan Crawford dans *Mildred Pierce* mâtiné du mordant de la Bette Davis de *Jezebel*, pour rétorquer:

— Manquez pas d'air !

— Ho ho ho. Miss Iceberg, hein ? Parfait. J'adore briser la glace.

— Pas avec vous qu'elle va dégeler. Désolée, j'ai plus de monnaie.

— Gardez-la, dit-il, charmé. Vous vous achèterez le Massachusetts.

Elle voulut saisir la boîte de fleurs. Il l'escamota prestement.

— J'ai une hérédité impeccable, fit-il. Maman à moitié écossaise, papa cent pour cent flic au 87e.

— Et moi, j'ai une tête sur les deux épaules.

— Posez-la sur la mienne. Vous verrez, ce n'est pas désagréable.

Elle eut un recul offensé (pioché du côté d'Olivia de Havilland dans n'importe quel film avec Errol Flynn).

— C'est une invitation à danser, ajouta avec aplomb le fanfaron, qui n'avait rien d'Errol Flynn mais tout de l'aimable flagorneur. Dîner inclus, hein. Je ne suis pas mesquin. Faites quoi, ce soir ?

— Tout ce que je sais, c'est que ce ne sera pas avec vous.

Il avait un visage rond, ridiculement juvénile, une tignasse qui fuyait en balai autour de son calot de coursier.

Hier, peut-être. Hier, Charity aurait dit oui à l'invitation. Mais depuis hier, il y avait eu aujourd'hui. Il y avait eu tout à l'heure. Et le beau vendeur de couteaux.

Elle hissa haut le menton, à la verticale, bien calé au sommet du mur invisible qui la séparait du petit coursier.

— Ça ne me paraît pas une bonne idée.

— À moi, elle ne paraît pas si mauvaise. Allez, dites oui.

Le bouquet toujours dans le dos, il dansottait maintenant, pour lui échapper.

– Pourquoi je le ferais ?

– Parce que j'aime votre façon de respirer, de grignoter des bâtons de céleri, de…

– Par exemple ! Quand c'est que vous m'avez vue grignoter des bâtons de céleri ?

– Je rêve beaucoup.

– De céleri ?

– De vous.

– Ça alors ! On ne s'est même jamais causé jusqu'à aujourd'hui.

– Dans mes rêves, je vous causais bien avant aujourd'hui. Donc, c'est oui ?

– Donc, c'est non ! dit-elle, attrapant enfin les fleurs. Pas mon habitude de sortir avec des étrangers.

– Précisément ! cria-t-il tandis qu'elle disparaissait. Ça sert à ça, dîner et danser. À ne plus être des étrangers !

Sloan Crocetti – c'était son nom – sourit à la porte que Charity venait de lui claquer au nez. Il lui sourit même assez longuement.

– Toi, tu ne le sais pas encore, marmotta-t-il, mais je vais t'épouser.

Charity emporta la boîte à l'étage, où les filles menaient grand charivari dans, et autour de, la salle de bain. Elle détacha la carte.

– Pour vous, Miss Felicity.

– Pfff, un bouquet pour mémé. Du Bouchon tout craché. Je vais le fourguer à Mrs Merle ou au Dragon.

– Ce n'est gentil ni pour ton soupirant ni pour nos estimables logeuses, l'admonesta Etchika.

– Mais des camélias! N'est-ce pas effroyablement mélodramatique pour un mardi soir?

– Pardon, Miss Felicity, intervint humblement Charity. Vous n'auriez pas gardé, des fois, votre catalogue Sears de la saison passée? Celui avec cette belle robe bleue sur la couverture, même que vous aviez dans l'idée de l'acheter?

Attirée par le bruit, Page sortit de sa chambre pour se mêler à la discussion.

– Quelle drôle de voix tu as, Chic. Abus de gros mots?

– J'ai seulement prononcé ton nom. Jamais je n'ai…

– Pardon, Miss Felicity. À propos du catalogue Sears…

– Il est dans un coin, je le chercherai, Charity. Jamais je n'ai touché un billet de mille dollars. Bouchon va arranger ça. Un demi-million… Enfin, son père.

– Quand tu racontes tes soirées avec ce garçon au sobriquet raffiné, on se demande comment tu peux en passer une de plus en sa compagnie! fit observer Page, non sans dureté.

Sous la frange horizontale de Chic, quelque chose frémit. Décidément, c'était sa fête. Ursula lui avait déjà fait la leçon, maintenant, Page. Qu'est-ce qu'elles avaient toutes?

– Je suis une fille réfléchie, dit-elle d'un ton sec. Obstinée et ambitieuse.

– Je compte sur vous, pour le catalogue, Miss Felicity, glissa tout bas Charity avant de faire demi-tour.

Chic examinait l'arrondi de ses ongles sans le voir vraiment. *Tu noies le poisson. Cesse de penser à… Espèce de gourde. Il ne t'a pas rappelée. Et… et il est fauché, en plus. Un banal technicien de chez CBS.*

– Oh… Mr Jo! s'exclama la voix de Charity dans l'escalier. Bonne journée?

Chic leva le menton.

– Jo! Viens par ici, je te prie.

Jocelyn obéit de bonne grâce. Il était revenu récupérer une savonnette oubliée après sa douche du matin. C'est du moins l'alibi qu'il prévoyait au cas où Mrs Merle…

– Tu as une minute? susurra Chic, l'air outrageusement sentimentale. On a besoin d'un avis masculin.

Les deux coquettes firent ondoyer leurs plis de robe de part et d'autre de leurs hanches.

– De quoi on a l'air? Silence, Page.

– L'air de celles qui ont déjà enfreint huit commandements, dit Page. Et s'en vont hardiment à l'assaut des deux derniers.

Jocelyn cogita, un doigt au coin de la bouche.

– L'air… qu'ont toutes les filles en robe du soir, dit-il enfin.

– Que veux-tu dire?

– L'air de quoi, Jo? Silence, Page.

– L'air d'espérer et de promettre.

– Quelqu'un aurait un kilo d'aspirine? gémit Page. Migraine foudroyante.

Elle repartit s'enfermer avec Mortimer.

Jocelyn dévia ses regards du mollet qu'Etchika étirait plaisamment sur un tabouret pour mieux lisser son bas.

– Vous sortez?

— Pas ce soir, Jo. Dans quelques jours.

— Oh. Vous avez tellement peur d'être en retard ?

— C'est ça, s'amusa Etchika. On compte dormir habillées et maquillées jusqu'à la semaine prochaine.

— Qu'y a-t-il de si important, la semaine prochaine ? insista-t-il, intrigué.

— *Blind date* ! fusa la double réponse.

— À moitié *blind*, rectifia Chic. Puisque, moi, je connais Bouch… mon cavalier.

Jocelyn Brouillard, pas encore dix-sept ans, Français *from Paree*, se fit alors expliciter la stupéfiante coutume américaine qui consiste à se donner rendez-vous pour dîner en couple sans s'être jamais vus.

— Tu ignores de quoi aura l'air ton cavalier, Etchika ? fit-il, éberlué.

— Pas la moindre idée. Lui non plus, remarque. Rassure-toi, on échangera nos noms. C'est utile pour entamer une conversation.

— Imagine qu'il soit, je ne sais pas… un genre de Boris Karloff dans *Frankenstein* ?

— C'est simple : on ne se reverra jamais. Et j'aurai dîné gratis. Peut-être même m'aura-t-il offert un souvenir.

— Ce devrait être contre ses principes, ironisa Chic. Mais cette fille n'en a aucun.

— Boris Karloff est un gentleman anglais fort distingué, se défendit Etchika.

Jocelyn les dévisageait, mi-admiratif, mi-effaré. Fastueux paradoxe que l'Amérique ! D'un côté, on interdisait au baiser de cinéma de durer plus de dix secondes, de l'autre, une jeune fille pouvait accepter le dîner et les cadeaux d'un parfait inconnu sans perdre sa respectabilité.

— La France sidérée par les mœurs pudibondo-licencieuses de l'Amérique, qui l'eût cru ?

Il se rappela sa savonnette, et s'en empara.

— Où sont les autres ?

— Page ânonne du Shakespeare ou du Groucho. Ursula se blanchit les dents à la bière. Hadley ne va pas tarder à ramener Ogden de chez la nouvelle nourrice avant de repartir aussitôt bosser. Quant à Manhattan… mystère.

3

Happy feet
(I've got those happy feet)

Manhattan songeait une fois de plus que si Mrs Merle avait appris qu'elle allait dans un bar rejoindre un garçon dont on ignorait à peu près tout, elle l'eût chassée de sa respectable pension avec blâme et sermons.

Via ses lunettes – et les vitres du *Midnight Sun* –, elle distingua le garçon en question. Ils avaient rendez-vous dans ce coffee-shop «afin de discuter un petit peu» avant leur boulot au théâtre. Elle commença par suspendre manteau et chapeau, puis gagna la table où il l'attendait.

– Bonsoir, dit-elle du ton un peu raide dont elle usait d'instinct avec lui. Je ne suis pas trop en retard?

– Je viens d'arriver.

Pure civilité: son verre de ginger ale était coquettement entamé. Elle s'assit à son côté; il avait eu la bonne idée de choisir une table d'angle. Comme elle, Reuben portait des lunettes. Étroites et rondes. Comme elle, avec la noirceur du regard paternel derrière.

– Sacré brouillard, hein.

Elle acquiesça, commanda un cherry Coca.

Avec sa silhouette de désossé et son sempiternel costume noir de facturier d'assurances, un Reuben Olson croisé dans ce brouillard pouvait évoquer Jack l'Éventreur. L'image fit naître un sourire sur les lèvres de Manhattan. Sans doute encouragé, il attaqua :

– Tiens. Lis.

L'article était signé du célèbre chroniqueur Walter Winchell.

La pièce Good Night, Bassington *poursuit la route pleine d'allégresse des grands succès de Broadway, grâce notamment au brillant Uli Styner dans le rôle-titre. L'auteur, Thomas Chambers, se trouve actuellement à Hollywood. Nous aimerions croire qu'il y a été conduit par ses seules qualités d'écrivain s'il ne s'affichait aujourd'hui en infâme soutien des Dix Renégats communistes dont les procès s'achèvent. On peut s'étonner que Mr Uli Styner ne l'y ait pas suivi dans le même but ! Sait-on que, durant la guerre, ce génie et grand séducteur de la scène new-yorkaise a fréquenté de près (de très près même) une certaine Vlaska Cherguine, ballerine russe célèbre pour ses entrechats et sa grande sympathie pour Mr Staline ?...*

Manhattan laissa choir le journal.

– Ce n'est là que le début, dit Reuben.

– Quid de la comparution d'Uli devant la Commission ?

– Cecil, son avocat, a réussi à décrocher un report. Mais dès l'envoi de la nouvelle date, plus d'échappatoire possible.

– Que risque-t-il ? Pas la prison, tout de même ?

– Bien sûr que si. Pour outrage ou trahison.

– Uli est appelé comme témoin. Cela ne fait pas de lui un accusé.

Reuben grogna une sorte de rire. Le phénomène, rare, était très… gothique. Malgré la situation, Manhattan refoula le sourire qui lui revenait.

– Pour la Commission des Activités antiaméricaines, expliqua-t-il, il existe deux catégories de témoins : les amicaux et les non amicaux.

– Les partisans ou les traîtres.

– Ça se passera comme chaque fois. La Commission exigera d'Uli une liste des communistes qu'il a connus. S'il refuse, il sera considéré non amical, et alors… *Welcome* désastre, ruine et chômage. Au mieux, il sera blacklisté pour toute la profession. Au pire…

– La prison ? souffla-t-elle.

– Au pire, les deux, *darling*. Oubliettes *et* cachot.

Le cherry Coca avait été servi sans qu'elle s'en aperçoive. Elle se rapprocha de Reuben, le volume de leur conversation ayant notablement baissé.

– Impossible d'imaginer Uli en communiste. Cette… Russe, cette ballerine, qui est-ce ?

Il roula des yeux accablés.

– Née dans l'Ohio. Aussi américaine que toi et moi. Leur liaison a duré cinq semaines et demie. C'est-à-dire autant que le communisme d'Uli. Aucune conviction politique là-dedans. Il se rendait aux réunions parce qu'il trouvait ça « récréatif et cocasse ». Ce sont ses mots.

Elle but avec lenteur, avant d'écarter le verre.

– Alors il l'a bien cherché.

Il haussa ses épaules qui étaient toutes sombres et toutes pointues.

– Nous devons l'aider. Peu importent son inconséquence, son égoïsme, son immaturité, nous sommes malgré tout… Malgré tout, nous sommes…

– … ses enfants. Hélas.

Elle rit douloureusement. Elle ôta et remit ses lunettes, sortit ses Fatima sans filtre.

– Quelle indulgence pour un type qui se garde bien de te présenter comme son fils, et te traite en employé de maison.

– Il ne me malmène pas tant que ça. Il fait même ce qu'il peut. À sa façon. Je t'assure, il est moins mauvais que tu ne crois.

– Si tu dis ça, c'est qu'il te paie bien.

– C'est vrai. Sa manière à lui de… d'exprimer des sentiments.

Elle alluma une cigarette, furieuse de se sentir bouillir.

– Et toi ? lança-t-il tout de go. Pour quel motif joues-tu à la costumière ? Pourquoi lui caches-tu qui tu es réellement ?

Elle réfléchit. Ses verres s'embrumaient.

– Pour connaître le monstre Styner aux vies et aux familles multiples. Pour savoir qui est celui qui a fait crever Gina Balestrero, ma mère, de trop d'espoir et de désespoir ; qui est celui qui fabrique des enfants qui ne se connaissent même pas.

– On se connaît, toi et moi, rappela-t-il avec douceur. Nous savons qui nous sommes l'un pour l'autre. Même si lui l'ignore.

– Je t'interdis bien de le lui dire.

– Je n'en ai jamais eu l'intention.

– Je veux avoir le bonheur, un jour, de lui jeter tout le bazar à la figure. Ce moment-là, je veux le choisir.

– Tu n'en éprouveras aucun bonheur, je te le garantis bien.

Il se rejeta contre son dossier.

– J'avais le même état d'esprit quand j'ai débarqué, il y a deux ans, pour lui révéler qui j'étais. Rancune. Rancœur. Fiel. Et puis…

Il eut un geste.

– … En réalité, c'est lui, le gamin. Malgré ses frasques de prima donna, il est d'une naïveté confondante. Qui d'autre qu'un sale gosse trouverait «créatif et cocasse» de fréquenter des *commies*?

– Un homme sans engagement, ni conscience politique. Un insensible qui se fiche de tout ce qui ne concerne pas sa personne.

Il bascula soudain son buste mince vers l'avant, se coucha presque en travers de la table pour chuchoter :

– Manhattan… Tu n'es pas communiste, au moins?

Elle rit tout bas.

– Non. Mais je vais y réfléchir.

Ils se turent. Non loin d'eux, une jeune fille confiait à ses compagnes de table que son chef de service portait des cheveux postiches. Elles riaient comme des folles.

– S'il se moquait vraiment de tout, il ne s'embarrasserait pas de scrupules, reprit-il. Tout serait facile. Un indifférent livrerait les noms de ses anciens *camarades* en clamant combien il hait le communisme, et la Commission lui ficherait la paix. Mais Uli ne fera jamais ça.

– Pourquoi? Il est tout sauf loyal. Il est même parfaitement déloyal.

– Au théâtre, le lâche n'est jamais le héros. Au mépris, Uli préfère la haine. Au fond, le rôle du persécuté ne doit pas lui déplaire.

Elle termina le cherry Coca.

– Sommes-nous là pour compatir aux affres du grand homme ?

– Pas uniquement, avoua-t-il après une lampée de ginger ale.

Il délia ses jambes de faucheux.

– Écoute. Toi et moi n'avons jamais eu de conversation seul à seule. Il me semble qu'un frère et une sœur devraient un peu… se connaître. Je ne force personne ! se hâta-t-il de préciser, les mains en l'air comme pour repousser un éclat de colère. Soyons, disons… amicaux.

Elle se remémora le soir de décembre où *leur père* (elle eut du mal à se formuler les deux mots, surtout ce *leur*, au pluriel si singulier !) les avait tous deux contraints à jouer les amoureux, au Copacabana, pour berner la jalousie d'Eudora, la dernière favorite.

Ce soir-là, Reuben, plus futé, ou clairvoyant, avait deviné le lien, la parenté qui les unissait, Manhattan et lui.

Au cours de cette même soirée – incontrôlable soirée ! le hasard l'avait remise face à Scott Plimpton, le détective qui avait retrouvé la trace d'Ulrich Büchsenschütz Steiner, père enfui, devenu Uli Styner, étoile de Broadway. Il neigeait. Elle avait froid. Scott l'avait emmenée chez lui.

Elle fut parcourue d'un frisson de mélancolie, voulut boire pour afficher une désinvolture qu'elle n'éprouvait pas du tout. Les verres étaient vides. Elle lustra ses lunettes, les remit, rangea ses cigarettes, fit un signe pour l'addition.

– Nous n'avons aucune raison d'être… inamicaux, petit frère.

L'étroite figure à la Abraham Lincoln s'éclaira.

– Déjeunons un de ces jours, alors, petite sœur. Et faisons enfin connaissance.

Ils payèrent. Elle se leva, lui tapota le poignet.

– Pourquoi pas. Si tu cesses de t'obstiner à aimer ces costumes funèbres.

Hadley dévala les marches du Kewpie Doll, espace de son second métier. Elle se débarrassa dans la foulée de ses gants et de son chapeau. Vingt minutes de retard !

Le patron du club lui fit les gros yeux. Mais Mr Acquaviva s'en tiendrait là, Hadley le savait.

Dès qu'elle ressortit du vestiaire, Lily, taxi-girl comme elle, lui fonça droit dessus, l'accroche-cœur en berne.

– Enfin tu rappliques ! Sont déchaînés aujourd'hui.

– Désolée. Me suis trompée de ligne en ramenant Ogden, il a changé de nourrice, je n'ai pas encore l'habitude. Ça nous fait courir jusqu'au Bronx. Mais il est heureux, ça colle bien avec elle.

– Moi, c'est un négociant en brosses qui me colle, et ça ne me rend pas heureuse du tout.

– Brosses… ?

– À chaussures, à vaisselle, à dents, à ongles, en chiendent, à perruques, à barbe… Je peux ouvrir une quincaillerie, je sais tout. *Pour l'amour du ciel*, peux-tu me dépêtrer de l'énergumène ?!

Avant que Hadley pût protester, Lily la poussa vers un client guilleret, déplumé, dont le gilet de costume s'enluminait de tulipes en relief.

– Alvin Ballbeck, le présenta-t-elle. Le temps d'un paso-doble, il te relate la vie d'une brosse à tapis de la naissance à la tombe. Tu verras, c'est décapant.

Si, une fraction de seconde, l'homme parut dépité de voir s'envoler les accroche-cœurs de Lily, son visage de mulot à moustache – en brosse, indiscutablement – s'épanouit en examinant Hadley. L'orchestre tonitruait *Toot Toot Tootsie Goodbye*.

– Je vais vous talonner comme mardi talonne lundi ! avertit Mulot avec un gloussement qui n'augura rien de bon.

Il la saisit par les hanches et la fit slalomer jusqu'au milieu de la piste. En fond de salle, les enragés au stand de tir avaient démarré leur concert de détonations.

– Ma première visite à New York ! clama Mulot. J'habite la Virginie-Occidentale, et j'ai pris le train de l'aube pour…

Elle inclina la tête pour éviter l'haleine de Budweiser et de corned-beef.

– Relax ! coupa-t-elle. C'est une rumba, pas un crawl de compétition. La ville vous plaît ?

Dans l'exaltation, il acheta six danses d'affilée. Pas assez pourtant pour lui dresser un tableau complet à la gloire des écouvillons qui peuplaient son existence. À la pause de l'orchestre, anéantie, Hadley tituba jusqu'au bar où Lily était accoudée en compagnie de Jinx et de Houray, deux autres taxi-girls.

– Pffffiou ! fit-elle en se hissant sur le tabouret. J'ai besoin de litres de détente.

– Ludwig ! interpella Lily en tapant de l'éventail sur le comptoir. La tournée habituelle. Tu sais quoi.

– Menthe à l'eau. Grenadine. Gin. Jus de pomme, énuméra Ludwig, barman première classe.

– Mais pas tout dans le même verre.

– New York est une cité fabuleuse, à condition d'avoir du sparadrap dans son sac, gémit Jinx.

– Le mambo, ça vous change les orteils en osselets, renchérit Houray (comme hip hip hip).

En douce, leurs doigts de pieds se libérèrent des talons aiguille. L'orchestre mugissait *A Pretty Girl Is Like a Melody*. Au fond, ça pétaradait au tir.

– Trop calme, par ici! beugla Houray. On entend la glace fondre.

Un sexagénaire, nœud papillon frétillant, se présenta à elle avec un ticket. Houray renfila ses chaussures, liquida son soda avec un rictus à la dérobée.

– *Let's go*, junior! rugit-elle en halant le frétilleur par le coude.

Elles la suivirent des yeux.

– *A taxi-girl is like a melody-iii*, chanta Jinx avec les cuivres. Hé… C'est vrai, Hadley, tu es une véritable danseuse? Une pro? Pas une rase-plancher comme nous toutes, ici?

Hadley hocha vaguement la tête par-dessus sa menthe à l'eau. Elle avait dansé avec Fred Astaire à Hollywood, dans une comédie musicale. Mais elle se garda bien de raconter à Jinx qu'elle n'avait jamais terminé le film à cause d'un minuscule pois dans son ventre qui allait s'appeler Ogden.

– Par quel maléfice te retrouves-tu à piétiner le ciment du Kewpie Doll, alors que tu pourrais dynamiter Broadway?

La paille de Hadley expulsa un bouillonnement vert.

– Me suis gourée de métro.

– Change de rame, fit Lily. *Cigarette girl*, taxi-girl… À ta place, je laisserais tomber tous ces jobs en *girl*.

– Pour redevenir… *chorus girl*? pouffa Hadley dans la paille.

– Le job en *girl* qui me plairait, fit Jinx, rêveuse, c'est *cover girl*.

– Hadley Johnson, reine de Broadway! clama Lily, mimant une affiche illuminée de ses mains écartées. Champagne au petit déjeuner.

– Champagne, marmonna Hadley. Je n'en ai bu qu'une seule fois dans ma vie. Jamais plus depuis…

Depuis la voiture-restaurant du *Broadway Limited*. Depuis l'année 1946, alors toute neuve de cinq jours.

«– Je dois avouer une chose… Je n'ai jamais bu de champagne, excepté avec Cary Grant et Katharine Hepburn au cinéma.

– Moi aussi! »

Jamais plus depuis Arlan.

– … depuis longtemps, acheva Hadley, si bas qu'aucune n'entendit.

– New York à tes pieds! soupira Lily.

– Parle pas de pieds, pitié, grogna Jinx en massant son gauche contre sa cheville.

– Courir les théâtres, les annonces, les auditions, les cachets, sortir, se montrer, apprendre, répéter… Avec mon neveu, dit Hadley, je n'aurais jamais le temps.

– Ton neveu? dit Jinx. J'avais cru qu'Ogden…

Elle recracha sa grenadine dans une toux. Lily venait de lui décocher sa pointe d'escarpin dans le tibia.

– Ogden est le fils de ma sœur aînée, débita posément

Hadley. Loretta est en Caroline du Nord, dans un sanatorium. Tuberculose. Convalescence. Je m'occupe de lui.

Le mensonge était rodé. Loretta avait en effet été soignée pour une tuberculose, il y avait de cela cinq ans. Sa sœur allait désormais très bien, et n'avait jamais eu de bébé.

L'orchestre se tut. Benito Acquaviva, propriétaire des lieux, cheveu brillantiné et cou de bœuf, survint près d'elles.

– Fin de la récré. Les clients attendent. Hop, au boulot, les filles !

C'était un homme aux manières brutes, au larynx musclé et volontiers hurleur, mais, à Noël dernier, en apprenant que lui aussi possédait un secret, caché à l'arrière de son bureau, Hadley avait découvert en lui la crème des hommes.

– Allez, mes jolies. Donnez votre maximum.

– Bah, ils s'étoufferaient avec ! soupira Lily.

Mais elles obtempérèrent. Acquaviva retint Hadley, laissant les autres la distancer.

– Il y a quelqu'un qui vous réclame là-bas, glissa-t-il. Dès que vous aurez un moment… ?

Elle acquiesça d'un sourire avant de rattraper ses collègues. Un grand blond à fossettes et narines démesurées fendit la foule.

– On danse ? piaffa-t-il devant Lily.

– T'as trouvé le meilleur endroit pour ça, mon joli. Mais je serais toi, j'attendrais quand même que la musique redémarre.

4

Two sleepy people

Manhattan ouvrit la loge et se figea sur le seuil.

Uli Styner était assis au miroir lumineux, le cou fléchi, le front sur les poings. Le dos tourné, il ne l'avait ni vue ni entendue.

Elle referma vite, en silence.

Elle ne l'avait jamais vu dans une telle attitude de… Elle chercha le mot. «Accablement» fut le seul qui lui vint.

Avoir surpris cet Uli inhabituel l'embarrassa. Pareil sentiment était encombrant; et elle lui en voulut d'éprouver soudain quelque chose qui se rapprochait de la compassion. Après tout, ses problèmes, il les avait cherchés. S'enticher d'une Vlaska Cherguine, Russe de l'Oklahoma, danseuse, communiste… Quel sombre idiot.

Contrariée, troublée, elle se rendit à l'étage des accessoires et costumes. Willoughby, des épingles plein la bouche, rectifiait des manchettes. Elle le faisait comme toute chose : avec une royale sérénité.

– Avez-vous vu Uli?

– Aperçu seulement, éluda Manhattan. Du repassage ?

La chef costumière désigna une panière de linge propre. Manhattan installa la table, brancha le fer à la douille du plafond, emplit d'eau un pot à bec, prépara une pattemouille.

Willoughby libéra une dernière épingle du coin de ses lèvres, la piqua dans le coussinet en velours rouge qui encerclait son bras.

– De quoi avait-il l'air ?

– Qui donc ?

– Uli. Que vous-avez-aperçu-seulement.

– Je ne sais pas. Ç'a été rapide.

– J'espère qu'il jouera correctement ce soir.

– Pourquoi pas ? dit Manhattan en laissant vrombir la vapeur sous la semelle d'aluminium.

– Vous savez bien.

Willoughby avait la stabilité du phare au cœur des flots rugissants. Sa coiffure courte en était la flamme rousse.

– Ses ennuis avec l'HUAC*… Il prétend qu'il s'en moque, mais ça le ronge, ça le sabote. Je le sais. À la représentation de dimanche, il a passé à la trappe une douzaine de répliques. Ça ne lui arrive jamais. Je déteste ça.

– Personne ne s'en est aperçu.

– Le public, non. Mais ses partenaires. Et lui, bien entendu.

– Et vous.

– Et moi. Les fossiles de cette maudite Commission… Ils sont en train de broyer les talents de notre pays. Ils n'ont pas

---

* HUAC : *House Un-American Activities Committee*, Commission de la Chambre des représentants des États-Unis chargée d'investigations, notamment politiques. Sa chasse aux communistes après-guerre est aussi appelée «chasse aux sorcières».

le droit de faire ça au Théâtre. On n'a le droit de faire ça à personne.

Manhattan contempla le va-et-vient du fer sur le tissu, sans répondre.

– Je suis inquiète pour les artistes. Je suis inquiète pour Uli.

La rage de Willoughby demeurait toute de calme, de sang-froid.

– Vous travaillez depuis longtemps avec lui ? s'enquit Manhattan.

– Des siècles. Vous avez une cigarette ?

Manhattan sortit une Fatima et des allumettes.

– Je bricolais des jupes pour nos voisines, mes copines au lycée, reprit la costumière après une paresseuse bouffée. J'allais reprendre l'atelier de couturière-retoucheuse de ma grand-tante Diandra. C'était mon programme. Mais, un jour… j'ai découvert le magnifique saltimbanque. *L'Éventail de Lady Windermere*, au Colony de Punxsutawney, Pennsylvanie. Il jouait lord Darlington, bien entendu. Je veux dire, il *était* lord Darlington. Sitôt la pièce finie, je me suis ruée en coulisses, et… voilà. Je suis tombée dans le grand barnum Uli Styner. J'ignorais que j'en prenais pour perpète.

Manhattan n'eut pas la hardiesse de lui demander s'ils avaient été amants. Elle n'était pas certaine de vouloir le savoir. Mais la réponse finit par venir, en oblique.

– Vous lui êtes devenue indispensable, Willoughby.

La costumière exhala un soupir de fumée et de souvenirs.

– Je suis là, oui. Toujours là. J'ai une chance inouïe, ma petite. La chance d'être presque tout pour lui… excepté une femme.

Le regrettait-elle ? Le ton demeurait égal, impénétrable.

– Uli et le théâtre, je leur dois tout. Mes caries que je n'ai jamais le temps de soigner. Ma sciatique chaque automne. Mes tifs carotte, qui sont blancs sous la teinture. Les trois enfants que je n'ai pas eus... Et de n'avoir jamais visité Venise.

Manhattan ouvrit la bouche. Elle allait dire que, pour elle, ça n'avait pas été le Colony de Punxsutawney, Pennsylvanie, mais le Bijou Theatre à Manhattan, comté de Fort Riley, Kansas. Que la danse lui faisait exactement cet effet-là. Qu'elle crevait de ne pas danser depuis des semaines à cause du *magnifique saltimbanque*...

Elle ne dit rien, parce qu'elle ne se l'autorisa pas. Et parce que la porte s'ouvrit à ce moment-là.

Un reptile en fourrure siffla dans les airs. L'étole en vison d'Eudora Flame ondula, catapultée d'une épaule à l'autre par sa propriétaire. La pièce prit aussitôt les dimensions d'une boîte à chapeau. Manhattan n'avait jamais remarqué auparavant à quel point le large visage d'Eudora emplissait l'espace.

– C'est vrai ? lança-t-elle sans les saluer.

– Quoi donc, Miss Flame ? fit Willoughby (la Willoughby habituelle, placide, flegmatique).

– Cette émission à la télévision ! Uli va y participer ?

– Une idée de son avocat. Cecil croit utile qu'Uli se montre pour... valoriser son image publique.

Le vison serpenta avant de s'immobiliser sur la clavicule nue d'Eudora. Il se mit à pendre, retrouvant presque son aspect originel : un empilement d'animaux morts.

– Valoriser... ?

– *La Star derrière le rideau* est une émission extrêmement

populaire, expliqua avec patience Willoughby. Cecil LeRoy est convaincu qu'Uli peut y engranger un capital de sympathie de la part de gens qui ne vont jamais au théâtre. Uli n'a pas encore dit oui.

– Ce barbon d'avocat a de bonnes idées, parfois. J'accompagnerai Uli ce jour-là. Il a en effet besoin… de sympathie.

Elle lissa le gant noir qui empaquetait son bras gauche jusqu'en haut.

– À moi aussi, murmura-t-elle, songeuse, elle sera utile, la sympathie de ceux qui ne vont jamais voir les danseuses exotiques. Uli n'était pas dans sa loge.

– Il y est maintenant, dit Manhattan. Je l'ai aperçu.

Le reptile poilu bifurqua d'un triple saut dans l'espace, puis disparut avec le reste, sur un claquement de porte. Willoughby écrasa sa cigarette, compta jusqu'à 20…

– Descendons! ordonna-t-elle sourdement.

Dans la loge, Eudora, Reuben et l'avocat s'agitaient autour d'Uli.

– Non, non et non! Je maintiens que le ridicule tue, Cecil. Je n'irai pas faire mon pitre à la télévision.

L'acteur avait retrouvé panache, ronflant, gestes de diva. Plus rien à voir avec l'homme voûté dans le miroir.

– OK, le ridicule tue. Ne plus travailler aussi.

L'avocat passa une main fatiguée sur les ondulations argent de sa coiffure de chef d'orchestre.

– Ce type, là, qui anime l'émission, ce crétin de Val Crosby…

– Vaughn. Vaughn Crosby.

– Un conservateur! Un puritain de Sparte! Un mormon, si ça se trouve! Un donneur de leçons de la clique à Winchell!

– C'est le pourquoi de notre subtile stratégie. Crosby ne sera jamais soupçonné de collusion ou de complaisance envers toi. Ainsi, notre défense devant la Commission...

– Au diable la Commission! hurla Uli.

– Toi, c'est en enfer qu'elle t'enverra. Réfléchis.

– Une serviette propre, Manhattan. Willoughby? Avez-vous appelé la manucure?

– Elle ne va plus tarder, Uli.

Le comédien plongea sa figure dans l'éponge. Il y demeura enfoui un moment. Ils l'entendirent souffler à plusieurs reprises.

– Un pénible moment à passer, risqua Reuben mezza voce. Mais énormément d'avantages ensuite. Le public conservera l'image d'une star simple, aimable, accessible.

À l'intérieur de sa serviette, la star simple, aimable et accessible fut prise de fou rire.

– Je serai à tes côtés, trésor, ronronna Eudora. Tu n'iras pas seul, rassure-toi.

La serviette fut jetée à la volée à travers la pièce. Manhattan alla la cueillir sur le sofa et la replia.

– *Niet*! Et re-*niet*! N'allons pas faire les clowns en bande par-dessus le marché!

La rebuffade tordit la bouche d'Eudora, la rendant subitement disgracieuse.

– C'est pour t'aider, amour... *Niet*? répéta-t-elle tout bas. C'est pas du russe?

Une lueur fourbe rôda dans l'œil noir de Styner. Il enlaça les hanches généreuses d'Eudora, lui imposant un rapprochement unilatéral.

– *Da*, mon trésor, c'est du russe, susurra-t-il. Sais-tu, ma colombe, ce qui arrivera si tu es vue en compagnie d'un Vilain Rouge, d'un infâme *pinko* ? Tu seras cataloguée sympathisante. *Eudora Flame est une* commie ! On fouillera ta vie. Toi aussi, on te convoquera à Washington. On te pilonnera de questions. Tu n'as pas envie de cela, ma perle ?

— Non, balbutia-t-elle, un peu pâle. Évidemment pas. Je hais ces bolcheviks tout comme toi. Mais…

Manhattan décela une subtile gaieté sur les traits impavides de Willoughby.

— … mais tu adores les caméras, je sais, mon chou, chuchotait Uli comme à une enfant malade. Et tu aimes tant la télévision ! Il te faudra choisir, pourtant. Être ou ne pas être dans la petite boîte.

— Et toi ? intervint Cecil LeRoy, un peu las. Tu y seras ?

Uli Styner inhala puissamment, mélodramatiquement.

— Vous gagnez ! Ceux qui vont mourir sont fichus… Entre vos mains, vous tenez mon sort et mon salut !

— Excellente décision, répondit l'avocat, sans s'émouvoir. J'appelle ça recouvrer la raison.

— Moi, j'appelle ça une reddition.

— Les émissions ont lieu le…

— Une abdication !

— … à 20 heures, studio n°…

— Une capitulation !

— … 1017, au building NYVB, débita Reuben en noircissant un agenda. Soir de relâche pour nous. J'avertis la production.

— Autre chose, Uli, dit l'avocat en tirant un paquet de sa sacoche en lézard. Lis ça… Le rôle principal est très fort, très solide. Du sur-mesure pour toi. Et ça pourrait arranger nos affaires.

Le manuscrit fut posé sous les ampoules de la coiffeuse.

– *Mon jumeau, ce communiste*, lut Styner.

Ils retinrent leur souffle. Cecil LeRoy plongé dans sa sacoche, Reuben dans l'agenda, Willougby brossant une manche, Manhattan défroissant une cravate. Eudora, seule, agit sans affectation : elle redessinait au pinceau le contour de sa lèvre du haut.

La loge explosa soudain du rire fracassant d'Uli Styner.

– Le ridicule ne tue pas… Non, il assassine ! *Mon jumeau, ce comm…* Impayable ! De quel jumeau aurai-je le rôle ? Cecil, dis-moi que c'est une blague ? Pourquoi pas *Mon chapeau, ce communiste* ? Ou *Mon frigo, ce communiste* ! *Mon cigarillo* ! *Ma dactylo* ! C'est bien, ça. C'est vendeur, ça. *Ma dactylo, cette commie.* C'est… grotesque !

Secoué d'un déchirant fou rire, il balança le manuscrit d'un revers rageur. Personne ne se risqua à aller le ramasser.

– L'auteur est prêt à changer son titre, dit l'avocat après un silence pénible. Tu dois lire cette pièce, Uli. Elle peut te sauver la mise. Des stars de ton envergure commencent à s'arracher les rôles antirouges. À Hollywood. À Broadway. Certaines par conviction, d'autres pour se refaire une réputation. J'ai extorqué cet exemplaire in extremis, on allait le proposer à Adolph Menjou…

– Adolph Menjou ! répéta Uli, qui ne riait plus du tout. Le pantin en frac qu'on a vu aux auditions des Dix ?… Tragique !

Il rejeta sa chevelure, serra les paupières, une main posée en angle parfait sur sa tempe. L'homme meurtri ne parvenait pas à étouffer l'acteur.

– Sortez. Sortez tous, gronda-t-il à voix basse. Pas vous, Willougby. Restez aussi, Manhattan.

Le vent de la retraite déblaya assez promptement la loge. Eudora crut bon de s'éterniser un peu. Elle vint presser une joue sur les cheveux d'Uli.

– Amour… J'aurais tant voulu qu'on aille là-bas tous les deux, soupira-t-elle. Tu feras un tabac, c'est certain. Mais tu as raison, soyons vigilants. Peut-être vaudra-t-il mieux, pendant quelque temps, qu'on ne nous voie pas ensemble? Oh, je ne dis pas que ça me fera plaisir, mais…

Il l'interrompit d'une tape sur la fesse.

– Peut-être, en effet… amour, compléta-t-il alors qu'Eudora était déjà dehors.

Il dévissa mollement le couvercle d'un pot de *cold cream*, comme s'il dégoupillait une grenade.

– Que pensez-vous de ça, Willoughby? dit-il enfin.

Elle déplia avec soin un large peignoir en soie japonaise.

– *Ma libido, cette communiste?* suggéra-t-elle, atone.

Il rit, fatigué, reconnaissant. Elle l'aida à passer les manches.

– Mais qu'en dites-vous? insista-t-il.

– Qu'évidemment vous êtes le plus grand acteur du monde et des galaxies.

– Je suis bien de votre avis. Nous voilà au moins deux contre Laurence Olivier.

– Laurence Olivier? Pfff. Un nain à côté de sa majesté Styner.

– Le roi est nu, dit-il au miroir.

Il attrapa affectueusement le poignet de Willoughby.

– Chère, chère amie. Ne changez pas.

– J'essaie, *sir*. Sauf que la note de l'esthéticienne augmente chaque année.

Sur le point de sortir, elle lui lança :

– Vous n'imaginez pas que c'est une demande d'augmentation, je parie ? Vous avez tort. C'en est une.

Elle ouvrit la porte. Sur le seuil s'encadra une jolie brunette, mallette sous le bras. Willoughby lui laissa aimablement le passage.

– Barbara, s'annonça la brunette. Je suis la manucure.

Sur un roulis de sourcils plein de sous-entendus à l'adresse de Manhattan, Willoughby prit la poudre d'escampette.

– Par ici, ravissante barbare ! se métamorphosa aussitôt le cabotin, papillonnant de ses doigts velus. Je veux être le captif de vos mains. Quinze minutes, pas davantage.

Manhattan poussa un long soupir intérieur, avant de se colleter au rangement de la penderie qui en avait bigrement besoin.

La petite Liselot était en train de crayonner à une table. La pièce où elle se trouvait était isolée dans les tréfonds du Kewpie Doll. Les claquements du stand de tir traversaient, atténués, les murs.

Sur un plateau à côté d'elle étaient posés une carafe de lait, une pizza avec un œuf dessus, un ramequin de crème au chocolat, une pomme rose.

Hadley s'approcha du fauteuil roulant et remonta sur les genoux de la petite fille la couverture qui avait glissé. L'enfant ne leva pas la tête, ne cessa pas de dessiner.

– Ils t'ont acheté beaucoup de danses, ce soir ? interrogea-t-elle.

– Pas mal. Les habitués commencent à me connaître, j'ai mon petit succès, tu sais.

– Je sais danser, moi aussi, dit la petite fille immobile et empêchée. J'apprends les pas. Je les danse dans ma tête.

Elle coloriait en orange les taches d'une girafe. Elle en avait dessiné deux, une grande et une petite, dans la savane. La petite girafe était à demi cachée par un buisson, on ne voyait pas ses pattes.

– Tu ne me crois pas. Je t'assure, je sais danser.

– Je te crois. Tout le monde apprend d'abord les pas dans sa tête.

La petite leva enfin le noir de son regard pénétrant.

– Si je regarde assez longtemps un dessin, je peux rentrer dedans, sentir les odeurs, la chaleur, écouter les bruits…

– Oh. Tu peux le faire vivre, en somme.

Hadley effleura les contours de la grande girafe.

– C'est un pouvoir merveilleux. Cela veut dire qu'en ce moment tu te balades, là, à l'intérieur, en Afrique ?

La fillette opina.

– Mais je ne peux pas les entendre. Les girafes sont muettes.

– Quelle chance de savoir voyager ainsi. Quand la ville entière est plongée dans le brouillard comme aujourd'hui, j'aimerais posséder ce don. Tu dessinerais une longue plage, la mer au soleil, et… je plongerais dedans.

D'un air de malice, Hadley fit apparaître trois livres de son sac.

– Tu sais faire ça avec les romans, aussi ? Rentrer à l'intérieur ? Sentir les odeurs ?

Plus malicieuse encore, Liselot riposta :

– Tout le monde fait ça, en lisant.

Elle déchiffra les titres des livres avec avidité.

– *Contes* d'Andersen. *Les Enfants du capitaine Grant* de Jules Verne. *Anne… la maison aux pignons verts* de Lucy Maud Montgomery.

– La bibliothécaire les a choisis pour toi. Elle les connaît tous.

Mrs Chandler n'oubliait jamais de lui en préparer une pile. Ce soir, Hadley était en retard à cause de la nouvelle nourrice d'Ogden. Mrs Chandler avait attendu, et fermé la bibliothèque après l'heure, sans aucune remarque.

– Tu n'as pas apporté *La Petite Dorrit*, comme je te l'avais demandé.

– Quelqu'un l'a emprunté. Mrs Chandler est désolée. Elle me l'a promis pour bientôt. Il faudra que vous vous rencontriez un jour, elle et toi. Elle est si gentille, si pleine d'attentions.

– Toi aussi, tu es gentille et pleine d'attentions.

– Sans doute parce que j'ai été aussi bibliothécaire ! rit Hadley. Pendant les vacances. Dans la ville où je suis née.

– Tu pouvais lire tous les livres que tu voulais ?

– C'est bien d'en lire un maximum pour pouvoir conseiller les gens.

Liselot réfléchit.

– Un jour, je serai bibliothécaire.

Réfléchit encore.

– Tu préfères travailler ici ? Tu trouves ça mieux que bibliothécaire ?

– C'est… différent, murmura Hadley. Ça me plaît de danser.

La petite fille, songeuse, toucha la couverture d'*Anne… la maison aux pignons verts*, penchée sur les détails de l'illustration.

– Je vais commencer par celui-ci, il a l'air *brioche*.

– …?

 – C'est quand quelque chose est drôlement bien.

– Oh. Et quand ce n'est pas bien?

– Quand ce n'est pas bien, c'est biscotte.

– Je vois. Ma jupe, là, par exemple? Tu dirais quoi?

– La couleur: brioche. La longueur: biscotte.

Hadley ébouriffa les bouclettes brunes aux barrettes à l'effigie de *Little Annie*.

– Tu n'as pas touché ton assiette. Tu n'as pas faim?

– Si. Très.

– Eh bien?

L'enfant poussa un sombre soupir.

– Sais-tu remettre un œuf dans sa coquille et la refermer?

Hadley ouvrit des yeux étonnés.

– Papa commande toujours la pizza avec un œuf dessus. Je n'aime pas du tout. C'est tellement…

– … biscotte?

– Abominablement.

– Je vais demander à Ludwig de te préparer un sandwich au poulet.

– Ça, c'est une idée vraiment brioche.

– Tu ne peux pas rester le ventre vide.

– Non, n'est-ce pas? À dix ans, on n'a pas terminé sa croissance.

– Veux-tu un milk-shake? Ta croissance devrait aimer ça.

– Miam. Hadley…?

Déjà à la porte, Hadley pivota.

– Merci beaucoup. Hadley…?

Hadley retint le battant.

— Tu es la personne la plus terriblement brioche que je connaisse.

5

Moonlight and shadows

À l'écho des applaudissements succédait le silence de la poussière de bois, des velours et des coulisses. Le théâtre était encore chaud de l'humanité qui l'emplissait une demi-heure plus tôt.

Il ne restait plus grand monde à l'Admiral. Les acteurs étaient tous partis souper. Willoughby avait déguerpi avant la fin de la représentation.

Manhattan salua Garrett, le régisseur, et se faufila côté jardin, le plus court vers la sortie des artistes. Manhattan avait rendez-vous. Elle avait hâte.

Elle traversa le plateau au décor intact. On ne le bougerait pas avant demain. *Good Night, Bassington* pouvait se rejouer, là, tout de suite, si quelqu'un en exprimait le caprice. Il subsistait même, dans un cendrier, les mégots cochés de rouge de la vedette féminine.

Ses pas résonnaient sur les planches.

— *Good night*, Manhattan! lança Uli Styner en une parodie de sa réplique de fin, celle sur laquelle tombait le rideau et explosaient les bravos.

Il était vautré au fond du canapé, au centre de la scène.

— Navrée de ne pas applaudir, vous m'avez fait presque peur, répondit-elle assez sèchement.

Il rampa pour se redresser contre le dossier. Le manuscrit de Cecil LeRoy gisait près de lui, roulé, chiffonné.

— J'essaie de pénétrer l'œuvre du siècle. *Mon tombeau, ce communiste*... Aide d'accès au sommeil garantie.

Il tapota un coussin à côté.

— Venez là un instant. N'ayez pas peur du Grand Méchant Rouge, je ne vends aucune carte du Parti. Asseyez-vous, dis-je.

— J'ai rendez-vous.

— Un amoureux?

Elle avança, mais ne s'assit pas. Elle se demanda s'il avait bu.

— Vous vous demandez si j'ai bu. Réponse: oui. Mais pas assez pour être ivre. Maintenant que j'ai répondu à la question que vous n'avez pas posée, répondez à celle que je vous pose: un amoureux vous attend-il?

— Je ne sais pas.

Il battit comiquement des cils.

— Vous ne savez pas s'il y a un amoureux? Ou vous ne savez pas si l'amoureux est amoureux?

— Je ne sais pas s'il m'attend déjà.

— Ha!

Il se tapota une narine.

— Et vous? Vous ne dînez pas avec votre amoureuse?

Il écarquilla les yeux.

– De qui diable parlez-vous, jeune fille ?

– Miss Flame.

– Ha ! redit-il (même ton).

Nouveau tapotement, mais sur l'autre narine. Le silence traîna, inconfortable.

– Au revoir, Uli. Je vais être en retard.

Elle n'accomplit que trois pas. Il s'était levé pour lui barrer le passage.

– J'ai envie de causer un peu avec vous, Manhattan.

Elle déglutit.

– Pourquoi moi ?

– Vous voyez quelqu'un d'autre, ici ?

D'un bras shakespearien, il engloba les ténèbres de la grande salle déserte, des coulisses, l'espace ombreux des cintres par-dessus leurs têtes.

– Soyez flattée. Habituellement, le bavardage des femmes m'ennuie.

Elle chercha l'ironie. Il n'y en avait pas. Uli Styner, réputé homme à femmes, avait à leur sujet des notions de moussaillon stagiaire. S'il croyait ainsi l'inciter à une discussion !

– Prenez place sur cette bergère. Je reprends la mienne, en face.

Les doigts sur le clip de son sac à main, elle obéit.

– C'est drôle, dit-il, réitérant sa posture languide parmi les coussins. Dans ce petit manteau obscur et boutonné, je vous imaginais plutôt rentrer sagement à la maison, retrouver un jeune frère endormi, une tante malade, ou une vieille mère. Bref, tout sauf un amoureux.

– Ma mère n'a pas eu le temps d'être vieille.

Elle se mordit l'intérieur de la joue.

– En quoi les femmes vous ennuient-elles ? reprit-elle, afin de détourner l'imprudent chemin que prenait leur échange.

– Je l'ignore. Avez-vous un avis là-dessus ?

– Peut-être ne sont-elles ennuyeuses qu'avec vous.

Elle prit une respiration.

– Avez-vous envisagé que vous… pouviez les ennuyer ?

– Moi ? Uli Styner ? Le bouffon du château ? Fournissez la princesse, il sert les blagues à 2 dollars.

–Vous aimez quand les femmes sont de petites filles gâtées. Les autres vous font-elles peur ?

Il lui coula un regard acéré.

– Les autres, je travaille avec. Voilà que vous commencez à m'ennuyer aussi.

– Je ne suis pas forte en blagues à 2 dollars. En outre, je n'ai pas sollicité cet entretien, dit-elle en se relevant. Bonsoir, Uli.

Elle rajusta son col, comprima son sac sous le coude. Le bras shakespearien lui ordonna illico de se rasseoir. Elle céda, sans pouvoir s'en empêcher. Comme une gamine obéit à papa, songea-t-elle avec dépit.

–Vous êtes un drôle de type, Manhattan. Que faites-vous dans la vie, exactement ?

– Ce que je… ? bafouilla-t-elle, prise de court. Elle raffermit sa voix, la position de ses pieds. Rappelez-vous, j'assiste la costumière en chef d'un acteur de Broadway.

– D'un *très grand* acteur de Broadway, rectifia-t-il sans rire.

Il adopta, dans son canapé de décor, la verticalité du magister qui s'en va exposer une théorie arithmétique ardue.

– Je vais affiner ma question, jeune fille : quand vous ne

travaillez pas à l'allègement des tâches de la chère Willoughby, quand vous n'avez pas de rendez-vous avec un amoureux, que faites-vous dans la vie ?

Le cuir du sac à main portait une éraflure, près du fermoir. Elle ne l'avait jamais noté auparavant. Mais elle n'avait jamais, non plus, si méticuleusement scruté le cuir de son sac.

– Je… danse, finit-elle par avouer.

Il renversa la tête et tendit les mains en direction du ciel, plus exactement des cintres tout là-haut.

– Elle danse ! s'exclama-t-il. Miss Balestrero danse !

La salle vide réverbéra la clameur telle une voûte de caverne.

– Si vous dansez, si vous dansez, fit-il mine de réfléchir, façon Hercule Poirot, c'est donc que vous voulez devenir… danseuse ?

– Je *suis* danseuse.

– Pardon ? Pourquoi alors vous échiner à des besognes de lavandière ?

– Sans doute une irrésistible et stupide envie de ne pas crever de faim.

Il croisa les bras. Ses manches remontèrent.

Ça parade comme un aristo de la côte Est, avec des poignets poilus de bûcheron de l'Oregon, pensa-t-elle méchamment.

– Un sacré drôle de type, voilà ce que vous êtes, Manhattan, répéta-t-il doucement. Pleine de charme, et plutôt jolie à voir en dépit du manteau obscur et des lunettes revêches. Mais vous êtes… trop grandie. Vous avez probablement dû naître à trente ans.

Déconcertée, emplie de rage, elle chercha une réplique, une pique.

– Ma mère… fut tout ce qu'elle réussit à dire. Ma mère disait toujours que…

Elle avala une goulée d'air, le cœur lui battait sous le crâne.

– … que les hommes sont tous des petits garçons de sept ans.

Elle vit les manches d'Uli Styner retomber lentement, et pendre le long de son corps, puis l'éclat singulier jeté par ses yeux.

– J'ai connu quelqu'un… une personne qui disait cela, dit-il avec lenteur. Il y a… une éternité.

Elle se leva, cramponnée à son sac.

– Je crains d'être en retard pour de bon. À demain.

Des poignards plein la tête, elle refréna ses mollets qui voulaient courir plus vite qu'elle, la propulser hors de cette scène et de ce théâtre, loin de la ligne rouge qu'elle avait failli franchir.

Le métro la calma un peu. Tandis qu'elle roulait vers le West Side, elle observa un gosse qui faisait l'acrobate à la barre centrale du wagon. Ce devait être son passe-temps préféré : son pantalon était tout lustré.

– Il sera champion olympique, prédit un voyageur à la mère.

– Il a de qui tenir. À quinze ans, son père bâtissait l'Empire State.

Un papa. Une maman. Quelle veine il avait, ce gosse. Manhattan descendit à sa station après l'avoir salué d'un clin d'œil. L'enfant lui tira la langue, perché à sa barre.

Elle s'enfouit dans le brouillard de l'avenue, jusqu'au lieu de rendez-vous habituel, un bistrot tenu par une Française, appelé La Petite Chaumière, à deux pas de chez lui.

Elle n'était jamais retournée chez Scott Plimpton depuis la

nuit du Copacabana, cette folle nuit, de folle neige, où il lui avait offert un thé chez lui avant de la ramener en taxi*.

Le plus souvent, il arrivait au restaurant le premier, s'installait à ce qui était devenu *leur* table. Lorsqu'il l'entendait pousser la porte vitrée, il levait la tête. Elle essayait alors, chaque fois, de capter cette lumière, une courte lumière bien à lui, au fond de son regard gris. Cela durait un quart de seconde, mais elle aimait à croire que c'était le bonheur de la retrouver.

À travers la vitre et la brume, elle l'aperçut qui discutait avec Rosine. Elle poussa la porte, épiant son visage. Il se tourna… et, oui, elle fut là, concise, mais ardente et heureuse, la lumière dans les yeux de Scott.

— Bonsoir, Miss Balestrero, dit-il de sa voix lasse, mais chaude. Rosine a mijoté exprès pour nous un *poulet cocotte*. En français dans le texte.

— *Cocotte*? Qu'est-ce que c'est?

Rosine Blum était un petit format anguleux de partout, qui emprisonnait ses boucles brunes dans un foulard chaque soir différent. Depuis six ans qu'elle vivait à New York avec son mari Jules et sa fille Monique, son anglais demeurait approximatif. Manhattan ne pouvait percevoir que Rosine avait également un accent en français.

— Quelque chose de bon, dit Rosine. Quelque chose de fameux.

Elle prononçait *fa-mousse*. En conséquence de quoi, Scott et Manhattan se dirent qu'ils allaient découvrir un *célèbre* plat du panthéon culinaire.

---

* Voir le tome 1, *Un dîner avec Cary Grant*.

– Pardon pour le retard, Scott, dit Manhattan. Mais Styner…

La sérénité d'une main légère sur la sienne coupa court aux excuses. Elle se rappela la fois où il avait réchauffé ses doigts glacés dans le taxi. Elle en avait aimé la générosité et la rugosité. Il y avait plus d'un mois de cela. Que s'était-il passé entre eux depuis ?

Rien.

–Vous êtes bouleversée. Rien de grave ?

Il était, avec Reuben, la seule personne au monde qui savait qu'Uli Styner était son père. Elle avait l'impression d'être une eau claire pour lui. C'était plutôt étrange quand on avait passé quatorze années de sa vie à remâcher des secrets.

– Uli va devoir participer à *La Star derrière le rideau*, l'émission de Vaughn Crosby sur NYVB. Il la juge inepte, indigne de son talent. Il est hors de lui.

Embrasse-moi, pensa-t-elle en même temps, oh, embrasse-moi.

Était-ce la discussion avec Uli ? Elle se sentait irritée, impatiente, mendiante. S'il m'aimait, m'aimait vraiment, il m'aurait déjà embrassée mille fois.

Scott ne l'avait même jamais tenté une seule.

– Il a vociféré, a déroulé son *Cid*, son *Hamlet* et son *Richard III*. Pauvre Uli… On l'accompagnera pour lui donner du courage.

Certes, on pouvait appeler cela *avoir du tact*. Mais, après cinq semaines de sorties, de dîners assidus, ce statu quo avec un jeune homme plutôt séduisant prenait des allures de vexation. Cela pouvait même devenir un intolérable tourment si l'on tombait amoureuse. Était-elle en train de tomb… ?

– Un joli vin qui donne du plaisir au cœur ? proposa Rosine.

– Je suis en train de savourer le mien, dit Scott en plongeant le regard dans celui de Manhattan.

Avec ce perpétuel demi-sourire, entre indolence et taquinerie.

Des mots.

– Les détectives savent jouer les poètes? réagit-elle sur un ton dont elle n'avait pas prémédité l'acrimonie.

– Hélas. Ils espèrent ainsi passer pour des êtres humains.

Elle ne rit pas.

Rosine leur dévoila son vin de Touraine, puis une marmite en fonte noire à l'odeur fourmillante.

– La *fa-mousse cocotte*... Attention, chaud devant.

Elle disposa un cortège de ramequins colorés autour, et les tranches de sa baguette maison qui était un pur enchantement. Ils attaquèrent le repas en silence.

Au bout de quelques minutes, Scott posa brusquement ses couverts. Il se pencha, lui fit lever le menton.

– Qu'est-ce qu'un homme qui vous estime et qui adore le plaisir de votre compagnie peut bien faire pour vous rendre le sourire?

Donne-moi un baiser, nigaud. Seulement un baiser. *Un homme qui vous estime...* vous estime! Elle avait envie de pleurer.

– Je suis fatiguée, répondit-elle platement.

Il lui ôta fourchette et couteau des mains, les plaça de part et d'autre de l'assiette, la fixa droit.

– Comment est-ce, en cette minute, dans votre petit enfer personnel, Miss Balestrero?

– C'est... un club très fermé, dit-elle, lèvres pincées, visage muré. N'y sont admises que les sottes et les godiches.

Il la dévisageait, avec cette mélancolie bienveillante qu'il posait sur le monde parfois, et sur elle souvent. Il versa le vin.

— Vous n'êtes ni sotte ni godiche.

Non, pensa-t-elle. Risible. Uli avait raison, le ridicule tuait. Coincée, elle fuit dans le silence de l'impuissance.

Il fit tinter son verre contre le sien qu'elle n'avait pas touché, avant d'en goûter une gorgée.

— Boire vous rend merveilleusement abordable et enfantine, murmura-t-il.

— Je n'ai encore rien bu.

— Non. Mais moi je bois.

Elle ne put se retenir de sourire.

— Enfin… soupira-t-il.

Ils ne prirent ni dessert ni café. Quand ils sortirent, la cité flottait toujours dans son brouillard de lait.

— Je vous raccompagne.

— Ce ne sera pas nécessaire.

— Pas nécessaire, mais agréable.

Ils remontèrent côte à côte, d'un pas faussement oisif, vers Columbus Circle. Lui, son feutre repoussé en arrière, mains dans les poches ; elle, le front englouti sous son chapeau, un poing ganté pendu à l'anse de son sac. De temps en temps, lorsqu'un mirage de piéton les croisait, leurs manches ou leurs épaules se heurtaient.

Un peu avant les grilles de Central Park, une chanson fredonnée s'éleva soudain au milieu des fumées :

… on the Atchison, Topeka and the Santa Fe…
Yoo hoo hoo…

La silhouette sur un banc se détachait dans la nuit crémeuse. Une femme, assise, un panier à ses côtés.

– Bouquet? marmonna-t-elle lorsqu'ils lui apparurent.

Ils reconnurent la vendeuse de violettes rencontrée à l'automne, au bar du Wilbur Hotel, les harpes sur le foulard qui couvrait son panier étaient toujours vertes. Scott s'arrêta pour acheter un bouquet qu'il épingla, comme alors, au revers de Manhattan.

– Merci, dit-elle tout bas.

Ils entendirent les couplets bien après que la silhouette sur le banc se fut dissoute dans les brumes comme un sucre dans un liquide :

… all aboard! Yoo hoo hoo…

– Je ne me rappelle plus son nom. Elle nous l'avait dit.

– Midget, dit-il sans hésiter. Midget, la vendeuse de violettes. Elle buvait un vermouth-cassis.

Voilà à quoi l'on distinguait un détective d'un homme ordinaire.

– Scott… se décida-t-elle soudain, à la hauteur de la 75e Rue – ou de son fantôme, car le lait se répandait partout dans l'espace –, il faut me dire…

Il repoussa son chapeau, remit les mains dans ses poches, attendit.

– Est-ce que… je vous déplais à ce point?

Elle le détesta de l'avoir conduite à proférer une telle question, le genre qu'on entendait dans les cinémas à double programme de la 41e Rue.

— Vous me plaisez énormément, Manhattan, dit-il, amusé.

– Nous nous voyons souvent…

– Précisément. Parce que vous me plaisez. J'espère que je vous plais aussi. Dites, j'ai l'impression d'assister aux dialogues d'un de ces films du dimanche soir, sur la 42ᵉ.

– Scott… J'apprécie beaucoup que nous sortions ensemble, dit-elle avec la sensation casse-cou de prendre un élan pour le vide. Seulement…

— Vous en avez assez ?

Il lui captura les poignets, embrassa le creux de ses mains. Quelque chose d'éperdu sur son visage, lorsqu'il l'approcha du sien, émut Manhattan et l'effraya en même temps.

– Scott… J'apprécie beaucoup que vous vous comportiez en gentleman avec moi. Seulement, au bout de tant de semaines, c'est de moins en moins flatteur. C'est même… blessant.

Il la relâcha en silence.

— Vous comprenez, n'est-ce pas ?

Des filaments de brume flottaient entre elle et lui, comme la toile fatiguée d'une araignée fatiguée.

— Vous êtes jeune, Manhattan.

— Vous n'êtes pas si vieux, vous-même, dit-elle, désespérée. Combien d'années nous séparent ? Six ? Sept ? C'est un motif idiot, en plus.

— Vous, avec des projets, des rêves, des ambitions, votre carrière qui débute à peine…

– Oui… ?

– Alors… je ne sais pas.

— Vous ne savez pas !

Elle s'était exclamée à voix basse. Leurs souffles creusaient deux lignes grises, face à face comme des duellistes, dans le blanc du brouillard.

— Vous aimer n'est pas chose simple, Manhattan.

— Mon Dieu, pourquoi ? Je ne suis pas très compliquée, vous savez.

Leurs regards s'accrochèrent. Interminablement.

— Je parlais pour moi.

Elle espéra une suite. Qui ne vint pas.

— Mon orgueil ne supportera pas que je me montre plus impatiente que vous, dit-elle, découragée, la voix tremblante. Je crains... que nous ne devions en rester là, Scott.

— Manhattan...

— Bonsoir.

Elle dégagea le poignet qu'il tentait de retenir et tourna les talons.

Seul, cerné par la muraille de brouillard, il s'adossa d'une épaule à un réverbère, sortit lentement une cigarette. Il gâcha trois allumettes avant de pouvoir goûter une première bouffée.

— Cigarette ? gazouilla l'apparition à ses côtés.

Il reconnut le foulard, les harpes vertes. Il lui en offrit une, l'alluma. La vieille le remercia d'une oscillation de chapeau avant de reprendre son chemin et de s'évaporer, fantôme chantonnant parmi les fumées :

In the roaring traffic's boom,
In the silence of my lonely room
I think of you
Night and day...

☆

La partie de poker venait de s'achever.

– Qui rentre au bercail après minuit a eu du mal à s'arracher des bras de son petit ami.

Sur cette maxime improvisée, le voilage retomba sur la vitre. Artemisia demeura immobile devant la fenêtre. En contrebas, Manhattan venait de franchir le seuil de Giboulée, ses chaussures à la main, sans soupçonner que son retour en catimini avait été repéré depuis le dernier étage.

– Tu as parlé, *carissima*? demanda Severio Ercolano, qui rangeait le tapis de jeu et les cartes.

– Pas récemment, grogna-t-elle. Je vais m'allonger sur ce sofa et soulever des révolutions.

– Quand on gagne, murmura Jocelyn en s'étirant, c'est la moindre des choses.

Artemisia s'arrangea pour orienter les perles de sa robe vers la lampe Tiffany afin de mieux voir briller leur vieil éclat. Elle effleura doucement le plumage de l'oiseau-parure posé sur son épaule droite.

– Je prendrais bien quelques glaçons avec un petit quelque chose autour pour les réchauffer, chuchota Ercolano. Pas toi, *cara*?

Easter Witty alla déloger de la crédence le flacon du petit quelque chose. Elle servit Artemisia, l'Italien, se servit ensuite.

– On a désormais la preuve que vous n'êtes pas le galant de notre Manhattan, *young* Jo. Votre alibi, ce soir, est inattaquable. N'empêche, quelle cachottière... Vous ai-je dit que vous ne jouez pas si mal?

– Merci, Artemisia. Il y a par ici d'excellents professeurs.

– Par contre, votre concert de tantôt… Pouah, ce piano. Il faudra en faire du bois de chauffage au prochain hiver.

Il desserra sa cravate. D'un jeu de sourcils, Easter Witty lui indiqua le verre du petit quelque chose. Après hésitation, Jocelyn écarta son pouce et son index de deux modiques centimètres. Elle lui en versa quatre.

– Vous vous êtes coupé ? persifla Artemisia.

Sa cravate, zut. Il aurait dû la garder nouée. Rien n'échappait à la vieille musaraigne. Elle écarta une aigrette de sa parure à plumes qui la chatouillait, et il se rappela la façon dont elle avait prêté ces deux oiseaux à Dido, au bal de Noël. Il en était encore remué.

– C'est en me rasant, ce matin.

– Vous vous rasez avec un ouvre-boîte ?

– Non. En pensant à vous.

À la façon dont les paupières s'étrécirent sur les iris verts, il sut qu'il l'avait flattée.

– Vos progrès sont foudroyants, *young* Jo.

– Il est français, fredonna Ercolano. *È un bambino parigiano…*

Il illustra son cul sec d'un *ha !* de contentement, et du spectacle de ses ors dentaires.

– Faut aller coucher le gosse dans sa chambre, dit Easter Witty en s'approchant du siège crapaud où Ogden et N° 5 étaient endormis, pattes et bras mêlés. Si Miss Hadley savait qu'il assiste à des parties de poker à son âge…

Jocelyn souleva délicatement l'enfant. N° 5 s'éveilla, comprit la situation et laissa glisser son tas de poils sur le sol.

– Ce soir, Ogden a appris le mot «joker». Ça devrait se révéler utile à l'avenir.

Severio Ercolano avait enfilé son pardessus en vigogne et son borsalino chocolat. Il attendait, pour mettre ses gants, d'avoir prodigué à ces dames sa tournée traditionnelle de baisemains. Il s'agenouilla près d'Artemisia, toujours répandue parmi ses perles et ses plumes au milieu du sofa, et se fendit des trémolos d'usage.

Elle lui en aurait voulu, sinon.

– Quand viens-tu à Las Vegas te marier avec moi, Mitzi? roucoula-t-il.

– Le seul aspect hilarant du mariage, Erco, c'est la possibilité d'être veuve.

– Je suis prêt à mourir d'amour pour toi.

– J'ai déjà deux fossoyeurs. Ma sciatique et ma sœur Celeste.

Fataliste, il se remit debout, baisa la main d'Easter Witty qui n'en revenait pas qu'un homme blanc fût si gentleman avec elle, puis il passa ses gants avec des afféteries de dandy. Après avoir salué Jocelyn, il quitta l'appartement, puis la pension. Sans bruit.

– *Un vero Siciliano...* Tiens, il me vient une idée! Si on allait prendre un daïquiri au Plaza? suggéra Artemisia, somnolant déjà.

– Est-ce bien raisonnable? dit Jocelyn.

– Depuis un demi-siècle, Ingersall le barman y sert le meilleur daïquiri du monde. En 1919, Fifi Ashford en a avalé un. Dans l'heure qui a suivi, elle parlait le swahili couramment.

– Dans ce monde qui renaît de ses cendres, il est sain d'être polyglotte.

– Notre Miss Artemisia a toujours brûlé la chandelle par les deux bouts, grommela Easter Witty en déclipsant les oiseaux-bijoux des épaulettes de sa patronne. Notez que je ne connais personne qui sache la brûler par le milieu.

Elle les rangea dans le satin de l'écrin avant d'aller dérouler un plaid en bonne laine chaude. Elle en couvrit la vieille dame qui dodelinait, tira les tentures sur le brouillard nocturne, baissa la lumière. Un doigt sur les lèvres, elle signifia à Jocelyn qu'il était temps de partir.

– Je ne dors pas encore ! ronchonna Artemisia, paupières closes. Fifi Ashford était la perfection même ! Jolie. Blonde. Écrivant de la main droite. Ses bas jamais filés. Mais, ah, pardon… Ce n'était pas une vraie lady pour autant ! Non, non, non, car…

Easter Witty, Jocelyn portant Ogden qui ronflotait à son oreille, et N° 5 fermant la marche quittèrent l'appartement sur la pointe des pieds et à la queue leu leu.

Au déclic de la serrure, la vieille belette ouvrit une fraction d'œil.

– … Fifi Ashford ôtait ses gants avec les dents !

6

But on the other hand, baby

– Miss Hibbs ? appela une voix polie, et masculine, au centre de la salle.

Page tirailla sur sa jupe, s'éclaircit la gorge avant de s'extraire du troupeau des candidats, son texte pressé sur la poitrine. Elle avait vaguement espéré passer la dernière. Elle était la cinquième.

– Qu'avez-vous choisi de présenter ?

Cinquième, ce n'était pas une bonne place, elle en était sûre. Sa prestation serait oubliée au terme de l'audition. Ils étaient dix-neuf en lice. Parfois, personne n'était admis, disait-on.

– Je… j'ai pris un extrait du troisième acte de *Tout, sauf Mortimer*, de Curtis Morrow, où… où Thelma reproche à Mortimer sa déloyauté.

Bien que le plateau du Whist Theatre fût étriqué, elle eut l'impression de parcourir une éternité de kilomètres, et manqua trébucher sur une planche mal jointe.

La salle était éclairée. Page aurait pu distinguer tous les visages si la panique n'avait barbouillé sa vision… et son estomac.

Elle se positionna, flageolante. La valse des conseils de Manhattan virevolta sous son crâne. Page appuya ses deux paumes sur les paupières, tenta de se souvenir... Manhattan, Manhattan, que me disais-tu? Quand on a le trac... Je ne me rappelle plus... Une histoire de rafale de vent...

Imagine qu'une immense rafale pénètre par le bout de tes orteils, le vent emplit tes mollets, remonte, enfle ta poitrine, envahit ta tête, dresse tes cheveux vers le ciel, te soulève, t'emporte! Tu es légère, légère...

Page fit un effort de concentration sur ses orteils... À la troisième rafale fictive, le trac s'élança littéralement par l'extrémité de ses cheveux, vaporisé, chassé par des courants d'air chimériques. Alors une créature nommée Thelma prit possession de son corps et de son esprit.

– *Je ne te comprends pas, Mortimer. Tu m'interroges dans l'espoir perfide que je sois coupable, alors que toi...*

Cela dura sept minutes.

Le silence qui suivit fut assez long pour désintégrer Thelma. Page la sentit refluer, se dissoudre, s'évaporer hors d'elle pour rejoindre ses pages imprimées.

Ses talons redevinrent très lourds sur les planches de la scène.

On l'applaudit. Mais, songea-t-elle, tout le monde applaudissait tout le monde. Ils avaient tant besoin de courage.

Elle s'accorda le droit d'observer enfin les deux personnes qui constituaient le jury. La grâce... ou la corde? Elle avait à peine entendu leurs noms au moment des présentations.

Celui qui dirigeait les opérations était un jeune homme brun d'une trentaine d'années; son assistante, une femme à la frange grise roulée à la mode des années de guerre. Le jeune homme brun prenait une foule de notes à chaque prestation.

Bien après que Page eut terminé, il continua ses griffonnages. Il ne se pressait pas pour poser son crayon. Il s'accouda au pupitre, joignit les paumes le long son nez, de sorte que Page distingua son visage en deux morceaux.

Il avait un regard singulier, clair et foncé à la fois.

– Souvent, énonça enfin sa voix posée, un acteur néglige de prendre son temps. Il craint de n'avoir rien à faire. Cependant, prendre son temps, ce n'est pas le perdre. Si l'on reste assis, sans bouger, on continue d'être concerné et impliqué par le rôle. On peut jouer sans un mot. Vous pourriez, Miss Hibbs, rester là pendant une heure, sans émettre un seul son, mais continuer à construire le sens du conflit entre votre Thelma et Mortimer.

Elle ne comprit rien à ce qu'il venait de dire. Elle se demanda juste s'il s'agissait de reproches.

– Je… je sais que je vais parfois trop vite, dit-elle. Prendre le temps est un objectif que je poursuis de toutes mes forces.

– C'est très brave de votre part. Mais vous confondez le jeu avec l'excitation du jeu. Vous confondez votre propre émotion avec celle du personnage. Les deux choses n'ont rien à voir. Me permettrez-vous un conseil, Miss Hibbs?

– Oui… oui, bien sûr, bredouilla-t-elle d'un ton humble.

– Avant de jouer, faites une lessive ou allez fendre du bois.

La voix était toujours douce, mais lui fit l'effet de la foudre. Les feuillets de Page s'éparpillèrent en pluie sur les planches. Elle s'accroupit, luttant contre un sanglot. Son cœur ne battait plus, elle était terrassée. Elle avait tout raté.

Elle essaya de rassembler le manuscrit, mais elle se sentait comme disloquée.

Elle n'entendit pas tout de suite la voix qui s'élevait derrière elle, côté cour. Elle ramassa le dernier feuillet, posé devant une paire de chaussures en cuir couleur tabac.

Le regard de Page remonta lentement vers leur propriétaire. Lequel, debout, et quelque peu hirsute, la contemplait avec attention.

Ses traits étaient affables et… étonnamment familiers, mais Page était trop bouleversée, son émoi l'empêcha de réfléchir.

– Oh, hello, Gadge, lança le jeune homme brun sur un ton très différent. J'ignorais que tu étais dans le coin.

– Hello, Lester. Je passais voir Bud, il est arrivé ?… À propos de cette jeune fille, tu vois juste. Elle semble en effet pleine d'émotions. D'émotions intéressantes. Mais qui visiblement la submergent.

– Précisément, Gadge. On dirait que mademoiselle s'y noie. Le résultat sur scène était confus.

L'hirsute – Gadge, donc – plissa les yeux, un poing vissé au menton comme la barbiche qu'il n'avait pas.

– Exact. Tu as évidemment raison, Lester. Un talent comme le sien n'est pas facile à traiter. Il peut s'échapper, se laisser désarçonner, parce qu'il s'interroge. Il s'interroge énormément. Or, il n'existe pas une réponse unique à ses interrogations. Toutes sont justes et possibles, mais…

Il se tut, à la recherche de mots précis. L'atmosphère avait changé dans la salle. Le nouveau venu rassemblait, tel un fleuve, les courants d'une énergie collective et passionnée.

– Nous avons encore quatorze candidats à auditionner, Gadge, dit enfin Lester avec respect, et un rien d'impatience.

– Il me semble que nous pourrions exiger une chose de Miss… Miss… ?

– Hibbs, Page Hibbs, articula-t-elle, complètement éteinte.

– … la seule chose qui soit essentielle finalement…

– Laquelle, Gadge ?

– … Que Miss Hibbs soit à la hauteur de son talent. Toi et moi, nous savons, Lester, que l'Actor's Studio ne donne pas le talent. Aucune école de théâtre ne peut faire ça.

Il la scrutait, de si près qu'elle eut ses sourcils noirs et son nez massif en gros plan.

– Mais nous pouvons forcer un acteur à être digne du talent qu'il a. Et cette demoiselle semble en avoir beaucoup.

Il sauta de scène avec agilité, et partit s'entretenir tout bas avec les deux membres du jury.

Son paquet de feuilles enfoui au creux de son estomac, Page se tenait, incertaine, au milieu des planches, soupesée, disséquée, par les dix-huit regards perplexes et ambivalents des autres candidats.

– Eh bien, Miss Hibbs, s'écria Lester du fond de sa douceur implacable, vous avez entendu la position de Mr Kazan ? L'Actor's Studio va tenter de vous aider à être digne du talent qu'il voit en vous.

Elle quitta la scène en titubant, oubliant de dire merci. Elle s'en fut vers le couloir, alourdie par toute l'attention que la salle braquait sur sa personne.

Elle heurta une jeune fille. Elle reconnut les yeux noirs pleins de flamme qui contrastaient merveilleusement avec les très blanches dents.

– Oh, *Dio*, tu peux croire ça ! J'ai tout entendu. Tu as tapé dans l'œil d'Elia Kazan lui-même !

Anna Italiano avait suivi les mêmes cours que Page à la School of Drama, dans les locaux de Carnegie Hall. Anna, elle, avait intégré l'Actor's Studio quelques semaines plus tôt.

– Hello, Anna. Non, en effet, murmura Page, je… je n'y crois pas. Pique-moi, si tu as une aiguille. Est-ce que tout ça est vrai ?

– Je te promets que oui. N'est-ce pas mirifique ? On va s'acharner comme des démons, on y arrivera, je te jure.

– Oui, s'il te plaît, jure-le-moi.

Anna l'agrippa en chuchotant :

– Hé, j'ai décidé de suivre ta suggestion… Je prends un nom de scène !

– Italiano, c'est très joli, fit Page, qui ne savait si elle allait éclater en sanglots ou d'un fou rire macabre.

Elle était admise. Admise ! Elle était élève au prestigieux Actor's Studio !

Elle songea subitement à Addison. Il fallait lui annoncer la nouvelle, l'aviser que Mr Kazan lui-même…

Mais c'était fini avec Addison. Au reste, cela avait-il jamais commencé ?

Un instant, les sanglots furent près de gagner.

– Anne Bancroft ! lui souffla Anna tel un secret. Pas mal sur une affiche, hein ? Imagine : Anne et Bancroft. Douillet et rugueux. Tendre et rageur.

– Tout toi, Anna. Tu laisseras quand même aux copains le privilège de continuer à t'appeler Anna ?

Et le fou rire l'emporta.

– Deux jolies filles qui rient aux éclats… Ho, ho, voilà qui est très inquiétant.

Le jeune homme qui s'arrêta près d'elles possédait le plus doux sourire du monde, le regard le plus obscur, le plus suave, le plus énigmatique aussi. Le pull-over crème peinait à dissimuler ses muscles à la langueur de tigre.

– Inquiétant… et troublant.

– Oh, Bud ! Qu'est-ce que tu fabriques là ? s'exclama Anna.

Il l'enlaça familièrement par le cou, épinglant Page d'un œil intense sous son front ténébreux.

– On se connaît, non ? l'interrogea Page, fronçant le sourcil.

– Hon hon hon, joliment effrontée, ta copine aux tresses de cheftaine scoute ! dit-il à l'oreille d'Anna, assez haut pour être entendu. Cette manière de m'aborder, tu as vu ça ? Habituellement, ce sont les garçons qui posent cette question aux filles. On se connaîtrait donc, mademoiselle ? enchaîna-t-il, cette fois tout contre l'oreille de Page.

Il lui déroba son gant, se mit à jouer indolemment avec.

– Disons, fit Page, amusée et légèrement agacée par tout ce numéro, que ta figure ne m'est pas étrangère, voilà tout. Tu es acteur, n'est-ce pas ?

– Bud est en effet comédien, gloussa Anna, l'air de s'amuser beaucoup. Il joue dans…

– Je vais au Palladium ce soir, coupa-t-il, tournicotant le gant à la manière d'une poupée. Il y aura Tito, du bongo, du mambo, et du plaisir *mucho*… Je vous invite toutes les deux, *guapitas*.

– Je me lève tôt demain, se déroba Anna, fine mouche. Page ?

Page marmonna une phrase comme « oui, moi aussi ». Bud se déhancha du mur où il était appuyé, et lui restitua son gant avec un sourire à la séduction définitive.

– Elle dit oui. À minuit là-bas, Page ?

– Mais je n'ai pas du tout…

– Mais si, chuchota-t-il. Tu y seras, bien sûr, et moi aussi. On s'apprendra le mambo.

Il s'éloigna dans le couloir, de sa démarche lourde et flexible.

– Ce cabotin… joue dans quoi ? demanda Page.

– Tu n'as pas vu le *Tramway* mis en scène par Kazan ? L'auteur a décroché le Pulitzer. Quant à Bud, ce qu'il y fait est tout simplement renversant !

Les filles de Giboulée avaient renoncé à voir la pièce. Le succès était si fracassant qu'à chaque tentative il ne restait que des places au tarif intouchable de 6 dollars. La valeur de douze repas au Horn and Hardart. D'une jupe et d'un pull en soldes. De trois séances chez le coiffeur. Avec Ursula et Etchika, Page avait bien tenté, à plusieurs reprises, *le coup de l'entracte**, mais elles s'étaient fait doubler chaque fois par des groupies qui avaient eu la même idée.

– Fais-toi inviter par un homme pour qui 6 dollars est le prix de son dentifrice, dit Anna en riant. Ça joue encore à l'Ethel Barrymore. Mais Bud arrête bientôt. Hollywood le réclame !

Ce matin-là, la vie se montra particulièrement gentille avec Jocelyn : il n'avait pas cours à l'université, et le vent avait chassé le brouillard.

C'était une de ces journées pâlottes où le Chrysler Building a l'apparence d'une bougie sur un gâteau de fête, et New York, romanesque, exaltée, au bleu irréel, d'une aquarelle de Georges

* Voir le tome 1, *Un dîner avec Cary Grant*.

Barbier. Ou d'une robe de pique-nique de chez Schiaparelli, aurait plutôt estimé Chic.

Jocelyn tourna sur Broadway dès la 72ᵉ et cabota au gré de la marée humaine. Il prenait soin de toujours garder quelques *nickels* au fond de la poche à cause des mille boîtes à surprises qui parsemaient cette ville étonnante. On y glissait une pièce, et hop, l'on moissonnait un fruit rafraîchi, un sandwich au pastrami, une bouteille de limonade, la dernière édition du *New York Times*…

Croquant une pomme, un magazine sous le bras, il tomba en arrêt, à l'angle de la 53ᵉ, devant un magasin prometteur. Cela se nommait Broadway Recording Store.

La vitrine était décorée de disques multicolores de Jo Stafford, Frank Sinatra, Ella Fitzgerald, Perry Como, Count Basie… Quand vous étiez dehors, tous vous souriaient dans le silence des pochettes glacées ; quand vous pénétriez à l'intérieur, vous entendiez leurs voix. La chose était assez remarquable pour vous mettre déjà en joie. Mais ce qui aimanta, ce matin-là, Jocelyn jusqu'au rayon du fond, c'étaient les deux cabines en bois vitrées.

Deux boîtes à surprises, mais grand modèle !

Un panneau signalait qu'on pouvait y enregistrer son propre disque. Le petit Français n'avait jamais vu ça. Deux dames occupaient l'une des cabines. Il tendit l'oreille. C'était insonorisé.

Il s'approcha du comptoir où un vendeur, l'air ailleurs, dodelinait. Une espèce de couinement sourdait de ses narines – Jocelyn comprit qu'il accompagnait Perry Como dont le miel vocal baignait à ce moment-là toute la boutique.

– *So tired… really love you…* Un renseignement, *sir*?

Dix minutes plus tard, casque sur la tête, micro en bakélite sous le menton, des câbles entre les genoux, cerné d'instruments abscons, Jocelyn pivotait sur le tabouret de la cabine.

– Pas trop près du micro, *sir,* le mit en garde le disquaire. On entendrait comme un galop de cheval, sinon.

– De cheval… ?

– Votre respiration, *sir.* Vous n'êtes pas en train de mâcher un chewing-gum, au moins ?

– N… non.

– Votre mastication évoquerait les grésillements d'un incendie dans les hautes herbes du Middle West.

– Mais je peux tout de même chanter, parler… ?

– … crier, réciter, lire, claquer des baisers, tout ce que vous voudrez. Attention, votre écharpe, *sir.* La laine génère des parasites statiques qui pourraient suggérer les sonorités d'une digestion, euh… active.

– Je vois.

L'homme introduisit une galette en cire dans un appareil, manipula boutons et fiches électriques, tout en escortant de ses couinements la malheureuse Édith Piaf qui venait de remplacer Perry Como dans le haut-parleur.

– *Euneu clocheu sonneu sonneu…* Fermez au loquet, ça déclenche le signal rouge «*on air*» et bloque la porte. Car si quelqu'un entrait fortuitement, le résultat serait le vrombissement d'un B-29 bombardant une île du Pacifique. 1,17 dollar, *sir.*

– Hein ?… Oui, bien sûr. Jocelyn trifouilla dans son duffle-coat.

– Pour l'enregistrement seulement. Il faudra rajouter les 32 cents de la cire. Attention au cliquetis de votre monnaie, *sir.* On obtiendrait l'équivalent du carillon de la cathédrale St Patrick le jour de la St Patrick… *Villâââjofon deu lâ vallêêê, comm'égaré, pwresqu'inioré…Ouaci qu'en la noui étouâlêêê…*

— Vous interprétez ces *Trois Cloches* dans un français incomparable ! le complimenta Jocelyn, pince-sans-rire.

— Merci, *sir.* Quel *hit* elles font, ces *Trois Cloches,* ici, en Amérique ! *Gee,* ça remue de haut en bas… *dong dong…* C'est powr Jon-Fwronçois Nikôôô…

Laissé seul, avec des rudiments de mode d'emploi, Jocelyn s'accorda une minute de cogitation. Il se racla le gosier, brancha une fiche, souffla anxieusement sur le micro :

Chère petite sœur, ma chère Rosette,

Te voilà baba, je parie ? Une lettre sur un disque ! Y aurais-tu pensé ?

C'est l'Amérique, socquette !… euh, non… Ah, zut ! Zut ! Zut !

Il arracha la prise. Il s'extirpa, en nage, de son duffle-coat, réorienta le micro, rebrancha la fiche. L'engin recommença à ronronner. Jocelyn émit une série de *hun hun hun* éclaicisseurs de voix, avant de martyriser le bouton *on.*

Voilà. C'est reparti…

C'est l'Amérique, sœurette, disais-je.

Dommage que je ne puisse pas planter ce micro sur la 53ᵉ Rue qui se trouve à dix pas, tu écouterais des échos surprenants. Sirènes de police, vendeurs et orchestres de rue, mégaphone qui braille de la réclame pour le savon Lux… L'ensemble, au fond, ressemble assez aux beuglements et aux pets de nos troupeaux de vaches. Le boutiquier m'a prévenu que le disque serait saturé au bout de six minutes.

Par la vitre mitoyenne, une de ses deux voisines lui fit un salut compatissant. Il répondit de même.

J'espère que tu vas bien. Comme tu sais, mon contrat de pianiste de répétition a pris fin. Tout à l'heure, je dois me présenter dans un hôtel de Midtown pour un emploi de liftier – ça veut dire « garçon d'ascenseur », ici. Ça n'a pas l'air trop compliqué, il s'agit d'appuyer sur le bouton 10 si le client veut aller au dixième étage, sur le 47 s'il préfère le quarante-septième. J'espère juste ne pas choper une espèce de mal des montagnes.

Il réfléchit. Sa sœur s'étonnerait s'il ne parlait pas de Dido… Mais quoi raconter quand on passe son temps à s'embrasser comme des détraqués ? Il réappuya sur *on*.

J'aide Dido à écrire ses pancartes politiques. Tu sais que c'est une activiste enragée pour la liberté d'opinion. Elle passe son temps à brandir et à citer cette nouvelle Charte des droits de l'homme qui vient d'être signée, tu sais, au palais de Chaillot. Elle affirme que, si elle devait déguerpir des États-Unis, elle émigrerait en France. La pauvre ne sait que baragouiner « Parlez-vous français ? ». Ce qui, en France, est moyennement indispensable, tu avoueras.
Les potes à papa ne seraient pas les bienvenus ici… Je finis par me demander si les communistes américains sont de la même espèce que les communistes de chez nous. Ici, tout le monde veut les pendre.

L'espace vierge se réduisait sur la cire, Jocelyn accéléra.

Mrs Merle ne parle que d'acheter cette drôle de boîte à images appelée télévision. On commence à en voir par dizaines dans les vitrines. Mon espoir secret est que ça l'hypnotise si bien qu'elle finisse par abandonner ces fichues soirées piano pour suivre le showd'EdSullivanàlaplace!Jemegrouille!J'arriveàlalimitedessixminutes funestesJet'embrassefortetàtoutevitessemaRosette!!

Haletant tel un chroniqueur de base-ball, il flanqua une demi-douzaine de tapes au bouton *off*. Dans un *chuuuufff* pathétique, la cire cessa de tourner dans le compartiment. Galette au poing, Jocelyn s'évada hors de la cabine. En même temps que ses voisines mitoyennes.

– Qu'as-tu fait des 4 dollars que tu gardais pour les jours de pluie ? demandait l'une à l'autre.

– Dans la boîte à cirage. Pourquoi ?

La première secoua son porte-monnaie vide.

– Sors-les. Il pleut des cordes.

Le vendeur assura à Jocelyn que le disque à sillon serait prêt le lendemain. Jocelyn remercia et prit le métro jusqu'au Norris Hotel.

Entre les drapés en marbre de la façade Art déco, des angelots aussi dorés qu'accablés contemplaient depuis deux ou trois décennies les embouteillages de Lenox Avenue.

Avant de se présenter à l'accueil, Jocelyn déambula discrètement par le hall. À l'ouverture de l'ascenseur, il observa l'intérieur du coin de l'œil. Lambris, appliques, banquette de velours à franges. On eût dit un petit salon de thé coquet.

– Quel étage, *sir*? s'enquit l'uniforme féminin qui pilotait.

Jocelyn s'excusa, dit qu'il ne montait pas. La liftière n'était pas beaucoup plus âgée que lui. Elle dissimulait ses taches de rousseur sous une couche de fard aussi épaisse qu'un fond de cheese-cake, mais dévoila un sourire hautement sympathique. Son chignon, qui n'avait visiblement pas l'habitude d'être chignon, n'en faisait qu'à sa tête.

– Français, hein. Besoin d'aide?

– Eh bien, je viens pour le poste de garçon d'ascenseur. Y a-t-il un autre ascenseur ici?

Le chignon descendit d'un cran, la mine désolée.

– Celui-ci est le seul. Je crains de... J'ai commencé tout à l'heure.

Trop tard. La place était prise.

– Tant pis, dit-il. Tant mieux que ce soit toi. Même si tu n'as pas tellement l'air d'un *garçon* d'ascenseur.

Elle resta silencieuse. Après un bref regard au comptoir de réception, elle fit une mimique. Il comprit et s'engouffra avec elle.

Elle appuya sur le vingt-deuxième étage – le dernier – et se mit à parler à toute allure.

– Tu es français. On aime les Français dans ma famille. Luke, mon grand frère, il a combattu en France. En Provence. Tu sais où c'est, la Provence? Il a été blessé au ventre... Des bergers français l'ont caché, soigné. Sans eux, Luke était mort, il

ne serait jamais revenu. Je n'arrive même pas à l'imaginer…
J'aimerais t'aider à mon tour. Qu'est-ce que tu sais faire ?

– Ma foi… (Il réfléchit.) Jongler avec trois abricots. Siffler
avec un brin d'herbe. Plier mes chaussettes en forme de lapin.
Je ne réussis pas encore à cracher un noyau de pruneau dans
une boîte de haricots, mais je m'exerce.

Elle éclata de rire. Les portes glissèrent, en même temps
que deux pinces de son chignon. Il ne se trouvait personne, par
bonheur, au vingt-deuxième palier.

– Je m'appelle Sadie.

– Jo.

Chignon dompté, Sadie se dépêcha de presser un bouton au
hasard. Ce fut le 7.

– Ils cherchent quelqu'un au Haxo Building. La place était
vacante à huit heures. Si tu piques un sprint… C'est sur Madison, 36e Rue.

– Madison ? J'y cours. Merci, Sadie.

– Le Haxo ! répéta-t-elle quand la cabine éjecta Jocelyn vers
le hall. *Au revoir* ! ajouta-t-elle en français, tandis que pinces et
chignon bondissaient en une sorte de french cancan miniature.

Et comme la vie avait décidément à cœur de se montrer
sous son meilleur jour ce matin-là, Jocelyn attrapa, sous l'envol
argenté de pigeons effarés, l'autobus pour Madison qui arrivait
pile-poil. Il trouva sans peine le Haxo Building.

Et il décrocha le job.

Chic fut réveillée en sursaut par Charity qui braillait et tambourinait à sa chambre. En arrière-plan mugissait une sorte de sirène.

Catapultée du satin de ses rêves à la douche froide du réel, Chic ouvrit l'œil en songeant confusément que la guerre n'était peut-être pas si terminée que ça.

– Miss Felicity! Téléphone! Téléphone!

Paupières cachetées comme deux lettres d'huissier, Chic se barricada dans son peignoir, flageola vers la porte, puis dans le couloir, tituba jusqu'au rez-de-chaussée. Plaqua son oreille au combiné mural.

C'était Vallie, son agent.

– En forme, beauté?

– Je viens de faire dix longueurs de piscine, quinze kilomètres à vélo, une heure de lindy hop, ajoute que dans quinze secondes je pars fracasser le crâne à mon agent, et tu sauras que ma forme est olympique.

– Parfait! dit Vallie, qui n'avait pas une once d'humour – ou était enclin à la surdité. Jean-René Daquin t'attend dans les salons de sa maison de couture. 5e Avenue. Inauguration de la collection de printemps. Il ne jure que par les Françaises. J'ai dit que tu avais une arrière-grand-tante parisienne.

– *Le Vie en rose, Champs-Élysées, Jean Patou, bon voyage*, ânonna Chic dans une espèce de bouillie. Ne me dis pas que c'est pour demain, je n'ai plus un sou pour le coiffeur.

– Aujourd'hui 10 heures.

Chic décacheta un œil en direction de la pendule.

– Il est 10 h 03.

– Parce que tu es en retard, mon pigeon.

114

Elle raccrocha en gémissant, retituba jusqu'à sa chambre où elle se fourra en boule sous la couverture.

Vingt-huit secondes plus tard, elle se redressa dans un cri déchirant :

– Charity !!! Douze litres de café noir, *pleeease* !

La douche usa deux minutes, le café deux autres, coiffage et maquillage, neuf. L'habillage en revanche réclama davantage de concentration. Un couturier français, ça exigeait quelques pincettes.

– Distinction, sobriété… Mon tailleur mimosa à ceinture cerise.

Juste vêtue de sa gaine et de ses bas, elle s'immergea dans les entrailles de l'armoire, puis de la penderie. S'ébullitionna de ne pas trouver ce qu'elle cherchait, se mit à tournicoter, à mouliner des bras… Quatre boîtes à chapeaux tombèrent en avalanche d'une tablette supérieure. Un bibi rose (à Page) roula sur le sol, suivi d'un autre à voilette (à Ursula), suivi d'une cloche en jonc à ruban (à elle), suivie de… quatre bouquins !

Durant quelques instants, elle les fixa comme elle aurait fixé une blessure à son genou après une glissade. Ou un bout de fromage moisi d'un siècle.

Chic n'avait jamais aucun livre chez elle.

Excepté ces quatre-là.

Qui, d'ailleurs, ne lui appartenaient pas. Elle ne les avait jamais ouverts.

Ils provenaient de Truman's Bookshop, la grande librairie de Greenwich Village. Un affreux soir de neige, elle les avait rapportés, puis flanqués là, emplie de rage et de chagrin, avec l'espoir qu'une oubliette secrète les engloutirait.

Elle ramassa l'un d'eux tombé à plat ventre. Elle lissa la première page écornée par la dégringolade, parcourut l'incipit : *Chaque soir, Lucia Holley écrivait à son mari qui se battait quelque part dans le Pacifique.*

Elle referma d'un claquement. Tandis qu'elle contemplait la pile, un poing féroce lui broya le cœur à lui couper le souffle. Elle s'entendit haleter, sa narine chuintait. Elle dut s'asseoir par terre.

Malgré l'heure qui tournait, elle s'attarda sur les titres. *La Moisson rouge. L'Envers du paradis. Les Quarante-Cinq. Au pied du mur.* Des romans qui n'évoquaient rien à Chic, et leurs auteurs à peine quelque chose. Un film, peut-être, elle n'était même pas sûre.

En revanche, elle revoyait avec une netteté suffocante Whitey s'échappant de la librairie, abandonnant sur place le paquet de livres qu'il venait d'acheter, oubliant tout... L'oubliant, elle, Chic*.

Il l'avait plantée là, pour fuir dans la nuit et la neige, fuir, fuir, elle ne savait quoi... C'était juste après que la petite fille – quel était son prénom, déjà ? Nelly ? Minnie ? Tillie ? – et sa mère lui avaient parlé d'une extravagante histoire de train, d'une jeune fille... Après quoi, il avait bondi hors de la boutique tel un fou possédé.

Elle ne l'avait plus revu.

Chic devinait, pressentait – non, elle *savait* – que cette jeune fille dont Whitey avait demandé des nouvelles, et dont le nom n'avait même pas été prononcé, était l'énigme, la blessure, l'incendie qui le consumait.

* Voir le tome 1, *Un dîner avec Cary Grant.*

Une fille qui l'avait plaqué, sans doute. Dans ce fameux train, sur le quai d'une gare perdue, probablement sous une pluie battante, comme Bogart dans *Casablanca*. Une étrangère (présuma-t-elle), venue se réfugier pour la durée de la guerre et repartie dans son pays, un lointain pays en Europe – un de ceux dont le nom se termine par *ia* –, et que jamais il n'avait revue ni ne reverrait…

Elle chavira doucement entre conjectures, divagations et cartons à chapeau éparpillés. Elle s'adossa à l'armoire… La pile de livres glissa en dominos à côté d'elle.

Scott Fitzgerald, investigateur émérite de l'âme des jeunes filles bouleversées, lui tendit, depuis son endroit du paradis, une page secourable. Que la jeune fille fût jolie, en gaine et bas de soie, y était possiblement pour quelque chose.

L'Envers du paradis s'ouvrit donc au chapitre 4 du livre 1…

Heureusement, il faisait beau. Même si elle avait un peu froid.

Pour épargner à ses escarpins vernis et au tailleur mimosa les pièges d'une cohue de métro, et en dépit de finances à un niveau désespéré, Chic prit un taxi.

Presque 11 heures, elle était en retard, la circulation dense; si elle ratait le job, Vallie vitupérerait… Ce n'était pourtant pas la raison pour laquelle Chic se sentait toute tendue, tout échauffée.

Elle pinçait et repinçait entre ses doigts le mince rectangle blanc qui était apparu à la page ouverte du chapitre 4, livre 1 de *L'Envers du paradis*, où subsistaient encore les paillettes de Noël que la libraire de Truman's Bookshop avait glissées le fameux soir.

Il s'agissait d'une carte de visite aux noms d'Alma et Rudy Malden. Une adresse à Van Wert, Ohio, un téléphone. Chic se le rappelait : à la librairie, la mère de la petite Nelly-Minnie-Tillie s'était présentée à Whitey sous ce nom-là. Elle avait déclaré passer les fêtes chez sa sœur qui venait d'emménager à New York. Elle lui avait remis cette carte que, dans la tempête de ses émotions, Whitey avait oubliée avec les livres.

Au reste, peu importaient cette Alma Malden et l'endroit où elle habitait. L'essentiel étant – gambergea Chic – de posséder désormais des prétextes avouables, inattaquables, pour revoir Whitey.

Le premier : restituer ces livres dont il était, somme toute, le propriétaire. Le second : lui rapporter la carte de visite d'une personne qu'il pouvait, qui sait, souhaiter retrouver.

Non, trois. Elle avait trois motifs. Le dernier, peu avouable et loin d'être inattaquable, était même pitoyable et pathétiquement hasardeux : son désir poignant de le revoir.

– On est arrivés, ma jolie ! annonça le chauffeur du taxi.

La maison Daquin était un immeuble en pierre à la blanche austérité, pas très élevé. Au premier étage de sa façade plate, une baie portait en anglaises d'or la griffe :

Jean-René Daquin
Mode de Paris

Un mannequin de celluloïd à l'inhumaine minceur y bronzait en costume de bain blanc.

– Heureusement pour les hommes de cette planète, le bon Dieu vous a mieux bâtie que c'te poupée-là! dit le chauffeur, paume ouverte.

Il compta les pièces.

– Gardez la monnaie, dit-elle.

– Y en a pas.

Avec dignité, elle délogea un mollet hors du véhicule.

– Gardez quand même.

Elle claqua la portière… mais n'atteignit jamais le trottoir. Du moins, pas sur ses pieds.

Un choc offensif, jailli de nulle part, la fit atterrir sur son postérieur, et fort trivialement, dans le caniveau.

– Oh! Mille pardons… Mademoiselle? Je suis absolument navré…

Étourdie, sonnée, fauchée sur le pavé, Chic vit fondre un visage vers le sien, un visage (absolument navré, en effet) qui arborait lunettes et rougeurs de la confusion.

– Vous vous êtes fait mal? Mademoiselle… Je m'en veux de…

Le jeune homme l'aida à rétablir sa verticale, tout en continuant à bredouiller:

– Vous avez surgi de ce taxi… Je me suis précipité et… C'est que, voyez-vous, je suis extrêmement pressé…

Elle le toisa, ulcérée, avec au coin de la lèvre des crispations hostiles.

– C'est que, voyez-vous, je suis extrêmement pressée aussi! le singea-t-elle. Sauf que je ne jette pas votre costume trois pièces dans la boue, moi! Regardez ma jupe! Mes bas! Comment puis-je aller à mon rendez-vous, maintenant ? gémit-elle, brusquement découragée.

— Il y a un pressing à un bloc d'ici. Je me fais un devoir, un impératif de vous offrir un nettoyage, ou une jupe jumelle, ou…

— Ah, ça va, hein ! Je n'ai plus le temps, vous m'avez mise en retard, coupa-t-elle avec une somptueuse mauvaise foi. Ôtez-vous de mon chemin ! De cette rue ! De ma vie ! Prenez-le, votre fichu taxi, et roulez jusqu'à Berlin avec.

Mortifié de se sentir impuissant à la calmer – sauf à mourir ou à fuir –, le jeune homme rouge à lunettes battit en retraite à l'intérieur du taxi.

Il ne prit pas la direction de Berlin, mais de Riverside Drive qui se trouve à l'indiscutable opposé.

Outragée, vibrante de fureur, Chic fit son entrée dans la maison Daquin où elle s'avisa d'abord des commodités pour dames. Là, elle débarrassa sa jupe des scories du bitume, pleurnicha sur ses bas amochés (des Kayser pure soie, mille dollars le cm^2 !) qu'elle dut flanquer à la poubelle ; se rafraîchit, se coiffa, et courut à l'étage que lui indiqua le portier après qu'elle l'eut informé (en roulant les « r » comme l'actrice française Simone Simon) que Monsieur Jean-René l'attendait.

On ne l'attendait plus. Mais comme il manquait toujours un modèle pour le défilé qui avait lieu dans une heure, on l'espérait.

Chic débarqua dans le salon des essayages, au milieu d'une ruche de filles plus ou moins couvertes, qui n'étaient que sept mais s'agitaient comme soixante-dix-sept, propagées à l'infini des miroirs nacrés et des psychés dorées. Malgré ce qu'avait affirmé Vallie, une seule, dénommée Muguet, était française.

– La nouvelle vient d'arriver! claironna Muguet, roulant ses «r» à la Simone Simon (et sans effort, elle) tout en virevoltant dans un sublime drapé en biais. La Mouche ne va pas tarder. Elle *bzz bzz* de te voir! prévint-elle à voix basse.

– La Mouche? *Bzz bzz*? répéta Chic, l'air idiot.

– La Boss. Le grand manitou. La chef des armées. La Mouche, quoi.

– Elle s'appelle comme ça? La Mouche?

– On l'appelle de plein de noms, mais jamais devant elle.

Elle gigota de manière éloquente son joli nez français en direction d'une cloison cachée, et prit le large.

Une dame, à la cinquantaine ventrue – tresse noire en couronne, grain de beauté assorti (la mouche!) à droite du menton – vint accueillir Chic, la calibra d'un unique regard, lui fourra un tas de vêtements dans les bras avant de désigner du doigt une cabine capitonnée de bleu tendre…

– Hâtez-vous.

… où Chic enfila une tenue de plage à jupette vert anis et une capeline à bord aussi large qu'une aile de bombardier.

Elle ressortit, tourbillonna sous l'expression atone de la mouche ventrue à tresse noire, pour une démonstration de son côté pile et de son côté face.

– Il faut savoir marcher. Vous avez déjà fait ça? Défiler?

– Bien sûr, assura Chic.

Elle avait défilé à la foire agricole de Newport déguisée en pomme.

– Très bien.

Et elle décrocha le job.

7

A table in a corner

– … et des asperges, si vous en trouvez !

Charity marmonna « oui, madame » et s'éclipsa hors de Giboulée, avec son grand panier et sa liste de provisions, dans une 78ᵉ Rue inondée de soleil.

Pour prévenir les mauvaises humeurs de sa sœur aînée, Mrs Merle achetait dorénavant les asperges en quantité, et chargeait Charity ou Easter Witty de mitonner à l'avance trois ou quatre bocaux de potage, selon la recette envoyée de France par Janine Brouillard, maman de Jo.

Un homme à casquette, qui lisait le journal dans sa Dodge Custom bleu navy en stationnement, leva les yeux pour lui offrir un sourire engageant à travers le pare-brise. Charity renifla avec dédain. Avec ses enjoliveurs maculés de terre séchée, pour qui la prenait-il, ce *rural* ?

Elle happa le tramway pour Union Square où se déroulait le marché. Si elle revenait assez tôt, elle emprunterait sa machine à coudre à Janie Lockridge, qui gardait les cinq enfants Donahue, à l'angle d'Amsterdam et de la 78ᵉ.

Au dernier cours de couture, Charity avait bien avancé sur sa future nouvelle robe. Elle envisageait une dentelle aux poignets, et une poche passepoilée que le modèle du catalogue Sears ne mentionnait pas. Elle comptait bien l'avoir finie pour la Saint-Valentin. Juste comme ça. Charity n'avait aucun amoureux à éblouir ce jour-là, elle aimait simplement poser une date sur ses projets. Elle avait ainsi l'impression qu'ils se réaliseraient plus vite.

Asperges. Oignons. Pommes de terre. Les rognons, bien sûr... Avec la souplesse et la dextérité de la routine, Charity s'immisçait entre les étals, les charrettes à bras des marchands de quatre-saisons. Des fermiers avaient amené leurs chèvres des Hamptons pour vanter leur fromage auprès des New-Yorkais.

– Hé, Charity! l'interpella Rodney derrière ses fruits et légumes. Vise! Des asperges exprès pour toi. Dieu sait que c'est pourtant pas de saison et...

– Combien?

– J'ai eu du mal à les trouver, je te garantis. Elles arrivent de Caroline du Sud.

– Combien?

– Un demi.

– Le kilo? s'écria Charity, jouant les horrifiées.

– Naaan, le cageot! 5 livres, au moins. Parce que c'est toi.

– 30, dit-elle.

Elle les emporta à 40 cents.

– Parce que c'est toi, répéta Rodney. Dis donc... dimanche, on va à Coney Island, fit-il juste avant qu'elle tourne les talons. Tu viendras?

– Qui ça, «on»?

– Ma belle-sœur, mon frère, moi... et toi, si tu veux bien?

Rodney était gentil, il lui faisait des prix sur tout, mais il avait les lèvres minces, et Charity n'aimait pas les garçons aux lèvres minces. Elle fit non de la tête, prenant soin de ponctuer son refus d'un petit salut gracieux.

– Avant Pâques? cria-t-il.

Une mimique lui signifia «pourquoi pas?» tandis que la jeune fille s'insinuait dans la foule du centre de la place. Près des grilles du square, elle trouva la vendeuse de colifichets derrière ses trois parapluies ouverts retournés. Charity posa à ses pieds son panier rempli.

– Hello, Emmy. Il te resterait de la dentelle?

Emmy, une vieille femme aux phalanges pleines de nœuds, fourragea dans un parapluie, en extirpa tout un méli-mélo. Charity palpa la pelote, évalua, réfléchit. Elle avait déjà choisi, mais ne voulait pas le montrer trop vite. Après discussion, elle obtint ce qu'elle guignait: dix pouces de dentelle à 2 *dimes*.

– Pour 2 *dimes* de plus, je t'offre ce galon brodé.

Tentée, Charity hésita. Ce serait ravissant en ceinture. Ou sur la boutonnière. Elle vérifia le contenu de son porte-monnaie… C'est bien ce qu'elle craignait: elle avait fini les courses, il ne lui restait que 2 *nickels*.

La vieille Emmy ne voulut rien entendre. La broderie était en fil pure soie. 2 *nickels* pour plus d'un demi-mètre, ça va pas, la tête?

Deux chiens vinrent baguenauder entre les parapluies.

– Tu me réserves ce galon jusqu'à mercredi? implora Charity.

Emmy chassa le plus gros des chiens avec une écharpe. Le petit vint se réfugier près des mollets de Charity. Emmy répondit:

– OK. Verse-moi un acompte. Tes 2 *nickels* feront l'affaire.

Les *nickels* étaient destinés à la boulangerie. Charity poussa un soupir. Tant pis, elle raconterait à Mrs Merle qu'elle avait oublié le pain. Elle la rembourserait en allant l'acheter plus tard.

À l'instant où elle rouvrait le porte-monnaie, son esprit enregistra deux éléments simultanés. Le sourire farceur du petit chien quand il tourna sa tête vers elle, sa tache sur l'œil. Et, tout près, la voix enjouée qui disait :

– Donne ce galon à la demoiselle, Emmy. Je le lui offre.

Charity cessa de respirer. Un feu violent embrasa d'un coup ses joues.

– Hello, Charity, fit simplement Gavin Ashley lorsqu'elle leva le visage vers lui.

Du pouce, il percuta son chapeau vers l'arrière, comme pour la voir mieux.

– Un joli paquet, hein, Emmy ! lança-t-il en payant la dentelle et le galon. C'est un cadeau.

La vieille empocha les pièces, emballa l'achat, leur glissant à tous les deux des regards par en dessous. Du côté où il tenait sa valise, il souleva le panier, puis il enleva Charity de l'autre main, le petit chien trottinant derrière eux.

À l'écart du tumulte, il posa valise et panier contre un muret, et contempla la jeune fille en souriant. Il semblait vraiment content de la retrouver. Elle se demanda s'il pouvait voir qu'elle tremblait.

– Quelle surprise, hein. On ne se connaît pas pendant des lustres, et hop, allez savoir pourquoi, on se voit soudain tous les jours.

– On ne s'est vus… qu'une seule fois.

– Deux maintenant.

– Deux, oui. Mais ça fait cinq jours que…

Elle se tut, les joues à nouveau embrasées. Devinerait-il qu'elle avait compté les jours depuis leur rencontre?

— Vous avez raison, c'est une surprise, dit-elle.

Il n'avait pas les lèvres minces, lui ; oh non, pas du tout. Il était même plus séduisant encore que dans ses souvenirs. Le soleil d'Union Square se délectait dans ses cheveux roux… Elle aurait voulu arrêter le tremblement de ses genoux.

— Vous avez déjeuné? Moi, non. Je connais un…

Elle se laissa emporter, par la main toujours, vers les rues voisines, dans un estaminet où se restauraient les commerçants du marché.

C'était joyeux, agréablement bruyant, l'on y mangeait sur de grands tonneaux renversés et l'on s'asseyait sur des moitiés d'autres. Gavin Ashley commanda des palourdes, des pommes sautées, du bacon et du maïs grillé. Elle se sentit fière d'être en sa compagnie.

— Une bière sur tout ça!

Elle n'en buvait jamais, mais n'osa pas refuser. Au fond de la salle, un groupe entonna *Make it one for my baby, and one more for the road…*

— Je ne vous ai pas dit merci, fit-elle remarquer, brusquement confuse. Pour le galon et la dentelle. Ça va me servir à mon cours de couture.

— Ces adorables menottes en feront des merveilles, j'en suis certain. Tiens, Topper…

Il glissa un bout de bacon au chien.

— Vous êtes courageuse d'aller à ces cours. Le travail doit déjà bien vous occuper.

— Ça va, dit-elle en trempant les lèvres dans son verre.

Mrs Merle a son caractère, Miss Artemisia aussi, mais je ne me plains pas.

– Je vous vois bien veiller sur des enfants...

– Je m'occupe des petits Donahue, des fois. Ils sont cinq, ça demande du muscle.

– Ils habitent à la pension ?

– Des voisins. Leur maison est sur Amsterdam.

– Vous devez être parfaite. On le voit, vous n'êtes que douceur, Charity.

Ils attaquèrent le maïs grillé. C'était brûlant, inondé de beurre, et ils cessèrent de parler.

– Vous ne m'aviez pas parlé d'un monsieur seul avec sa petite fille à côté de chez vous ? reprit-il au bout de quelques instants. Elle aussi, vous la gardez ?

Elle essuya le gras de ses lèvres, riant dans sa serviette.

– Mr Prospero est seul, en effet, mais Dido va au lycée. C'est plutôt elle qui ferait du baby-sitting ! Elle est charmante, vraiment charmante, toujours prête à rendre service, mais un peu...

Sa serviette eut une petite secousse désinvolte.

– Fofolle ?

– Non. Je ne dirais pas fofolle. Plutôt...

Elle mastiqua avec concentration un peu de sa tranche de pain.

– Ici, même le pain est un délice, pas vrai ? Et leur maïs est juste...

– ... comme il faut, soupira-t-elle.

Cette causerie la détendait, la bière l'amollissait. Sa tête palpitait un peu, mais son tremblement avait cessé. Il lui offrit quelques palourdes de son assiette. Elle protesta pour la forme.

– Donc, une voisine gentille mais folle.

– J'ai pas dit ça. C'est plutôt qu'elle n'est pas… très docile. Il y a un mot pour ça. Elle est…

– Étourdie ? Dissipée ? Insolente ?

Elle secouait la tête.

– … Rebelle ?

– Voilà ! Rebelle. Vous avez les mots, vous. Il y a un film qui s'appelle comme ça, *Le Rebelle*, n'est-ce pas ? Cet architecte qui refuse de faire comme les autres, qui a des idées bien à lui.

– *Le Rebelle*. Avec Gary Cooper, je crois.

– C'est un de mes acteurs préférés. Je l'adore dans *Les Tuniques écarlates*.

– Alors j'aimerais lui ressembler un peu, murmura-t-il. Comme ça, je pourrais espérer vous plaire.

– Oh, mais vous me plai… Vous ne me déplaisez pas du tout, Mr Ashley.

Elle se dépêcha de boire, puis, afin de faire oublier son audace, de raccommoder la conversation à un léger retour en arrière.

– Rebelle, répéta-t-elle. C'est bien ça. Dido a des opinions à elle. Une ou deux fois, je l'ai aidée à coudre ses calicots. Ça manifeste, mais ça ne sait pas coudre.

Elle rit. Vit qu'il ne riait pas du tout. Il se pencha, à lui toucher l'oreille, baissant le ton.

– Vous parlez de ces… banderoles, aux émeutes ? Oh, mais… Il ne faut pas, Charity.

– Bah. Des histoires de lycéens. Rien de méchant.

– Il ne faut pas, répéta-t-il, grave. Vous savez ce qui était écrit sur ces calicots ?

Elle haussa les épaules. Elle se rappelait seulement qu'elles avaient surfilé les bordures pour éviter que ça s'effiloche.

– Rappelez-vous. Elle avait écrit quoi dessus ?

Elle fut impressionnée, presque apeurée, par la couleur de plomb qu'avaient prise ses yeux. Il s'en rendit compte et toqua gaiement son verre au sien.

– J'ai connu une fille… Oh, ça n'a pas duré longtemps. Elle distribuait des tracts à l'entrée de son usine, des pétitions, elle rabâchait ces trucs qu'ils vous fourrent dans la tête. Je lui ai dit bye bye vite fait. Ils ont ce genre-là, aussi ?

– Qui ? demanda-t-elle, n'ayant retenu de tout cela qu'il avait connu une fille, et se demandant combien cela signifiait, «pas longtemps».

– Votre voisine aux calicots, son père. Le genre à pétitions, aux défilés dans la rue, tout ça ?

– Je ne sais pas, dit-elle prudemment. Mrs Merle trouve Mr Bezzerides original. Ce n'est pas faux. Il fabrique des automates grands comme vous et moi. Il est projectionniste à l'hôtel Pennsylvania. Le malheureux est veuf. Il élève Dido tout seul.

Il se détendit.

– Dido ? Pour lui dénicher un pareil prénom, le papa doit être un peu… (Il se toqua le front.)

– N'est-ce pas courageux ? argua-t-elle par loyauté. L'élever seul ?

– C'est vous la courageuse, mon chou. Moi aussi, continua-t-il en gobant deux palourdes juteuses, quand j'aurai amassé un pécule, je reprendrai la comptabilité. Ça débute à 42 dollars par semaine, un comptable, vous savez. Avec ça, j'aiderai ma famille, à Tallahassee. Au bout d'une année ou deux, je ferai un emprunt pour une petite maison, et j'épouserai une gentille fille. Une jolie, dans votre genre. Avec de la mousse de bière au coin des lèvres.

Il la devança en riant, lui essuya les moustaches avec sa serviette.

— Vous ressemblez à Nantuket, la gerboise de ma petite sœur. Quand elle chaparde du cheese-cake, elle en a plein les babines. Vous avez froid, Charity ? Vous frissonnez.

— Pas du tout, dit-elle en ramenant son gilet sur la poitrine, non parce qu'elle avait froid, mais parce qu'elle se remettait à trembler et craignait qu'il s'en aperçoive. J'ai chaud, au contraire. C'est la bière. Je croyais qu'elle était de Milwaukee, votre famille… Vous avez dit Tallahassee.

Il prit un temps pour déglutir une bouchée de pommes sautées.

— Milwaukee *et* Tallahassee. Les deux. Ça dépend s'il s'agit du côté de mon père ou de ma mère. J'ai une grande famille ! soupira-t-il comiquement.

Là-bas, dans le fond, on se mit à brailler *Y*ou *do something to me… something you can't imaaaagine…*

— Vous… vous avez fait de belles affaires, aujourd'hui ? reprit-elle en montrant la valise debout, près de Topper.

— Ma foi. Un gars m'a acheté une trentaine de couteaux pour son restaurant. (Il agita les sourcils, comme saisi d'une illumination.) Sûrement parce que vous n'étiez pas loin ! Vous me portez bonheur, Charity.

Elle rit sans trop savoir pourquoi, avala une lampée, puis une autre, et une autre. Ses frissons devenaient étrangement agréables.

– J'aimerais en être une, de magicienne.

–Vous êtes déjà une fée, ma belle.

Tout en parlant, il approcha les doigts. Elle inclina une joue, espérant la caresse.

Il retira sa main. Avec ce glissement biscornu du poignet qu'ont les prestidigitateurs, il exhiba une pièce d'un demi-dollar comme s'il venait de la dérober à l'oreille de Charity.

– C'est vous le magicien! s'exclama-t-elle, éblouie.

Un peu déçue aussi.

–Vous faites quoi, dimanche?

Elle crut d'abord n'avoir pas bien entendu. Quand elle eut compris, son cœur, incrédule, trottina à cloche-pied.

– Rien, souffla-t-elle. Dimanche, rien du tout.

– Eh bien, si. Dimanche, vous faites quelque chose.Vous serez à Coney Island en train d'admirer la femme-serpent, l'homme le plus gros du monde, et de manger de la barbe à papa…

Il piqua un grain de maïs du bout de sa fourchette, le lui glissa entre les lèvres.

– … avec moi! chuchota-t-il comme un secret. N'oubliez pas d'emporter votre costume de bain.

Jamais en France il n'avait fréquenté de patinoire. Celle de Central Park symbolisait donc pour Jocelyn l'absolu sommet de l'exotisme américain.

Ovale, plate comme un petit lac flegmatique, elle aurait eu l'air de n'importe quelle patinoire si elle n'avait été à la fois entourée d'arbres et de gratte-ciel. Par le kiosque vert qui servait de buvette et à la location des patins, la radio déversait une musique de manège ou de fête foraine.

Outre Jocelyn, Dido y avait embarqué ses camarades de Toyfell High, tous membres de son Comité pour la liberté de parole. Jocelyn les avait déjà rencontrés avant Noël, lors d'un rassemblement aussi baroque qu'agité*.

Il reconnut Rhonda, au nez assorti à l'écarlate de son bonnet, ainsi que Fay, Leo, Pat, et Sandra. Et bien sûr Jeffrey, à la maigreur toujours aussi romantique, et à la mélancolie plus distinguée que jamais, dut-il admettre non sans contrariété. Comme il dut convenir que Jeffrey évoluait sur la glace avec le chic d'un héros de roman russe. Les filles étaient toutes après lui.

– Tiens-moi le bras, Jeffrey, je glisse ! criait Rhonda.

– Jeffrey, tes gants ! J'ai perdu les miens ! suppliait Fay.

– Regarde, Jeffrey ! Je fais des huit ! interpellait Sandra.

Le plus irritant est qu'il répondait en grand frère qui sort ses cadettes un jour où l'école est fermée.

L'on s'amusa une longue heure, durant laquelle Jocelyn se familiarisa avec les lourds machins tranchants et démoniaques qui entravaient ses pieds, et dont l'intention évidente était de l'expédier sur la glace les quatre fers en l'air, voire de lui casser deux ou trois jambes.

Après quelques chutes libres et dérapages obligés, il commença à penser que patiner n'était pas désagréable, et même plutôt plaisant. Lorsque Dido sonna l'heure de la réunification, il suivit la bande à contrecœur.

---

* Voir le tome 1, *Un dîner avec Cary Grant*.

Ils regroupèrent des chaises à l'écart, entre un orme dénudé et un épicéa pentu, leurs patins au cou par les lacets. La séance du comité put commencer. L'idée de se réunir dans un lieu public, parmi la foule, était un impératif (selon la vice-présidente Dido et le président Jeffrey) à la prudence.

Jocelyn rigolait in petto. À quoi jouaient-ils, tous? Aux espions?

– Pourquoi ne pas y aller masqués tant que vous y êtes? avait-il lancé à Dido sur le chemin du Park.

Le regard de Dido s'était fiché dans le sien avec la précision d'une stalactite. Il n'avait pas insisté.

N'empêche. Il rigolait. In petto. Qui pouvait prendre au sérieux les chichis d'agents secrets de sept lycéens patineurs? Pas un citoyen du pays de Descartes.

– Nous sommes ici, déclara Dido quand ils furent installés, parce qu'il devient risqué de parler des sujets qui nous préoccupent au comptoir du Village Slasher ou de n'importe quel bar, d'ailleurs.

Un regard noir en direction de Jocelyn ponctua ces paroles.

– ... *Ils* sont partout, au bistro, à côté de votre tasse de cacao, dans les high schools, universités, drugstores, ce sont parfois des voisins...

Ils? songea Jocelyn dans un de ses grands fous rires intérieurs que personne ne savait déceler hormis sa jumelle Rosemonde. Mais de quoi, de qui parlait-elle?

Le ciel était pur, coupant comme du verre. Il y avait, près d'eux, un gros buisson de forsythias, où le printemps se tenait encore tout recroquevillé.

– Un collègue de mon frère a été dénoncé comme socialiste

par un client, relatait Sandra. Le motif ? Le collègue en question portait une moustache épaisse… Le délateur en avait déduit un hommage secret à Joseph Staline ! 800 dollars ont récompensé sa dénonciation.

– Nous, la semaine dernière, ce sont les voisins qui nous ont estomaqués. Ils avaient des « amis » à dîner. Vous savez ce qu'ils ont fait avant de les accueillir ? Ils ont « purgé » leur bibliothèque de tous les auteurs qui fâchent. Dreiser, Dos Passos, Brecht… Même leurs livres d'art sur Picasso. Le mois d'avant, ils s'étaient désabonnés du *New York Times*…

– … qui est pourtant d'une tiédeur navrante.

– Réjouissons-nous, ironisa Dido, que des commissions veillent sur la santé intellectuelle des Américains.

– Quelle absurdité, murmura Rhonda. Imaginez qu'on me convoque à cause du rouge de mon chapeau ? Ou parce que je lis *Une tragédie américaine* ?

– Elle est là, la véritable tragédie américaine ! dit Fay. Ce qui arrive à notre cher Mr Mugby est bien la confirmation que tout le monde déraille.

C'était une jeune fille que des sourcils écartés et très hauts dotaient d'une expression de perpétuelle stupéfaction.

– Qu'est-il arrivé à ce Mr… euh, Mugby ? voulut savoir Jocelyn.

– Mr Mugby est notre professeur de civilisation latine. Il a été sommé de supprimer les abonnements de Toyfell à certaines revues, sous peine de se voir muté, sanctionné, ou de devoir comparaître devant une commission de loyauté.

– La vérité, c'est qu'il s'agit de représailles. Mr Mugby a mené une action, il y a sept ans, pour intégrer deux élèves noirs à l'école. Un «patriote» a cru indispensable de le rappeler au souvenir de la direction.

— Une commission de loyauté? C'est quoi?

Les sourcils de Jocelyn se levaient presque aussi haut que ceux de Fay.

— Les enseignants, mais pas uniquement, sont désormais obligés de déclarer sous serment n'avoir jamais été communistes, ou soutenu une démarche communiste. Leur parole est vérifiée. S'il s'avère qu'ils ont menti ou oublié certains points... hop, virés. Ou sur liste noire. Liste qui, bien sûr, n'existe pas officiellement, expliqua Jeffrey de sa voix posée.

— Voilà comment des gens décident subitement qu'on n'a plus le droit de lire certains journaux, continua Dido. Nous organisons un mouvement de protestation et de soutien à Mr Mugby. Hélas, nous ne sommes pas nombreux. La plupart des élèves s'en fichent.

— Ou ont la pétoche, lâcha Rhonda.

Une petite fille d'environ cinq ans, accourue du bout de l'allée, vint tout à coup se planter devant eux.

— Vous avez de la monnaie? C'est pour la dame des patins, expliqua-t-elle en tournicotant le ruban jonquille d'une de ses couettes.

On fouilla sacs et poches. Jocelyn trouva le premier, et lui échangea son dollar contre des piécettes.

— Tu t'appelles comment?

— Deanna. Comme Deanna Durbin.

— Tu chantes aussi bien qu'elle? demanda Dido.

La gamine remua couettes et rubans.

— Quand je chante, papa est le seul qui veut bien écouter.

Mais il dit que c'est parce que je suis sa fille, et qu'il est un bon papa.

Ils aperçurent un homme jeune, au physique blond d'Irlandais, qui suivait la scène en souriant, à trois bancs de là. C'était visiblement lui, le papa aux tympans indulgents.

La petite remercia, et s'envola tel un moineau. Le père, là-bas, chiquenauda le bord de son feutre pour les remercier. La discussion put reprendre.

Jocelyn voulait plus d'informations à propos des «listes». D'où venaient-elles? Qui les établissait?

– Mr Clark. Notre garde des Sceaux. Il classe les associations «suspectes». Sur dénonciation, est-il besoin de préciser. Mais… (Pat baissa le ton.) Le FBI aussi l'informe. Le FBI envoie des «taupes» pour infiltrer, pêcher les ragots, et paie des «témoins» lors des auditions.

– Une association présumée «dissidente», compléta Jeffrey, peut être interdite sur simple décision de Mr Clark. Ses membres sont alors fichés et doivent rendre des comptes.

Jocelyn n'en croyait pas ses oreilles.

– Des comptes à qui?

– À leur employeur, par exemple. Qui peut les renvoyer. S'ils persistent à rester adhérents, ils deviennent hors-la-loi. Leurs familles sont harcelées.

– Notre Comité pour la liberté de parole n'est pas encore sur la liste de Mr Clark, heureusement.

– Quelle horreur, dit Pat avec un frisson. Être fiché, sur une liste noire, ou grise, nous interdirait l'inscription à l'université. Nos parents ne trouveraient plus de travail.

Jocelyn avait peine à se figurer comment, au pays de Miss

Liberty, l'on pouvait se retrouver sur une liste douteuse... qui vous expédiait sur une autre, tout aussi fumeuse.

– Passons à l'ordre du jour! rappela Rhonda. Il concerne notre action en faveur du fabuleux, du talentueux, du fantastique... Uli Styner!

Elle aspira si fort qu'une de ses oreilles jaillit hors son bonnet.

– Uli Styner? s'écria Jocelyn. Je l'ai vu dans *Good Night, Bassington*!

Prudemment, il passa sous silence qu'il n'avait assisté qu'au dernier acte, en resquillant, escorté d'une brochette de jeunes filles en pyjama*.

– Nous avons tous vu Uli Styner un jour! répliqua Dido. Quand bien même il serait inconnu, on le soutiendrait au nom de la liberté de penser et de parler. Qui veut relire la chronique abjecte de Walter Winchell, dans le *Broadway Spot*?

Jocelyn s'absorba dans la contemplation de ses patins jetés sur l'herbe grisâtre de janvier. Il les poussa, songeur, du bout du pied. L'Amérique était-elle un théâtre à deux masques?

Pat lisait à mi-voix, juste assez haut pour qu'ils puissent être seuls à entendre:

– *... a fréquenté de près (de très près même) une certaine Vlaska Cherguine, ballerine russe célèbre pour ses entrechats et sa grande sympathie pour Mr Staline? Nous avions déjà souligné l'étrange goût de Styner pour les auteurs agitateurs. Ses choix récents démontrent un penchant patent pour la sédition. Mais une maîtresse russe à la solde des bolcheviks? Voilà qui fait basculer notre confiance! Voilà qui conforte*

* Voir le tome 1, *Un dîner avec Cary Grant.*

notre conviction du patriotisme douteux d'Uli Styner. Il lui faudra s'en expliquer. Nous attendons vos arguments, monsieur Uli Styner.

Pat replia la page.

– Uli Styner est à l'affiche de l'Admiral Theatre. Pour le moment.

– On annonce sa participation à l'émission *La Star derrière le rideau*, dit Jeffrey. Je préconise un coup d'éclat devant les studios ce jour-là.

– Est-ce enregistré ou filmé en direct? C'est important de savoir.

– Je peux me renseigner, dit Fay. L'amie d'enfance de ma sœur aînée est hôtesse au NYVB Building.

– Il te faudra rester très discrète, recommanda Jeffrey.

Fay acquiesça, à la fois effrayée et pénétrée du sérieux de sa mission.

– L'HUAC et le FBI ont un fichier avec trois cent mille noms, chuchota-t-elle.

– Ils ne s'en cachent pas. Même, ils le clament sur les toits! Pour mieux terroriser.

– Trois cent mille citoyens repérés ou dénoncés à cause d'un bouquin lu, d'une pétition signée avant guerre, ou simplement parce qu'ils jugent normal que les Noirs réclament l'égalité civique.

– Trois cent mille? fit Jocelyn. Bigre…

– C'est aussi alarmant que la liste de Mr Clark, admit Dido. Mais on n'a pas peur.

Jocelyn perçut un léger frémissement dans la dernière phrase.

– Pas peur, assura Jeffrey. Nous sommes jeunes, nous sortons d'une guerre. Nous ne voulons pas d'une autre. Le destin de l'Amérique est entre nos mains.

Ils se turent, impressionnés. Jocelyn en oublia de ricaner in petto.

– On résume, reprit Rhonda. (Elle griffonna sur un cahier.) Action à déterminer aux portes des studios NYVB le jour de l'émission. Fay s'informe sur la date. Des suggestions?

– Ne faudrait-il pas prévenir Styner? hasarda Jocelyn. Après tout, il…

– Non, coupa sèchement Jeffrey. Notre comité est libre. Nul besoin de permission. En outre, cela pourrait l'embarrasser. Lui ou son avocat.

– Je ne suis pas sûre de pouvoir être là, fit timidement Rhonda. Je fais du baby-sitting.

– Débrouille-toi, trancha Dido. On est déjà peu nombreux.

La séance fut levée. Léo, Pat et Fay s'en retournèrent patiner. Rhonda prit le métro, Jeffrey partit seul à pied. Jocelyn et Dido montèrent ensemble dans le tramway.

– Quel succès auprès des filles, ton Jeffrey!

Il paya 20 cents au contrôleur avant d'ajouter, l'air dégagé:

– Tu n'aurais pas un faible pour le genre beau ténébreux, toi aussi?

Dido lui asséna un long regard tranquille et, somme toute, assez ténébreux.

8

It takes two to tango

Aux manettes des défilés de la maison Daquin devant la distinguée clientèle, la Mouche conservait robe noire, tresse en couronne, grain de beauté, et ventre rebondi. Elle se bornait à garnir son col d'un camélia rouge.

— *Retour de pique-nique*, débitait sa voix atonale, tandis que la blonde et accorte LaVerne arpentait pour la cinquième fois le long tapis de Chine, devant ces messieurs et dames de Park Avenue.

— Jupe en piqué de coton lustré, boléro doublé ton sur ton, on notera la poche subtilement passepoilée de rouge, seyante et utile à la fois. Et, pour clore cette présentation…

LaVerne, vaporeuse, fit une coquette volte-face, croisa Chic dont c'était le tour.

— Quand je serai riche, grinça-t-elle, dents serrées, sans déranger un millimètre de son sourire, je m'enverrai des cadeaux.

— Enveloppés dans du vison ! marmonna Chic, de même façon.

— … admirons *Bain de soleil*. Mousseline et plumetis, continuait la Mouche, sépulcrale. Nuque dégagée pour s'offrir aux rayons, jupe *new-look* oscillante pour baguenauder dans les vertes prairies…

Bain de soleil – Chic – virevolta sur quatre allers-retours, deux doigts sur la hanche, avec une aérienne lenteur calquée sur celle de ses camarades. Ouf… Elle portait le dernier modèle, du dernier défilé pour la journée.

– Quelles merveilles! s'extasia à la fin une chalande toquée de ragondin.

– Monsieur Jean-René s'est surpassé, répétait la Mouche, impassible.

– Il est là? Peut-on aller le féliciter, Miss Potter?

Car la Mouche possédait un nom. Miss Potter – puisque tel était le sien – afficha un sourire aussi exubérant qu'un chas d'aiguille, et emmena ces dames fiévreuses, et futures acheteuses, saluer le génie du ciseau.

Chic rejoignit ses camarades dans l'étroit couloir pompeusement baptisé *boudoir*. Joanne était affalée sur une méridienne qui occupait toute la place, un *Harper's Bazaar* étalé sur le visage. Ses bras pantelants avaient l'air de tubes en chiffon.

– Tu comptes les moutons? interrogea Chic en se déchaussant.

– Plutôt leurs côtelettes! s'esclaffa Muguet.

– Rien mangé depuis ce matin! articula la voix mourante de Joanne sous le magazine. Trop peur de ne pas pouvoir entrer dans *Garden party*.

– Tu n'es jamais aussi jolie qu'avec un journal sur la figure, glissa Dolly, perfide.

– Je devrais jeûner, moi aussi, soupira Anita, une ravissante brune aux formes parfaites. Regardez tout ce gras sur mon ventre ! Je n'ai pourtant jamais eu de bébé.

— Tu veux dire aucun dont on a retrouvé la trace ? la taquina Muguet.

— Toi, répliqua Anita, si tu perds un kilo, il faudra un avis de recherche pour te retrouver.

— Ne te retourne pas tout de suite, chérie… mais on voit ta jalousie.

— N'écoute pas cette peste française, Anita. Tu es aussi belle qu'une valise pleine de dollars.

— Et aussi difficile à obtenir ! pouffa Joanne sous son *Harper's*.

— Vous avez vu ? *Il* est là ! gémit LaVerne. Soi-disant pour accompagner sa mère, en réalité pour se rincer l'œil et tenter sa chance. Misère de misère !

— De qui parles-tu ? voulut savoir Chic en arrachant mousseline et jupe oscillante qui invitaient peut-être à baguenauder dans les vertes prairies mais démangeaient comme du foin sec.

Muguet papillota des cils énigmatiques.

— Tu vas le savoir, Chic. Dépêche, Joanne. Ou tu les mangeras demain, tes côtelettes.

Lorsque, fin prêtes, toutes évacuèrent le *boudoir* à la queue leu leu, Muguet leur fit un discret mouvement de menton.

Un jeune homme, costume trois pièces, nœud à pois, patientait dans le corridor. Il donnait l'impression d'un poupon nourri au beurre et à la crème entière. Son chapeau et ses gants en avaient d'ailleurs les nuances. Sa lèvre du bas était lourde, l'intérieur rosâtre et luisant.

— Mesdemoiselles, fit-il en soulevant poliment son couvre-chef.

Il s'avança vers LaVerne qui arrivait à reculons.

– Miss LaVerne ?

Elle faisait mine de fouiller dans son sac à main. Elle leva la tête et simula l'étonnement.

– Oh, Mr Ackernarthy ! dit-elle avec un petit rire essoufflé. Co... comment allez-vous ? Et madame votre mère ?

– Nous allons fort bien, merci. Je lui dirai que vous vous êtes enquise de sa santé, elle en sera touchée. Miss LaVerne... Pensez-vous répondre favorablement à mon invitation à dîner ?

– C'est que...

Aux abois, LaVerne adressa une supplique muette à ses compagnes qui s'étaient écartées. Ses cheveux mêmes appelaient à l'aide.

Muguet se décida à intervenir. C'était la plus grande de toutes, ses belles épaules carrées dépassaient celles d'Ackernarthy. L'accent français fit le reste.

– LaVerne n'ose pas vous le dire, Mr Ackernarthy... Alors je parle pour elle, tant pis. Voyez-vous, elle n'a pas le cœur à la rigolade. Son petit frère est mort. Il s'est noyé le mois dernier au lac Tahoe. Il nageait... Subitement, une crampe, il était seul et... voilà. Une tragédie. Une insondable tragédie. Vous la comprenez, n'est-ce pas ? Son unique tout petit frère.

– Mon Dieu, ma pauvre, pauvre LaVerne ! s'écria Chic dans un élan de sympathie sincère. Quelle tristesse, quel chagrin... Moi aussi j'ai un frère et...

– Mes condoléances, Miss LaVerne. Si j'avais su, croyez que...

Chic offrit un Kleenex à LaVerne, qui y plongea précipitamment.

– Voyez, continua Muguet en entourant son amie d'un biceps affectueux, et fixant les prunelles pâles de Mr Ackernarthy. Voyez… Vous ravivez son chagrin.

– Vous m'en voyez navré, profondément navré. Si vous avez besoin de soutien, ou de quoi que ce soit, Miss LaVerne, je…

Engloutie dans la cellulose, LaVerne s'agitait de sanglots. L'air tragique, Muguet l'emporta sous son aile, suivie par les filles, muettes, en une sorte de procession funèbre le long du couloir.

Dans l'ascenseur, LaVerne s'extirpa du mouchoir.

– Merci, Muguet ! fit-elle avec un sourire éclatant. Je ne savais plus comment m'en dépatouiller. Je n'ai qu'une chipie de sœur, et elle crawle comme Johnny Weissmuller. Où as-tu trouvé une idée pareille ?

– Je suis française, répondit Muguet, modeste.

– Ackernarthy va te ficher la paix pour un bout de temps !

– Filons d'ici avant qu'il réalise que, il y a un mois, le lac Tahoe était si tristement gelé que personne ne pouvait y nager.

– Ackernarthy, Ackernarthy… marmonna Chic. Ce n'est pas… ?

– Si ! Les magasins Kuck's. Jarvis Ackernarthy est le rejeton héritier.

– Sa mère dévore les robes de monsieur Jean-René.

– Impossible d'envoyer ce balourd au diable, expliqua LaVerne. La Mouche me virerait.

– Dommage qu'il ait les lèvres si rougeoyantes, soupira Chic, pensive. Elles valent quand même des millions de dollars.

– Ma foi, dit Joanne, toujours affamée, s'il m'avait offert, là, tout de suite, un carré de côte avec des pommes frites, peut-être que je…

Sur l'avenue, LaVerne réintégra prudemment la cellulose de son Kleenex, au cas où l'héritier des magasins Kuck's surgirait. Elles se séparèrent enfin, par deux, ou seules, en se disant à demain, et en essayant de ne pas rire trop fort.

Il faisait encore jour, mais plus pour très longtemps.

Chic prit le métro jusqu'à Madison, puis la direction du CBS Building, son sac contenant les quatre livres sous le bras.

À l'accueil, elle trouva l'hôtesse habituelle, celle avec l'écureuil mort en écharpe, qui bavardait avec un type en tweed, accoté au comptoir.

– Whitey ? Le machino ? répéta-t-il dès que Chic eut prononcé le nom. Il ne travaille plus ici.

Elle sentit un creux au milieu de la poitrine.

– J'ai là des objets qui lui appartiennent.

Elle montra le sac, comme pour rendre inéluctable le fait qu'elle devait le retrouver. Il esquissa un curieux sourire. Il évaluait le degré d'intimité qu'elle entretenait avec un homme dont elle détenait «des objets». Elle rougit violemment.

– Ce sont des livres, se crut-elle obligée de préciser, tout en se traitant de sotte.

Il haussa les épaules.

– J'ignore s'il a le même job ailleurs. Ou s'il a un job tout court.

L'hôtesse au comptoir les contemplait, aussi morne que son écureuil. Il n'y avait plus tellement de visiteurs à cette heure, les bureaux se vidaient.

– Essayez de vous souvenir, dit Chic au type en tweed. Peut-être a-t-il donné une information ? Il… il tient beaucoup à ses livres, ajouta-t-elle sur un ton plus larmoyant qu'elle ne souhaitait.

– C'est vrai, il lisait beaucoup, Whitey. Mais il causait peu. Désolé.

Il la scruta plus attentivement. Le sourire faraud réapparut.

– Je peux le remplacer, peut-être ?

Mon Dieu, était-elle tellement lisible ? Ai-je l'air si mordue que ça ? pensa-t-elle, déprimée.

Au-delà du comptoir, elle entrevit son reflet sur la vitre d'une affiche de l'Alka-Seltzer Show… *Honnêtement, tu as l'air parfaitement dégoûtante, Felicity Pendergast.*

Elle remercia, et s'en alla aussi vite, et aussi lentement, que possible. Dans la foule du soir, elle ne fut plus qu'une cellule dans le plancton déferlant sur la ville.

Le silence de Dido turlupinait Jocelyn. Le tramway affichait complet, on y suffoquait. Ils décidèrent de descendre deux blocks plus tôt et de longer Central Park à pied.

– Tu n'as pas répondu à ma question, reprit-il avec la sensation aiguë d'atteindre au summum du ridicule. Il te plaît, le ténébreux Jeffrey ?

Elle darda sur lui le même regard, la même expression. Après un soupir – le genre que l'on pousse lorsqu'un chiot joue à vous mordiller le mollet alors que vous trimballez une casserole bouillante –, elle répondit :

– Mon pauvre Jo. Ne sois pas si juvénile.

– Tu dis toujours ça dès qu'on parle de lui.

Il se sentait bête, et pourtant c'était plus fort que lui. Aussi, pourquoi ne répondait-elle pas simplement oui, ou simplement non?

– Du pur enfantillage. Vraiment Jo, tu… Oh, regarde.

– Un orchestre de rue! s'écria-t-il, soulagé de passer à autre chose.

– Un orchestre de rue *féminin*!

Des filles, des filles, encore des filles! pensa-t-il en courant derrière Dido sur le parvis sud du Park. New York était une jeune fille gaie et radieuse, en socquettes et chapeau perché, curieuse et musicienne. Il l'adorait.

Elles bataillaient *Traffic Jam* à cinq, face au cercle de badauds qui tapaient du pied en rythme, avec autant de vitalité que l'orchestre d'Artie Shaw au complet, quelques fausses notes en plus. Sur la grosse caisse, des lettres rouges flambaient:

Silly Sally and Her Swingin' Syncopators.

À leur tête, Silly Sally essoufflait sa clarinette, tout en dirigeant d'une baguette épileptique ses quatre *Swingin' Syncopators*, nettement plus jeunes, qui se partageaient saxophone, cymbales, grosse caisse et contrebasse.

Dido tira Jocelyn au plus près de la musique, juste derrière la porteuse de cymbales. Le bras de Jocelyn vint enlacer la taille de Dido, et tous deux se mirent à scander le tempo du talon et du menton.

On applaudit *Traffic Jam*. Silly Sally clarinetta ensuite *I'll Be With You in Apple Blossom Time* en solo. Ce qui permit aux quatre Syncopators de s'offrir une pause Thermos près d'une borne à incendie.

– Si le corps humain est composé de 639 muscles, dit Cymbales, l'air de poursuivre une conversation commencée plus tôt, eh bien, la nature les a disposés chez lui dans un ordre fa-bu-leux !

– Il est riche ? demanda la toute frêle et toute frisottée Grosse Caisse.

– Il possède au moins les 37 dollars qu'il m'a empruntés le mois dernier.

– Il te fait rire, j'espère ? s'enquit Contrebasse, *bobby soxer* comme Dido, mais plus âgée de deux ou trois ans. C'est sérieux, l'humour.

– Il est désopilant… si on supporte sa mère. Sa sœur Enid supporte. D'ailleurs, tout le monde dit *« cette pauvre Enid »*. Oh… il cuisine très bien.

– Présente-le-nous vite ! lança avec malice Saxophone, la seule en pantalon.

– Hum. Quelles sont tes intentions, Julia Livingstone ? l'interrogea Cymbales, sévère.

– Pas très recommandables, Donatella Revoli. J'en ai peur. Après six mois d'omelettes-fromage, je rêve de T-bone juteux, épais comme le matelas de ma grand-mère.

Silly Sally agita une baguette martiale dans leur direction. Elles filèrent illico attaquer *Heartaches*.

À la fin du morceau, Saxophone déambula parmi la foule, avec un petit arrosoir jaune. Tout le monde y versa une pièce. Sauf…

– Navré, fit un jeune monsieur au visage poupin et au costume raffiné. Je n'ai pas un sou sur moi.

Au-dessus de son nœud à pois, sa lèvre du bas pendait,

rougeoyante, luisante. Étrangement, l'élégance de ses gants et de son chapeau aux nuances de beurre et de crème entière dotait ses paroles d'une tonalité d'infortune.

– Bienvenue au club, lui dit charitablement Saxo.

Il vérifia la foule comme s'il craignait d'y voir apparaître un cerbère ou sa mère.

– En contrepartie, je vous invite à dîner ? fit-il avec un clin d'œil.

Saxo leva les yeux au ciel avec le soupir blasé de l'habituée et passa au suivant.

Après avoir contribué à la prospérité de l'arrosoir jaune, Jocelyn et Dido abandonnèrent musique et badauds, et firent un détour pour remonter au nord par Broadway.

La musique et la discussion entre les quatre petites Syncopators les avaient divertis. Dido fourra une main, en marchant, dans la poche du duffle-coat de Jocelyn, comme à l'accoutumée. Il la pressa contre lui. Oui, New York était une jeune fille, fougueuse mais pragmatique, facétieuse mais réaliste, pleine de rêves, de rires, et de buts à gagner.

– Hé ! Hé ! les interpella une voix de stentor de l'autre côté de la rue. On complote en bande organisée ?

Une Buick Riviera bleu et blanc zigzagua, au mépris de toute prudence, à travers le flot d'automobiles, dans une clameur de klaxons protestataires, avant de freiner à leur hauteur, jantes au ras du trottoir.

Une jeune fille occupait le siège passager. Elle avait une peau d'opale, des cheveux noirs, un sweater noir, une jupe en laine noire, un imperméable transparent. Le seul éclat de couleur était sa bouche orange.

– Salut, Cosmo! Bonjour, euh… Lorna, fit Jocelyn, se souvenant in extremis du prénom.

La dernière fois qu'il l'avait vue, où était-ce? Ce club de jazz où l'avait traîné Cosmo?

– Ah non, rit-elle. Pas Lorna. Moi, c'est Micaela.

– Sans H. Comme dans *Carmen*, précisa Cosmo, avec un clin d'œil. C'est français, *Carmen*, hein? Georges *Bizette*, n'est-ce pas? Micaela, tu as là un délégué du *Gai Paree*, descendu tout droit de sa tour Eiffel. Parles-tu le français, Micaela?

– *Je vois la vie en roooose…*

De la musique s'échappait de sous la banquette. Charlie Parker tourmentait son saxophone entre la hanche droite de Cosmo et la hanche gauche de Micaela.

– Une radio? s'écria Dido. Je n'en ai jamais vu d'aussi petite.

– L'ère de la miniaturisation! pérora Cosmo. Petits pois, petits cerveaux, petit écran, petits microbes. Heureusement, résistent les gros seins.

Micaela, buste plat, haussa les épaules, puis le volume de la radio.

… Accusé de faux témoignage dans l'affaire des «Documents cachés dans une citrouille», Alger Hiss fait appel. Le procès reprendra au printemps. Rappelons qu'Alger Hiss fut un proche collaborateur du président Roosevelt. Il était présent aux accords de Yalta. Il participa à la création des Nations unies. Il fut dénoncé l'an dernier par le communiste repenti Whittaker Chambers, qui l'accusa d'avoir espionné au profit de l'Union soviétique. Mais les faits d'espionnage étant prescrits, il vient d'être condamné pour parjure.

Écoutons ce que déclare Mr Richard Nixon, représentant de l'État de Californie, qui travaille sans relâche à faire la lumière sur ce dossier...

– Je vous ramène?
– Tu n'as que deux places... déjà occupées, observa Dido.
– Viens devant, on se serrera. Jo montera derrière.

Après hésitation, Dido s'inséra entre Micaela et la portière, Jocelyn s'encastra à l'intérieur du spider, seule sa tête sortait. Dans la miniradio, Mr Richard Nixon aboyait:

«Mr Alger Hiss a la chance de vivre en Amérique et de bénéficier d'une justice équitable!

Retenons de cette affaire ces faits essentiels: nous sommes face à des espions qui vendent pour 30 deniers les plans stratégiques de nos armes nouvelles à des pays hostiles à la démocratie. Ces traîtres permettent à ces pays ennemis d'œuvrer contre nos libertés politiques. En plus, ces gens-là sont infiltrés au plus près du pouvoir et de nos grandes administrations! C'est la monstrueuse leçon qu'il nous faut désormais garder en tête.»

– Vous venez d'où? demanda Cosmo.
– De la patinoire! répondirent Jo et Dido en chœur.
– Touchante harmonie! persifla Cosmo. *Petite* tête pour deux, hein? Vous allez où?
– Nulle part, répondit Jocelyn.
– Chez moi, fit Dido.
– Ho ho. Harmonie intermittente. Chez Dido, je peux vous y déposer. Pour le nulle part...

— Cosmo y séjourne depuis pas mal de temps déjà ! gloussa Micaela.

— Sois polie, ma jolie, c'est moi qui conduis.

Elle décapsula un poudrier laqué couleur trèfle pour rajouter de l'orange à ses lèvres. Son mascara était bleu.

… Durant nos opérations de contre-blocus à Berlin, un de nos B-29 est entré en collision avec un avion de combat russe. Notre pilote est mort en patriote. Nos braves soldats délivrent chaque jour 8 000 tonnes de nourriture et de matériel aux Berlinois affamés par les communistes. Il leur faut sans cesse déjouer les pièges de l'armée soviétique.

Voici maintenant le dernier succès de Mitch Baker, *Don't Mind the Way You Dance, Just Dance !*, avec le shampooing Dop qui fera briller vos cheveux, mesdames !

— Une fichue saloperie ! marmonna Micaela.

— Oui, approuva Dido. Notre pays n'a pas fini de combattre ses démons.

— Je parlais du shampooing *Dop*. Ça poisse et ça décape.

9

All is fun

— Tu es français, donc ? enchaîna Micaela, la tête vers le spider et Jocelyn à l'intérieur.

— De *Paree*…

Un *waooow !* d'extase fusa des lèvres orange. Talons calés sur
le tableau de bord, Micaela hurla à tue-tête *Quand il me prend
dans ses braaas*…

— Toujours suffragette, hein ? cria Cosmo à Dido, braquant
pour éviter un colporteur qui traînait sa carriole à bras.

— Citoyenne.

Ils s'engouffrèrent dans la 78e Rue Ouest, manquant embou-
tir une Dodge Custom bleu navy qui déboîtait et qui les dépassa
à vive allure.

— Curieux. Le type ne m'a pas insulté, nota Cosmo.

Il suivit dans le rétroviseur la trajectoire de la Dodge qui
disparaissait.

— Il se cache, conclut-il. Retour d'adultère, ma main à couper.

Devant la pension, il arrêta la Buick, et Charlie Parker, sa
Donkey Serenade.

– Parker passe au Tin Pan Club, dit-il. Quand il est en forme. Avec Dizzie... Faut absolument que tu écoutes ça, Jo.

Jocelyn s'extirpa du spider pour ouvrir à Dido.

– Quand tu voudras.

Il se souvenait avec émoi de la soirée avec Sarah Vaughan. Elle avait chanté exprès pour lui *April in Paris*... Son échine en frémissait encore.

– Merci, Cosmo. *Bonsoir, ma chère**, ajouta-t-il, incliné sur la main de Micaela comme elle devait attendre qu'un Français de *Paree* s'inclinât.

Dido trépignait à la grille.

– Les parents me prêtent le chalet du Vermont un de ces week-ends, annonça Cosmo. On y fait du ski, de la luge, parfois ami-ami avec un grizzli...

– On s'y nourrit de neige arrosée au sirop d'érable, on s'y ennuie agréablement, continua Micaela.

– Ça te tente, Jo?

– Skier sur du sirop d'érable? Pourquoi pas.

– Viens avec qui tu veux, ajouta Cosmo en louchant par-dessus le long escarpin qui lui servait de nez. Le chalet est vaste!

Sur le trottoir, Jocelyn et Dido agitèrent les bras jusqu'à disparition de la Buick. Après quoi, dans la rue déserte, parmi les ombres du soir et de la grille, ils purent s'adonner à leur activité favorite.

– Tu viendrais skier dans le Vermont avec moi? chuchota-t-il dans les narines de Dido.

– Il y aura Cosmo.

---

* En français.

– Ça change quoi?

Elle savoura la fin du baiser avant de livrer une réponse.

– Je ne l'aime pas trop.

– Qu'est-ce que tu lui reproches?

– Trop *Ivy League* pour mon goût.

La conversation marqua une pause – fort active par ailleurs.

– Ça veut dire quoi? demanda-t-il quand il eut repris haleine.

– Fils de bonne famille riche et blanche de la côte Est, qui fait Yale, Harvard ou Princeton.

– Ni Yale, ni Harvard, ni Princeton. Cosmo traînaille. Il regarde le monde passer.

– Un monde peuplé de lèvres orange.

Nouveau silence, très affairé.

– S'il te plaît… Pas de Vermont sans toi.

– *Falling leaves a sycamore*, fredonna-t-elle à sa joue. *Moonlight in Vermont…*

Le sixième baiser s'étira. Le temps de se résoudre à ce qu'il fût aussi le dernier.

– Je dois demander à papa.

– Obtiens sa permission. Je n'irai pas, sinon.

Ils s'étreignirent, s'embrassèrent – la dernière, toute dernière fois, vraiment, cette fois – avant de rejoindre, Dido sa maison, et Jocelyn son sous-sol.

Situé dans Midtown, le Polish Folk Hall était un souvenir

inconfortable qui ramenait Chic à ce soir glacé de décembre où elle s'était conduite en sotte avec Whitey, le soir où il avait claqué la porte du taxi au nez de ses baisers.

Néanmoins, un combustible secret qui trouvait sa source dans son enfance de gymnaste, championne junior de Californie, la fit pénétrer dans le lieu d'un pas héroïque et coriace.

Même odeur de saucisse sèche, de sueur, de vodka. C'était bondé. Elle dénicha une place et commanda un thé en regardant les danseurs. Ici, on le servait dans des verres, sur fond de rhapsodies hongroises.

D'un lent regard méthodique, elle fouilla la grande salle, détailla les visages. Whitey ne s'y trouvait pas. Elle soupira. À la table voisine, une famille polonaise avec trois enfants se partageait un plateau de blinis et de petits harengs roulés dans la crème. L'orchestre entamait une polka.

La mère, une jeune femme aux pommettes brillantes, jeta un coup d'œil à la table de Chic. Après avoir surchargé un blini de crème et de poisson, elle le tendit à un de ses gamins en lui ordonnant quelque chose. Le garçon regimba, puis glissa de son siège pour apporter le blini à Chic.

— Oh, merci, c'est vraiment gentil.

— C'est ma maman, s'excusa-t-il.

— Remercie-la aussi. Comment tu t'appelles ?

Il avait déjà détalé. Chic adressa une mimique de gratitude à la mère en levant le blini avec trois doigts. Tentée, elle hésitait pourtant à mordre dedans. Si Whitey débarquait ? Une bouche pleine de hareng vous massacrait les plus romantiques des retrouvailles.

Elle l'engloutit à toute vitesse, regrettant que ce soit à toute vitesse. C'était onctueux, absolument délicieux. Elle en aurait volontiers mangé une pile d'autres.

– Danser ?

Elle se tourna, se ressouvint des cheveux en brosse, du sourire jeune et dodu, de la cravate orange. Ils avaient beaucoup dansé tous les deux la fois précédente. Pourquoi pas ? Au lieu d'attendre bêtement elle ne savait quoi… Elle termina le verre de thé, désigna son sac à la mère du gamin pour lui signifier de veiller dessus, et elle s'envola au bras de son cavalier.

Leurs corps ne furent pas longs à se réaccorder. C'était agréable. À vrai dire, il n'y avait guère d'autre manière de s'entendre, car le garçon ne parlait quasiment pas anglais. Il dansait toujours aussi gaiement, sa vitalité était communicative. Ils n'avaient pas échangé leurs noms, l'autre fois. Elle attendit l'accalmie d'une valse.

– Chic, dit-elle en se tapotant le buste du bout de l'index. Toi ?

– Marek.

Il l'enfermait dans son bras vigoureux. Elle pouvait sentir les boutons de sa veste. Il parut réfléchir à une phrase, finit par dire :

– Toi… belle.

– Et toi, bon danseur ! rit-elle.

Après la valse, ils partagèrent une polka et deux mazurkas. Puis un buttermilk au bar. Elle lui fit comprendre qu'elle était fatiguée. C'était vrai. Elle se sentait triste, aussi. Cela ressemblait trop à la dernière fois. Et en même temps, c'était tout le contraire.

– Toi… chercher quelque chose ? demanda-t-il en la voyant explorer la salle d'un énième regard.

– Quelqu'un.

– Garçon ?

– Le même, soupira-t-elle. Tu te rappelles ? Je le cherchais déjà l'autre fois. Tu ne le connais pas. Je le cherche toujours.

Il ne comprit pas tout, mais saisit le principal.

– Amoureux ?

Elle plongea le regard dans le sien. Elle le trouva gentil de paraître si attentif, si sincèrement désappointé.

– Non, dit-elle en agitant le buttermilk avec sa cuillère. Pas amoureux du tout.

Il alluma une cigarette, la lui offrit, en alluma une autre qu'il fuma. Ses doigts étaient robustes, avec des traces blanches sous ses ongles courts.

– Tu travailles ?

– Peinture, dit-il. Je faire bâtiments. Toi travailles ?

Elle ? Pour la première fois, Chic ne sut quoi répondre. J'ingurgite des soupes en boîte qui me font vomir, j'asperge en souriant des chiens avec de l'antipuces, je défile devant des rombières qui se paient un parfum avec ce que je gagne en six mois, je…

Les larmes lui montèrent.

– Pas travail ? fit-il, navré. Pas pleure. Je trouve travail à toi.

– Non, non. Ça va.

Elle se moucha dans une serviette en papier qui traînait sur le comptoir, cligna des paupières pour refouler ce qui montait encore. Elle leva la tête.

– Tu ne connais vraiment pas Whitey ? On l'appelle aussi Arlan. Whitey, c'est un surnom. Arlan… je ne sais pas comment.

– Arlan ? répéta une voix juvénile, juste à côté. C'est lui que vous voulez voir ?

La serviette tomba en pirouette. Une jeune fille rousse et menue, juchée en stylite sur son haut tabouret, sirotait un *ice cream soda* avec deux pailles.

– Arlan, qui a fait la Birmanie pendant la guerre? poursuivit-elle. Celui qui écrit des romans?

Chic la dévisagea sans comprendre. Puis, horriblement déçue, elle poussa un soupir.

– Non. Celui que je connais n'écrit pas. Il est... était technicien chez CBS.

Elle plissa les yeux. Ces taches de rousseur, ce sourire plein de jolies dents minuscules...

– On se connaît, non?

La petite rousse gloussa, échangea quelques paroles en polonais avec Marek.

– On s'est vues déjà, oui, dit-elle. Ce soir-là, j'étais avec Arlan, ici. Et puis vous êtes arrivée.

Sa phrase était terminée, pourtant on la devina suivie de points de suspension pleins de griefs et de rancune. Et brusquement, Chic se rappela.

– Salina... Sabrina...?

– Sarina. Vous avez de la mémoire, finalement.

– Nous parlons bien du même Whitey. Ou Arlan, peu importe. Vous le voyez?

– Ici, c'est Arlan. Si vous dites Whitey, personne ne saura. Non, on ne l'a pas revu depuis ce fameux soir.

Nouveaux points de suspension, comme si elle liait la présence de Chic à la disparition d'Arlan ce soir de décembre. De nouveau, elle conversa avec Marek dans leur langue.

– Vous savez où il travaille? Où il... habite?

– Non. Ici, on ne se dit pas ce genre de choses. Ici, on danse, on mange, on boit, on se raconte des souvenirs, du pays ou d'ailleurs. C'est tout.

Chic se mordilla la lèvre.

– Il… raconte quoi, Arlan ?

La jeune fille plongea ses deux pailles dans la fin de l'*ice cream soda*.

– Qu'il a passé une partie de la guerre en Birmanie. Qu'il écrit des trucs sur le sujet. Un roman. Je ne sais plus bien.

Chic digéra l'information en silence. Whitey, technicien à CBS, « écrivait des trucs ».

– Il a publié ?

– Si c'était le cas, ce serait une célébrité chez nous. Tout le monde, ici, aurait son livre, même sans l'avoir lu. On serait trop fiers de notre compatriote.

– J'ai des livres qui lui appartiennent. Ils sont peut-être importants pour son travail. Vous ne voyez pas comment je pourrais les lui rendre ?

L'autre fit une moue. Non. Chic sentit la main de Marek lui presser l'épaule. Elle comprit combien il regrettait leur impossibilité de dialogue. Elle ravala un sanglot. Bon sang, que se passait-il ? Sa dernière crise de larmes datait de ses quinze ans. Quand son père avait refusé qu'elle aille au *Hollywood Canteen* de Soledad fêter son anniversaire avec Heather et Rosalie, ses meilleures copines.

Ses chagrins montaient en grade. Abattue, elle changea de sujet.

– Un autre soda, Sarina ? Marek, autre chose ?

Elle commanda un schnaps pour elle. Elle détestait l'alcool

et n'en buvait jamais, mais c'était l'unique moyen de ne pas s'écrouler en hurlant.

Le verre avalé cul sec, les yeux lui piquèrent, sa gorge était en feu. Elle salua Sarina et Marek.

– Revenir, toi ? demanda-t-il en la rattrapant par le poignet.

Elle se libéra sans répondre. Elle repassa à sa table. La famille aux trois enfants avait disparu. Ses affaires attendaient sagement sur la chaise. Au léger signe de tête que lui fit le vieux monsieur solitaire à côté, elle comprit qu'on lui en avait transmis la garde.

Il était tard, les bouquins pesaient. Elle s'offrit un taxi pour rentrer.

Dans l'appartement du haut...

La vieille main du vieux Dragon écarta un pan du rideau à la fenêtre. Un peu plus tôt, elle avait fait de même pour observer Jocelyn et Dido enlacés contre la grille. Cette fois, elle attendit que la silhouette de Chic franchisse le perron, et ne laissa tomber le rideau que bien après le passage au ralenti d'une Dodge Custom bleu navy.

10

Between a kiss and a sigh

– Je vous en conjure, supplia-t-elle, la voix brisée de sanglots. Ne me touchez pas. Si vous m'effleurez seulement la joue, une oreille… Je pourrais bien vous tuer.

Elle se cambra pour se dérober à ses bras.

– … ou je tomberai évanouie, acheva-t-elle à voix basse.

– Voilà deux éventualités qui me plaisent. Beaucoup, même.

Il se mit à jouer avec une boucle de la jeune fille. Elle recula, se rappela qu'une latte du plancher, derrière, jetait d'affreux grincements. Cela pouvait bousiller leur scène. Elle refit deux pas vers lui.

– Je ne détesterais pas me voir mort, jeta-t-il, ironique. Vous voir évanouie non plus. Voulez-vous choisir pour moi ?

Leurs regards s'accrochèrent, le temps d'un écrasant silence qui fit l'effet d'un trou. Elle se blottit entre ses bras, contre sa chemise.

– J'ai choisi, dit-elle en baissant les paupières. Tuez-moi, Nathanael.

Les secondes qui s'ensuivirent, on n'entendit rien d'autre que des souffles, celui de l'assistance, le leur.

Page se dégagea d'un vif pas de côté. Wayne, son partenaire, se passa la main dans les cheveux. Du même mouvement d'attente anxieuse, ils firent face à leur professeur.

Lester Lang, assis en tailleur au bout du plateau, suçotait le crayon avec lequel il venait de noircir un paragraphe de notes. Souple comme un chat, il quitta le bord de rampe. La quinzaine d'élèves suivaient chacun de ses gestes avec une curiosité vertueuse.

– La maladie, la maladie mortelle du comédien, énonça-t-il enfin, c'est son avance sur le personnage ! Page... ?

Il marqua une pause, sans la regarder. Les mains nouées dans le dos, elle retenait sa respiration, emplie d'un soudain et accablant sentiment de solitude.

– Vous vous êtes rapprochée de Wayne après avoir reculé. Pourquoi ?

– Je... je ne sais pas, fit-elle, surprise.

Elle s'attendait à un tas d'objections, pas à celle-là. Elle n'eut pas le courage d'évoquer la latte qui grinçait, c'était trop idiot.

– Je n'ai pas remarqué.

– Pourtant... Nous vous avons vue faire un pas en arrière pour éviter votre partenaire, revenir ensuite. Vous n'avez pas remarqué, dites-vous ?

L'été dernier, à la radio, Page avait suivi le feuilleton *Private Eye Hour*, où le détective, avant de démasquer le coupable, débitait un rituel de questions de ce genre. *Vous n'avez pas remarqué le sang sur la fenêtre, Miss Lundi ? Un témoin vous a vu porter un objet contondant, Mr Mardi. Vous prétendez ignorer que*

Mrs Jeudi vous léguait toute sa fortune, Miss Samedi ? Le même ton congelé.

– J'ai fait cela sans penser. J'ai… suivi mon instinct, expliqua-t-elle vaillamment. L'instinct du personnage.

Son souffle filait hors de ses lèvres en vibrant.

– Miss Hibbs, vous êtes en train d'exprimer deux choses absolument contradictoires. Vous ne pouvez pas à la fois suivre votre instinct et celui du personnage.

Lester *Private Eye* Lang tournait le dos. Sa voix était cassante.

– Le comédien a son instinct de comédien. Le personnage, son destin de personnage. Quand vous reculez, vous êtes bien le personnage qui se dérobe. Mais en vous rapprochant, vous êtes la comédienne, vous êtes Page Hibbs.

Elle se sentait surtout dans la peau peu enviable de Miss Lundi, dénoncée par Mr Mardi, assassin de Mrs Jeudi. Coupable, confondue, mortifiée.

– Je… je ne comprends pas.

– Bien évidemment. Sinon, vous seriez capable de nous fournir le motif, le pourquoi de votre pas de deux absurde.

– Je n'ai pas eu conscience de son absurdité.

Sa voix chuinta misérablement au-dessus du plateau.

– C'est bien le problème.

Il pivota. Ses yeux l'écrasaient, incisifs, durs, dorés.

– Vous n'en avez pas eu conscience, mais vous l'avez fait. Or, un personnage ne sait jamais ce qu'il va faire, ni ce qui va se passer. Il ne connaît pas la pièce. Lui, il ne l'a jamais lue.

Elle essayait de soutenir son regard, mais elle finit par ancrer le sien sur les géométries de la cravate qu'il avait mal nouée.

– L'acteur, lui, il sait. Il connaît la fin de la pièce, la fin de la scène. Voilà pourquoi vous vous êtes rapprochée de votre coéquipier. Vous saviez, *avant* que votre personnage le sache, que votre personnage allait céder, rendre les armes et se blottir.

Il se tourna vers les autres.

— Vous venez de voir la pire chose qu'un acteur puisse faire sur scène : révéler au spectateur qu'il sait.

D'une torsion nonchalante du poignet, il fit signe à Page et à Wayne de retourner s'asseoir parmi leurs camarades. Ils obéirent sans broncher.

— La maladie mortelle de l'acteur ! répéta-t-il, surplombant son auditoire. Il monte sur scène pour jouer la pièce qu'il a jouée hier, et jouée avant-hier. Il connaît par cœur l'avenir de son personnage. Alors, sans y penser, il utilise ce savoir. Il réagit en anticipant. C'est un des pièges qu'il vous faudra combattre sans merci.

Son œil balaya tous les visages, s'arrêta sur Page une fraction de seconde, bifurqua, telle une erreur de parcours.

— Je vous invite à vous demander *inlassablement* : si le reste de la pièce n'existait pas, que se passerait-il ? Je ferais quoi ? Vos gestes, votre attitude, votre façon de jouer ne doivent jamais dévoiler la suite. Au contraire. L'acteur doit faire croire que son personnage trouve une réponse au moment où il la trouve. Jamais avant. Ne jouez pas d'avance une conséquence. Suscitez-la ! À bientôt.

Il quitta le cours dans un silence de tombe.

— Pffiou ! s'exclama Wayne en essuyant une sueur fictive à son front. Bien content de n'avoir pas remué une semelle, moi.

– Pauvre Page, compatit Valerie. Lester Lang, c'est comme le Dakota du Nord : une douche froide. Ça surprend, puis on s'habitue.

Page se força à rire. Frankie, nouvelle recrue du Studio comme elle, lui donna une accolade.

– Allez, on descend se remonter le moral aux Philosophers ? Paraît qu'ils ont reçu un juke-box avec des titres de Stan Kenton et de June Christy.

– Bonne idée, j'ai soif, dit Ron.

– Et moi, très faim.

– Bobbi ! Tu n'as pas cessé de mâcher pendant le cours ! s'écria Frankie. Comment arrives-tu à te goinfrer autant ?

– Facile ! fit Bobbi, qui était tout en formes charmantes et décontractées. Suffit d'avoir de belles pensées, un chat roux, et de boire un verre d'eau à jeûn.

Même s'ils la connaissaient depuis peu, ils s'ingéniaient tous à dérider la malheureuse Page. Leur solidarité la réconfortait.

Depuis son admission, elle était très assidue. Sa classe avait déjà eu la chance de suivre une session du grand maître, Mr Lee Strasberg lui-même, et une *master class* de Mr Kazan que tout le monde, ici, appelait affectueusement Gadge.

Elia Kazan l'avait aussitôt reconnue. Il s'était borné à lui adresser un simple signe de tête, sans venir lui parler. Page avait compris que c'était par courtoisie envers le professeur. Avec tact, elle l'avait imité, et réprimé son envie d'aller le remercier. Tant pis, elle recroiserait Gadge une autre fois. Elle éprouvait une griserie à l'appeler Gadge en son for intérieur. Elle en avait désormais le privilège : elle faisait partie du Studio.

The Philosophers, bistro à alcôves et paliers biscornus, était fréquenté par la jeune bohème fauchée du quartier – acteurs en herbe et apprentis raisonneurs. Avant d'aller s'entasser à huit dans un box conçu pour quatre, les élèves saluèrent à grands cris exaltés l'imposante bedaine du juke-box fraîchement livré.

– On dirait ma grand-tante Lucrece, au réveillon de Noël! fit Ron.

– Wurlitzer modèle 1015, lut Valerie en flattant les bajoues de la machine. On met un *nickel* ici.

– 24 disques, compta Frankie. Regardez la liste. Mel Tormé, Peggy Lee, Count Basie, Woody Herman... *Waow*, Stan Kenton!

Elle rapporta de la monnaie du comptoir. Le *nickel* trébucha dans les entrailles du monstre qui ronronna. Les joues clignotèrent du rose, du jaune, du rouge. Le dard métallique vint piquer le bord du disque noir.

– Ça tourne! s'écrièrent-ils, réjouis, à l'instar de Galilée.

Stan Kenton se mit à tonitruer *I Been Down in Texas*.

– On danse? fit Valerie en embarquant Ron.

Ils se lancèrent tous azimuts dans un lindy hop aussi décousu que fougueux. Quelques clients vinrent les imiter. Frankie, Page, Wayne et Bobbi s'installèrent sur les banquettes moutarde, d'où ils commandèrent des Pops*.

– Il paraît que l'école va recevoir Mamoulian! annonça Ron.

– Rouben Mamoulian de *La Reine Christine*? articula Frankie en parodiant le sourcil, l'accent et la pose hiératique d'une Greta Garbo.

– Il vient en voisin du Cort Theatre, il met en scène *Leaf and Bough*. La première a eu lieu il y a quelques jours.

---

* Pop : appellation familière du Coca Cola.

– Oooh. Je meurs d'envie d'aller voir ça! gémit Bobbi. On m'a parlé d'un jeune premier beau comme l'Antique, qui s'appelle Charleston, je crois.

– Charlton Heston! rectifia Ron en parcourant l'exemplaire du *Playbill* qui traînait dans ses poches.

– Joshua Logan viendra sûrement aussi, fit Page, pleine d'espoir. Il répète *South Pacific* au Majestic. Ça va être la sensation de cette saison.

– Le soleil se lève sur les enfants que nous sommes! claironna Wayne en décapsulant avec panache son Coca au coin de son Zippo.

– Comment fais-tu ça? fit Valerie, impressionnée. Montre.

– Si tu m'offres un Coca tout neuf!

Une jeune fille dont l'opulente crinière rousse flambait comme sur une pellicule de Technicolor franchit le seuil du Philosophers, la mine savamment maussade. Sa figure s'éclaira à leur vue.

– C'est Leigh! *Hello*, Leigh! hurlèrent tous les garçons.

– *Hello.* Je débarque du casting de *Here We Love Again*.

– Tu es prise? demanda Frankie.

Leigh ébroua sa tignasse incendiaire.

– Ils m'ont balancé à la figure: «Désolés, vous êtes le personnage, mais il nous faut un nom.»

– Ah, les crétins! Les obtus!

– J'ai pris mes airs de duchesse: «Un nom? Parce que mes parents m'ont donné quoi, à votre avis? Un numéro?»

Elle recueillit une explosion de rires.

– *Touché!* Et la pièce que tu joues en ce moment? Vous avez du monde?

Leigh piqua une gorgée au verre de Bobbi.

– Cinquante personnes sur scène. Onze dans la salle.

– C'est… intime.

– Descendez de scène ! Remplissez les sièges ! suggéra Wayne. Faites-vous une ovation à vous-mêmes !

Leigh parut étudier l'idée, puis, rassemblant ses cheveux sur une épaule, partit se mêler aux danseurs dans la salle. Bobbi la suivit d'un regard d'envie.

– J'aimerais me teindre comme elle, soupira-t-elle.

– Tu rigoles ? haleta Ron, qui revenait s'immiscer, en nage, sur la banquette bondée. Elle, c'est une *vraie* rousse !

– Comment tu sais ça, toi ?

Ron était un garçon agréablement rond, affublé d'éternels pulls jacquard décorés par les poils de Schmuck, son teckel.

– Elle me l'a dit. On est amis. J'ai toujours soif.

– Tiens, dit Wayne en lui versant la moitié de son Coca. Bois un peu de ce vernis, tu deviendras brillant.

Page se sentait mieux. Les reproches de Lester Lang se dissolvaient dans l'atmosphère alerte du Philosophers.

Dans le même temps, une voix clandestine mais pénétrante lui chuchotait que les critiques du professeur avaient éclairé un versant de sa montagne mentale. Alors, de façon inattendue, comme cela arrivait parfois, elle songea à Addison. Elle se hâta d'avaler une gorgée pour faire taire la douleur secrète qui se réveillait, du côté du cœur.

– Ne pense plus à ce butor, murmura Frankie en lui tapotant l'épaule. Il nous a fait sa grande scène du II. Dans le genre, c'est un sacré cabotin lui aussi.

Elle parlait de Lester Lang, bien sûr, pas d'Addison. Frankie ne savait rien de la vie sentimentale de Page. Pourtant sa réflexion convenait aussi bien à l'un qu'à l'autre.

– Ce que Lester a raconté… L'anticipation, tout ça. Je crois qu'il a raison, dit-elle.

– Bien sûr qu'il a raison, soupira Frankie. C'est pour ça qu'il est exaspérant.

La voix de Bobbi traversa le brouhaha :

– J'avalerais bien un burger dégoulinant de cheddar.

– Encore ? se récria Frankie, effarée.

– Mais je suis maigre !

– Ce serait trop injuste si tu devais le rester ! lança Valerie, qui venait d'abandonner la danse pour s'affaler à son tour.

Tassés sur la banquette moutarde, ils ressemblaient à des cuillères à dessert dans une ménagère en désordre.

– Lorsque notre Bobbi sera très vieille, qu'elle aura, mettons, vingt-trois ans, son meilleur rôle sera : « Ballon accroché au vingt et unième étage du Chrysler Building ! » prédit solennellement Valerie.

– Avec tout ce qu'elle engloutit, conclut Frankie, c'est pas une chute du vingt et unième qui lui fera mal… Où est passée Page ?

Page, jusque-là en bout de banquette, s'était éclipsée vers le fond de la salle.

Les paumes moites, elle fixait l'appareil téléphonique au mur de la cabine. Elle connaissait le numéro par cœur, elle l'avait composé si souvent. Sa main souleva le combiné.

Au bout de quatre sonneries, on décrocha.

– Allô ?

Elle se mit à respirer par le ventre.

– Bonsoir. Je souhaite parler à Mr De Witt.

173

Il y eut un temps. La ligne ronflait comme un ressac.

– C'est Miss Page?

– Oui, Holm, soupira-t-elle. C'est moi. Est-ce que Mr Addison est là?

– Je vais voir, Miss.

L'appartement n'était pas vaste au point que Holm pût ignorer si son patron était présent ou non. *Je vais voir* signifiait *Je vais demander s'il désire vous parler*.

Elle pensa raccrocher. Elle ne le fit pas. Elle se mit à compter. À l'envers. À l'endroit. À se faire des paris clandestins. Chiffre pair : Addison lui répondait. Impair : Holm revenait, navré. Huit. Neuf. Dix. Onze. Dou…

– Allô? Il est absent, Miss. Navré.

Pauvre Holm, tout embarrassé de commisération.

– Il est là, n'est-ce pas? murmura-t-elle. Il ne veut pas me parler.

La réponse tarda.

– Il est très occupé, Miss.

Elle battit des paupières.

– Merci, Holm. Au revoir.

– Au revoir, Miss. Miss… ?

– Oui?

– Portez-vous bien.

Pendant une minute, Page lutta contre la force effrayante qui voulait lui broyer le cœur, le fouler à terre, le dépecer comme un bout de viande.

Elle s'extirpa de la cabine avec la violence du fugitif qui sort du bois poursuivi par les chiens. Elle s'en retourna, poursuivie par Count Basie au juke-box.

À table, des nouveaux avaient débarqué. Tout le monde parlait en même temps.

– Silence ! ordonna Frankie. J'ai payé pour écouter ce disque. Vous, je peux vous entendre gratuitement.

La banquette était pleine à craquer. Wayne, qui se maintenait sur une fesse à l'extrémité, se leva à l'arrivée de Page. Sans lui demander son avis, il l'enlaça et la fit tourbillonner sur *The Gentleman Is a Dope*. Elle se laissa faire et finit par rire aux éclats, un peu fort. Il voulut presser sa joue contre la sienne. Elle se déroba.

– Non, je vous en conjure, minauda-t-elle avec des frayeurs de biche. Si vous me touchez, si vous m'effleurez seulement une oreille... Je mordrai la vôtre !

Elle se cambra dans les bras qu'il lui nouait solidement autour.

– Je vous croque l'oreille... ou j'arrache cette hideuse cravate !

– *Fee Faw Fam !* Voilà deux éventualités alléchantes ! grogna Wayne façon ogre.

Leurs camarades s'étaient mis à piaffer, siffler, à taper de la cuillère sur leurs verres.

– Seulement, ma cravate vient de chez Saks, et c'est maman qui me l'a offerte ! pleurnicha Wayne en se perchant une serviette sur le crâne. Alors je préfère être croqué... Aïe ! Page m'a vraiment mordu !

Autour, on braillait, on trépignait, on huait cette version farfelue du duo qu'ils avaient joué tout à l'heure devant le prof.

– Une oreille, c'est meilleur avec du cheddar fondu ! fit la petite voix de Bobbi.

– Rideau ! mugit le reste de la troupe.

175

Wayne et Page allèrent s'abattre sur la banquette, où l'on s'écrasa, on roula les uns sur les autres avec des rires et des hurlements de possédés.

– Au diable l'anticipation, cette maladie-mortelle-de-l'acteur! ânonna Wayne, singeant le distingué dédain de Lester Lang. Nous, on improvise!

– On improvise! répéta Page.

Toute la bande s'arracha bientôt à la table avec moult trémoussements *al ritmo* des maracas que Tito Puente déversait par les haut-parleurs du Wurlitzer 1015.

Page resta sur la banquette vide. Seule, bien rangée dans un coin. Avalant ce qui subsistait d'un dernier Coca, elle reprenait haleine, doucement. Jamais, depuis qu'Addison avait claqué la porte à leur histoire, elle ne s'était sentie aussi malheureuse, aussi vulnérable.

Aux heures creuses, les jours où elle travaillait à la guérite, Hadley aimait à observer les habitudes de la 7e Avenue. Elle reconnaissait de loin ce jeune homme blond qui sortait de la gare chaque midi pour y retourner chaque soir. La première fois, il y avait longtemps de ça, alors qu'il marchait de dos et en imperméable, elle avait cru qu'il était Arlan.

Il y avait ce jeune couple qui semblait toujours en pleine chamaille, mais qui se séparait sur le parvis de la gare sur un fougueux baiser. Et la dame qui lui achetait un donut à la cannelle et s'en allait le déguster au même coin de terrasse chaque après-midi.

Hier encore, son œil avait capté la silhouette d'un jeune soldat aux cheveux d'un blond de paille au soleil. Le cœur battant, elle avait jailli hors de la guérite… Évidemment, ce n'était pas *lui*. C'était d'autant plus absurde qu'Arlan n'était certainement plus soldat.

– Je te réchauffe une crêpe ? demanda-t-elle à Coop, son voisin de bitume. J'en ai fait trop.

Cooper, quatorze ans, vendait devant une caisse en bois des bretzels enfilés sur des piquets, à la façon des cerceaux des chevaux de bois.

Chaque soir, avant de fermer, Hadley lui réservait dans un papier brun les donuts et les crêpes invendus. Elle faisait exprès d'en fabriquer trop. Elle saupoudra de sucre une crêpe brillante de beurre chaud avant de la lui offrir.

– Je t'aime ! dit-il, sitôt la première bouchée engloutie. Épouse-moi.

– Impossible. Tu sais bien que mon cœur est pris.

– Bah ! dit-il, haussant les minces épaules qui flottaient sous son chandail. Les histoires d'amour, c'est comme l'annuaire, on sait comment ça finit. Par Zut, ou par Zwurzyk… si on vit dans un pays où il y a des Zwurzyk, bien entendu.

Elle amorça le rangement de la guérite. Bientôt l'heure de la fermeture.

– Et pourquoi pas par *Z'y-crois-toujours* ? le taquina-t-elle. Tu n'y crois pas, toi, à l'amour ?

– L'amour ? réfléchit-il, bouche tordue sur sa crêpe. Cette trouvaille des auteurs de chansons pour empocher des millions ?

– Il a raison, le loustic, dit quelqu'un.

– Wanda !

Elles ne s'étaient pas revues depuis le soir où Hadley avait été congédiée du Social Platinium. Elles se tombèrent dans les bras. En sa tenue stricte de nurse des beaux quartiers, Wanda tenait deux garçonnets fort mignons par la main. Tout en prenant des nouvelles de Peggy, l'autre *cigarette girl*, et de Nell, du vestiaire, Hadley lui prépara un gobelet de café.

– Ram Bowen parle souvent de toi.

Le trombone du Social Platinium avait toujours eu un béguin pour Hadley.

– Ils ont quel âge? Ils parlent? interrogea-t-elle en désignant les petits.

– Deux et trois ans et demi. Oh oui, ils jacassent. Là, ils sont intimidés, mais dans cinq minutes ils battront Ed Sullivan au concours de bla-bla.

À l'instar de Hadley et de beaucoup, Wanda cumulait deux emplois, seul moyen de joindre les deux bouts à New York quand on était mal payé. Le soir, elle vendait des allumettes, dévêtue d'un costume dont l'élément le plus couvrant était un gros nœud de satin sur le postérieur. Le jour, la respectable nounou arborait jaquette stricte et coiffe amidonnée. Sa grande frousse, confiait-elle à l'époque où elles se changeaient ensemble dans le vestiaire du Platinium, était de tomber un soir nez à nez, à une table, avec les parents des petits!

– Plus ou moins l'âge d'Ogden, nota Hadley en posant le café sur le comptoir. Mais Ogden ne parle pas.

– Parler, c'est comme marcher, chacun son moment. Ça t'inquiète?

– Comme ça. Ogden n'est pas idiot, se hâta-t-elle de préciser. Il a plutôt l'air de méditer sur le vertige du monde. Comme

178

s'il avait su parler un jour, puis décidé que ça ne servait à rien.

– Il s'y mettra quand il retrouvera sa maman, dit Wanda. Tu n'es que sa tante, après tout. Elle doit lui manquer. J'ai lu un truc dans *Family*, à propos des gosses dont le papa est resté absent avec la guerre. Ils disaient que ça les embrouille de n'avoir qu'un parent. Ils disaient aussi que ça les rend plus mûrs et plus futés, ajouta Wanda en voyant son amie se troubler. T'en fais pas, allons.

Hadley se pencha par-dessus la tablette en verre du comptoir.

– Comment tu t'appelles ? demanda-t-elle au plus grand.

Contrairement à un Ogden qui, lorsqu'on lui posait cette question, se contentait de vous fixer gravement, l'air d'évaluer si vous méritiez la réponse, le gamin dit aussitôt :

– Broderick. Lui, c'est Randolph. Il m'a pris mon camion.

– Pas vrai ! objecta son frère. Il m'a…

– Vous voulez un ruban de guimauve ?

Randolph hocha vigoureusement la tête. Broderick loucha.

– Je te connais pas, fit-il remarquer.

– Je suis Hadley, dit-elle en riant.

– Sais-tu que le Stork Club recrute ? lui dit Wanda tandis qu'elle découpait la guimauve.

– Oui ? fit distraitement Hadley.

– Pour le vestiaire. C'est mieux payé qu'au Platinium. Clients plus généreux, paraît-il. Et pas de Milton Toresca pour te saper le moral.

– Tu comptes postuler ?

– J'y suis allée.

Wanda resta silencieuse. Puis :

– Presque allée! rectifia-t-elle avec un petit rire âpre. Au moment de me présenter… j'ai calé. J'ai fait demi-tour à la porte.

– Pourquoi? interrogea Hadley avec douceur. Tu es la meilleure *cigarette girl* que je connaisse. Tu faisais trois fois plus de ventes, et plus vite, que nous toutes.

Mais elle devinait. Au Social Platinium, qui pratiquait la discrimination, Wanda racontait qu'elle était cubaine. Elle défrisait chaque matin ses cheveux avec un fer à repasser et pâlissait d'une couche de fond de teint sa jolie peau métissée.

– Ça me fatigue. Débiter chaque fois la même fable, soupira Wanda. Marre de me faire rembarrer au prétexte que je ne suis pas cent pour cent blanche.

Hadley servit un jus de pomme à une teenager engoncée dans l'uniforme gris souris de son école.

– Pourquoi ne pas tenter ta chance? reprit Wanda quand la collégienne fut partie.

– Au Stork Club? Moi?

– Tu préfères t'amocher les orteils avec des danses à 20 centimes? On ne crache pas sur un job mieux payé, Hadley. En outre, ton Kewpie Doll n'a pas très bonne réputation.

– Ce n'est pas si affreux, je t'assure. Mr Acquaviva aboie plus qu'il ne mord. En outre, Toresca a dû me griller dans tous les endroits sélects.

– C'est lui qui est grillé. Tout New York raconte qu'il use de méthodes pas claires pour piquer la clientèle aux autres clubs. Crois-moi, on te trouvera héroïque.

Hadley réfléchit. Si elle quittait le Kewpie Doll, il lui serait plus difficile de rendre visite à Liselot.

– Tu risques quoi ? insista Wanda. D'être moins pauvre ?

Elle vérifia l'heure en secouant la tête, vida son gobelet. Elle prit congé, tirant Broderick et Randolph, réticents à s'éloigner de cet endroit béni d'odeurs de guimauve, de pancakes, de donuts.

– Penses-y !

Après un signe d'adieu, Hadley reprit ses rangements.

– C'est ouvert, Miss ? Mon copain meurt de soif.

Zut. Pourquoi survenait-il toujours des retardataires au moment de fermer les volets ?

– Désolée… commença-t-elle en se tournant à demi.

Son cœur fit un bond gigantesque. Deux jeunes marines, un brun et un blond, attendaient au comptoir. Sa mémoire lui renvoya l'image fugitive, presque jumelle, de sa rencontre avec Arlan si blond, dans le *Broadway Limited* où il voyageait en compagnie de son copain Stanley si brun.

Le soldat blond se tenait de dos, un coude posé sur la tablette vide. Il était en train d'étudier le menu placardé sous l'auvent.

Elle fixait son col, paralysée d'espoir, suffoquant presque.

11

Oh, look at me now!

– Vous servez encore ? s'enquit le soldat brun. Hou hou,
Miss ! Je vous parle.

– Non… non, non. Mais pour les soldats, je fais une exception, murmura-t-elle sans pouvoir détacher son regard des
épaules tournées, des cheveux blonds en brosse sous le calot.

Il pivota enfin. Ses yeux bleus lui sourirent.

– C'est vraiment gentil, dit-il d'une voix douce. Vous devez
avoir hâte de rentrer à la maison.

Un frisson la secoua tout entière, son sang reflua de la nuque
aux talons. *Il aurait vraiment pu être Arlan.*

Une incertitude douloureuse la fouetta soudain, un vertige
dont la brutalité lui coupa le souffle. Et si Arlan avait changé ?
Trois années s'étaient écoulées… Elle eut la sensation terrifiante
que, le temps passant, viendrait inexorablement le jour où elle
pourrait ne plus le reconnaître.

Cette idée la terrassa.

Le jeune soldat vit qu'il était le centre de son trouble. Son
compagnon aussi. Tous deux se poussèrent indiscrètement du

coude. Hadley soupira. Bien sûr qu'elle reconnaîtrait Arlan, le contraire était proprement inenvisageable. Elle leur servit des *cherry beers.*

— Vous avez fait la guerre ? s'enquit-elle en passant l'éponge sur le verre pourtant parfaitement net de la devanture.

— Et on dirait bien qu'on l'a gagnée, non ? rigola le brun.

— Maintenant, on s'amuse, on passe du bon temps, dit le blond. Avant la prochaine.

Elle intercepta son regard vivace, comprit ce qu'il espérait.

— Vous étiez dans le Pacifique ?

— Tarawa Beach. Mille marines soufflés en trois jours. Comme du pop-corn. Vous en avez entendu parler ?

— Toute l'Amérique a entendu parler de Tarawa Beach, dit-elle.

— On a débarqué sur Beach Red One. La méchante.

— Vous… n'avez pas fait la Birmanie ?

— *Gee*, non. Mais vers la fin, on s'est retrouvés en Nouvelle-Zélande, et on en a croisé un paquet qui revenaient de là-bas. Ou de Guadalcanal.

— Arlan Bernstein… vous connaissez ? questionna-t-elle, le cœur clochant, passant et repassant l'éponge inutile.

Le brun tordit la bouche.

— Bernstein ? Moi non. Et toi ? fit-il à son camarade. Ça te dit quelque chose ?

— Attends, attends… Il y avait pas un Bernstein avec nous, quand on cassait les troncs pour ce mur antichars, tu te rappelles ?

Hadley laissa choir l'éponge. Le blond se pencha par-dessus le comptoir.

– Si c'est celui-là que tu cherches, mignonne, on peut t'aider peut-être.

– Il était comment? souffla-t-elle, poings serrés sur son tablier.

– Eh bien… ma taille, à peu près. Des cheveux…

– Blonds? Comme vous? Les yeux bleus, aussi? fit-elle avidement.

Ils échangèrent un regard. Le blond sourit plus largement.

– Je veux bien être son jumeau, mon chou, si c'est le genre qui te plaît.

– Il peut même être lui, renchérit le brun, hilare. Je me contenterai d'être l'autre.

Ils prirent leur temps pour terminer leurs gobelets, gloussant sous cape. Le brun frappa tout à coup du poing dans sa paume.

– Mais non, je me rappelle maintenant… C'était Barnes! Espèce d'idiot, va. Pas Bernstein, Barnes.

Il donna des tapes au calot de son acolyte, tous les deux s'esclaffant sans plus se cacher. Hadley les dévisagea sans un mot.

– Allons, Miss. C'était pas méchant, finit par dire le blond, soudain troublé par la sombre intensité de ce petit visage tendu vers lui.

Ils cessèrent de rire.

– Tenez… Pour les *cherry beers*, fit le brun en posant un dollar sur le comptoir.

– On voulait juste vous taquiner, dit l'autre. Excusez-nous, Miss.

Elle prit la pièce, la remit dans la poche poitrine du soldat.

– Cadeau, dit-elle. Bravo pour le duo de clowns.

Ils quittèrent la guérite, un peu gênés, pour s'éloigner sur l'avenue.

Une seconde après, les larmes jaillissaient de ses yeux.

– Ils te cassaient les pieds, les blancs-becs? l'interpella Coop.

– Oh. Ils avaient envie de rigoler un peu.

Elle se baissa pour essuyer presto ses paupières sur sa manche, et récupérer l'éponge.

– Qui c'était la belle fille avant, bâtie comme l'Empire State, avec les deux marmots? voulut-il savoir. Une copine à toi?

– Coop! s'exclama-t-elle en se redressant, faussement sévère. Wanda pourrait être ta sœur aînée!

– Un tas de filles pourraient être ma sœur aînée, mais je ne le leur souhaite pas! Je ne me le souhaite pas non plus, d'ailleurs.

– Tu ne m'avais pas parlé d'une Martha de ton âge, à ton cours du soir?

Les épaules de l'adolescent refirent leur danse flottante sous le chandail.

– Martha, oui. Elle est devenue blonde, dit-il avec la lippe de celui qui voit son chou à la crème échangé contre de l'huile de foie de morue. Elle avait de merveilleuses boucles, continua-t-il, mélancolique. Leur couleur, c'était… le miel. Ça faisait penser à… tiens, à mes bretzels. Quand maman les sort juste du four. Maintenant, tout est jaune.

– Si elle est mignonne, dégourdie, et que tu lui plais, ce n'est pas un peu de peroxyde qui va vous séparer. Si?

– Ça repoussera peut-être, admit-il, semblant n'avoir jamais envisagé cette possibilité. De la même couleur qu'avant, tu crois?

– Nous sommes dans le pays de la seconde chance, pas vrai? Aide-moi à boucler mes volets.

Aucun autre client intempestif ne se manifestant, ils hissèrent ensemble la lourde barre qui cadenassait la guérite.

– Regarde, Hadley. J'ai de la barbe. Bientôt, je ne vendrai plus de bretzels. Je pourrai commencer un vrai travail.

Hadley s'arrêta pour contempler l'adolescent. Elle se sentit absurdement triste. Quatorze ans, c'était tôt pour attaquer la vie dans ce qu'elle avait de plus âpre et de moins juvénile. Elle passa le pouce sous le menton de Coop, y sentit une rondeur d'enfance, tendre, rassurante.

– À peine dix poils, Coop. Tu as le temps d'aller à l'usine.

Elle lui planta un baiser sur la joue, enfila son manteau avant de courir vers l'avenue.

– *Bye*! À demain.

Et Hadley débuta sa cavalcade du soir, inversement identique à celle du matin. Elle rata le métro qui desservait le sud de Manhattan et dut attendre.

Elle parvint à la bibliothèque quelques minutes avant la fermeture.

La discrète Jean Webster Library, dans son recoin de Greenwich Village, se nichait entre un minuscule terrain de basket et une haie d'arbustes. C'était un vieux bâtiment en brique, avec un jardinet arrière que la bibliothécaire entretenait elle-même. En ce début d'année, les deux cyprès faisaient leur possible pour rester verts. Même lorsqu'elle avait perdu son mari dans une forêt des Ardennes en 1943, Mrs Chandler avait continué à s'occuper du jardin. Les livres et les fleurs sont les plus consolants des compagnons, affirmait-elle.

Accaparée par une dame vêtue de violet qui cherchait *un livre où l'on ne s'ennuie pas, avec de la romance mais bien écrit tout de même, hein, où l'on ne se sent pas idiot,* Mrs Chandler trouva le temps d'un sourire de bienvenue pour Hadley, qui patienta en feuilletant une revue du présentoir.

– Faites un tour dans l'allée des Vicki Baum, conseilla la bibliothécaire à la dame. C'est une allée fructueuse, ardente et princière, vous verrez.

Mrs Chandler parlait des livres de manière souvent inattendue.

– Il y a eu ce monsieur tout décoiffé, à la Albert Einstein… Il en a emprunté une pile, mais n'ayez crainte, il en reste.

Autre prouesse remarquable : elle se souvenait avec une rare précision de ses lecteurs et de leurs lectures. Ses fiches demeuraient de simples formalités dont elle se passait sans effort.

– Bonsoir, Hadley, fit-elle dès qu'elle fut disponible. Vous avez couru. Vous savez que je reste bien au-delà de la fermeture.

D'une jeune quarantaine, Mrs Chandler portait le chignon et la paire de lunettes des bibliothécaires de cinéma, sauf que son chignon était joyeux car hardiment perché. Les lunettes papillon laissaient le champ libre aux lueurs espiègles de ses merveilleux yeux gris.

Hadley était persuadée que, dans une vie antérieure, Mrs Chandler avait été star à Hollywood. Il lui en restait une allure à la Carole Lombard, des talons fort pointus, un rouge inoubliable aux lèvres, une collection de corsages aux géométries insensées. Celui qu'elle arborait aujourd'hui était parme, parsemé de comètes roses.

– Je suis désolée, dit-elle. Toujours pas de *Petite Dorrit.* Un jeune homme l'a emprunté… Il avait des mains de musicien… Il n'a pas donné de nouvelles. Il est peut-être occupé. Ou préoccupé. Il faut lire quand c'est le moment. Laissons-lui le temps, il serait inhumain d'empêcher quelqu'un de finir *La Petite Dorrit*. Vous êtes de mon avis, n'est-ce pas ?

– Certes, sourit Hadley. Trouvons autre chose pour Liselot.

– J'ai songé à celui-ci, dit Mrs Chandler en s'emparant d'un volume mis de côté. Son héroïne, Jerusha Abbott, est très chère à mon cœur. Puisque c'est à son auteur que notre minuscule bibliothèque doit son nom.

– *Papa-Longues-Jambes*, s'écria Hadley. Je l'ai tellement adoré ! Je l'ai lu il y a bien longtemps.

La bibliothécaire eut un regard malicieux, les comètes roses émirent un cri de soie.

– Moi, plus longtemps encore ! Quand on a vingt ans comme vous, le passé n'est pas encore bien loin.

– Il l'est, Mrs Chandler. Il peut même l'être terriblement.

Troublée par la subite gravité de Hadley, la bibliothécaire lui glissa un rapide regard.

– La guerre nous a donné à tous quelques années supplémentaires, dit-elle d'une voix pleine de douceur.

Bien que ne sachant rien de l'histoire de Hadley, l'âme intuitive de Mrs Chandler en devinait les amers contours. Elle secoua la tête pour écarter un sujet dont elle pressentait la cruauté.

– Comment va notre petite protégée ? Il faudra l'amener ici, un jour. Je mettrai un plan incliné à l'entrée pour rouler son fauteuil. Je suis certaine que tous ces livres la rendront heureuse.

– Elle l'a déjà fort bien compris, Mrs Chandler. Je n'ai jamais vu une enfant qui dévore autant.

Hadley prit *Papa-Longues-Jambes*, un conte de Twain, une revue illustrée, auxquels la bibliothécaire rajouta un album.

– Pour votre neveu. C'est bien Ogden ? Voici les aventures d'un dragon tout mignon.

Hadley la remercia, rangea les livres dans son sac, puis elle fila sans traîner. Elle s'engouffra dans le métro qui allait au nord, vers le Bronx, où habitait la nourrice.

– Bonsoir, madame Lucie-Jane, dit-elle lorsque la nourrice vint ouvrir, un bébé gras sous le bras, deux autres agrippés à ses ourlets.

– Hello, hello, madame Hadley ! Entrez, entrez.

Elle prononçait *madame* en français, en authentique Créole de La Nouvelle-Orléans. Cela changeait des « Miss » pleins d'affreux sous-entendus de la sèche Mrs Taradash, la précédente nourrice.

L'appartement de madame Lucie-Jane avait l'aspect d'un plaisant bazar. Les sept marmots qu'elle gardait faisaient leur sieste alignés dans le grand lit à la façon des frères du Petit Poucet, et cette admirable femme qui n'avait jamais étudié la pédagogie, ni même étudié tout court, leur inculquait sans le savoir l'autonomie, et le partage, et les animait de sa bonté enjouée.

Hadley à peine entrée, madame Lucie-Jane, radieuse, lui agrippa la main.

– Vous savez quoi, madame Hadley ? Notre petit… Il joue sur le piano.

– Piano ?

Devant la fenêtre du séjour trônait en effet un piano, sous un calendrier punaisé au mur. Mais on l'oubliait car il ressemblait plutôt à l'annexe d'un buffet de cuisine. Sur le dessus s'entassaient une famille de casseroles en cuivre, un réveil à jamais arrêté sur 8 h 20, une pile de torchons propres prêts à éponger un accident ou une bêtise, un vase rouge avec les restes du houx de Noël, une bouteille de chianti garnie d'une plume de faisan, des épis de blé pour appâter la prospérité, une boîte en fer d'où s'élançait un polichinelle – quand le ressort ne se coinçait pas –, et enfin une bible ouverte chaque jour à une page différente.

– Oui, du piano. Je fredonne un air, et hop, voilà ce miracle d'enfant qui nous le *tap-tap* tape sur les touches. Comme ça! *Tap tap tap.* À l'oreille.

Tout au long des journées, madame Lucie-Jane chantait du blues aux enfants, le blues de son Sud, des chansons d'Ethel Waters et de Bessie Smith.

– Il écoute, il écoute, il écoute… et *tap tap tap* avec ses menottes. Viens faire *tap tap tap* sur le piano, mignon trésor du bayou. Montre à ta gentille tantine comment tu joues bien.

Elle ouvrit le piano, chantonna *Stormy Weather* une fois, deux fois. Mais l'oreille d'Ogden fut soudain frappée de surdité, fasciné qu'il était par la jupe à volants de Claudette, la benjamine de madame Lucie-Jane. Assis, il en tortillait la dentelle avec une expression de savant qui digère une formule de chimie complexe.

– Hum, fit Hadley. Il veut plutôt créer le prochain modèle de chez Dior, on dirait.

– Il a de l'or dans ses petits doigts, madame Hadley. Sans mentir. Musique, couture, oui, oui, pourquoi pas… Sculpteur, chirurgien, peut-être? N'est-ce pas, ma gentille Rose of Sharon? Faut faire attention à ces choses-là, madame Hadley. Un enfant qui a le don, ça s'encourage, faut pas laisser mourir.

– J'y penserai, madame Lucie-Jane. Ogden? Tu es prêt?

Au quatrième appel, il se résigna à obéir. Hadley lui enfila son manteau, madame Lucie-Jane lui donna deux baisers et quelques noisettes pour la route.

– Tu te plais chez madame Lucie-Jane ? lui demanda Hadley lorsqu'ils furent assis dans le wagon du métro.

Ogden croqua une noisette en hochant la tête. Ils étaient assis face à un monsieur très grand qui se mouchait avec bruit et un monsieur très gros qui sentait l'eau de Cologne. Le regard d'Ogden allait de l'un à l'autre avec intérêt.

– Tu ne veux pas répondre par « oui », mon chéri ? Ou-i…

De nouveau, il hocha la tête, signifiant qu'il avait répondu déjà. Hadley souffla de découragement. Pas un mot. Ou presque. Il y avait quelques mois, il babillait encore des *chapaputou glupaya* et autres *balapujouk sulaminipo*. Mais ces derniers temps, plus rien. Silence radio.

Charity jurait l'avoir entendu prononcer *poker* et *joker*. Mais Hadley n'en avait jamais eu la preuve. Et puis, *poker* et *joker*… tout de même.

À Giboulée, elle se hâta de faire dîner l'enfant dans un coin de la cuisine comme chaque soir, pendant que Charity terminait la vaisselle et que le repas des pensionnaires préparé par Easter Witty patientait au chaud dans le four.

– Oh ! Tu es allée chez le coiffeur, Charity ?

– Ah… fit la jeune domestique en rougissant. C'est le frère à Janie Lockridge. Vous savez, mon amie qui garde les gosses Donahue, à l'angle d'Amsterdam Avenue. Cinq galopins, la pauvre. Bref, Tommy apprend la coiffure. Il prétend que ça lui forme la main. Alors j'ai pensé que ce serait gentil de… de l'aider. Il m'a fait ces boucles pour…

Elle se tut, écarlate d'avoir fourni tant d'explications.

– C'est très réussi, dit Hadley. Ça te fait une si jolie allure, Charity.

Le compliment plongea Charity dans les torchons. Hadley remarqua également qu'elle portait un collier de perles roses. Sitôt qu'il eut fini son repas, elle monta baigner Ogden.

On entendait Jo battre le piano dans la pièce que Mrs Merle avait cérémonieusement baptisée «salon de musique». Tandis qu'Ogden barbotait en compagnie de sa basse-cour flottante, Hadley se brossa les cheveux, se farda, appliqua un sparadrap préventif à ses talons avant de mettre sa robe. Elle n'aurait plus qu'à enfiler bas et escarpins au moment de partir au Kewpie Doll.

Elle sécha son fils, l'emmena dans la chambre avec ses volailles en bois, lui passa son pyjama. Elle pêcha dans son sac l'album de Mrs Chandler.

– Regarde, Ogden. Les aventures d'un dragon tout mignon. Tu voudras que… Ogden! appela-t-elle, le voyant immergé dans la penderie. Ton pyjama propre!

Elle voulut l'attraper par le fond du pantalon mais il se faufila à quatre pattes à l'intérieur, bousculant des boîtes et des paquets empilés.

– Qu'est-ce que tu fabriques? Je suis pressée.

Elle se rappela qu'un ballon avait roulé là, le matin. Il tentait de le récupérer. Elle réussit à l'intercepter, mais il s'agrippa aux vêtements pendus aux cintres, elle tira… Une boîte roula, et s'ouvrit.

C'était son coffre aux trésors, sa boîte à souvenirs, celle où elle conservait, entre autres objets, ses chaussures de claquettes. Ces petites folies cousues sur mesure avaient été, un jour, ce à quoi Hadley tenait le plus. Elle avait énormément dansé avec. Elle les portait lors de son *paddle and roll* avec Fred Astaire sur le plateau de ce film à la Paramount... Mais c'était dans une autre vie. Quand elle était une autre Hadley.

Elle ne les avait plus chaussées depuis. Elle ignorait si elles lui allaient encore, et s'en contrefichait désormais, même si elle était incapable de se résigner à s'en défaire. Elle les souleva pour les remettre en place. Un objet glissa.

— Regarde, dit-elle dans un souffle. Ce cahier est à papa. Ton papa. Il a écrit l'histoire que tu vois, là, sur les pages. Tu vois ses mots ? Quand tu seras grand, tu les liras.

L'enfant serrait la balle retrouvée sur son cœur, observant sa mère qui serrait le cahier sur le sien.

— C'est à papa. Pa-pa. Répète, mon amour. Pa. Pa.

Il la dévisageait, immobile, muet, résolument exaspérant. Elle soupira. Elle rangea cahier et chaussures dans la boîte à trésors et entraîna le petit dans la chambre de Charity où la jeune bonne veillerait sur son sommeil jusqu'à son retour.

Doudou calé près du menton, sous la couverture du sofa, Ogden écouta l'histoire du dragon mignon. Il a pourtant l'air de comprendre, songeait Hadley en lisant. Quand il ferma les yeux, elle regagna la salle de bain pour finir de se préparer. À l'autre bout du palier, le piano se démenait sous les doigts de Jo.

Quand, plus tard, Hadley ressortit de la salle de bain fin prête, elle croisa Ursula qui brandissait une tasse fumante.

— Jo ferait mieux de renoncer à jouer pour l'éternité, dit-elle. Ces bégaiements font pitié.

À cet instant, le salon de musique s'ouvrit. Les notes de

Happy Feet trébuchaient en désordre par tout le premier étage, joyeuses et disparates. Silas, le fils d'Easter Witty, apparut sur le seuil, adressa à Ursula un clin d'œil que Hadley ne vit pas.

– Approchez, mesdemoiselles ! lança-t-il, repoussant son *pork pie hat* à la Monsieur Loyal. Venez ! Venez donc.

Elles obéirent, intriguées.

Sur le tabouret du piano, à la place de Jo, se tenait Ogden. Il martelait, tout seul, en pyjama et à deux index, avec ardeur et jubilation.

– Ogd… ! commença Hadley d'un ton fâché.

– Chhh ! coupa Silas avec vivacité. Admirez plutôt son génie, tante indigne et vipérine ! Un miracle ! Un prodige ! Ici. Maintenant. À New York. Dans notre 78ᵉ Rue !

Main au cœur, menton lyrique, il clama :

– Ogden… ou Mozart en sa réincarnation !

12

La televisión pronto lleǵará, la televisión po' aqui, la televisión po' allá… (mambo!)

Au croisement de la 8ᵉ Avenue et de la 41ᵉ Rue, à chaque heure du jour et d'une partie de la nuit, une petite foule régulière se masse devant le magasin Electrics Corner. À l'intérieur, au point milieu de la vitrine, un poste de télévision trône sur son piédestal doré, dans un drapé de satin blanc, tel l'Oscar de la Modernité en action.

En l'an 1949, pour le New-Yorkais moyen, l'achat de ce Graal exigeait encore beaucoup de sacrifices… Pourtant, la radio n'avait qu'à bien se tenir, *La Televisión pronto llegará* promettait une chanson en vogue, au rythme de cette danse qui commençait, elle aussi, à faire fureur dans les clubs à la mode.

Sur la même avenue, mais à l'angle de la 39ᵉ, se hissaient les vingt-deux étages de New York Vision Broadcast. NYVB.

Sous la marquise irradiée par ces quatre lettres gigantesques qui incendiaient trois cents mètres de trottoirs et de façades se pressaient des humains, en grappes derrière un cordon jaune, sous le contrôle flegmatique de vigiles gris. Des clameurs, des cris fusaient dans l'espace.

– Milton Berle! Hein, c'est lui? C'est Milton Berle! Poussez pas!

– Trois heures que j'attends! Ed Sullivan n'est pas sorti?

– C'est qui, ceux-là, avec leurs banderoles? Des contestataires?

– J'ai raté Sinatra! Vous m'avez poussée, je n'ai vu qu'un chapeau!

– Ce sont des rouges, des manifestants!

– Ils ont l'air jeunes pour des cocos! Je viens pour un autographe de Dinah Shore.

– Mieux vaut déguerpir. Où il y a des rouges, il y a du grabuge…

– *Oh my God*, June Allyson! *Oh my God*, Betty Garrett! *Oh my God*, cessez de pousser!

Alignés le long de la chaussée, de très jeunes humains – une douzaine – dressaient haut bannières et pancartes. Ils étaient les seuls à garder le silence. Leurs calicots, bleu sur blanc, parlaient pour eux:

Non aux auditions!
Honte aux chasseurs de sorcières!
Quid du premier amendement?

– Le voilà! Il arrive! s'enflamma soudain une jeune femme devant un micro. Uli Styner sort d'une chatoyante Plymouth Fleetline crème aux ailes grenat! Accompagné de deux jolies femmes, ainsi que de deux hommes. L'un est son avocat, l'autre son secrétaire… Écoutez : les flashes crépitent !

Il y eut un remous parmi la douzaine de manifestants. Muets jusque-là, ils se mirent à scander :

Uli Styner pense comme il veut
Uli Styner est un homme libre
Libre parole, libre pensée en Amérique !

— C'est la ruée des photographes ! s'enthousiasmait la femme au micro. Vous vivez en live, chers auditeurs, l'arrivée spectaculaire d'Uli Styner aux studios NYVB de New York… Entendez les ovations ! La foule ! Je vais tenter de lui parler… Ce n'est pas facile, il est encerclé… Ah, j'y suis. Bonsoir, Uli, quelle élégance ! Quel plaisir de vous voir ici. Un petit mot sur les ondes d'East Coast News, la radio du glamour ?

— Bonsoir, Hilda, c'est vous qui êtes glamour. Ma chère ! Toujours aussi ravissante…

— Merci, Uli. En cette période un peu compliquée pour vous, on vous imagine ravi et heureux de participer à l'émission de Vaughn Crosby, *La Star derrière le rideau* ?

— Puis-je vous confier un secret, glamoureuse Hilda ?

— Avec plaisir, Uli. Cela restera entre nous, il va sans dire. Amis auditeurs, approchez du poste et soyez tout ouïe : ce que Uli Styner va nous dire est strictement confidentiel…

— Je préférerais, susurra-t-il dans le micro, me trouver à la place de celui qui posera les questions. Lui, au moins, est assuré de ne pas perdre son temps avec moi. Je ne suis pas certain du contraire.

– …

– Et tiens, Hilda chérie, une idée pour les auditeurs sans télévision : qu'ils collent mon portrait sur leur poste. *La Star devant la radio* est assurément plus raffiné que *La Star dans le panneau*.

– Hem… Ha ha. Toujours le mot pour rire, hein, cher Uli.

– Dîneras-tu avec moi ensuite, mon chou ? À minuit, mon estomac a la sale manie de crier famine.

– Vous constatez que le formidable Uli Styner est en grande forme, très décontracté… Je ne vous retiens pas, Uli. Vous êtes très attendu.

La journaliste coupa sèchement son micro, foudroya Styner sous un sourcil hostile.

– Qu'est-ce que ces familiarités ? Tu fiches mon interview en l'air ! Tu veux me voir au chômage ? Alors évite ces invitations grossières devant un million d'oreilles !

Il la toisa, comme un vicomte à bedaine avait dû toiser la petite marchande d'allumettes le soir du réveillon.

– Un million ? Hon, hon, ma puce. La surestimation est un vilain défaut.

Il se détourna pour saluer, ses deux bras levés, la haie de pancartes retranchée derrière la file de voitures.

Reuben Olson soupira in petto. Cecil LeRoy se cramponna à sa serviette d'avocat, seul signe décelable d'une irritation contenue. Uli entraîna Manhattan et Willoughby, l'une à sa gauche, l'autre à sa droite, et tout ce petit monde s'engouffra vers les marbres illuminés du hall de NYVB.

Au quatorzième étage, le studio 1017 déployait son grand plateau central, ses fauteuils clubs autour d'une table vernie hérissée de micros.

Willoughby avait fait livrer dans la loge d'Uli, en direct du pressing, le costume en shantung qu'il allait endosser. Le grand homme alla se changer dans ladite loge qu'il jugea étriquée et malpropre, ce qu'il clama à plaisir par tous les couloirs où il passa ensuite.

– Vous oubliez le fond de teint sur les mains ! dit-il à la maquilleuse flageolante de trac. Essentielles, les mains !

– Allez respirer, glissa Willoughby à Manhattan. Je m'occupe de lui.

Soulagée, la jeune fille obéit. Depuis l'après-midi, elle ne pouvait se défaire d'une sensation déplaisante qui alourdissait sa poitrine.

On s'agitait beaucoup autour des projecteurs et de l'impressionnant réseau de câbles rampants. Dans une fosse éclairée, une poignée de musiciens affûtaient cuivres et cordes. Leurs essais concurrençaient sans pitié les gammes de cinq chanteurs, trois femmes en robes de soirée roses, deux hommes en smokings coquelicot, rangés en chorale sur une mince estrade.

Un machiniste bouscula Manhattan, trop affairé pour s'apercevoir qu'il faisait choir ses lunettes. Peu après, ce fut au tour d'un technicien qui la fusilla du regard quand elle esquiva la longue perche qu'il portait. Un autre, un blond avec une bobine sous le bras, marqua un arrêt poli pour la laisser passer.

– Merci de remonter le niveau de courtoisie des messieurs ! dit-elle.

– Vous serez moins dérangée dans ce coin là-bas, chuchota-t-il avant de disparaître derrière une énorme caméra Mitchell.

Dans le coin en question, les paumes entre les genoux, somnolait un pompier. À l'opposé, au milieu du plateau, face au public déjà présent sur les gradins, Vaughn Crosby, costume crème, plastron, nœud papillon, compulsait ses fiches, aidé d'un assistant.

— Pouvez-vous zipper ma robe, je vous prie? Je suis en retard, c'est abominable!

La blonde avait surgi d'entre les plis du rideau. Son dos nu dans un fourreau abricot se présenta à Manhattan telle une amande dans sa coque.

— Je pourrais demander à ce pompier, rit-elle en se tortillant, tandis que Manhattan s'empressait. Mais il dort de si bon cœur… Merci.

— Vous faites partie de l'émission?

— Plus ou moins. Je suis la Miss *Pschtt Pschtt* de service.

Elle se tourna… et toutes les deux se reconnurent en une même exclamation! Elles s'étaient rencontrées dans un théâtre, à l'automne dernier, au cours d'une audition où Manhattan accompagnait Page.

— Votre nom est… Kelly, n'est-ce pas?

— Appelez-moi Grace. J'ai peur de faire une gaffe, mais votre nom… Serait-ce… Brooklyn?

— Manhattan.

Grace posa deux doigts confus sur ses joues charmantes. Puis elle montra un aérosol géant à ses pieds. *Fly Kill, l'Attila de votre foyer*, lisait-on sur l'étiquette.

— Je suis la messagère du sponsor de l'émission. L'intermède publicitaire, si l'on préfère. Mais «messagère» est plus raffiné, n'est-ce pas? *Qu'ils volent, qu'ils rampent, qu'ils piquent, Fly Kill! Le fléau des insectes! Pschtt, pschtt… et votre foyer devient un havre de paix!* débita-t-elle avec la conviction stoïque d'une bonne élève.

– N'arrosez pas Vaughn Crosby, conseilla malicieusement Manhattan. Son nœud papillon pourrait tomber raide mort.

La ravissante rit de bon cœur.

Manhattan la regarda s'éclipser par le couloir des loges. Elle revit l'aimable technicien blond de tout à l'heure. Il finissait de charger la bobine de pellicule dans la Mitchell noire. Leurs regards se croisèrent et ils se firent un sourire de soutien mutuel.

L'orchestre vociféra quatre mesures. Le mot *SILENCE* clignota sur un parallélépipède lumineux. L'assistance obéit.

De l'autre côté d'une baie vitrée, la régie s'activait sur des consoles. Un minuteur démarra le compte à rebours. 12… 11… 10… Une stagiaire vint allumer la cigarette de Vaughn Crosby. Lequel testa une, deux, trois poses, opta pour la première : debout, main gauche dans une poche, micro et cigarette dans la droite. Un stagiaire se précipita pour lui pincer un pli de son pantalon, tirer sur ses revers, avant de détaler hors-champ. Le témoin rouge *ON AIR* s'afficha. 3… 2… 1… L'orchestre attaqua le générique.

Autour du plateau éblouissant de lumière, le gouffre noir où se pressaient tous les ouvriers de l'ombre.

– Bienvenue sur NYVB, *ladies and gentlemen* ! Ici Vaughn Crosby, votre maître de cérémonie ce soir, chez la déesse Télévision. Je suis heureux de vous présenter une nouvelle fois le show qui galvanise tout New York : *La Star derrière le rideau* !

APPLAUDISSEMENTS remplaça *SILENCE* sur le parallélépipède, et le public, docile, fit une ovation.

– Et pour préluder à une soirée qui s'annonce d'ores et déjà exceptionnelle, une voix magique que nous aimons tous…

Manhattan se tassa dans un angle, cachée par une cloison

mobile. Ni le crooner qui ouvrait ce bal cathodique en roucou-lant *Just You, Just Me* ni l'orchestre amplifié par les micros ne per-turbèrent le pompier qui, à quelques pas d'elle, dormait toujours.

– Tenez, Miss. Vous semblez en avoir besoin.

Le technicien blond posa un gobelet de café sur la corniche du mur où était tapie Manhattan. Il en sirotait un lui-même. Le sourire de ses yeux clairs fut un réel réconfort.

– Merci, dit-elle dans un murmure. C'est gentil.

Son café terminé, il ramassa un trépied et s'engloutit dans les ombres.

Après le crooner, la gracieuse Miss Kelly vint inonder l'espace d'une première salve – *pschtt pschtt* – de *l'Attila du foyer*. Enfin, Vaughn Crosby annonça la star de la soirée, monsieur Uli Styner.

Le poids qui oppressait Manhattan disparut, mais pour laisser place à un sentiment plus désagréable encore, qui ressemblait à cette peur qui fait suffoquer lorsqu'on se tient au bord d'une falaise un jour de grand vent. Elle emprisonna ses pouces dans ses poings, comme s'ils allaient fuir.

Uli était extrêmement séduisant dans son costume en shan-tung. Willoughby avait l'œil. Il salua aimablement Crosby, puis se plaça à ses côtés, dans un des fauteuils club. Il alluma lui aussi une cigarette. Sa main ne tremblait pas.

– Cher Uli, quelle merveilleuse rencontre ! Une merveil-leuse soirée s'annonce, n'est-ce pas ? Connaissez-vous endroit plus épatant, plus sensationnel que le grand plateau de NYVB pour une conversation amicale ?

– Ma foi oui. L'endroit le plus épatant que je connaisse, c'est chez moi.

Vaughn Crosby cilla, ce fut à peine visible, et son sourire garda tout son éclat. Il s'esclaffa même.

– Seulement, ici, cher Uli, vous êtes entouré d'admirateurs et d'amis!

– Chez moi, il y a Dorothy, mon poisson rouge *rouge*, et Georgia, mon poisson rouge *noir*. Elles m'aiment et m'admirent également.

Un long rire secoua les gradins.

– Dorothy, Georgia… Ces prénoms féminins pour des poissons rouges… Sont-ce les souvenirs de fiancées passées, Uli? questionna Crosby sur le ton mielleux de la complicité virile.

– Surtout pas. Mes souvenirs, je les oublie. Je n'en possède ni n'en conserve aucun. Les anciennes amours sont des bouteilles de champagne vides. Qui aurait l'idée de les remplir? On en boit de nouvelles!

La formule fut applaudie. L'orchestre attaqua un jingle connu, et la chorale sur l'estrade entonna avec lyrisme et certitude:

(Les trois dames roses):	Savon Cadum!
(Les deux messieurs coquelicot):	La-no-li-né!
(Dames):	Savon Cadum!
(Messieurs):	La-no-li-né!
(Tous en chœur):	Lavez-vous de la tête aux pieds Avec Cadum la-no-li-né!

Manhattan se recroquevilla un peu plus dans son angle. *Mes souvenirs, je les oublie. Je n'en garde aucun. Des bouteilles vides…*

Uli Styner avait-il jeté sa mère aussi aisément qu'une bouteille vide? Avait-il effacé le souvenir encombrant de leur enfant?

Les hommes raisonnaient-ils tous comme lui? Non. Pas tous. Pas Scott. Lui, ses souvenirs, il les portait dans ses yeux. Elle saisit son gobelet... Vide. Les coudes sur les genoux, elle attaqua l'ongle de son petit doigt.

— De retour, amis de NYVB, avec la star de Broadway, le rare, l'irrésistible Uli Styner. Cher Uli, on entend quelques rumeurs, ces temps-ci, à votre propos. Confidentiellement, cela restera bien sûr entre hommes...

Des rumeurs. Visage de pierre, Styner croisa et décroisa les jambes.

— Cette piquante créature avec laquelle on vous voit si souvent... Dites-nous tout, cher Uli. Y a-t-il anguille sous roche...? Un mariage, par exemple?

— Un exemple? Que non. Quant au mariage, Dieu m'en préserve! Le mariage combine les principes les plus agressifs de la lutte gréco-romaine et de la Seconde Guerre mondiale.

Tout le studio 1017 explosa de rire, du public à la régie. Uli jeta à la ronde un regard de satisfaction nonchalante.

— Il y a ici deux ou trois regards féminins qui me reprochent d'exister, dit-il.

— Ça se passe au mieux pour lui, chuchota Reuben Olson. Il a le public avec lui.

Manhattan ne l'avait pas entendu s'installer. Il se tenait juste derrière elle, juché sur des cubes métalliques. Elle reporta son attention sur le plateau... où Miss *Pschtt Pschtt* Kelly avait resurgi pour larguer un nouveau nuage d'Attila du foyer, en rythme avec la chorale.

Qu'ils volent, rampent ou piquent,
Fly Kill le fléau des insectes !
Pschtt, pschtt… Et votre foyer est un havre de paix !

Elle s'éclipsa, remplacée par un couplet de *Goodnight Angel*, puis Vaughn Crosby reprit le micro.

— Je crois pouvoir dire, mon cher Uli, que vous êtes un drôle d'oiseau.

— Moi, j'ai le droit de le dire, cher Vaughn. Pas vous.

— … que vous êtes, ou avez été, capable d'actions extravagantes, par passion, ou par exaltation. Vous en reste-t-il des remords ? Vous arrive-t-il, mettons, de regretter des rôles ?

— Jamais.

— Des amours ?

— Aucun souvenir, je vous répète.

— Des amitiés fâcheuses… ou déraisonnables ?

Manhattan se redressa. On y venait. Vaughn Crosby fixait Uli droit dans les yeux. À nouveau, Uli croisa et décroisa les jambes. Son agacement devenait palpable.

— Des enthousiasmes absurdes pour des causes erronées ? continua l'animateur, tout sourire. Des chimères politiques ? Des croyances hasardeuses ?

Uli Styner avait pâli. Il soutint le regard qui attendait. Sa voix se durcit.

— Je crois en moi, articula-t-il. Je crois en mes nœuds de cravate. Je crois en Jackie Robinson des Brooklyn Dodgers. Pas forcément dans cet ordre, mais en aucun cas ce ne sont là des chimères hasardeuses.

Manhattan sursauta. Pourquoi mentionner Jackie Robinson ? Elle se tourna vers Reuben. Lui aussi se posait la question.

– Bon sang, grommela-t-il. Pourquoi pas DiMaggio plutôt ?

Uli avait cité exprès Robinson, elle n'avait pas le moindre doute là-dessus. Le choix n'était ni anodin ni un hasard. Joe DiMaggio était un immense joueur de base-ball. Blanc. Consensuel. Acceptable.

Jackie Robinson, lui, avait déclenché le fiel des journaux conservateurs car premier Noir de l'histoire du base-ball à intégrer une équipe blanche. Tout le monde savait combien l'entraîneur des Dodgers avait subi d'insultes et d'attaques venimeuses pour avoir cassé le tabou. Tout le monde savait aussi que Vaughn Crosby avait fait partie de la meute, que son émission avait été le fer de lance des haineux.

– Vous auriez donc une âme… progressiste, Styner ?

La suavité restait de mise, même si Crosby venait de passer de *mon cher Uli* à Styner tout court.

– L'Amérique est progressiste dès lors qu'elle croit au progrès. L'homme qui bâtit l'Empire State est un progressiste. Celui qui en saute est un crétin.

Cette fois, l'hilarité du public fut timide. Le sourire de Vaughn Crosby survivait, mais réduit à une minceur d'aiguille.

– On retient que vous êtes friand de progrès, donc, reprit l'animateur d'une voix atone. Mais également séducteur, obstiné, convaincu, intransigeant…

– Je suis nombreux, en effet.

– Votre réputation de…

– Ma réputation ! Vous parlez de ce que la quinzième *chorus girl* sur la gauche raconte au machiniste ? Qui le répète à l'auteur de la pièce, qui le répète au régisseur, qui le répète au concierge, qui vous le répète à vous, Crosby ? Mon cher, moi, j'appelle ça des ragots.

Vaughn Crosby en resta cloué, blême, sourire aboli. Manhattan agrippa Reuben par la manche, Reuben agrippa Manhattan par la sienne. Ils se fixèrent, décomposés.

– Il se montre sous son jour le plus aimable, murmura-t-il.

Uli Styner. Son orgueil, sa morgue, son arrogance étaient en train de tout ficher par terre !

Derrière sa vitre, le réalisateur claqua des doigts. Miss Kelly fut littéralement projetée sur le plateau, toujours gracieuse et appliquée, sur fond de jingle et de chorale, pour lâcher une énième nuée de *Fly Kill…* Elle se cogna à Styner qui émergeait de son fauteuil. Il balaya le brouillard insecticide d'un bras irrité. Elle s'excusa, rougissante. Tout le monde se mit à tousser. Second claquement de doigts : l'orchestre envoya *Smoke Gets in Your Eyes*, sans ironie aucune, le répertoire prévu pour la soirée.

Sur les écrans de contrôle, maintenant, défilaient uniquement des images de choristes, de musiciens, de clarinettes et de trompettes en gros plan… Crosby et son invité n'étaient plus *on air*. Le plateau central était *off*.

– Crosby, jeta froidement Uli. Je pars.

– Impossible, Styner… L'émission est en live.

Crosby contenait sa fureur, les narines si fort pincées qu'elles étaient beiges.

– Uli ! intervint un Cecil LeRoy surgi d'on ne sait où. Mr Crosby a raison. Tu dois terminer l'émission. Ce serait une catastrophe si…

– La catastrophe, c'est lui, coupa Styner en désignant Crosby. Et vous tous. Qui m'obligez à faire le pitre dans ce barnum. Il était convenu qu'on parlerait métier, spectacle, théâtre ! Mais ce type, continua-t-il en martelant de l'index les revers de l'animateur, ce type est une tête de pont des chasseurs de sorcières. Comme Winchell ! Une taupe de l'HUAC.

– Il faut terminer l'émission, répéta Cecil LeRoy, morne et déjà vaincu.

– Sans moi.

– Ne prenez pas de décision définitive, Styner, articula Crosby avec effort. Je vais me retrouver avec un trou de treize minutes dans le programme. Terminons, s'il vous plaît. Ensuite, nous pourrons rire de tout cela ensemble.

– On en rira peut-être, mais sûrement pas ensemble.

Willoughby se matérialisa près de Manhattan et Reuben.

– C'est un désastre, dit Manhattan. Un désastre...

Willoughby se plaqua un poing sur la bouche.

– Une véritable débâcle ! admit-elle en pouffant. Mais... quand même diablement cocasse, non ?

Là-bas, la longue écharpe d'Uli Styner tournoyait, en une impériale ampleur, comme si son propriétaire se croyait sur la scène du Paramount Theatre, prêt à rugir *Mon royaume pour un cheval !*... Toutefois, la réalité du plateau, son encombrement surtout, fit qu'il envoya valser un micro et son lourd socle de métal en travers de la table... qui s'effondra sur les pieds de Vaughn Crosby.

– Ouch, fit l'animateur, héroïque.

Styner chargeait déjà vers la coulisse, Willoughby, Manhattan et Reuben à sa suite. Il lança par-dessus son épaule :

– Navré pour vos pieds, Crosby. Ils étaient déjà plats, de toute façon, n'est-ce pas?

Sous le cube *EXIT*, deux techniciens enroulaient des câbles. L'un d'eux leur tint la porte large ouverte. Manhattan reconnut le blond au gobelet de café. En silence, il saisit la main d'Uli et la secoua avec chaleur. Tandis qu'elle rabattait la porte, elle entendit l'autre technicien marmonner:

– Gaffe, Whitey. Si Crosby…

Cecil LeRoy, lui, ne suivit personne. L'avocat alla s'écrouler sur un tabouret, dans le coin où, mains entre les genoux, le pompier ronflait malgré le chaos.

LeRoy considéra l'homme endormi avec envie. Il repêcha sa pipe dans sa serviette en lézard, la prépara pesamment.

Sur le plateau – à quelques mètres à peine –, on piaffait, on piétinait, on gesticulait, on essayait de combler vaille que vaille les treize minutes de programme évaporées, tandis que l'orchestre jouait les urgentistes avec *Just One of Those Things*.

Dans son cocon provisoire, l'avocat soupira trois molles bouffées de fumée grise. La chose fit éternuer le pompier… Qui se réveilla.

L'ascenseur les déposa dans un hall étonnamment désert. Un vigile leur barra l'accès à la rue. Par-delà le sas vitré, des clameurs montaient de l'avenue.

– Des jeunes dissipés. Savez ce que c'est. Y a les pour, y a les contre. Sortez par là, leur indiqua l'homme d'une voix fatiguée.

– Pour ou contre qui ? Pour ou contre quoi ? s'enquit Manhattan.

– Passez par la porte de service. Au fond de cette galerie.

– Je suis Uli Styner. Je n'emprunte pas une porte de service.

– Il veut dire la sortie des artistes, corrigea Willoughby.

– Pas le choix, de toute façon, fit le vigile. Ça va, les gars ? demanda-t-il à ses collègues hors d'haleine qui déboulaient de la rue. Y a du vilain ?

– Appelle les flics, Matt. Ces gosses sont chauffés à blanc. Vont pas tarder à se taper dessus.

– Sortez par là ! répéta Matt, avant d'empoigner avec lassitude le téléphone de l'accueil.

Willoughby tracta Uli, Reuben poussa Manhattan ; tous les quatre filèrent au trot le long d'une coursive qui déboucha sur une loge où le concierge écoutait la radio sous le lumignon *Stage door.*

– Comment diable peut-on confondre une entrée d'artistes avec une entrée de serv…

– Je serais vous, cria le concierge par le trou du guichet, j'attendrais ici que la police rafle cette mauvaise graine. Votre chauffeur est parti se garer plus loin, le coin devient périlleux.

– Hors de question que je prenne racine ici ! se récria Styner.

Willoughby mit un doigt sur les lèvres : le speaker à la radio mentionnait le NYVB Building.

… des échauffourées à l'entrée des studios, sur la 39ᵉ Rue !
Un rassemblement de lycéens venus soutenir le célèbre acteur
Uli Styner qui participait ce soir à…

La porte métallique s'ouvrit avec fracas. En même temps que des rafales de klaxons, un flot surexcité envahit violemment le petit hall et la loge. Manhattan se raccrocha à Willoughby. Des micros les mirent en joue, des éclairs les aveuglèrent.

– Styner! Hé! Pas la peine de monter, les gars... Il est là!

– J'accepte ton invitation à dîner, Uli! cria une voix de femme. Je veux la primeur de cette soirée pour East Coast News...

– Trop tard, Hilda chérie. La *radio glamour* se passera de souper.

Les flashes éclataient à une cadence de mitraille, crachaient des fumerolles à l'odeur de fer. Le concierge se retrancha derrière le verrou de sa loge en verre. Photographes et micros cernèrent Uli en une sorte de danse sauvage.

– Par ici, Styner! fusaient les cris dans toutes les directions. Ici!

– Vite! ordonna Willoughby, empoignant au petit bonheur le bras le plus proche.

Ils fendirent la horde et les fumerolles à coups d'épaule résolus, atteignirent la porte dans un ultime cahot.

Comme la plupart des sorties d'artistes, celle-ci donnait sur une impasse en brique, avec poubelles rouillées et colimaçon de secours.

– Uli Styner! les arrêta quasi aussitôt un adolescent beau et essoufflé, à l'expression passionnée. Vous êtes notre héros, ce soir. Vous leur avez tenu la dragée haute...

Autour de lui s'agglutinaient d'autres jeunes gens, vraiment très jeunes, pas moins excités que les journalistes, mais aux intentions nettement plus affables. Au lieu de flashes et de micros, eux brandissaient des bannières en lambeaux.

– Évitons de nous éterniser, voulez-vous ? éluda Styner. Ces maudits journaleux qui…

– Manhattan ! s'exclama une jeune fille dont la queue-de-cheval était restée dissimulée par les épaules du bel adolescent essoufflé. Jeffrey, je la connais !

– Dido ! s'écria Manhattan. Qu'est-ce que tu fiches ?…

– Vous fréquentez cette jeunesse indisciplinée et séditieuse ? l'admonesta Styner d'un ton enjoué. Compliments, Manhattan.

– C'est une voisine. J'ignorais que…

Projetés dans l'impasse par les convulsions répétées des éclairs éblouissants, tous piquèrent un galop vers les lumières de l'avenue… À mi-chemin, Reuben stoppa.

– Que fais-tu ? s'énerva, derrière, Manhattan. Cours ! Il faut trouver la voiture.

– Sauf qu'entre elle et nous, murmura-t-il, il y a… *ça* !

Une masse compacte, en face, leur bouchait la sortie vers l'avenue. Alignés avec la régularité et l'aplomb de barreaux de prison, d'autres lycéens faisaient front, défi au menton, banderoles hautes.

– Ceux-là ne sont pas mes admirateurs, observa Uli.

– Les anti-*pinkos* de St Olaf High school, murmura Dido. Nos ennemis jurés.

Sur les calicots bruns, on lisait :

Communistes, hors d'Amérique !
Si tu préfères l'URSS, va y vivre !
Dehors, les traîtres !

– On n'est pas des communistes ! hurla Dido. On veut avoir le choix de l'être !

— Racaille de rouges! rugit l'un d'eux. *Bad, bad, bad Americans!* braillèrent les condisciples.

Des sirènes rugirent dans la nuit lumineuse de l'invisible avenue.

— Les flics, Jeffrey! haleta Dido. Faut déguerpir.

On chercha avidement une issue.

— L'escalier de secours? suggéra Willoughby.

Mais le colimaçon n'était plus accessible. Archi-plein de la meute de reporters qui s'y était répandue et accrochée à tous les degrés, telle une tribu de singes sur un rocher, pour continuer à les flasher.

— Avançons, décréta Uli. Je voudrais voir qu'on m'empêche d'aller où je veux.

Des uniformes jailllirent sous le lumignon *stage door.*

— On vous couvre! cria le vigile dénommé Matt.

— Restez à l'arrière, lança un autre. On va dégager la route.

Enfin! pensa Manhattan. NYVB avait dû donner des ordres. Il y allait de la réputation des studios qu'une vedette puisse rentrer chez elle sans un cheveu molesté.

Les vigiles marchèrent en cordon, face aux survoltés de St Olaf High. À dix mètres du barrage, les uniformes enflèrent le torse et chargèrent. Après une période de totale confusion, de bousculades, avec coups, heurts, cris de douleur, huées, horions, un passage fut creusé, St Olaf se disloqua. On put foncer vers l'avenue à nouveau visible, espacée, flamboyante, avec sa circulation, sa respiration.

— Là-bas, la voiture! cria Reuben.

Le chauffeur les aperçut et mit le contact.

— Messieurs les sentinelles, dit Uli, soulevant courtoisement son feutre à l'intention des vigiles. Merci pour cette escorte. J'espère que…

– Uli Styner ! hurla un badaud. C'est Uli Styner !

Plus tard, lorsque Manhattan se remémora les événements, elle comprit que tout avait basculé à ce moment précis.

13

Two o'clock jump

Etchika détestait être en retard.

En revanche, Chic jugeait incongru qu'une fille de bon goût arrive à l'heure. Lorsqu'elles quittèrent Giboulée, Etchika, au bord de l'apoplexie, piaffait à la portière du taxi, tandis que Chic, au sommet du perron, sortait d'une pochette en maille dorée un mini-vaporisateur pour envoyer un embrun de Chanel dans sa bouche ouverte.

– Personne n'ira renifler tes amygdales. Dépêche!

Etchika s'engouffra dans la voiture, salua le chauffeur, s'octroya le temps d'étager autour d'elle les bouillons d'organdi rose de sa jupe, puis elle baissa la vitre.

– À 3, je pars sans toi.

– Je viens.

Chic descendit les sept marches avec la lente splendeur d'une Cléopâtre aux portes de Rome, sa main gantée de soie posée sur la pointe de son étole blanche.

– Pas trop tôt! ronchonna Etchika quand elle fut installée.

– Tu es trop pressée, chérie.

– Ou le monde est trop lent.

– On va où, boss ? s'enquit le chauffeur, qui venait d'emmener une vedette de Hollywood, et ses dix-sept valises, à l'aéroport après lui avoir posé la même question, à peu près dans les mêmes termes.

– 46ᵉ Rue Est, s'il vous plaît.

– Allure mustang ou allure chameau ?

– Gary Cooper prétend que ça peut être rapide, un chameau, fit remarquer Etchika, qui avait vu *Beau Geste*.

– On gagne rarement contre les chameaux de Madison, répondit, philosophe, le taxi.

Son démarrage incisif les colla au fond de la banquette. Après quoi, Chic vérifia son rouge dans un poudrier.

– Quel est le programme de la soirée ? voulut savoir Etchika.

– Un verre au Copper Slipper, où tu feras connaissance avec ton bel inconnu, puis cinéma, ou théâtre, et, pour finir, souper.

– Dans un endroit où l'on danse, j'espère. Voilà des lustres que mes mollets font tapisserie.

– Pour ça, je te laisserai Bouchon. J'ai aux pieds mes Delman de chez Bergdorf Goodman à 19,34 dollars.

Les trottoirs nocturnes ondulaient par les vitres en longues lanières de soleils multicolores. Se tapotant distraitement le genou, Chic amorça une série de soupirs.

– Tout va bien ? lui demanda Etchika quand vint s'échouer l'énième soupir.

– Mm. Mm.

Elle ramena son étole, chiffonna son gant.

– Est-ce surhumain de te montrer plus précise ?

Chic se tourna vers elle. Sous sa frange sombre et nette, son visage était bouleversé.

– Pourquoi suis-je si mélancolique ? dit-elle sur un ton qu'on lui connaissait peu.

Elles se dévisagèrent. L'une interdite, l'autre en suspens. Etchika finit par éluder d'une pichenette de gant rose.

– Il existe un tas de motifs acceptables. A : ta gaine écrase ta septième côte. B : tu as croisé un chat noir sous une échelle. C : ta mère t'a envoyé cet irrésistible *apple pie* qui va peser deux livres sur ta balance. D : tu es belle et brune comme Linda Darnell alors que tu veux être moche et brune comme Judith Anderson. E : tu t'es levée du pied g…

– C'est bon, je connais mon alphabet.

Chic lui renvoya sa pichenette, égayée. Etchika, amas d'organdi rose éparpillé sur le siège, afficha une expression extatique.

– Prends exemple sur moi.

Elle exhiba le plombage de sa molaire gauche.

– Je possède un peu d'or à moi…

Désigna ses cheveux.

– Du platine…

Montra sa cape d'astrakan gris perle.

– Des animaux fidèles et dévoués…

Elle éclata d'un rire plein de vitalité.

– … et je vais rencontrer un bel inconnu qui va m'emmener au bal. Que désirer de plus ?

– Attends de le voir avant de te réjouir. Au moins, avec Bouchon, moi je sais ce qui m'attend : peu de chose.

– Pire que Bouchon, ce serait possible ?

— Tu vas probablement t'apercevoir que non.

Chic redevint grave.

— Je voudrais… J'aimerais tellement…

Elle se tut.

— Allons, fit Etchika en lui tapotant le poignet. La soirée sera charmante, tu verras. Et si nos chevaliers servants ne sont ni Cary Grant ni Van Johnson, il y a le champagne pour remplacer.

— 46e ! claironna le taxi. Vous pouvez quitter le chameau. Merci, jolies demoiselles ! ajouta-t-il, appréciant le pourboire.

— Pour remplir les bosses.

— Mon chameau carbure au gallon de bière ! répliqua-t-il avant d'opérer son démarrage-décollage.

Le Copper Slipper était un café très chic, très en vogue car ouvert depuis seulement une saison. Le portier, épaulettes assorties à l'immense pantoufle de Cendrillon en cuivre qui ornait l'entrée, fit tourbillonner pour elles la porte à tambour. Après les velours d'une tenture mordorée, ce fut la salle.

En ellipse, resplendissante, immense. Les fauteuils avaient tous la forme d'escarpins, ce qui donnait au lieu l'allure d'un gigantesque manège pour grandes personnes.

L'œil sagace de Chic détecta promptement le visage attendu.

— Bouchon est là, dit-elle sans bouger les lèvres, comme aux défilés chez Daquin.

— J'ai oublié son vrai prénom ! s'affola Etchika. C'est quoi… ?

Depuis le bar en haricot, Bouchon lançait des signes pleins d'ardeur. Ernie W. Culkin, troisième du nom, héritier unique des Culkin Factories du Kentucky, avait à peine vingt-deux ans, mais, avec sa carrure de cow-boy, ses faux airs de Jack Carson, on lui attribuait fréquemment la trentaine.

– Souviens-toi, siffla Chic entre ses dents. Quand il rit, ses cheveux trépignent.

– Pardon ?

Du geste, Chic notifia qu'elles l'avaient localisé, et elles le rejoignirent bientôt.

– Quel plaisir de vous revoir ! s'exclama-t-il, rayonnant. Felicity ! Vous êtes LA jeune fille new-yorkaise ! Ravissante, élégante, mutine, pimp…

– Bonsoir, Ernie. Voici mon amie Etchika.

Il s'inclina, lorgnant l'amie sans discrétion.

– Fergus n'est pas arrivé, dit-il, mais s'il savait ce qui l'attend, il serait en train de courir.

Etchika trouva la galanterie plaisante. Chic se détourna pour lever les yeux au ciel.

– C'est donc le prénom de mon cavalier, ce soir ? Fergus ?

– Nul n'est parfait, dit-il, se remettant à la couver du regard. J'ai commandé du champagne, je sais combien vous l'aimez, Felicity.

– Excellente idée, se réjouit Etchika.

Les coupes arrivèrent de l'espace, sur un petit tapis volant en cristal tenu par un jeune serveur aux gros yeux bleus très aimables.

– Je vous présente mon ami Owen, dit Ernie en pétrissant l'épaule du serveur. On vient de faire connaissance. Owen est à New York depuis dix jours. Il arrive de l'Iowa.

– Pour quoi faire ? grommela Chic.

– De l'Ohio, *sir.*

Du bout de l'auriculaire, Chic effleura la surface de son champagne puis le lobe de son oreille. Etchika lui envoya un subtil battement de cils. Si Chic attaquait son numéro de sale gosse, la soirée promettait d'être funeste. La sale gosse saisit le message.

— Avez-vous pu trouver un hôtel confortable, Ernie? s'enquit-elle, plus gracieusement.

— Celui où je descends habituellement est fermé pour rénovation. Ma secrétaire m'a confiné dans une suite au Plaza. C'est bête, une suite pour un gars tout seul, pas vrai? Mais Miss Popsicles n'en fait qu'à sa tête. Elle prétend qu'un homme de ma condition, et patati et patata... Elle était ravie de m'apprendre qu'un secrétaire d'État avait passé deux nuits dans la suite en question.

— Miss Popsicles a raison, dit Chic. Vous n'êtes pas n'importe qui.

— Je ne suis jamais plus heureux que lorsque je pars camper au bord de la Rascadoe, ma chère vieille rivière. Dormir à la belle étoile. Plonger dans l'eau froide, crapahuter dans les montagnes... Ah.

Son silence fut de pure félicité. Celui de Chic d'indicible répulsion. Etchika masqua un sourire dans les bulles de sa coupe.

— Vous verriez la taille de la baignoire, reprit-il. Le secrétaire d'État a dû y caser tous les membres de son cabinet.

Chic but avec une moue de commisération. Qu'on puisse préférer une rivière glaciale et la caillasse du Kentucky à un bain douillet dans une suite du Plaza lui échappait complètement.

— Parlez-nous de votre invité mystère, dit-elle. Qui est ce Fergus?

— Ferguson Ford. Directeur de l'équipement chez Schuyler & Harmond. Schuyler & Harmond, vous connaissez? L'éditeur.

– Hamond & Schuyler. Bien sûr, tout New York connaît, dit Chic, retrouvant malgré elle ses airs caustiques. Ils publient... euh, des écrivains célèbres.

– Trois Pulitzer, un roman posthume de Mark Twain, des carnets de voyage inédits de Hemingway, énuméra paisiblement Etchika entre deux gorgées. Et ils ont réédité, cette année, toute l'œuvre de Jane Austen annotée par un professeur émérite de Princeton.

Chic la fixa, bouche bée. Puis – car elle adorait avoir le dernier mot –, elle dit:

– Ils ont aussi, je crois, un calendrier fameux.

Ernie ouvrait des yeux charmés. Il attrapa les doigts finement manucurés de Chic, les tritura dans sa vaste paume.

– Hé... Vous avez rudement bien choisi votre copine, Felicity. Mignonne comme un cœur, et, en plus, elle saura comment causer à mon énergumène. Quelle fine mouche vous êtes.

Chic libéra sa main. Tout en présentant le ramequin aux cacahuètes, Bouchon coulait des regards en direction d'Etchika.

– J'aimerais bien savoir à quoi ressemble l'énergumène en question, dit-elle. Comment est-il, ce Fergus?

– Aucune idée, fit-il. Je ne l'ai eu qu'au téléphone. Il m'a paru... normal.

– Quelles sont les fonctions d'un directeur de l'équipement?

– Il pilote les achats de matériel chez Schuyler & Harmond... Pardon, Hamond & Schuyler. Dix-neuf étages de mobilier, rayonnages, papier carbone, pots à crayons. Le but de cette soirée est de lui proposer une innovation... innovante! annonça-t-il, ravi.

– Quoi donc?

Etchika s'inclina pour mieux écouter.

Chic songeait qu'un directeur de n'importe quoi chez Hamond & Schuyler eût été davantage dans ses aspirations qu'un bûcheron campeur négociant en liège. Elle imaginait avec consternation Bouchon partant à la pêche dans une de ces monstrueuses vestes Abercrombie & Fitch à vilains carreaux rouges, bonnet à oreillettes doublé de peluche, lesté de farouches brodequins sanglés aux mollets... Brrr. Sans avoir vu le dénommé Ferguson Ford, elle enviait déjà Etchika de tout son cœur.

– Vous savez, ces tableaux d'affichage en bois, sur les murs des bureaux ? Où l'on fixe circulaires, pense-bêtes, photos, consignes, tout le bazar ?

– Oui, dit Etchika. Dans les théâtres, on y punaise l'heure des répétitions, les dates d'auditions.

– Voilà. Eh bien, avez-vous déjà essayé d'enfoncer un clou ou une pointe sur ces trucs en bois ?

– Bonté divine, non ! s'indigna Chic. Ça vous bousille un ongle en moins de deux.

Elle orienta un ongle grenat, coquettement effilé, sous le nez du jeune homme.

– Et vous êtes bonne pour racheter 6 dollars de *Gladiolus Red** de chez Max Factor.

– ... Ça fait surtout très mal aux doigts ! ajouta gaiement Etchika.

– Exactement ! Le pire, c'est de les arracher du bois. Par contre, dans une plaque en liège, la pointe s'enfonce et se retire

* Gladiolus : glaïeul.

comme… dans une crème ! Néanmoins, ça tient le temps que ça doit tenir.

— Belle invention, dit Etchika.

— Oh, elle n'est pas de moi. Mais Culkin Factories lui fera faire un bond de géant. Le liège remplacera le bois. Grâce au liège…

— … et grâce à vous.

— … la dactylo conservera ses menottes de poupée. Plus d'ongles ébréchés, de pouce amoché, de vernis déglingué. Même si vous piquez et dépiquez cent fois votre note de service. On enfoncera ça comme dans… dans…

— … une crème, sourit Etchika.

— Mais oui !

Il paraissait fier de son idée. Sa coupe vint tinter sur celles des jeunes filles.

— J'inonderai New York de panneaux. Immeubles de bureaux, sièges sociaux, magazines… Si Schuyler & Harmond gagne le prochain Pulitzer, j'y serai un peu pour quelque chose, pas vrai ?

— La crème de la crème, fit Chic, perfide, en se demandant si elle n'allait pas troquer le sobriquet de Bouchon contre celui de Gros-Panneau.

— Hé ! Ce pourrait être ça, le slogan, s'éclaira-t-il. *Comme dans une crème.*

— Pouah. La dactylo aura l'impression d'en avoir plein les doigts.

— On doit pouvoir trouver mieux, dit gentiment Etchika.

Il reposa sa coupe.

— Je ne suis guère calé pour ces choses. Peut-être que Fergus Ford aura une idée ?

— À cette heure-ci, la seule idée qui hante mon misérable cerveau, c'est… boire! fit une voix, derrière.

Ils pivotèrent ensemble sur leurs tabourets. Fergus Ford se présenta.

— Comment nous avez-vous repérés? s'étonna Chic. Nous ne nous sommes jamais vus.

— Un dollar sournois glissé au serveur.

Ernie proposa une coupe, Fergus préféra un rainbow fizz.

— Je n'aime guère jouer au blasé, dit-il, mais le champagne devient la limonade des éditeurs. Ils ont même inventé un *five o'clock champ'*. Le rainbow fizz, c'est plus rigolo.

Chic le jugea fichtrement jeune et plutôt bohème pour un directeur de l'équipement. Etchika raffola tout de suite de ses grandes lunettes et de ses boucles qui adoptaient le sens contraire de la gravité terrestre. Difficile de se le représenter pilotant des arrivages de chaises, de lampes, ou de pots à crayons.

— Qu'est-ce que c'est, un rainbow fizz?

— J'en ignore la composition, mais ça possède les couleurs de l'iguane adulte au point culminant de sa parade d'amour.

Il était agréable en tout cas de découvrir que le quatrième du bridge était ce joyeux drille sans façon. Ernie Culkin se dit qu'avec lui, causer affaires serait aussi aisé que planter un clou dans… une crème en liège.

39ᵉ Rue…

Le chauffeur, loué avec la Plymouth Fleetline par NYVB,

freina au plus près du trottoir. Willoughby s'y réfugia la première. Uli Styner fit un écart pour laisser monter Manhattan, mais… Manhattan n'était plus là.

Elle avait aperçu Dido en difficulté, qui tentait de se frayer un chemin entre les banderoles brunes de St Olaf High.

— Viens ! cria-t-elle. Ne reste pas là.

— Manhattan ! hurla Styner à la portière de la Plymouth. Où êtes-vous, bon sang ?

Le badaud qui l'avait reconnu et interpellé ne s'était pas éloigné. Il déambulait autour de Styner, un pouce insolent dans chaque poche. Il fourra tout à coup son nez sous le sien.

— Mais oui ! brailla-t-il en plein dans la figure du grand homme. C'est bien lui. Uli Styner !

Il avait des épaules trop larges pour son blouson fourré, une casquette irlandaise, des gants de cuir vert, la mine peu amène. À son appel, deux compères vinrent le flanquer, guère plus alléchants.

— Que fiche Manhattan ? fulmina Willoughby au fond de la voiture. Montez, Uli. Vous aussi, Reuben.

— Ce Styner, c'est un pote aux *commies* ! continuait l'homme aux gants verts.

— Un *commie* lui-même, tu veux dire ! ricana un des acolytes.

— *Commie ! Commie !* Uli Styner est un *commie* !

À ces scansions alliées, tout St Olaf rappliqua instantanément, Toyfell sur les talons. On se bouscula, on s'agglutina, on aboya. La Plymouth fut bientôt assiégée.

— Les communistes infiltrent Broadway ! beugla l'un.

— Tout comme les Juifs à Hollywood ! cracha un autre.

— Mettez-vous à l'abri, Mr Styner ! cria un garçon de Toyfell.

– Je démarre, monsieur? fit le chauffeur, le pied sur l'accé-lérateur.

– Pas encore. Bon Dieu, Manhattan... Qu'est-ce qu'elle fout?!

Plus loin sur l'avenue, des gyrophares bleu et rouge rugirent en ronde, devant l'entrée de NYVB. Reuben risqua un pied dehors pour localiser Manhattan, mais l'arrivée de la police jetait la panique, il battit en retraite.

– Elle est invisible.

Un visage tirant la langue s'écrasa contre la vitre de la Plymouth.

– Seigneur... murmura Styner dans un hoquet de dégoût.

Deux reporters le flashaient sous tous les angles. Un ham-burger roula sur le capot rutilant, et alla s'ouvrir sur le pare-brise tel un crâne ensanglanté.

– Elle a dû s'abriter dans le hall de NYVB. Je lui fais confiance. Démarrez! enjoignit Willoughby au chauffeur. Pas le choix, Uli.

Manhattan, coincée, dérivait dans le tumulte. Impossible de revenir à la Plymouth. Agrippant Dido par la manche, elle avait d'abord fait demi-tour pour trouver refuge dans le building, comme l'avait supposé Willoughby. Mais alors qu'elles parve-naient à la porte vitrée, un pompier abaissa brusquement le rideau en fer.

Sur l'avenue en débâcle, elles aperçurent Leo, Pat et Jeffrey qui se battaient avec les garçons de St Olaf. Autour, le manège aveuglant des photographes, des phares, des gyrophares... Les filles de Toyfell s'étaient volatilisées.

– Fichons le camp!

Pour rien au monde Dido n'aurait voulu se retrouver dans les pages du *Times*, ou se faire embarquer par un fourgon. Que son père vienne la récupérer au poste était proprement inimaginable.

À droite : les policiers jaillissaient des voitures comme des Indiens hors de leurs tipis. À gauche : la bataille rangée grondait. En face : le rideau de fer de NYVB. Elles reprirent leurs jambes à leur cou vers l'impasse.

À l'entrée, elles s'arrêtèrent. Le concierge avait éteint les lumières à l'entrée des artistes, plongeant la ruelle dans le noir.

– Pas d'autre issue, pourtant ! souffla Manhattan. Pourvu que ce soit ouvert.

Elles ralentirent à mi-parcours. Au fond, sous l'escalier de secours en colimaçon, des silhouettes brunes...

– St Olaf, tu crois ? s'enquit Dido, pas très rassurée.

– Je ne sais pas.

Elles entendirent une violente charge derrière. Des groupes couraient dans leur direction, afin d'échapper à... on ne savait plus à qui. À la police. Aux coups. Aux communistes, aux presque communistes, aux anticommunistes... Elles foncèrent tout droit au galop.

Des uniformes saturaient les abords du colimaçon en fer. Les vigiles ! reconnut Manhattan, soulagée.

Ils discutaient avec deux civils. Elle identifia, malgré le manque de lumière, les machinistes du plateau 1017, le blond nommé Whitey et son collègue. Manhattan eut le temps d'ouvrir la bouche pour dire qu'elle était sacrément contente de les voir... Mais son intention demeura à jamais une intention.

Quelqu'un avait bondi, l'avait violemment attrapée par les

cheveux, faisant valser ses lunettes, avant de la catapulter contre le mur en brique. Elle dut aux poubelles de ne pas s'assommer. Elle fit un roulé-boulé au milieu des couvercles dans un chorus de fer-blanc.

Une silhouette la souleva avec force et la posa, assise, à l'écart. Après quoi, la même silhouette pivota à la vitesse de l'éclair et projeta ses poings dans des nez, des ventres, des mentons. Ce fut rapide, féroce, compact. Les chocs furent en partie couverts par des cris de douleur et la cavalcade des agresseurs en fuite.

Des bras aidèrent Manhattan à se relever, on lui tendit ses lunettes.

– Ça va ?

Elle battit des paupières de l'autre côté de ses verres.

– Il… me… semble, oui. Merci, euh, Mr Whitey.

Dido accourut.

– Tu souffres ? Il y a une bosse. Ça saigne…

Elle lui donna un mouchoir, l'emmena à distance. Manhattan se tamponnait le front. Elle avait un peu mal à la tête.

– À partir d'aujourd'hui, quand je croiserai une poubelle, je la saluerai humblement. Qui sont ces types ?

– Des méchants. Viens, on va se mettre à l'abri.

Elles longèrent le mur jusqu'à l'escalier de secours, escaladèrent trois niveaux… avant d'être stoppées par une paire de jolies jambes résillées de soie.

– Mon Dieu, vous imaginez ça ? Si *father* me voyait perchée là, entre le ciel et l'enfer, il me traiterait de malheureuse délurée égarée…

– Miss *Pschtt Pschtt* ! Je veux dire Miss Kelly… Ravie de vous revoir.

– Vous croyez qu'ils vont se divertir longtemps ainsi ?

Elle montra du pouce la joute qui se poursuivait en ombres chinoises au bas du colimaçon

– Grace Kelly, la présenta Manhattan.

– Vous êtes blessée, mon chou ! s'inquiéta Grace. Avez-vous de quoi vous soigner ? Je sais faire de très beaux pansements.

– Ce n'est rien. Oh… Il y a du monde là-haut ?

Vingt marches plus haut, en effet, était assise Hilda, la journaliste d'East Coast News – *radio glamour*. Son micro sur les genoux, elle se chauffait les mains à un gobelet empli de café. Une vague clarté tombait d'un étage supérieur.

– Une fenêtre restée ouverte, commenta-t-elle. Dieu merci, elle donne dans un bureau avec bouilloire, café, crème et sucre. Uli n'est pas avec vous ?

– Il a pu s'échapper, par chance.

– Ce qu'il a osé, ce soir, face à Vaughn Crosby, est absolument… absolument…

– Courageux ?

– Inédit. Fatal, aussi. Crosby est une bête aussi susceptible qu'influente. Vous montez… ? Rapportez-moi un autre café, par pitié. Je crains qu'on ne reste coincés ici un moment.

Dans le bureau ouvert, Dido et Manhattan trouvèrent en effet du café encore chaud, des gobelets, un paquet d'Oreo, et une radio qu'elles branchèrent.

Ho ! Ho ! Oreo !
Le biscuit rond à deux couleurs
Le biscuit rond à deux saveurs
… Poursuivons notre programme avec les actualités de la soirée.

Notre reporter sur place nous décrit une 39ᵉ Rue en ébullition. La police a arrêté les fauteurs de troubles et reprend peu à peu la situation en main...

– Tu as mal ? s'alarma Dido en voyant Manhattan presser deux doigts sur sa tempe.

– Ce n'est rien.

Elles préparèrent un plateau et redescendirent faire la distribution aux différents paliers du colimaçon. Miss *Pschtt Pschtt* Kelly exhala un soupir d'ineffable bonheur à la première gorgée.

– Le pugilat a l'air de se calmer, en bas, nota-t-elle en croquant avec une distinction accomplie les deux couleurs et les deux saveurs du biscuit rond. La police embarque tout le monde, j'ai l'impression.

Manhattan passa une tête entre les barreaux. Des silhouettes s'agitaient encore le long de l'impasse, mais moins nombreuses, moins sonores.

Le voyant extérieur *Stage door* se ralluma. C'était de bon augure.

– Où est passée Hilda-Glamour ?

– Repartie faire son job de fouille-embrouille.

– Ta blessure saigne toujours, Manhattan. Le mouchoir est trempé.

– On ne va plus tarder à...

Manhattan s'interrompit. Elle se dressa d'un bond ! Son café fit une culbute par-dessus le gobelet... Quelqu'un, en bas, avait crié son nom.

– Manhattan ! Répondez... Manhattan !

Elle se figea, n'en croyant pas ses oreilles.

– Où êtes-vous ? Manhattan !…

La voix s'éloignait.

Si vite que ses gestes semblèrent n'être qu'un seul, elle abandonna son gobelet sur les marches, attrapa la rampe d'une main, l'autre main pressant le mouchoir sur son front, et dévala le colimaçon.

En bas subsistaient toujours désordre et confusion. Cependant, le regard de Manhattan se porta exactement là où il fallait. Elle s'élança, lâchant le mouchoir taché qui s'envola derrière ses bras ouverts.

– Là… Je suis là.

Elle plongea dans ses bras, submergée par l'émotion.

Scott l'étreignit, l'étouffa, et, comme elle était saisie de tremblements, il ouvrit sa veste, où elle s'engloutit.

– Il y avait ces nouvelles à la radio… Oh, Manhattan, toutes plus affreuses et effrayantes les unes que les autres. On y citait sans cesse le nom d'Uli Styner, et celui de cette fichue émission. Je savais que vous y étiez, vous me l'aviez dit quand…

Elle n'essaya même pas de se concentrer sur ce qu'il disait. Elle chancelait, pensait à tellement de choses à la fois ! Son cœur battait puissamment sous son front, la rendait presque sourde. Elle se renversa dans les bras qui l'enfermaient et, entre les revers de la veste, offrit son visage aux yeux clos.

– Scott Plimpton, espèce de sombre nigaud, cessez de raconter votre vie et embrassez-moi !

14

Suppertime

– Où aimeriez-vous dîner ?

– Dans un endroit où l'on danse! répondit Etchika sans hésitation.

Ils sortaient du Lumet & Lubiche Box, un cinéma de la 44ᵉ, où passait le dernier film avec Humphrey Bogart. Chic aurait préféré un spectacle au théâtre, mais Bouchon avait tellement traîné à faire les louanges de ses panneaux mirifiques auprès de Fergus qu'ils avaient laissé passer l'heure. Elle avait bien aimé le film, mais éprouvait l'envie de bouder un peu.

– Quelle fin poignante, non ? dit Fergus. Cette tempête, cette poussière d'or…

– Bah, chipota-t-elle. Encore un rôle de vilain pour Bogart, ça ne change pas beaucoup.

– Dans la vie, il n'est pas du tout comme ça, intervint Etchika. Il a soutenu les Dix de Hollywood. Vous savez, ces scénaristes accusés de communisme par le House Un-American Activities Committee ? Bogart, sa femme Lauren Bacall, Richard Conte et beaucoup de célébrités ont affrété un avion pour venir les soutenir à leur comparution à Washington. C'est audacieux, je trouve.

Fergus Ford haussa les épaules, plus bohème que jamais. À ce stade de la soirée, ses cheveux volaient de leurs propres ailes. Les directeurs ne sont décidément plus ce qu'ils étaient, pensa Chic. Elle vérifia la netteté de sa propre coiffure dans une vitrine. Sa laque (Charles of the Ritz, 2,25 dollars) avait remarquablement survécu aux cactus du *Trésor de la Sierra Madre*.

– Moui, fit Fergus. Votre Bogart n'est pas exactement le dur à cuire qu'il promène à l'écran. Quelques menaces... et la crainte d'être blacklisté, de ne plus être engagé, de perdre sa belle maison, son beau yacht lui ont fait faire une volte-face pour le moins troublante.

– Vraiment ? Racontez-nous ça.

– Vous n'avez pas lu le *Photoplay* de mai dernier ? Énorme couverture : *I'm no communist, by Humphrey Bogart.* Il y confie ses regrets de s'être laissé emporter par son grand cœur ou quelque chose d'approchant. Voilà qui amoche l'héroïsme, n'est-ce pas ?

– Vous ne feriez pas comme lui ? objecta Ernie. Vous iriez perdre votre job, vos amis, juste parce que vous soutenez des types qui ont de drôles d'idées, des idées qui ne sont même pas les vôtres ?

– J'ignore comment je réagirais, je l'admets. Disons que, vu de la 44ᵉ Rue, à deux pas d'aller souper et danser avec nos ravissantes cavalières, cela me paraît une faute de goût, sinon d'honneur.

– Si on était communistes, ajouta Ernie, on ne pourrait pas faire affaire, vous et moi. Ils ont la bombe, mais ont-ils du papier ? Des clous ? Des journaux libres ?

— Ce n'est pas Bogart qu'il faut blâmer, argua Etchika. C'est cette atmosphère irrespirable, ce règne de terreur qu'on sent partout. Qui peut résister à ça?

— Les braves! Les indomptés! dit Fergus. Malheureusement, ils sont peu. Et le reste est devenu fou, ou idiot. J'ai entendu Ayn Rand, qui n'est pas si mauvais écrivain, clamer avec force que je ne sais quel film hollywoodien était une propagande pro-*commie* puisqu'on y montrait des Russes souriants. Or un Russe, affirmait-elle sérieusement, *ne peut pas* sourire. Stupéfiant de la part d'une intellectuelle, non?

— Il est certain que les panneaux en liège sont le cadet des soucis des Russes… et des miens! soupira Chic, qui en avait assez de cette conversation.

— Il leur reste la vodka, les yeux bleus et le caviar, sourit Ernie en lui offrant un bras conciliant.

— Et Tchekhov, compléta Fergus. Ça les sauvera.

Ils trouvèrent, au Rio Lobo, un menu énigmatique, un orchestre swing et une piste de danse miroitante. Ils suivirent le maître d'hôtel jusqu'à une table indubitablement parfaite. Lorsque Ernie eut commandé du vin français, Chic se sentit revivre. Etchika, au diapason, lui envoya un microscopique coup de coude.

— Que nous proposez-vous, *old sport*? demanda Fergus au maître d'hôtel, avec une insouciance déconcertante pour un directeur de l'équipement de chez Hamond & Schuyler.

— Aujourd'hui, des lasagnes au manioc d'Alabama, garnies d'un émincé de filet de canard mijoté à la crème d'orange amère, au gingembre râpé de Chine, poivre des Bermudes, muscade d'Atlanta, le tout flambé à la fine Napoleon, *sir*.

Ils haussèrent un sourcil, à tenter de se figurer à quoi pouvait ressembler pareille liste une fois matérialisée dans une assiette.

– Et… ? fit Chic, encourageante.

Le maître d'hôtel était un monsieur dont la raie au milieu semblait le point de départ d'une division en deux de sa physionomie. La moitié gauche de son visage vous observait d'un œil sautillant et alerte, presque taquin. La moitié droite vous fusillait de l'autre œil, avec une sévérité funèbre.

– Nous avons un pâté d'espadon pêché dans le golfe du Texas, dressé sur un jus de poularde, agrémenté d'un coulis de citron et de poivron rouge, au poivre vert, safran jaune, accompagné d'une purée de courge revenue dans un beurre de pastèque et lesté d'un jet de whiskey et de *chartreuse* suisse. Quinze ans, le whiskey, en fût de séquoia.

Il reprit discrètement haleine tandis que, perplexes, les quatre haussaient un second sourcil.

– Ou bien… ? voulut savoir Fergus.

– *Sir,* un sommaire poulet rôti avec des pommes de terre sautées.

– Je prends ça ! s'écria Ernie, soulagé.

– Moi aussi ! firent les autres.

L'œil taquin frétilla, l'œil funèbre fustigea.

– De Brooklyn Street, les pommes de terre, précisa le maître d'hôtel.

Ses deux moitiés s'inclinèrent avant de s'éloigner de conserve.

– Le pâté d'espadon rouge-vert-jaune doit être un avatar du rainbow fizz. Ou de l'iguane nuptial, glissa Fergus.

– Une petite danse avant le poulet ? proposa Etchika, guignant avec convoitise les couples qui se trémoussaient sur *Cream Puff Boogie.*

– Navré, sans moi. Dans les maisons d'édition, on ne nous apprend pas à tressauter.

Chic avait très envie de danser aussi, mais pas au point d'assister au démembrement de ses précieux Delman de chez Bergdorf Goodman à 19,34 dollars par cette grande armoire maladroite d'Ernie Culkin.

Elle déclina lorsqu'il s'inclina. Il se tourna vers Etchika… déjà debout et radieuse ! Tous deux s'enlacèrent. Et s'élancèrent.

Fergus Ford entreprit de tortillonner les coins de sa serviette sur la table, les façonna en forme d'oreilles de souris.

– Maintenant que nous sommes seuls, Chic, puis-je vous poser une question ?

– À vos risques et périls.

– De laquelle de vous deux suis-je censé être le cavalier ?

– Etchika.

Elle laissa passer quelques anges avant de demander :

– Pourquoi ?

– Vous ne paraissez pas véritablement accompagner Ernie.

– Fin observateur. Disons qu'Ernie m'accompagne.

Il parut se contenter de ce trait lapidaire, et s'appliqua à transformer les oreilles de souris en ailes de mouette.

– Puis-je vous demander un service, Chic ?

– À vos risques et périls.

– Pourrez-vous avouer pour moi à l'aimable Ernie que je ne suis pas directeur de l'équipement chez Hamond & Schuyler ?

Elle s'empara de la serviette, défit les ailes de mouettes pour confectionner un profil de lièvre.

– On avait deviné, dit-elle.

Il récupéra la serviette. Le lièvre muta en renard – ou en chien.

– Comment vous êtes-vous fourré dans ce guêpier ?

Il actionna avec trois doigts la mâchoire du renard – ou du chien – à la manière d'une marionnette.

– J'ai hérité du château de Versailles. Une clause du testament exige que je me fasse passer pour un directeur de l'équipement auprès d'un brave gars du Kentucky.

La marionnette retomba toute molle sur l'assiette dorée.

– Mrs Pillet-Will, avoua-t-il dans un soupir. C'est elle, le vrai directeur.

– Directrice, corrigea Chic, déroulant le renard-chien pour le transformer en bateau de Popeye. Si c'est une « Mrs ».

– Hélas non. Bien que du genre féminin, Mrs Pillet-Will est bien un directeur. Costume, cravate, richelieus à boucle et voix d'ogre. *M. Ford ? Au lieu d'errer sans but dans les couloirs, vous irez à ma place au rendez-vous pris par mon imbécile de secrétaire avec le dénommé Ernest Pumpkin. Un bouseux du Kentucky qui veut sans doute fourguer sa cargaison de whiskey.* Je précise que personne jamais ne désobéit à Mrs Pillet-Will. Pas même l'actionnaire majoritaire de Hamond & Schuyler.

Chic s'esclaffa.

– En résumé, vous êtes qui, Mr Ferguson Ford ?

– Un simple lecteur. Un boulon dans la machinerie Hamond & Schuyler. Je classe les manuscrits que l'on reçoit en trois piles. Les Ah-Tiens-Ç'a-L'air-Pas-Mal (pile modeste, souvent inexistante). Les Bof-Mais-On-Ne-Sait-Jamais (pile moyenne). Puis, enfin, les Surtout-Pas. Ceux-là arrivent par montagnes, le mardi.

Pourquoi le mardi ? Je n'ai aucune théorie là-dessus. Bref, je lis les Bof-Mais-On-Ne-Sait-Jamais et les Ah-Tiens-Ç'a-L'air-Pas-Mal afin d'établir des fiches de lecture éclairées.

– Vous êtes payé à la fiche ?

– Au manuscrit, oui.

Elle déploya la serviette, la lissa du plat de la main avant de la replier classiquement au carré.

– C'est tout de même un pouvoir, non ? Scott Fitzgerald doit sa célébrité au « boulon » qui a écrit la fiche de son premier manuscrit.

Elle était assez fière d'avoir pu citer le nom de Scott Fitzgerald. Même si son unique lien, rachitique, avec lui était la carte de visite d'Alma Malden trouvée au chapitre 4, livre 1, de *L'Envers du paradis*… qu'elle n'avait toujours pas lu.

– Je n'ai donc, hélas, strictement aucun pouvoir sur les projets en liège d'Ernie Culkin. Cela me chagrine, car je le trouve sympathique.

– Ne dites rien. Donnez-lui simplement le téléphone direct de Mrs Pillet-Will.

Il la contempla, émerveillé.

– Hé ! La bonne idée. Vous êtes calée en vengeance, on dirait.

– Depuis que je porte un soutien-gorge, dit-elle, modeste.

Il avait l'esprit assez fantasque pour éclater de rire. Au reste, elle n'aurait jamais dit cela au vrai directeur de l'équipement, fût-il une directrice.

On leur apporta le poulet. De son couteau, Chic désigna Ernie et Etchika qui dansaient vigoureusement, là-bas.

– Ils s'amusent trop pour manger. On commence sans eux ?

L'orchestre enchaînait avec *One, Two, Button Your Shoe*. Sur la piste où cabriolait une petite foule, Etchika riait comme une folle.

– Encore une ? proposa-t-elle à Ernie. Avant le poulet ?

– Un, deux, trois, quatre, battait Ernie, concentré sur son talon et ses genoux. Un, deux, trois, quatre…

– Vous dansez, là ?

– Ne m'interrompez pas, je vais perdre la cadence… Deux, trois…

– Laissez-moi conduire. Un, deux. Un, deux. Un, deux, trois… Sinon, à cette allure, on va décoller et s'envoler par la fenêtre… Ouille !

– Pardon ! Vos pieds adorent se jeter sous les miens. On recommence ?

– D'accord. Mais la mode, cette année, c'est sans le « ouille ».

– Eh bien, lançons une autre mode ? Si on chantait ?

Couvrant la clameur des trompettes et clarinettes, Etchika et Ernie s'époumonèrent en chœur et avec allégresse :

One, two!	One, two!
Button your shoe	Noue tes lacets
Put on your coat and hat	Attrape ton manteau, ton bonnet
I'll play a game like that	T'imaginer est un jeu si doux
While I'm waiting for you.	Car avec toi j'ai rendez-vous.
Three, four!	Three, four!
Open the door	Te voilà dehors
Hurry for heaven's sake !	Vite ! Cours ! Je t'implore
I count each step you take	Je compte un à un tes pas
While I'm waiting for you.	Car j'ai rendez-vous avec toi.

Five, six!
My eyes are fixed
On that picture of your charm.

Seven, eight!
You're at the gate
And you walk
into my arms

Nine, ten!
Kiss me again
Tell me you get a thrill
Just as I hope you will
While I'm waiting for you.

Five, six!
Mon cœur se fixe
Sur tous tes charmes exquis.

Seven, eight!
Enfin, tu es là !
Une pirouette, te voilà
dans mes bras

Nine, ten!
Un baiser encore
Ce frisson sur ton corps
Je l'espère de tout le mien
Quand à moi tu viens.

Dîneurs et danseurs s'étaient arrêtés pour les admirer. Quel couple joyeux et fort divertissant que ce grand gabarit hirsute et cette piquante blondinette en bouillonné rose ! On s'écartait en cercle pour laisser la place, frapper en rythme… et s'éviter une collision avec les guibolles enragées de l'hirsute.

— Ce pas de danse vous est très… personnel ! haleta Etchika. Vous devriez déposer un brevet.

— Vous avez drôlement raison ! rugit-il, hors d'haleine. Dix ans que je le mets au point.

Quand la musique se tut, l'assistance, hilare, leur fit une ovation.

— Bravo ! les applaudit un convive après avoir englouti en vitesse sa bouchée de lasagne au manioc d'Alabama, tandis qu'ils regagnaient leur place.

– Pffiioûû… souffla Ernie, un doigt entre sa cravate et sa pomme d'Adam. J'aurais pas pu danser une seconde de plus.

– Je *n'*aurais pas pu danser une seconde de plus, corrigea Chic.

– Vous aussi ?

– Non, vous ! Vous *n'*auriez pas pu danser une seconde de plus.

– Sapristi ! Mais qu'est-ce que j'ai dit d'autre ?!

Fergus et Etchika riaient de bon cœur.

– Quoi ? J'ai raté une marche ?

Puis il les imita. Son cuir chevelu tangua follement. Avec un grand soupir intérieur, Chic piocha une pomme sautée pour s'éviter l'air de reproche d'Etchika. Fergus attaqua son poulet.

– Broadway n'est-il pas un endroit formidable ? s'écria-t-il. Vous allez au spectacle, on vous montre des cuisses. Vous allez au restaurant, on vous en donne à ronger.

Dido s'inquiétait pour ses camarades de Toyfell… La police avait-elle embarqué les garçons dans le fourgon ? Si les parents de Jeffrey devaient aller récupérer leur fils au poste, ce serait un drame. Ils étaient si stricts, si austères.

En tout cas, tous reviendraient en héros à Toyfell High. Ça, c'était inestimable.

– J'espère que la bagarre ne les aura pas trop amochés, confia-t-elle à Manhattan, à l'arrière du taxi qui les conduisait vers la 78ᵉ.

De l'autre côté de Manhattan était assis ce jeune homme blond que Dido n'avait pas eu le loisir de bien observer. Ils s'étaient précipités tellement vite dans le taxi ! Qui était-ce ? Plutôt séduisant – pour ce qu'elle avait pu entrevoir lors des succinctes présentations. Dans la ruelle, Manhattan s'était littéralement jetée à sa tête en l'appelant Scott…

Mais depuis, ni lui ni elle n'avait échangé un mot. Tous deux se tenaient côte à côte, raides, en une pose quasi identique, les mains à plat sur les genoux. On eût dit qu'ils ne se connaissaient pas. Dido devina que sa présence devait les refréner.

– Pourvu qu'on ne croise pas Mrs Merle, dit-elle pour rompre le silence. Elle aura définitivement une opinion déplorable de moi.

– À cette heure, elle entortille ses bigoudis. En revanche, on n'échappera pas à la vigilance du vieux Dragon. Chaque fois qu'une pensionnaire sort, ou rentre, son rideau bouge.

– Dragon ?

La première parole de Scott (nota Dido).

– Artemisia. Notre phénomène. En son temps, elle a dû être une beauté… très agitée.

Quelques fenêtres éclairaient des façades aux *brownstones* de la 78e Rue où la voiture s'engouffrait.

– Qu'attend cette voiture ? grommela Scott, se tournant soudain pour observer par la plage arrière le véhicule qu'ils venaient de dépasser.

– Laquelle ? firent-elles en chœur.

– La Dodge Custom, là-bas. Tous feux éteints. Il y a un type au volant, immobile.

Elles n'avaient rien remarqué.

— Un commis voyageur qui passe la nuit dans son auto pour alléger sa note de frais? supposa Manhattan, pragmatique.

— Un amoureux transi qui espère la sortie ou le retour de sa dulcinée? suggéra Dido, romantique.

— Vous avez sans doute raison, fit-il après un ultime examen par le rétroviseur.

Déformation professionnelle, songea Manhattan, amusée.

Dido bondit dehors la première.

— Papa!

Prospero Bezzerides fut presque aussitôt à la grille.

— *Bobby soxer*! Je me faisais un sang d'encre. À la radio, ils racontaient un tas d'horreurs qui...

— Tout va bien, papa. Je suis là.

— Rentrons vite, il fait froid et tu as le ventre vide. Oh, bonne nuit, Miss Manhattan. Merci de me ramener l'enfant terrible. Allons, *bobby soxer*, raconte-moi tout.

— Bye, Manhattan! lança Dido vers le taxi où Manhattan et Scott demeuraient assis. Au revoir, Mr Plimpton.

Sous le lampadaire qui, chaque nuit, montait une garde éclairée devant les deux maisons, le visage du jeune homme à la vitre de la portière se révéla avec précision à Dido pour la première fois de la soirée. Elle marqua un arrêt avant de suivre son père. Elle connaissait ce sourire. D'où?

Avait-elle déjà rencontré Scott Plimpton auparavant? Quand?

Elle disparut bientôt avec son papa, et la rue retrouva son calme.

— Vous allez autre part? demanda le chauffeur du taxi.

Aucun de ses deux passagers n'avait bougé.

— Pas encore, dit Scott. Laissez tourner.

15

Blues in the night

– Je… commencèrent-ils en même temps.

Ils s'attrapèrent, s'étreignirent.

Plein de tact, le chauffeur poussa la vitre de séparation et tendit le bras vers la blague à tabac casée sous son siège. Une pochette en feutrine jaune et rose qui rappelait les cornets vanille-fraise qu'affectionnait Sookie, sa fille de neuf ans; et pour cause, c'est elle qui la lui avait cousue et offerte pour son anniversaire. La feutrine accrochait les brins de tabac, et vanille-fraise étaient des nuances qui pouvaient désavouer le sérieux d'un chauffeur new-yorkais – voilà pourquoi il la cachait sous le siège –, mais pour rien au monde il n'aurait renoncé à un cadeau de sa Sookie.

Il ne leva pas les yeux vers le rétroviseur, mais, au silence de ses passagers, au bruissement des manteaux, il sut que, de l'autre côté de la vitre, le baiser était loin d'être terminé. Il entreprit de délicatement se rouler une cigarette.

Manhattan rejeta la tête, une joue appuyée au dossier.

– Les choses semblent apparemment plus faciles quand nous nous trouvons dans un taxi, chuchota-t-elle.

– Pourquoi dites-vous ça ?

– La première fois que vous m'avez donné rendez-vous, c'était dans un taxi.

Il bougea. Son souffle la chatouilla aux cils, aux paupières.

– C'était sérieux, votre décision de ne plus se revoir ?

– Oui. Non.

– Et *maintenant* ?... Êtes-vous sérieuse ?

– Si vous rattrapez tous ces baisers que nous avons manqués depuis Noël.

– Disons au chauffeur de rouler jusqu'à l'aube, je vous embrasserai pendant tout ce temps-là.

– Ce ne sera pas suffisant. Le retard est trop grand.

Il remit son chapeau qui avait roulé.

– Manhattan...

– C'est mon nom.

– Il faut que je vous dise quelque chose.

Elle resta en suspens, la respiration écourtée.

– Les baisers s'accommodent fort bien des banquettes de taxis. Mais pas ce que j'ai à vous confier. Je préférerais un autre endroit. Pouvez-vous patienter encore ?

– Non. Mais ai-je le choix ?

Elle entrebâilla la portière. Il la retint.

– S'il vous plaît. Ne me quittez pas fâchée.

– Trop tard.

Il lui saisit le visage.

– Vous n'êtes pas très fair-play, chuchota-t-elle, un lent baiser plus tard. Si c'est tout ce que vous trouvez pour me retenir.

– J'ai l'imagination d'un verre d'eau.

Il hésita, s'enquit d'une voix soucieuse, presque timide :

– On se revoit ?

Le plus vite possible ! pensa-t-elle. Tout en cherchant la façon la moins humiliante pour elle de lui dire de… ne pas… trop attendre.

– La nouvelle pièce avec Uli ne va pas tarder à commencer son rodage en province. Je vais probablement devoir le suivre dans ces *previews*. C'est pour bientôt, ajouta-t-elle après hésitation.

Ils se fixèrent longuement. Il secoua la tête.

– Je vous appellerai.

Il la regarda pénétrer dans le hall.

Le chauffeur jeta son (second) mégot, écouta l'adresse qu'on lui soupirait. Par le rétroviseur, il aperçut les barres du souci et du tourment au front de son passager. Passé quelques blocs, il raconta :

– Ma fille, elle s'appelle Sookie, elle va avoir dix ans, elle m'a annoncé hier que, plus tard, comme métier, elle voulait faire docteur Schweitzer à Tombouctou. Qu'est-ce que je dois en penser, à votre avis ?

Il fut heureux de voir les barres s'effacer.

– Ma foi… Les enfants ont les idées les plus brillantes et les plus sensées, répondit le passager au bout d'un moment et avec un sourire. Je m'inscris d'ores et déjà comme volontaire dans les projets de votre petite Sookie. Porteur, infirmier ou dromadaire, au choix.

Chic n'aimait pas tellement la Nash Ambassador d'Ernie. Elle la trouvait massive et banale. Pourquoi sa fortune ne lui soufflait-elle pas l'idée d'une voiture plus racée ? Une Lincoln Continental, par exemple, ou une Fleetline.

Toutefois, comme une fine bruine pointait le bout du nez, elle y trouva refuge avec un indéniable soulagement.

Ils avaient fait un détour par East Village pour déposer Fergus chez lui. Etchika resta à l'arrière, Chic près du conducteur.

– Un chic type, ce Fergus, et la soirée était réussie, je trouve. C'est égal, soupira-t-il gaiement. Avec ça, on n'a toujours pas trouvé mon slogan.

– Oh, bâilla Chic, aussi indiscrètement qu'il était permis. Il n'est pas si mal, celui que vous aviez trouvé. Qu'est-ce que c'était, déjà ?

– Si vous ne vous en souvenez pas, c'est qu'il n'est pas si formidable, répliqua-t-il finement, et sans une once d'ironie.

– Désolée, j'ai le charitable défaut d'oublier ce qui ne m'intéresse pas. J'essaie pourtant de m'améliorer.

– Essaie encore, lui murmura Etchika à l'oreille.

– Nous y voilà, annonça-t-il en ralentissant.

Il sortit pour leur ouvrir sous les gouttes, puis les escorter au porche de Giboulée.

– C'était une soirée merveilleuse, n'est-ce pas ?

Chic pointa le doigt vers la maison et les nuages :

– Moins fort, Ernie. Le Dragon doit faire le guet. La pluie commence à se prendre au sérieux, on dirait. On se presse, Etchika ? Je tombe de sommeil.

Chic tendit une joue. Ernie y déposa le baiser vertueux qu'elle escomptait.

– Bonne nuit, dit-elle, tapotant de trois doigts gracieux les bâillements qu'elle ne réprimait plus.

– Bonsoir, Felicity.

Il se tourna vers Etchika, enserra ses doigts avec chaleur dans les siens. Oscillant d'un pied à l'autre, il pensa dire quelque chose qu'au final il ne dit pas.

– *Piquez vos idées !* lança-t-elle subitement.

Chic s'était déjà abritée dans le hall.

– Quoi ? fit-il, sans lâcher la main d'Etchika.

– Votre publicité. Ce slogan… *Piquez vos idées*. On pourrait y voir une jolie fille, ou un joli garçon, piquer ses mémos sur un tableau en liège et, juste au-dessus, une phrase de ce genre-là. Avec un point d'exclamation, bien sûr.

Il l'écoutait, et il s'illuminait.

– Oui… Oh, mais oui… Magnifique ! *Piquez vos idées !* La belle idée, la merveilleuse formule !

Il la contempla, ébloui.

– Si notre service commercial l'aime autant que moi, petite Etchika, Culkin Factories vous offrira un charmant pourcentage.

– Emmenez-nous danser, plutôt. Ce sera encore plus charmant.

Il la retenait toujours.

– Vrai ? Vous vous êtes amusée ? Je n'ai cessé de danser sur vos pieds.

– Ils ne se plaignent de rien.

Il s'inclina. Il ne fit pas durer le baiser davantage que celui sur la joue de Chic. Elle lui sut gré de cette délicatesse. Elle libéra sa main, la garda dans le dos, sans raison précise.

– Belle nuit à vous, chère Etchika.

– Bonne nuit, Ernie.

Le hall de Giboulée était désert. Chic était montée.

Dans l'affluence du Kewpie Doll, derrière sa bouteille de *Cherry Root*, le jeune homme avait l'air entortillé.

– Il a rangé sa tête au grenier et il la cherche, évalua Lily en hochant la sienne. Son soda est un soda comme moi je suis Lana Turner.

– Il a l'air d'un *freshman**, fit remarquer Hadley.

– De quelqu'un qui boit sans avoir les épaules ni l'âge. Ces garnements sont les plus hasardeux, déclara Jinx.

– Les plus casse-noix, conclut Houray.

Par une mystérieuse intuition, le jeune homme les repéra. Il attrapa sa bouteille, et marcha – pas tout à fait droit – vers les quatre taxi-girls.

– Bonsoir ! claironna-t-il avec un sourire variable. Avez-vous besoin d'un avocat ?

Elles s'entre-regardèrent.

– Au-delà d'un certain seuil, leur intelligence ne se voit plus du tout, déclara Lily.

– Ceux de nos amis que cela intéresserait passent déjà les vacances d'été à Rikers Island**, dit Houray au garnement. Pourquoi ?

* Nom donné aux étudiants de première année dans les universités américaines.
** Prison de l'État de New York.

– En 1952, si je me montre bien sage, je serai maître Charlton Dawson-Ames. Toujours utile d'avoir un homme de loi dans ses relations. Je noue donc une relation avec vous.

– Vous en nouez déjà une très intime avec cette bouteille d'Old Crow déguisée en *Cherry Root*.

Il cogita sur l'ironie de cette réflexion. Il enlaça la bouteille comme il devait enlacer son serre-livres d'étudiant, et partit à rire à gorge déployée. Ses dents étaient écartées, enfantines. Il se courba en deux devant Hadley:

– Vous inviterai-je, belle enfant? sollicita-t-il d'une voix d'octogénaire.

– Avec un ticket à 20 cents, plutôt qu'avec un biberon! conseilla Lily avant de déguerpir avec Jinx et Houray.

Il talonna Hadley jusqu'à la piste centrale. Réprimant un soupir, elle le regarda lamper le fond de sa réserve, l'abandonner vide sous le nez d'un homme à la physionomie aussi floue que la sienne (et sans doute pour la même raison). Il pivota si inopinément qu'elle crut qu'il trébuchait.

– Pensez à des choses agréables, dit-il. Je reviens de suite.

Il reparut, deux minutes après, victorieux, deux carnets de tickets de danse au poing.

– Avec ça, je passe toute la soirée avec vous!

Elle s'autorisa un frémissement mental.

– Trop aimable.

– J'ai, en effet, une éducation irréprochable.

C'était probablement vrai. La raie de ses cheveux n'avait pas dû changer de côté depuis ses cinq ans. Avec ses bonnes manières, son épiderme sain, juste hâlé de rousseurs récoltées en Floride ou à Aspen, il lui rappela Jay Jay.

– Si vous avez besoin d'un avocat… répéta-t-il, haussant le ton pour couvrir l'imitation de la *Song of India* de Tommy Dorsey cafouillée par l'orchestre.

– Vous l'avez dit déjà. Je ferais quoi avec un avocat?

– Danser, par exemple.

Il la serra fort, avec l'aplomb futé des grands timorés. Il sursautait aux pétarades du stand de tir.

– Vous croyez swinguer, mais vous trottinez.

– Je l'avoue, je ne sais pas du tout danser.

– Pourquoi acheter tous ces tickets, en ce cas?

– Pour être avec vous. Bavarder. Ça, je sais faire.

– Que savez-vous faire d'autre, futur maître Dawson-Ames?

– J'essaie de convaincre les dames de m'appeler Chuck.

Il continuait de trotti-swinguer. Elle s'adapta.

– Vous êtes aussi jolie que les bijoux de la Bégum, lança-t-il dans un élan qui s'apparentait à un plongeon depuis l'un de ces ponts surplombant des rapides de montagne.

– Merci. Sauf que je ne me laisse ni voler ni kidnapper.

Il se tut. Vexé peut-être.

– Ensuite? reprit-elle plus pacifiquement. À part vos études pour devenir un avocat utile à mes relations?

– Je me promène. Dimanche, je voulais aller voir le Grand Canyon. Mais c'était fermé.

Elle ne put s'empêcher de rire à cette blague éculée. Encouragé, il demanda :

– Que pensez-vous de mon rythme? Je me suis amélioré depuis quatre minutes, non?

– L'Histoire jugera.

– Vous êtes à New York depuis longtemps, Hadley?

– Trois ans.

– Quoi! J'ai gaspillé trois années avant de vous connaître?

Il l'enlaça d'encore plus près, comme pour l'embrasser. Elle esquiva.

– Minute, maître Chuck. N'espérez pas vivre en une danse ce qui ne s'est pas passé en trois ans.

Il y a trois ans, l'épicier du quartier devait lui offrir des bâtons de réglisse, des billes, des berlingots.

Il y avait trois ans, Arlan...

Arlan.

– OK. Je vais donc patienter... Mettons, trente secondes?

– Vous êtes un chenapan, Chuck.

Une imitation de *Moon Over Miami* chassa l'imitation de *Song of India*. Un homme à cravate indigo vint tapoter l'omoplate du chenapan. Lequel remua pour expulser cette main importune, sans cesser de trotti-swinguer.

– J'aimerais danser avec mademoiselle! insista Cravate-Indigo, réitérant sa tape.

– Elle est occupée. Vous voyez bien.

– Je vous la rends après, promit l'autre, accommodant.

Chuck l'écarta d'une paume têtue. La cravate indigo bondit hors du veston croisé qui l'abritait.

– Hé, ho! Me touche pas avec tes sales...

Un poing brut fila en flèche sous le nez de Hadley. Trouva son point d'impact sur la pommette du jeune futur avocat avec un bruit de melon mûr jeté sur une surface dure. Le garçon alla s'écraser doucement en travers d'un banc. Qui l'emporta en couinant sous une table où dînaient des couples. Qui se redressèrent en hurlant.

Une mêlée se forma en moins de sept secondes. Hadley vit des corps gesticuler, puis s'écrouler, des tables et des sièges s'effondrer, des verres, des assiettes se briser. La musique stoppa net.

Lily déboula, poussa le coude de Hadley.

– Les plus casse-noix. Je le dis toujours.

Au milieu des vociférations, des chocs, des horions, le patron jaillit de la multitude.

En temps habituel, Benito Acquaviva beuglait abondamment, y compris pour solliciter un verre d'eau. Mais jamais Hadley ne lui avait entendu ce phénoménal organe de baryton.

– *Fuori! Fuori!* Assez! *Basta!* tempêta-t-il, écartant la cohue d'un biceps olympique.

Il était escorté par Ludwig le serveur, qui, à l'occasion, faisait le videur. Ils englobèrent la scène d'un seul coup d'œil, arrachèrent les deux pugilistes du sol avant de les tracter, par le col et en ligne droite, vers la sortie.

– Sois pas désolée pour ce pauvre jeune idiot, murmura Lily en voyant l'expression de Hadley. C'est qu'un pauvre jeune idiot.

Toujours flanqué de Ludwig qui s'essuyait les mains, Mr Acquaviva offrit la tournée du retour à la normale. La foule se délita dans le brouhaha, la musique, les rires, et les explosions des tirs.

Le patron s'arrêta devant Hadley, l'air mauvais.

– Elle n'y est pour rien! intervint Lily. Ce galopin ne voulait pas la lâcher.

– Vous ai rien demandé! tonna-t-il sans la regarder. Vous! ajouta-t-il, visant Hadley du doigt. Qu'est-ce qu'une fille comme vous fabrique dans un endroit comme ça ? Hein ? Me le suis toujours demandé. Pourquoi vous n'iriez pas danser ailleurs ?

– Vous… Vous me renvoyez, Mr Acquaviva ? hoqueta-t-elle d'une voix tremblante et plus ténue que jamais.

– Ai-je dit ça, espèce de sotte ? dit-il avec la grimace du courroux. Je dis juste que ce n'est pas pour vous, ici.

Sur cette sentence lâchée – fait inaccoutumé – à mi-voix, il tourna les talons. Avant de reprendre le chemin du bar, Ludwig leur promit le plus sérieusement du monde :

– S'il revient enquiquiner, le zigoto, je lui casse le bras à trois endroits. Au rez-de-chaussée. Au premier. Au grenier.

– Tu oublies la cave et l'entresol, ricana Lily. Hadley, enchaîna-t-elle après le départ du barman, tu attends le passage d'une mouche ? À ta place, je me garderais de gober celles qui campent au Kewpie Doll, ce climat en fait des détraquées. Va plutôt te poser.

Hadley obéit. Elle avait vraiment envie de souffler. Elle passa au vestiaire, attrapa son sac, se rendit dans l'arrière-bureau de Mr Acquaviva.

Liselot y terminait une part de tarte aux pommes. Hadley ouvrit le sac pour exhiber les livres de Mrs Chandler.

– *La Petite Dorrit* ? s'écria la fillette, pleine d'espoir.

– Hélas, non. Toujours pas de retour.

La gamine grogna dans sa tarte.

– *La Petite Dorrit* est un long roman, lui expliqua Hadley. Le jeune homme qui l'a emprunté n'a pas fini de le lire. Mrs Chandler affirme qu'il a des mains de pianiste, ajouta-t-elle en guise de consolation. Elle te propose celui-ci, à la place.

Liselot caressa la silhouette aux jambes fil de fer qui galopait sur la couverture du roman que Hadley avait posé à côté de la tarte.

– *Papa-Longues-Jambes*, lut-elle. Ça raconte l'histoire d'un papa qui court vite?

– Si on veut.

– Papa raconte qu'avant ma polio je cavalais partout. Il m'appelait son coucou coureur. J'avais quatre ans.

Elle relatait paisiblement la chose. Hadley essaya d'imaginer un Mr Acquaviva plein d'humour et de délicatesse.

– Eh bien, alors, toussota-t-elle. Mrs Chandler a eu le nez fin. Je l'ai lu à ton âge. C'est merveilleusement… brioche.

– Ç'a l'air.

– Je ne peux pas rester, reprit Hadley, tandis que Liselot plongeait dans le résumé au dos. Il y a du monde ce soir.

– Te laisse pas impressionner. Papa ne te disputera jamais. Lui aussi te trouve merveilleusement brioche.

Hadley ébouriffa la tignasse brune, puis elle prit congé sur un baiser d'adieu soufflé, pressé, du bout de ses doigts.

Elle coupa par le stand de tir. Derrière les mitrailleurs alignés, elle se hâta, poings sur les oreilles. Elle fit un signe d'amitié à Cora, la fille dont le métier était de distribuer les cibles en carton et de décrocher les fusils à plomb de leurs chaînes.

– Ah, je vous retrouve! Venez. On va boire, danser, chanter, et on va se marier!

– D'abord on va se calmer! dit-elle en dégageant son poignet que le futur maître Dawson-Ames venait de happer et malaxait avec transport.

Dans un slalom plein de détermination, elle esquiva les

tireurs et les danseurs. Chuck la rattrapa. Il vacillait. Un hématome violet gonflait son orbite, là où le poing de Cravate-Indigo l'avait percuté.

– Vous m'évitez, se plaignit-il.

– Oui.

– Hadley, vous savez quoi ?

– Oh, que oui ! C'est même pour ça que je vous évite.

– Personne ne m'a reconnu, crâna-t-il. C'est d'ailleurs là mon drame. Je suis abusivement invisible.

– Mais hautement sonore.

Elle s'arrêta.

– Soit. Mais quittons la piste, s'il vous plaît. Sinon le patron va vous repérer.

Elle le tira par la manche, mais, au moment d'atteindre le bar, la musique joua *She Didn't Say Yes, She Didn't Say No*. Charlton Dawson-Ames n'y résista pas. Il enlaça Hadley et repartit à se dandiner.

– Vous n'allez pas être malade ? s'inquiéta-t-elle. Vous êtes vert.

– N'ayez crainte. Je résiste sans peine aux huit malheureux doubles scotchs que j'ai bus avant de venir. Ainsi qu'aux cinq triples avalés en chemin… Non, c'est ce fichu thé au citron que je viens de siroter en vous attendant.

Elle afficha une mine épouvantée. Il pouffa.

– Je blague. Pas bu une goutte depuis notre dernier tour de piste. Je suis vert parce que je ne digère pas l'uppercut de l'autre enragé.

À cet instant précis, on lui tapa sur l'épaule.

– Je désire danser avec mademoiselle.

Cravate-Indigo se tenait face à eux, sourire inébranlable. Hadley laissa échapper un minuscule cri de souris.

– Je vous en prie…

– Elle est occupée, vous voyez bien.

D'abord, Chuck Dawson-Ames rendit son sourire à Cravate-Indigo. Ensuite, il lui rendit le coup de poing.

À l'indicible horreur de Hadley, Cravate-Indigo s'envola au ralenti, collé au fond d'une chaise. Une desserte se fracassa, des couples (les mêmes?) s'époumonèrent.

En fac-similé absurde d'un cauchemar qui se répète en boucle, un Mr Acquaviva tonitruant reparut, flanqué d'un Ludwig aux taquets.

16

Strange drink

Rosette, ma sœurette,

Je t'écris (à deux heures passées) car une lettre à sa sœur affectionnée est le seul remède que s'est trouvé ton jumeau préféré pour apaiser des nerfs noctambules.

Ce soir, Dido s'est rendue à un cortège de soutien en faveur d'une star à l'affiche de Broadway. Je voulais m'y associer, tu penses. Mais son père me l'a formellement déconseillé. Prospero n'était déjà pas chaud pour que sa fille se mêle de ça, mais enfin, difficile, voire impossible, de s'opposer à ce qu'une Dido a décidé!

Il m'a déroulé l'historique du Smith Act, récité articles, paragraphes, et tutti quanti. Je te les épargne. Sache pourtant que ce Smith Act interdit aux étrangers de participer aux actions politiques qui mettraient en danger le gouvernement des États-Unis. Entre nous, en quoi faire pendouiller une banderole en loques à la sortie d'un show de télévision est-il un danger pour le Congrès? Néanmoins, je reste bel et bien un étranger au paradis, et ces temps-ci l'ambiance est pour nous – comment dire? – suspicieuse et antipathique.

*Comme je n'avais aucune envie de demeurer enfermé à arpen-
ter ce studio toute la soirée, j'ai suivi mon Cosmo qui projetait de
la passer au Bop-Cha, une de ces boîtes de jazz qui fourmillent
sur la 52ᵉ Rue.*

– Ton ravissant nuage ne t'a pas suivi ? avait demandé Cosmo.
La Buick Riviera engloutissait les feux verts de la 5ᵉ Avenue.
– Dido ?
Cosmo monta le son de la radio de bord. Un saxophone à
la nonchalance accorte balançait *Midnight Sun.*
– Dido, oui, bien sûr. Qui d'autre ?
– Elle attend cet acteur devant les studios de la télévision.
– Je ne l'imaginais pas chasseuse d'autographes.
Jocelyn baissa la voix.
– Politique. Elle s'y rend en délégation. Pour protester
contre…
– Vise-moi ça ! coupa Cosmo, son escarpin de menton dirigé
vers le transistor comme si le saxophoniste allait en jaillir. Lester
Young ! Écoute. Cette élégance. *Bop bop bop… doo wa.*

*Voilà. C'est notre Cosmo. Papillon de l'espèce sardonique. Tout
épuisant qu'il est, la bande de Penhaligon l'aime bien. Rappelle-moi
de t'offrir un tube de rouge à lèvres orange, sœurette darling. Je
te ferai faire sa connaissance (crois-moi, tu lui plairas beaucoup !
L'inverse, je ne sais pas). Le coléoptère sardonique me paraît,
somme toute, plus désopilant qu'un voile de religieuse à dix-sept
ans. Oh, douce, douce Rosemonde, comment te convaincre que le
monde entier gagne à être vécu ? Il est si enthousiasmant, brûlant,
magique, troublant, pourquoi diable as-tu choisi de vivre à côté…*

La plume resta en suspens. Jocelyn relut les dernières phrases quatre fois, poussa un long soupir.

– On joue au donneur de leçons, mon garçon? dit-il tout haut, imitant le ton du père Paul Bauphin qui leur enseignait le catéchisme à Saint-Illieux.

Il ratura ce qu'il avait écrit après la parenthèse. Il recopierait au propre demain.

Il reprit:

Nous voilà arrivés au Bop-Cha. C'est, ma chère Rosette, exactement ce que tu peux imaginer d'une boîte de jazz, à New York.
Dehors, il était 19 heures 30.
Dedans, déjà 4 heures du matin…

Le Bop-Cha agrafait ses néons jaunes et blancs à la suite d'un cabaret de strip-tease, d'un piano-bar et d'un liquoriste. C'était l'enchaînement type sur la 52ᵉ Rue, dans un ordre plus ou moins varié.

Depuis sa Buick décapotée, Cosmo interpella un groupe qui campait sous la marquise éblouissante. Sa voiture fut aussitôt entourée de visages clairs et foncés, d'exclamations, d'éclats de rire, sifflets, de verres entrechoqués. À son habitude, il connaissait tout le monde.

– Ça va, Al? Tu joues, ce soir? Hello Sleepy Bones, Small Pills n'est pas là? Bonsoir, Peach Annie…

Il présenta son ami français *from Paree*, ce qui fit grande impression.

On se resserra et récria plus fort.

– *Paree? Houu… yeeeh.*

— Paree mon ameur, jeu t'aimeu.

— Vive l'ameur and France!

— L'ameur, toujours l'ameur...

Le Frenchie reçut accolades, embrassades, effluves de gin, et l'on se disputa la faveur de le piloter à l'intérieur. Puis soudain tout s'arrêta.

L'espace se figea.

Une luxueuse Lincoln avait fait son apparition. En un glissement pneumatique, elle vint de se garer le long de la chaussée en ronronnant comme une chatte angora. En sortirent un dogue marron, puis une robe de satin noir à demi cachée sous un épais vison blanc.

— Hé! Pincez-moi. C'est...

— Bon Dieu, oui...

Le même cri fusa par toutes les lèvres.

— Lady!

Sur le côté de son chignon de jais, si lisse, si luisant qu'on l'aurait cru peint à l'encre de seiche, la dame portait trois énormes gardénias dont la blancheur égalait celle de son sourire. Leur riche senteur la précédait lorsqu'elle marcha vers leur groupe, très grande, telle une déesse de l'Antiquité.

— Rôh, Lady! Qu'est-ce que tu fabriques à New York?

— On te croyait à San Francisco...

— ... À Chicago...

— ... À Hollywood!

— J'étais à Frisco, Chicago... Mais à Hollywood, plus jamais! Préfère crever.

— On l'a vu, ton film, Lady.

— Ouais? Un conseil: cessez de fréquenter les latrines du

Majestic, les gars. Parce que c'est bien là qu'ils le passent, ce torchon, hein?

– Tu y chantes comme une reine.

– La reine des pommes, oui. Les sagouins. M'ont entubée et coupé mes meilleures répliques de bonniche! *Yes, Miss Marylee. Oh, no, miss Marylee.* Cette pétasse blonde… Elle hurlait que je lui piquais ses scènes. Pas ma faute si la caméra m'aime. Bon, les gars, on va s'en jeter un?

La dame aux vison et gardénias jeta un regard alentour. En dépit de sa gouaille rieuse, ses yeux traînaient une inquiétude sourde.

Jocelyn interrogea Cosmo du sourcil et du coude.

– Elle-même, répondit sobrement Cosmo.

La salle du Bop-Cha était un fer à cheval saturé de tabourets, de banquettes, de fumées hétérogènes et odorantes. La Lady à la robe de satin fut accueillie par Valentino Prizzi, le maître des lieux. Quand on l'avertit, l'orchestre – un simple combo à quatre – tonitrua *Fine and Mellow.*

– Val! s'écria-t-elle avec un désarmant sourire qui illumina toutes les pénombres. Je débarque à New York exprès pour toi, chéri, tu le sais? Je reprends l'avion demain. Qu'est-ce que tu m'offres?

– Cognac et crème de menthe, évidemment.

– Tu me prends pile par où il faut, chéri. Tu nous envoies ça vite fait? Mister a soif, lui aussi.

Le vison bascula, dénudant ses belles épaules carrées, son cou droit et musclé. Elle prit place sur la banquette sous les applaudissements.

Jocelyn aperçut soudain le dogue marron qui tentait de

rallier sa maîtresse à travers une forêt de jambes et de chaussures. Il le souleva, avec sa laisse scintillante de pierres précieuses. Il se demanda si c'étaient des vraies.

– Mister, sale clebs de mon cœur! s'exclama la Lady en satin, recevant l'animal, qui se mit à occuper une place non négligeable entre ses bras. Merci, jeune homme. C'est quoi, ton petit nom?

– Euh… Jocelyn.

– Hein? Quoi? Répète. Arrêtez votre boucan, les gars. Il y a là un ravissant jeune homme qui me parle. Josh Lee?

– Jo. Jo tout court.

– Il arrive de Paris, dit Cosmo, aussi faraud que si lui-même en venait.

– Viens t'asseoir ici, *baby*. Bouge ton cul, Mister. Laisse une place pour Jo-Tour Eiffel.

Jocelyn obéit gauchement, gêné par toute cette attention soudain concentrée sur sa personne. Cosmo s'installa rondement à leurs côtés. Après quelques bavardages, la petite foule autour de leur table finit par s'éclaircir. Valentino Prizzi revint.

– Tu auras une surprise ce soir, Lady. Quelqu'un que tu n'as pas vu depuis des lustres.

– Pas revu la matonne de la prison d'Alderson depuis deux ans, mais je ne m'en plains pas.

– J'espère que celui-là viendra. Avec lui, on ne sait jamais vraiment.

– C'est qui?

– Ttt. Motus. S'il ne vient pas, tu ne seras pas déçue, comme ça.

Lady regarda autour d'elle, ne vit que des visages bienveillants, et elle soupira. Elle avala prestement son verre de cognac-menthe avant de l'agiter en l'air pour réclamer son jumeau. Pétrissant la nuque trapue de Mister qui semblait trouver la chose à son goût, elle se tourna vers Jocelyn et Cosmo.

– Si vous apercevez des têtes de nœud en imper et chapeaux taupés, paniquez pas, ce sont les fédés. Ils m'adorent, ils lèchent mes traces.

– Les fédés ? s'enquit poliment Jocelyn.

– Les agents fédéraux, traduisit Cosmo. FBI.

– Oh.

Avec ce sourire gracieux qu'elle vous plantait droit au cœur, la dame proposa à Jocelyn une gorgée de son cognac à la coloration insolite. Il fit non, cramponné à sa limonade comme à un piolet de survie au bord d'un ravin mortel.

– C'est du champagne, ce que tu descends ? fit-elle, moqueuse. Je déteste le champagne. *No offence*, Tour Eiffel. Mais c'est pas la meilleure trouvaille des Français.

Elle versa un peu de son cocktail dans une soucoupe, et l'offrit à Mister qui lapa tout en un clin d'œil, d'une langue étonnamment rose vif.

– Pourquoi, reprit Jocelyn, les agents fédéraux... euh, lèchent-ils vos traces ?

– Va savoir, Tour Eiffel. Parce que ça leur fait un sacré battage de coffrer Billie Holiday. Parce que j'ai pas la bonne couleur sur la photo. Ils sont là. Toujours. Dans ma rue. Chez moi. Au théâtre. Au resto. Au tribunal. À la sortie. À l'entrée. Les chiottes sont à peu près le seul lieu où ils me laissent tranquille.

Elle secoua son verre de droite et de gauche pour écouter le tintement des glaçons.

– L'autre jour, sur les marches du tribunal, il y en avait un, tignasse en brosse… Il me sourit gentiment, on dirait qu'il va m'offrir un lit de roses avant de me demander en mariage. Il me susurre : « Gaffe, bébé, on t'a à l'œil. On veut te coincer et on te coincera, tu peux me croire. » Vous savez quoi ? Je le crois.

Elle fixa en silence l'échine musculeuse de son boxer.

– Peut-être, reprit-elle comme si l'idée la frappait à l'instant, qu'ils n'aiment pas ma voix ? Peut-être que m'entendre chanter, ça leur donne envie de gerber ?

Et tout à coup elle rit, d'un rire qui n'en croyait pas un mot.

Tu n'imagines pas dans quel état je me trouvais, ma Rosette ! J'avais près de moi – je la touchais ! – la grande (y compris en taille) Billie Holiday ! Je sais que tu ne l'aimes guère, toi. Je me rappelle que lorsque Steve, le californien mari de notre normande Odette, nous passait My Man, tu t'exclamais : « Ces miaulements de chaton malade ? Cette femme ne chante pas, elle geint », alors que tous, nous sanglotions par-dessus le 78-tours, même Papido qui n'entrave pourtant rien à l'anglais.

N'empêche. Ce soir, tu serais tombée à la renverse toi aussi. Et ce, malgré ton aversion pour les gros mots, car, elle, elle les tricote à la chaîne ! Mais c'est dit avec tant de brio, de naturel, qu'ils deviennent comme une langue bien à elle.

On était assis, comme ça, pas peu fiers, Cosmo et moi, d'avoir été choisis pour être ses voisins de banquette, quand débarque à notre table la girlfriend de Cosmo, qui s'assoit parmi nous.

Je la salue… Horreur et châtiment ! Devine quoi ? Je l'ai confondue avec la précédente ! Fichues bouches orange à la Daisy Duck ! Toi-même tu t'y perdrais. Je lui lance donc un cordial « Bonjour,

Micaela ! » (prénom de la dernière recensée), mais voilà, c'était une autre, ah, punaise...

– Eh non, riposta gaiement la nouvelle bouche orange. Moi, c'est Blair.

Jocelyn se réfugia dans son verre ; Billie pouffa dans le sien, en lui donnant du coude.

– Appelle-les toutes « chérie », lui conseilla-t-elle au creux de l'oreille. Ta vie sera vachement plus facile, Jo-Tour Eiffel.

– Est-ce qu'on pourrait, commença Cosmo avec une réserve assez inhabituelle chez lui, hum, est-ce qu'on peut vous demander l'immense faveur de... chanter pour nous, ce soir, Miss Holiday ? Une chanson. Pour notre plaisir. Les musiciens n'attendent que ça.

Billie arqua des sourcils dont la mélancolie était abondamment surlignée au fard, de manière presque fanfaronne. Un des gardénias, plus ouvert que les autres, jetait son parfum palpitant. Elle tira une cigarette d'un étui d'or aux initiales *E. F.* Cosmo se hâta de lui offrir la flamme d'une allumette. Elle exhala deux traits placides par les narines.

– Tu as des allumettes, bravo. Tu as un nom, aussi ?

– Cosmo.

– Merci, Cosmo. Crois bien que rien ne peut me faire plus plaisir que te faire plaisir.

– Hem... C'est vrai ? Vous seriez OK pour chanter ?

– J'aime tellement *Now Baby or Never* ! appuya Blair avec passion. De vous, c'est ma chanson préf...

– Malheureusement, je ne peux pas.

Le plus sereinement du monde, elle abaissa de cinq bons

centimètres le niveau de son extravagante mixture. Mister pelotonna sa masse brune contre le satin de la robe. Sur scène, le combo susurrait maintenant *Body and Soul*.

— Si vous voulez voir dix tronches de nœud surgir de nulle part, attraper une dame en vison pour l'éjecter par le chignon... suffit que je pousse la première note de *Strange Fruit*.

Elle soupira.

— Ces fils de p... ont confisqué ma *cabaret card*. Sans elle, interdiction de chanter partout où on sert de la gnôle. Théâtres, salles de collèges, Carnegie Hall, ça, oui, j'ai le droit... Mais pas les clubs, pas les bars, pas les restos.

Elle liquida le troisième *jumeau*.

— Tu t'en reprends un, Mister ? Dès que je la récupère, cette foutue carte, je colle des avocats à leurs culs de crétins. Je le jure. L'Amérique me paiera tous ces concerts qu'elle m'empêche de faire. Et ça fera un paquet. Tu re-veux du cognac-menthe, le chien ? Tu es vraiment un sale fichu ivrogne, Mister, tu me fais de la peine. Si tu meurs avant moi, je prendrai un chihuahua. Non, trois. Pour qu'ils pèsent le même poids que toi.

Occupée à brasser affectueusement l'animal, elle ne remarqua pas l'arrêt de la musique, ni le saxo qui émergea lentement des coulisses pour venir camper devant la table. Derrière, un petit homme dont le chapeau gris et plat cachait mal le bleu douloureux des yeux cernés.

— *Ding dong*, Lady Day, murmura-t-il d'une voix fluette et bringuebalante. Comment va ?

— Bah. Tu vois : toujours nègre ! répondit-elle sans lever la tête.

Elle le regarda soudain. Il souleva révérencieusement son *pork pie hat*, le drôle de chapeau plat.

– Prez! Salopard de mon cœur… Prez! Ça fait une paie. Où tu étais passé?

Il haussa les épaules. Et l'instrument sous son bras parut hausser les siennes.

– J'ai été boire le vent. Ici et là.

Il s'inclina pour un baisemain aussi long qu'une étreinte. Ensuite de quoi, elle se dressa pour mieux l'enfermer dans ses bras. Elle était nettement plus haute que lui, plus baraquée, le surplombait. Il souriait en coin, ému ou intimidé, sous le *pork pie hat*, avec des mines de petit garçon.

– Assieds-toi là, on va fêter ça, Lester! dit-elle. Et pas en buvant du vent, je te garantis.

– *Ivy Divy*, Lady, murmura-t-il. C'est bon de se rebalancer sur la même balançoire.

Le petit homme noir aux yeux clairs prit place parmi eux. Il dodelinait, comme si une brise chagrine soufflait sur lui.

Billie réclama une nouvelle tournée. Jocelyn refit le plein de limonade, Blair et Cosmo de café.

Ainsi entourée de Mister le boxer, de son pote Lester Young alias Prez (diminutif de «President», ai-je compris), d'un Cosmo, d'un Jo-Tour Eiffel, d'une Blair orange, et d'une salle qui ne regardait qu'elle, Miss Holiday trônait en majesté, telle une divinité parmi ses adorateurs. Pourtant… interdiction de chanter. La fichue carte confisquée, tu comprends.

Lester sortit de sa veste une poche en étoffe écossaise où se blottissait une fiole. Après une rasade, il humecta de quelques gouttes le bout de son doigt, badigeonna avec affection l'anche de son saxophone.

— Attention à la limonade, murmura-t-il, remuant l'index sous le nez de Jocelyn. Les étoiles qui pétillent, ça fait trébucher parfois.

— Les Français, ça boit de la limonade ? s'étonna Blair.

— Les Français, ça boit de tout, rigola Lady.

Lester happa l'anche entre ses lèvres comme il l'aurait fait d'une friandise, et se mit à souffler mezza voce. Le silence se fit parmi les tables tandis que, délicate, s'élevait sa musique.

Les gardénias oscillèrent en cadence, doucement pour commencer. La laisse de Mister, entre les doigts de Lady, faisait tap tap tap sur le bord de la banquette.

— Et puis merde, après tout ! s'écria-t-elle.

Elle se mit debout, envoyant Mister rouler dans le vison. Elle se recueillit, prit une inspiration.

You say either and I say 'yther,
You say neither and I say n'yther,
Either, 'yther, neither, n'yther
Let's call the whole thing off!
You like potatoe and I like potahtoe,
You wear pajamas and I give up pajahmas
Potatoe, potahtoe, pajamas, pajahmas
Let's call the whole thing off…

La chanson achevée, elle vérifia les alentours d'un vif parcours des yeux, d'une porte à l'autre, comme si allaient en surgir des lions.

Ils ne surgirent pas. À la place, il y eut les bravos, transportés, généreux, passionnés, de la salle entière. Lester Young y intercala un baisemain additionnel.

– Lady Day, fit-il de sa voix flûtée, tu es le papillon de Lady Violet.

... Ce fut la seule chanson qu'elle s'autorisa. Lady avait la trouille, ce n'était pas du chiqué. Même si elle répétait, bravache : «Et merde, après tout. Un client a le droit de pousser la chansonnette, non ? Ne suis-je pas cliente, puisque c'est moi qui paie la tournée ? »

D'elle ou de Prez, je ne sais qui est le plus drolatique et le plus cafardeux. Ils ont l'apesanteur de ceux qui ont croisé le pire. Lui s'exprime par énigmes... Faut suivre ! Lady Violet est le sobriquet de son saxo. Il distribue du « Lady » à ceux qu'il aime bien, femmes, hommes, chiens. « Lady Day » pour Billie, c'est lui. Il ne se fâche jamais, paraît-il. Il joue de son saxo comme il caresse l'étui écossais de sa fiole à bourbon, comme il parle, ou marche, ou s'assoit, comme il croise une jambe par-dessus l'autre, en délicatesse, hors gravité, comme si l'univers était un cristal fragile.

– Hé, Prez... Je t'ai pas raconté, cet enfoiré de shérif, dans le Kentucky ? Quand je chantais avec Artie ?

– *Ivy Divy*, Lady Sheherazade, mes oreilles adorent tes mille et une nuits...

– C'était plein jour, mec ! Le gros obtus ne voulait pas de moi. Il voulait pas d'une négresse. Mais sans moi, il savait qu'il n'aurait pas Artie Shaw non plus. Artie, c'est le plus grand emmerdeur du monde mais, noir, blanc, vert, il s'en fout, du moment que tu fais de la bonne zique. Alors c'était moi ou personne. L'empaffé avait rempli sa salle des fêtes. Je voyais bien sur sa tronche d'arriéré qu'il mourait d'envie de me virer en me traitant de tu sais quoi. Et tu sais quoi ?

— *Eenie, meenie, moh,* fredonna Lester. *Catch a nigger by the toe, if he hollers, let him go**...

— J'ai parié un dollar avec tous les gars de l'orchestre qu'il n'arriverait pas à se retenir. Le show commence... L'abruti est affalé au premier rang. Je chante. Une chanson. Deux. Trois. Je me disais : merde, ce con, il va me faire perdre mon pari ! Je vais paumer un paquet de dollars à cause de lui... Quatrième chanson. Je me poste bien sous ses narines, et je te lui susurre : «*Any old time you want me, I'll be yours...*» Je te lui fais des minauderies derrière mon micro, des yeux sucrés... Mon shérif transpire, il devient pastèque... Et soudain, il n'en peut plus ! Il sort de ses gonds et de son siège ! Et ça n'a pas loupé ! Le voilà qui se met à beugler : «Tu vas arrêter, espèce de sale négresse !» Trois fois, il l'a dit. Trois ! Lui, il était... rouge.

Elle renversa la gorge, ses dents toutes petites dans son rire de chenapan.

— À la sortie, chaque musicien a défilé avec son dollar, et j'ai raflé la mise, Prez ! Ils étaient nombreux, dans le big band d'Artie Shaw.

... Elle riait. On riait avec elle, Rosette. Mais comment ne pas être atterré ? Comment ce grand pays peut-il permettre que Miss

---

* Comptine raciste en usage lors des lynchages : «Attache le nègre par les doigts de pieds. S'il braille, lâche-le.» L'écrivain afro-américain Chester Himes en a fait le titre d'un de ses romans : *S'il braille, lâche-le.*

Holiday, et tous ceux qui sont sa beauté, sa gloire, passent par les portes de service et non par les halls de lumière ? Par les monte-charges avec les cageots à légumes au lieu des ascenseurs d'or et de cristal ? Comment cette grande démocratie trouve-t-elle naturel qu'un homme noir soit interdit de dormir au même hôtel qu'un homme blanc, de manger aux mêmes restaurants ?

— Bon, je n'avais aucun mérite, les gars. On était dans le Kentucky, hein. Ces États avant le Sud, c'est pire que le Sud lui-même. Le Sud, à côté, c'est de l'opérette. Les autres, les presque Sud, ils se la jouent plus royalistes que le roi. Prizzi ? Jo-Tour Eiffel a fini sa limonade, il a une petite mine. Apporte-lui le jus de tomate enchanté.

À sa façon de lui serrer le bras, Jocelyn sut qu'elle avait perçu ce qu'il ressentait.

— C'est un Français, ça boit de tout, les Français…

Savais-tu, little sister, que le jus de tomate ne sert pas uniquement à assaisonner les nouilles ? On l'« enchante » de sel de céleri, de muscade, de mille astuces encore, et… ça se boit. Dans les yeux, je te jure : en Amérique, le jus de tomate se boit ! Après la deuxième gorgée, je me sentais d'ailleurs tout léger. C'est très différent de la tomate des nouilles. Question de cuisson, m'a assuré Cosmo, car je te garantis que ça ne m'a jamais fait cet effet-là avec les coquillettes bolognaises de maman.

J'étais donc en train de léviter au-dessus de mon breuvage quand un blond efflanqué, qu'on nomme par ici Sleepy Bones, a lancé :

— Paraît que ça a bardé ce soir sur la 39ᵉ, devant les studios

NYVB. Les flics ont matraqué. Manifestants molestés. Des blessés. J'ai entendu ça à la rad...

– NYVB! ai-je crié en répandant du jus de tomate que Mister a aussitôt lapé. (Ce chien boit tout, bien que pas français.) Les studios de télé? Des blessés?

Personne n'a rien compris. Je me suis levé, j'ai bredouillé, dit en vitesse au revoir à toute la table.

Dido! je pensais. Que s'était-il passé? Un poids terrible sur la poitrine m'empêchait de respirer, de réfléchir. La tête me tournait. Dido blessée, Dido outragée, Dido martyrisée... Mon duffle-coat sur le bras, j'ai filé comme un dératé.

– Qu'est-ce que tu fiches? Où tu vas? cria Cosmo en rattrapant Jocelyn à l'entrée du métro.

– Sur la 39e. Dido est là-bas!

Cosmo l'obligea à un demi-tour.

– Ma voiture. On ira plus vite.

Blair sortait du Bop-Cha. Elle sprinta et rebondit à l'intérieur de la Buick qui démarra, capote baissée. Sa bouche avait égaré plusieurs nuances de son orange Daisy Duck.

– Dépêche, Cosmo! supplia Jocelyn. S'il te plaît.

Cosmo lui montra le feu au rouge. L'œil sur le rétroviseur, Blair ordonna sa frange avec les doigts et un peu de salive. Mais au redémarrage, le souffle de New York lui refit une coiffure à sa guise.

– Tu crois que je pourrais être actrice à Hollywood, Jo? Je suis assez jolie?

– Tu es jolie, répondit-il, parfaitement ailleurs. C'est loin, Hollywood.

– Je suis déjà sortie avec un clarinettiste, reprit-elle au feu suivant, pelotonnée dans sa veste en grosse maille rouge.

– Artie Shaw ? ironisa Cosmo. Benny Goodman ?

– Celui-là se nommait Jerry Mozart.

– Mozart ? fit-il en éclatant de rire. Jerry Mozart ? Ça existe ?

– Pourquoi pas ? Son grand-père était autrichien. Comme le tien, en passant. La clarinette, ça ne nourrissait pas trop, alors…

– Si on s'appelle Mozart, la musique ne nourrit jamais.

– Jerry mesure deux mètres, il avait besoin de manger. Alors il est parti faire l'acteur à Hollywood. Des petits rôles par-ci, par-là. Je me demande si je ne devrais pas le recontacter… Il a déjà eu un rôle de prestige.

– Dans quoi ? demanda Jocelyn, qui se fichait de la réponse.

Cosmo, qui s'en fichait tout autant, ne demanda rien.

– Dans *Mirage des illusions*. Il était la manche et la main du croupier qui lance les dés.

– Prestige ? répéta Cosmo en bifurquant dans la 39e. Une main et une manche ?

– De smoking. Les boutons de manchettes étaient en diamants.

Ils trouvèrent une 39e Rue fort paisible, quasi déserte. Les rares passants vaquaient en toute normalité. La façade du building NYVB était éclairée, son rideau de fer baissé. Difficile d'imaginer que des manifestants avaient guerroyé là, une ou deux heures plus tôt.

– Je rentre, décida Jocelyn, après ce bref état des lieux.

Lorsque la Buick le déposa un quart d'heure plus tard à la pension, la maison voisine était plongée dans l'obscurité.

Il s'en trouva désemparé.

... Devais-je sonner, Rosette? Pas la moindre lumière. Étaient-ils couchés? Absents? Prospero veillait-il sa fille mutilée, défigurée, dans une chambre d'hôpital? Attendait-il au poste de police pour la faire libérer?

Cosmo m'a conseillé d'aller me coucher. Quand ils sont partis, j'ai flotté un long moment dans la rue, devant la grille, à guetter un signe, une lueur, un son... Rien. Je me suis résigné à rentrer.

Voilà où j'en suis. Voilà où tu me trouves, petite sœur. J'essaie de dormir mais n'y arrive pas. Le jus de tomate a perdu ses pouvoirs d'enchantement. Te raconter tout cela m'a un peu apaisé pourtant. Je vais me laver les dents, je t'embrasserai ensuite.

Non, tout compte fait, je t'embrasse tout de suite, tu me manques trop.

Il fit bien de l'embrasser tout de suite, car sitôt les dents lavées, il se fourra au lit et ferma les yeux. S'endormir ne lui prit que le temps d'un demi-dièse.

ST VALENTIN, ST PATRICK...
(ALL THE SAINTS GO MARCHIN' IN)

17

Softly, as in a morning sunrise

L'image dévorait la une du *NY Headliners.*

Depuis que Ned, le vendeur de journaux, l'avait largué sur le perron, Mrs Merle fixait le tabloïd avec le mélange d'effroi et d'incrédulité de la huitième épouse de Barbe-Bleue à l'entrée de la chambre interdite. Vu l'ampleur du cataclysme, elle avait rameuté Artemisia. Qui avait quitté à contrecœur ses pénates et qui picorait, pour compenser, les coins d'une biscotte au miel.

— Manhattan ! Comment diable avez-vous atterri là-dedans ? gémit Mrs Merle pour la treizième fois.

— On nous a photographiés à notre insu.

— Tu connais donc Styner ? interrogea Chic, qui n'en revenait pas. Assez pour être à son bras ? Sur le journal ? Et tu ne disais rien ?

Manhattan s'affairait autour de la cafetière. Elle n'avait jeté qu'un œil à la photo. Par la fenêtre, dans le jardin, Silas vissait des croisillons dans l'allée, pour les rosiers à venir. Accroupi près de lui, Ogden l'approvisionnait en tiges et en vis, suivant chaque geste avec concentration.

– Ce Mr Styner est un ami notoire des communistes. Voire un communiste lui-même.

– Une rumeur, Mrs Merle, répétait Manhattan avec patience. De simples ragots. Uli n'est pas communiste.

– Uli ? susurra Chic, la prunelle gourmande. Tu le connais donc *très* bien.

– Fiche-lui la paix, la rabroua Ursula tout en lorgnant la fenêtre, par-dessus son bol.

Hadley poussa un sucrier amical vers Manhattan.

– Quel culot ! s'emporta Mrs Merle. Laisser en plan ce malheureux Vaughn Crosby. Au milieu d'une émission, encore ! Devant des milliers de spectateurs. Nous aurions pu voir de quoi il retournait, si nous avions eu un poste de télévision, ajouta-t-elle en fixant sa sœur qui fixait sa biscotte.

– Ce miel a nos âges réunis, constata Artemisia. Moi aussi, je me suis retrouvée dans le journal. La première fois, c'est après m'être baignée aux trois quarts nue dans la fontaine aux nénuphars du Ritz, en compagnie de Zelda elle-même. Zelda Fitzgerald, bien sûr ; qui d'autre ? Nous portions une ceinture de clémentines à la taille et des bananes sur...

– *Dear, dear, dear !* la refréna Celeste, respiration chancelante. Ce n'est pas ce que tu as fait là de plus heureux.

– Ma foi si. Heureuse, je l'étais. On s'amusait comme des fous, mais tu n'étais pas là pour le savoir. Une autre fois, c'était à cette descente de police sportive à l'El Fey Club, le *speakeasy* de Texas Guigan. Un sacré type, madame Texas ! Les hommes qu'elle ne connaissait pas, elle les appelait Fred. Ils adoraient ça. Ma troisième fois, c'était…

Mrs Merle lui fit douloureusement signe de se taire. Elle se sentait proche du collapsus.

– Quel hasard funeste vous a amenée sur cette page du *Headliners*, Manhattan? articula-t-elle comme si elle s'adressait au nain Simplet. Car c'est un hasard, n'est-ce pas? Et qui… qui est cette créature aux cheveux de garçon?

Willoughby se tenait à gauche sur le cliché. Manhattan, à droite. Entre elles deux: Uli. Étonnant trio qui ouvrait des pupilles de mulot saisi par des phares de camion-frigo. Reuben avait la chance de n'être qu'une tache à l'arrière-plan.

– On appelle cela la coiffure «coup de vent», Mrs Merle, l'informa gracieusement Chic.

– On voit en effet qu'elle doit tout aux rafales, rien au coiffeur, déclara leur logeuse avec un trait d'acidité.

– Willoughby est l'habilleuse personnelle de M. Styner.

– Tu danses dans le spectacle, Manhattan? demanda candidement Etchika. Je n'ai pourtant pas le souvenir d'un numéro musical dans *Good Night, Bassi…*

– Il n'y en a pas! coupa Manhattan avec l'envie furieuse de quitter la pièce et de claquer la porte. Donc, je n'y danse pas.

– Si je comprends bien, dit Mrs Merle, vous travaillez pour cette… Mrs Willoughby. Et nous qui vous pensions danseuse à…

– J'ai connu un Willoughby autrefois, interrompit rêveusement Artemisia. Hamish Everett Willoughby. La plus remarquable plante de pieds à New York… C'est rare, chez les hommes, une belle plante de pieds.

– Mitzi, je… t'en… conjure! hoqueta Mrs Merle, effarée

par ce que l'on pouvait déduire des connaissances de sa sœur en podologie masculine. Manhattan, il ne faut pas, vous m'entendez… *Vous ne devez pas* fréquenter les amis de communistes. C'est imprudent. Il y va de votre honneur, de *notre* tranquillité. Vous savez qu'en ce moment…

– Elle le sait, Celeste! aboya tout à coup Artemisia en jetant sa biscotte grignotée aux quatre coins. Tout le monde sait qu'on est de retour à Salem, au temps des sorcières qui brûlent!

– Je sais, Mrs Merle, dit platement Manhattan.

Elle disposa les pancakes chauds sur un plat, délivrant au passage la gratitude d'un regard à Artemisia. Page apparut au bas de l'escalier, en robe de chambre, ignorante de tout. Six minutes plus tôt, elle dormait encore.

– Moins de bruit, pitié, murmura-t-elle. Minnie danse la conga aujourd'hui.

– Qui danse la conga? s'enquit Jocelyn, une marche derrière elle.

Il débarquait, lui, de la salle de bain.

– Minnie! pouffa Ursula. Moi, c'était la semaine passée.

– Et moi, il y a quinze jours, fit Charity en apparaissant en manteau, son sac à main contre elle. Tout le monde a ce qu'il faut? Vous n'avez plus besoin de moi, Mrs Merle?

Mrs Merle eut un geste d'exaspération qui signifiait qu'elle pouvait mourir comme une bête sur-le-champ, rien n'avait plus d'importance,

– Sapristi, Charity… On ne t'a pas coiffée en «coup de vent», toi! Quelles jolies boucles sur le front et les oreilles! Ça te va bien.

– Vous trouvez, Miss Etchika? fit la jeune fille en rosissant.

C'est Tommy, le frère à Janie Lockridge. Il apprend la coiffure chez Carlotta's Boudoir. Il se fait la main sur les amis.

– Quelqu'un a vu Dido sortir de chez elle ? questionna Jocelyn.

– C'est lui, ton bon ami, Charity ?

– Miss Felicity ! Je… je n'ai pas de bon ami.

– Tu ressembles à Garbo dans *Camille*. Et cette jolie robe !

– C'est celle du catalogue Sears que vous m'avez donné.

– Tu l'as commandée ?!

– Oh non, elle était bien trop chère. Je l'ai copiée. J'ai dû faire vite pour la coudre, afin qu'elle soit prête aujourd'hui.

– Qu'y a-t-il de si particulier aujourd'hui ? dit Mrs Merle, une paume grimaçante posée sur ses aigreurs d'estomac. Hormis ce désolant journal…

– C'est son après-midi de congé, soupira Artemisia.

– Préparez-moi un verre de bicarbonate avant votre départ, voulez-vous, Charity ?

Après un coup d'œil à la pendule, Charity dit «Bien sûr, Mrs Merle» et monta en courant à l'armoire à pharmacie.

– Quelle flèche ! commenta Chic. Le garçon doit probablement venir la chercher. Elle ne flirtait pas, à un moment donné, avec cet apprenti plein de boutons et de points noirs, qui travaillait aux abattoirs de Brooklyn ?

– C'est bien ma veine, j'ai un de ces mal aux reins, se lamenta Page. Je présente une scène à midi, Lester va m'achever.

– Quelqu'un a des nouvelles de Dido ?

– Si une personne, ici, peut en avoir, Jo, c'est toi ! sourit Hadley. Page, explique à ton Lester, s'il ne sait rien de ces choses, que chaque mois une fille de ton âge a ses…

– Mesdemoiselles, mesdemoiselles! se récria Mrs Merle, entre apoplexie et sanglots. Revenons à...

– Voilà une paire de lustres que ma Minnie à moi s'est fait la malle définitivement, surenchérit perfidement Artemisia. Bon débarras! Tout ce linge qu'il fallait laver chaque fois!

C'en fut trop. Mrs Merle lâcha les toasts et prit le large, vouant Minnie, sa conga, aux gémonies et aux soudards communistes. Privée de son souffre-douleur, Artemisia renonça aux biscottes pour se peler une pomme en contemplant le jardin. Silas alignait maintenant les croisillons le long des plates-bandes. Ogden remplit un arrosoir en fer... en s'arrosant.

Hadley bondit à la fenêtre, cria à Ogden de lâcher ce maudit arrosoir car ils partaient bientôt, on ne pouvait pas aller chez la nourrice tout mouillé! Ogden obéit, fataliste, et entreprit la fabrication d'un tunnel, les mains dans la terre jusqu'aux coudes. Hadley renonça.

– Des raisons d'être inquiet pour Dido, jeune Jo? murmura Artemisia.

Le vieux castor. Qui découpait sa pomme, la mine de ne pas y toucher. Il ne raconterait rien.

– Aucune, dit-il en piochant une pomme pour lui.

Artemisia termina la sienne puis, jugeant qu'on l'avait assez importunée comme ça, adressa à la compagnie le salut aérien de sa canne.

– Il n'empêche, mesdemoiselles, dit-elle avant de prendre congé. Sans conga, sans Minnie, qu'on le sache: c'est rides et moustache.

À la table, on gloussa sous cape. Jocelyn croqua son fruit. Rides? Conga? Moustache?

– Quel rapport entre cette Minnie danseuse et… commença-t-il.

Son œil s'ancra soudain sur le *NY Headliners*.

– Bah oui, fit Chic. En une nuit, notre Manhattan est devenue une star ! Moi, je n'ai jamais les honneurs d'une manchette, même quand je pose pour *Dog Delight*.

Cependant, si le sang de Jocelyn venait de faire une drôle de cabriole dans ses veines, ce n'était pas à cause de la photo, ni de Manhattan.

C'étaient ces mots, en caractères gras : *Scandale derrière le rideau ! Uli Styner provoque Vaughn Crosby… Assaut aux studios NYVB. Police… Pagaille… Bagarres sur la 39ᵉ. Émission interrompue…*

Il empoigna et parcourut la page de une. Le carillon de l'entrée tinta à cet instant… Dido ??!

Il se rua hors de la pièce sans lâcher le journal. Ursula lui emboîta aussitôt le pas. Pendant trois secondes, ils furent seuls dans le corridor. Sans un mot, très vite, elle fronça le nez et lui fourra un papier dans la main. Il lut : *Pour Silas.* Il acquiesça et, tandis qu'elle rebroussait chemin illico vers la salle à manger, il continua vers la porte. Charity le devança d'un bond.

– C'est pour moi ! lança-t-elle, essoufflée.

Elle arrangea son chapeau dans la glace, se pinça les pommettes, respira, lui sourit d'un petit air gêné, et sortit.

Jocelyn glissa le papier dans sa poche. Il le porterait à Silas dans le jardin, puis irait frapper à la maison voisine. Tant pis pour le petit déjeuner.

Ursula avait retrouvé sa chaise à table. Sa fugue éclair n'avait été repérée par personne. Dieu merci, Manhattan demeurait au centre des attentions.

– J'aurais dû remercier Artemisia, disait-elle. Elle a fichtrement bien noyé le poisson. Sur ce, les filles, il faut que j'aille…

– Hep hep hep! l'arrêta Etchika par la jupe. Tu crois t'en tirer comme ça, vilaine? Assieds-toi.

– Oui, raconte! réclama Ursula, avec le naturel de celle qui n'avait jamais quitté sa place.

– Hé! s'écria Chic.

Devant le bow-window sur la rue, elle épiait entre les voilages.

– Ce n'est pas du tout le boutonneux des abattoirs!

– De qui parles-tu? Laisse tomber, Manhattan va nous…

– Le flirt de Charity. Celui-ci est même très beau garçon. Venez!

Seules Ursula et Etchika firent l'effort. Ursula, pour le prétexte de passer devant la fenêtre jardin. Mais elles n'eurent que le temps d'entrevoir Charity cheminant au bras d'une agréable silhouette, des boucles cuivrées sous un chapeau, un petit chien qui caracolait comme si la rue était envahie de papillons.

– Je trouve le chien plus mignon, décréta Ursula. Lui, je n'aime pas ses yeux.

– On ne les a pas vus.

– Raison de plus.

– Mais il est chou, lui aussi. Il fait penser à ce nouvel acteur… Mais si, celui qui a quatre sourires en un? Burt Manchester… Lancaster! Ho, ho, on ne t'oublie pas, toi! Dis-nous tout. Par quel tour de passe-passe la ténébreuse pensionnaire se retrouve-t-elle à la une, au bras du roi du pétrole?

– Un café pour ta peine, Manhattan, l'encouragea Page. Où est passé Jo?

– Dans le jardin, dit Ursula. (Ses regards bourlinguaient en finesse du jardin à son bol, du bol à ses amies.) Il discute sécateur et tuyau d'arrosage avec le fils d'Easter Witty et le neveu de Hadley.

– Si je n'ai pas filé dans onze minutes, je rate l'*express interborough*, avertit Hadley, lugubre. Et peut-être un job ! Alors grouille, Manhattan.

– Quel job ? interrogea Manhattan.

– Plus tard. N'essaie pas de te dérober. Parle.

Manhattan déglutit. Esquiver ? Aucune ne lâcherait. L'experte ès Cachotteries allait devoir passer à table. Mais. Mais. Elle allait leur prodiguer la ration minima, suffisante à calmer leur curiosité. Rien de plus.

Pour les amadouer, elle commença par admettre qu'elle faisait bien l'habilleuse en coulisses sur *Good Night, Bassington*.

– On ne me proposait aucun show, mentit-elle. Il fallait travailler.

– Tu es une bonne danseuse, n'abandonne surtout pas. Ma vieille, on rouille. Mieux vaut un show miteux que pas de show du tout.

– C'est toi qui dis ça ? s'étonna Page.

Hadley éluda d'un haussement d'épaules et replongea dans sa tasse.

Manhattan s'engagea dans un récit chronologique, grossi de mille détails accessoires qui feraient – elle l'espérait – oublier les vides : la Plymouth. Le chauffeur. La Hilda d'East Coast News et sa *radio glamour*. Cette tête à claques de Vaughn Crosby. La chorale publicitaire. Les retrouvailles avec Miss *Pschtt Pschtt* Kelly, sa bombe insecticide (là, Page poussa une exclamation). Puis

289

le pompier qui ronflait dans le tumulte. Le café du technicien blond si prévenant. Les manifestants, les banderoles, l'apparition de Dido, les photographes, la police, le sauve-qui-peut collectif, la charge des vigiles, la réapparition de Miss *Pschtt Pschtt* Kelly sur l'escalier de secours, le café et les Oreo, le taxi du retour…

Naturellement, pas un mot sur sa parenté avec Styner. Naturellement, pas un mot sur Scott.

– Ton Styner me paraît enlisé jusqu'au cou, conclut Chic.

– Il n'est pas mon Styner, dit doucement Manhattan. Il est mon patron.

– Cela ne le rend pas moins séduisant. Après tout, si l'on faisait comme toi ? rêva Etchika. Devenir la manucure de Henry Fonda…

– La masseuse de Melvyn Douglas… La caméraste de Tallulah… Non, pas Tallulah, se ravisa Chic. Je lui ferais de l'ombre !

– Jean-Pierre Aumont démarre *My Name Is Aquilon* au Lyceum, annonça Page, moqueuse. Propose-toi pour raccommoder ses tricots de peau. Tu te retrouveras peut-être à la une, toi aussi ?

– Elle ne sait pas coudre, dit Hadley. Bon, c'est l'heure. À ce soir, les filles.

Elle alla récupérer Ogden au jardin, revint lui décrasser les mains et la figure à l'évier. Opération qui présenta quelque complexité car Ogden avait adopé un hanneton qu'il ne voulait ni lâcher ni noyer. Elle vida une boîte d'allumettes où le hanneton se fit un abri. Ogden en parut très satisfait. Elle monta lui chercher un chandail propre. Elle le lui enfilerait dans le métro.

Bien entendu, elle manqua l'express.

Mais, pour dire la vérité, ce ne fut la faute ni d'Ogden ni celle du hanneton...

Deux mains se posèrent sur ses paupières.

– Tu n'es pas venue au mambo, méchante.

Page fit volte-face.

– Oh... Hello !

– Tu me reconnais donc aujourd'hui.

Bud déploya le velours de son sourire.

– Mea culpa pour l'autre fois, dit-elle en riant. Ne pas reconnaître le prodige qui enflamme Broadway, c'est impardonnable. Je n'ai pas vu ton *Tramway nommé Désir*, mais je t'avais déjà remarqué en GI, à l'acte III de *Truckline Cafe*. Cette ovation, après ta tirade... c'était fantastique.

Elle passa sous silence que, si les copines de Giboulée avaient en effet repéré, comme elle, l'interprète du beau GI ombrageux, elles s'étaient ensuite passablement mélangé les pinceaux à propos de son nom, si inhabituel. Brandon Marlow ? Barrow ? Bartow ? Son diminutif, Bud, était rudimentaire mais plus confortable.

– OK pour le mea culpa, murmura-t-il avec une chiquenaude traînante, du bout de l'index, au foulard de la jeune fille. Mais j'ai très envie de danser avec toi. Je retourne au Palladium mercredi. Ce sera ma dernière fiesta new-yorkaise avant un bout de temps.

– Anna m'a appris ça. Tu pars à Los Angeles ? Pour un film ?

– J'adore que des filles au rire troublant parlent de moi en mon absence, dit-il sans répondre à la question.

En sa pose paresseuse, il la scrutait à l'ombre de ses arcades sourcilières. Dans un article du *Broadway Spot*, Addison avait parlé à son propos de sa «saisissante vitalité charnelle sous une indolence de chat». Addison trouvait toujours le cœur des mots.

– Mercredi, répéta Bud, dans ce murmure bien à lui, comme si les syllabes rechignaient, entre deux soupirs, à tomber de ses lèvres. C'est leur meilleur jour. Je t'y attendrai. Au Palladium.

Elle aperçut Lester Lang qui sortait d'une salle et marchait vers eux. Elle se troubla. Elle aurait dû être en cours déjà.

– Bonjour, Miss Hibbs. Hello, Bud.

Quelque chose advint dans le regard du professeur lorsqu'il passa de Page à Bud, puis de Bud à Page, et elle s'empourpra sans savoir pourquoi.

– On te verra bientôt dans un film de Gadge? s'écria-t-il avec une bourrade aux épaules de Bud. Sacrément heureux pour toi, vieux.

Première fois qu'elle lui voyait ce visage. Le doré de ses yeux en devenait brillant, en tamisait la dureté. Bud prit appui contre le mur, une hanche en avant.

– Bah, dit-il. Toi, tu pars à Cuba. Pas si mal. Tu accompagnes Lee sur *Le Grand Couteau*?

Lester, une main sur l'omoplate de Bud, fit tournoyer l'autre d'un geste tout en modestie et simplicité.

– M. Strasberg n'a besoin ni de moi ni de personne. Il m'a juste confié le complément de programme. Une pièce courte, avec mon groupe.

Page dressa instantanément l'oreille.

Mon groupe. Le sien. Lester leur faisait répéter depuis trois semaines *La Loterie*, une pièce en un acte, adaptée par un étudiant de la section «auteurs», d'une nouvelle de Shirley Jackson qui avait fait grand bruit, quelques mois plus tôt, à sa parution dans le *New Yorker*. Toute la classe, à tour de rôle, en avait interprété les personnages. Elle sentit un frisson s'exciter le long de son bras. Lester avait-il le projet de la leur faire jouer en première partie du spectacle de Strasberg? Au même programme que ce *Grand Couteau*, la dernière œuvre si attendue de Clifford Odets?... Avec John Garfield en vedette! Oh, et... à Cuba?

– Avec *certains* de mes élèves. Pas tous, précisa-t-il avec un coup d'œil vers Page, si aigu, si acéré, qu'elle crut entendre un sifflement de flèche. Ceux-là joueront plusieurs rôles. Impossible d'emmener toute la classe.

– Ils iront où, les autres? s'informa Bud, en changeant de hanche d'appui.

– Négocié avec Uta. Elle les prendra dans son atelier.

Page ressentit un violent pincement. De dépit. De rage. De chagrin infini. Message reçu... avec la flèche. Elle ne figurait donc pas parmi les élus. Depuis le premier jour, Lester Lang la haïssait, haïssait son travail. Soit. Mieux vaut ravaler vos illusions quand Dieu démolit sans cesse vos efforts.

– *Le Grand Couteau* démarre son rodage. Les premières *previews* seront pour La Havane, expliquait-il. Première à Broadway à la fin mars.

Bud topa la paume de Lester avec vigueur.

– Fichu veinard! À toi les brûlantes cubaines. À moi les startiflettes bouche bée de la côte Ouest.

Page écoutait, épiait les visages, telle la souris grise des coulisses. Effacé, le masque rogue de Lester. Bud exerçait sur lui son extraordinaire séduction, comme sur tous. Le professeur parut soudain se ressouvenir de l'élève.

– Le cours va commencer, Miss Hibbs.

– Je… j'y allais, murmura-t-elle.

– Ma faute, Les. Mademoiselle déteste le mambo, alors je réclamais des explications sur les lapins qu'elle me pose.

– Bud! se défendit-elle, écarlate. Ce n'est pas… Mais non…

Il lui coula, entre ses cils bruns, son ironie caressante.

– Le cours commence, Miss Hibbs, répéta Lester Lang.

Elle pivota, les pommettes en feu.

– Palladium! fit la voix traînante de Bud, derrière. Mercredi soir…

Le professeur entra quelques instants après elle. Il demeura un moment sur l'estrade, un poing dans sa veste.

Enfin, il annonça à tous ce que Page venait d'apprendre. Il avait dû, déclara-t-il, faire une sélection. Il en était d'avance désolé. Il s'agissait d'interpréter *La Loterie* au Gran Teatro de La Havane. Trois soirées. Des *previews* avant Broadway. Six élèves au total. Chacun avec au moins deux rôles. Le choix n'avait pas été facile. Il répéta combien il s'en trouvait désolé.

– Emmenez la classe entière! suggéra Ron. On fera les *doublures*. Y aura besoin, paraît qu'on chope la dysentrie là-bas!

Lester Lang afficha son masque professoral.

– Le rhum est un bon rempart aux infortunes intestinales, répliqua-t-il. La prohibition d'alcool aux mineurs n'existe pas à Cuba. Je regrette de vous en informer si tard, mais le Teatro rechignait à confier sa scène et sa renommée internationale à des étudiants, fût-ce pour une modeste première partie. Nous devons cet honneur à l'autorité et à l'aura de Mr Lee Strasberg. Maintenant, qui, parmi vous, sait d'ores et déjà qu'il lui sera impossible de faire partie de l'aventure ?

Paul seul leva la main. Fraîchement arrivé à l'Actor's Studio après avoir déserté l'Ohio et la boutique de sports paternelle, c'était un garçon extrêmement séduisant, aux prunelles d'un bleu exceptionnel, plus âgé qu'eux d'une huitaine d'années. Page lui trouvait une moue à la Bud, mais dans une version plus solaire. Les filles du cours se désolaient qu'il fût déjà marié et futur père de famille.

Paul déclara qu'il avait un travail par ailleurs, et ne pouvait laisser sa Jacqueline trois jours.

– Entendu, Newman. Nous comprenons. En notre absence, vous suivrez le cours d'Uta avec les autres.

– Quels autres ? chuchota Bobbi.

– Ceux que Sa Seigneurie n'aura pas choisis, commenta Frankie, dents serrées.

Les doigts se croisèrent dans les dos, le silence figea les esprits. La voix de Lester Lang martela :

– Je veux être assuré de votre détermination. Pour la plupart d'entre vous, ce spectacle sera un baptême du feu. Si la perspective vous rebute, ou vous effraie, si vous ne vous sentez pas mûr pour l'expérience, dites-le sans crainte. Cela n'augure en rien de votre avenir. Il vaut simplement mieux être clair tout de suite.

– Hooon, gémit Frankie dans sa barbe. Il la crache, sa liste ?

– Tous, vous connaissez les rôles. Pour autant, en cette minute, personne n'est prêt, ni vous ni moi. Ces dix prochains jours, nous allons donc travailler d'arrache-pied, hisser des montagnes… Il faudra être présent, ici, chaque matin.

S'ensuivit le panorama d'un futur d'exigences, de corvées, de tourments, à décourager les plus résolus.

— Les journées seront longues. Nous n'allons ni dormir ni manger beaucoup.

Valerie adressa une mimique à Bobbi qui adorait manger. Bobbi la lui renvoya, son minois tout crispé.

— Le sadique joue avec nos nerfs, souffla Wayne.

— Il a les ongles en spatule. Sont ainsi, les gens aux ongles en spatu…

— Une remarque, Ron? coupa sèchement Lester.

— N… on. Qui… choisirez-vous, *sir*?

— J'y viens.

Il quitta l'estrade pour se mêler à eux. Il déplia un carré de papier, sans hâte ni lenteur particulières. Quinze regards y distinguèrent, par transparence, six lignes griffonnées. Six noms. Six élus sur les quinze élèves de la classe.

Non, treize, rectifia mentalement Page en fixant un point au mur. (Elle se sentait très calme, d'un calme qui lui gelait la nuque.) Paul avait renoncé. Quant à elle… La flèche, dans le couloir tout à l'heure, l'avait explicitement éliminée.

Le professeur chiffonna lentement la liste.

— Ceux dont je vais maintenant citer les noms, placez-vous à ma droite.

L'injonction fut brève, tout comme la respiration qu'il prit, tendu, avant d'égrener d'une traite, pointant le doigt sur chacun :

— Patricia Charyn. Valerie Baumsinger. Gina Mancuso. Maureen Hill-Blatt, Michael McGoohan. Bruno Bühle. Donny Mulik. Paco Perez.

Les appelés se rangèrent docilement à sa droite, sans oser s'observer, encore moins observer les autres, les bannis de cette sélection.

Brusquement, le ventre de Page se comprima, se rétrécit. Elle croisa les bras autour de ses côtes, puis de ses flancs, clouée par une féroce envie d'uriner.

– Hey! s'écria Paul. Ce n'est pas du tout le compte. Ils sont…

– Bravo! coupa Lester.

Opérant un quart de tour sur sa gauche, c'est-à-dire vers Page et les cinq qu'il n'avait pas nommés:

– Prêts? leur lança-t-il. J'attends de vous le triomphe de *La Loterie* à Cuba. Ceci est un ordre.

Face à lui, les six, médusés, se dévisageaient, se mangeaient des yeux, éperdus, embrouillés, incrédules. *Nous?* articulèrent leurs six bouches en silence. Quand, enfin, ils comprirent, leur souffle s'expulsa comme d'un unique et même poumon.

Page contempla les autres, les élèves debout à la droite du professeur, ses camarades, huit visages anéantis.

– Excusez-moi, balbutia-t-elle. Excusez-moi, je dois…

Elle détala hors de la salle, le front baissé, en direction des toilettes.

Du jardin de Mrs Merle, ils avaient vu Hadley partir en courant, Ogden au bout d'une main.

– Voilà une demoiselle qui court après un amoureux, dit Silas.

Il vernissait maintenant les croisillons à rosiers qu'il avait passé la matinée à ériger.

– Plutôt une qui bosse beaucoup. Hadley travaille vingt-quatre heures par jour. Plus la nuit. Mais, ajouta malicieusement Jocelyn, je connais une demoiselle qui, elle, court *vraiment* après son amoureux.

Il lui glissa prestement le papier confié par Ursula dans le hall. Silas empocha sans lire. Jocelyn cueillit en silence une feuille de buis, la renifla.

– J'ai toujours confondu l'odeur du buis avec celle du pipi des chats, dit Silas. Pas toi ?

– Je ne déteste pas l'odeur du pipi de chat. Ça me rappelle où j'étais pendant la guerre. Mamido nourrissait une foule de chats errants. Ils la remerciaient en pissant sur ses salades.

– Voilà pourquoi j'aime les chats, gloussa Silas.

Jocelyn désigna la maison voisine.

– Tu as vu Dido ?

– Non. Elle a dû partir tôt.

– Je ne sais pas.

– Ç'a chauffé hier soir pour elle, hein ?

– Tu es au courant ?

– Prospero était collé à sa radio, j'étais avec lui. Lui et moi, on se cause souvent… Ça t'en bouche un coin, hein. Il est fier de sa petite. Il était inquiet, mais fier. Il a raison. Ce sont des Dido qui changeront ce foutu pays.

Il sifflota un air, au rythme du pinceau.

– Easter Witty sait pour… Ursula et toi ? interrogea Jocelyn à voix basse.

— Difficile de cacher quoi que ce soit à ma mère. Elle a deux yeux à chaque doigt. Alors, qu'est-ce que tu veux, *old sport*… Elle est comme Prospero. Elle est inquiète. Mais fière de son petit. L'inquiétude et la fierté, ça te résume le citoyen américain.

— Tu es inquiet et fier, Drizzle ?

— Ça non, Jo. Juste amoureux et fatigué.

Il se remit à siffloter *Lulu's Back in Town*, tout en tapotant son pinceau sur le bord du pot.

— Fats Waller, reconnut Jocelyn.

— Il n'est pas le seul. Beaucoup l'ont chantée, la *Lulu*. Noirs. Blancs. Chacun sa version. Tu as remarqué les différences ?

Jocelyn renversa un pot en argile vide pour y poser les fesses. Il faisait doux. Les bourgeons tiraient un bout de langue verte.

— Il existe la version blanche, un poil olé olé. Et la version nègre… admissible. Cette chanson, tu vois, ça raconte l'histoire d'un mec qui apprend que sa Lulu est de retour. Alors il décide de se faire tout beau, tout propre, et de la jouer grand seigneur, pour elle, ce soir-là. Pour la Lulu qui est de retour, tu vois ?

— Je vois.

— S'il chante blanc comme, mettons, Dick Powell, il demande à sa femme de chambre de lui retrouver son rasoir, son parfum, de lui recoudre les boutons, d'aller porter son smoking au pressing. Il fait dire à toutes ses blondes et brunettes qu'elles peuvent aller se rhabiller, puisque sa Lulu est revenue en ville. Par contre…

Il posa son pinceau à cheval entre deux pierres grises, avant d'aller se rouler une cigarette sous le sycomore.

— … Si tu la chantes version cirage, comme le bon vieux Fats Waller, ton smoking, tu te le brosses. Tout seul. Tu te les

299

recouds toi-même, les boutons. Disparue la soubrette! Défuntes les blondes et les brunettes! Elles sont devenues des *Harlem coquettes*... Magie! Les paroles ont changé!

Il sourit, tapota la poche où était cachée la lettre d'Ursula.

– Tu vois comme c'est sournois, Jo. Même en chanson, le Noir s'interdit la domesticité. Son cerveau lui dit: «C'est toi, le larbin.» Exactement comme tu me vois, là. Quant à s'imaginer avec une blonde... Même pas en cauchemar.

Il chuchota:

– Quand je suis tombé amoureux d'Ursula, elle chantait *Lulu*, dans la version obscure. C'était au Shoot the Likker. Elle m'a scié. C'était elle, la fille que mon toubib aurait dû me prescrire. Une dingue, une vraie. Je l'ai adorée... tout de suite.

Il se frappa dans les paumes, récupéra son pinceau. Un peu de vernis avait coulé sur un des cailloux gris, qui s'était mis à briller. Son jumeau, à côté, semblait terne et maussade.

– Va la voir, ta Dido, *young* Jo, va. Mais ne nous l'embarque pas en France, on a drôlement besoin d'elle par ici.

18

So near and yet so far

Elle attrapa le bus de justesse, ne prit pas la peine de s'asseoir afin de rester à côté de la porte et pouvoir sortir la première. Ce qu'elle fit, Ogden sous le bras, à la station Nord de Central Park.

L'homme blond fut d'abord un reflet dans la vitrine d'une boutique où l'on vendait des violons. Par habitude, par instinct, elle pivota. Il était de trois quarts, portait un pardessus à chevrons, et le cœur de Hadley s'accéléra. Pour aller plus vite, elle souleva Ogden qu'elle venait de poser à terre, et essaya de courir.

Le pardessus bifurqua sur Lenox Avenue. L'œil intensément fixé sur lui, Hadley suivait. Il ne se hâtait pas particulièrement, mais il avait de longues jambes, elle ne parvenait pas à réduire la distance qui les séparait. Elle commençait à avoir mal au côté, au biceps qui portait. Ogden jouait avec ses oreilles, il trouvait cette course très amusante.

– Arrête ! lui jeta-t-elle, hors d'haleine.

L'homme ralentit à la hauteur d'un garage. Elle le vit disparaître à l'intérieur. Oh, mon Dieu ! supplia-t-elle. Faites qu'il ne ressorte pas en voiture...

Elle arriva en nage là où il était entré. Ce n'était pas un garage mais un concessionnaire Ford. L'homme au pardessus était bien là, de dos, au milieu des capots neufs. Hadley souffla, rivée à la blondeur de ses cheveux.

– Mademoiselle, la salua un vendeur. Puis-je vous aider ?

Sans répondre, elle marcha vers le pardessus à chevrons. Il se retourna... et Hadley baissa la tête. Son cœur fouettait comme un insensé. Elle attendit qu'il se calme. Ogden en profita pour lui replier le lobe de l'oreille. Puis il sortit la boîte sans allumettes mais avec le hanneton, qu'il agita sous son nez.

– Puis-je vous aider ? répéta l'employé, qui s'interrogeait sur le comportement étrange de cette jeune personne.

– Non... merci. Je me suis trompée, dit-elle en reposant son fils par terre.

Elle ressortit. Cette chasse absurde l'avait menée loin du métro. Elle n'avait plus assez de force, ni de courage, pour se remettre à courir. Tant pis. Elle n'emmènerait pas Ogden chez la nourrice maintenant. Il était tard, elle n'avait plus le temps. Elle irait au Stork Club avec lui. Il devait bien y avoir quelqu'un, là-bas, un concierge, un portier, une serveuse, à qui elle pourrait le confier le temps de l'entretien. Cela devrait aller assez vite. On lui demanderait de sourire, d'exhiber ses jambes, elle dirait une phrase ou deux, et le sort en serait jeté.

Elle reprit le métro avec cette horrible sensation de monde ralenti, qui la prenait immanquablement chaque fois qu'elle croyait... espérait le voir... et puis chou blanc.

– J'ai cru que c'était papa, murmura-t-elle à l'enfant, sur le quai. Ce n'était pas lui.

Il la contempla comme si lui avait toujours su qu'elle traquait une chimère. Elle ravala les larmes qui affluaient, s'engouffra dans la rame qui arrivait.

– Viens, dit-elle bravement. Allons voir la cigogne.

Au n° 3 de la 53e Rue Est, ils n'en trouvèrent pas seulement une, mais toute une ribambelle. Il y avait bien sûr l'immense cigogne avec haut-de-forme, en plâtre et en volume, au-dessus de l'auvent, mais aussi à l'intérieur, en sigle sur les tentures, les cendriers, les menus, et gravée sur les murs en miroirs, les appliques. Le Stork Club était un lieu immense qui paraissait condensé, car divisé en espaces à l'intimité plutôt hétérogène, selon qu'il y avait ou non une porte, qu'ils étaient avec ou sans rideaux, avec ou sans miroirs.

Dans le *dining room* central, on marchait sur une moquette à ramages comme dans un appartement de luxe. Dans un coin, le piano montrait les dents.

Hadley traversa plusieurs salons avec lambris et glaces, d'après les indications du portier (dont les yeux faisaient penser à un loup et la dissuadèrent de lui confier un enfant de trois ans).

Elle poussa des battants capitonnés, traîna Ogden dans un couloir éclairé en rouge à cause du lumineux *EXIT* au bout du plafond. Après une dernière porte, elle trouva.

Quatre jeunes filles patientaient, assises, toutes jolies, toutes les jambes croisées haut et bien visibles. Deux étaient d'un blond plus ou moins foncé. Deux, d'un châtain plus ou moins clair.

Elles sourirent à Hadley, sans chaleur excessive.

– Ma mère, fit la blonde la moins foncée, dit qu'au-delà de vingt minutes d'attente il faut partir. Question d'honneur. Vous avez un avis sur ça ?

– Aucun, dit la châtain la plus claire. Vu que je suis encore là.

Ogden les dévisageait avec une attention soutenue.

– Tu as quel âge, poussin ? interrogea la blonde la moins claire.

Il la fixa avec autant de gravité que si elle avait édicté des paroles de messe.

– Il est timide, dit Hadley.

– C'est votre fils ?

– Celui de ma sœur.

Elle se demanda si Ogden comprenait ce genre de choses, s'il savait qu'elle mentait. Elle lui donna un baiser. Puis elle se décida.

– Excusez-moi… J'aurais un service à vous demander… Quand ce sera mon tour de passer, est-ce que l'une de vous pourra veiller sur le petit ? Il devrait être chez sa nourrice, mais j'ai raté l'express.

La porte s'ouvrit avant une réponse. Un homme en blazer de yachtman leur fit signe d'entrer toutes ensemble. Hadley se leva.

– Monsieur, est-ce que quelqu'un, ici, pourrait garder le petit pendant que… ?

– Personne, dit-il. Absolument personne. (Il réfléchit.) Allez voir Betty. La *hatcheck girl* que l'on doit remplacer. Au vestiaire A. Dépêchez-vous.

Tandis que les postulantes lui emboîtaient le pas, Hadley, avec Ogden, fit demi-tour en courant, en direction du vestiaire.

– Êtes-vous Betty ? dit-elle à une jeune Asiatique vêtue d'un corsage bordeaux à col blanc. Elle classait par numéros un bac entier de cintres.

– C'est bien moi. Betty Ohara. En un seul mot. Puis-je vous aider ?

Hadley lui expliqua.

– Ogden est très sage, assura-t-elle, espérant qu'il ne la ferait pas mentir.

Un sourire ombra les traits menus de la jeune fille.

– J'ai moi-même un petit frère. Ogden va m'aider à ranger ces cintres. Bonne chance, pour le job.

– C'est difficile ? s'enquit Hadley. Il faut des aptitudes particulières, au Stork Club ?

– Les mêmes qu'ailleurs. Sourire, bonne tenue, anticipation. Nous sommes six *hatcheck girls* en tout.

Hadley la remercia, promit à Ogden de revenir vite.

– Une chose, l'arrêta Betty. L'uniforme… Si vous êtes embauchée, la tradition du Stork veut que chacune se distingue en y ajoutant sa petite touche spécifique. Une broche, une épingle, une lavallière, ce que vous voudrez, du moment que cela reste élégant. Il n'est pas interdit d'être originale, au contraire. Mr Billingsley dit que cela nous personnalise et favorise une relation privilégiée avec le client. Du coup, ils sont plus généreux ! conclut-elle avec un clin d'œil malicieux.

– Vu.

Au retour, Hadley s'emberlificota entre salons et couloirs. Reconnut enfin la porte de tout à l'heure, frappa. L'homme au blazer de yachtman la fit entrer sans un mot.

Il y avait un autre homme, aussi sombre et filiforme qu'une

fourmi, les talons sur le bureau, qui ne leva pas le regard à son arrivée. Il étudiait les quatre autres candidates présentes. Alignées contre le mur opposé, jupes relevées jusqu'aux hanches, elles tournaient sur elles-mêmes.

– Vous à gauche, dites: «Bienvenue au Stork Club. Quel plaisir de vous revoir chez nous, comtesse Dagmar Aroneanuscescu!», ordonna-t-il.

– Hein? fit la blond clair.

– En articulant, s'il vous plaît.

– Hem. Bienvenue au Stork Club, quel plaisir de votre retour chez...

– De vous revoir.

– ... de vous revoir, comtesse Tamar Ranocasscou.

– Suivante. Même chose.

– Je dis la phrase? dit la châtain foncé.

– Si vous le pouvez.

– Si vous me la remettez en mémoire.

– Bienvenue au Stork Club. Quel plaisir de vous revoir chez nous, comtesse Dagmar Aroneanuscescu.

– Bienvenue au Stork Club... Quel plaisir de vous revoir chez nous, comtesse Armar Arno... Arnosku. Vous pouvez répéter le nom, s'il vous plaît? balbutia la pauvre châtain foncé.

Il balaya l'espace d'un soupir. Il était limpide que les deux précédentes n'avaient pas fait mieux. L'homme au blazer de yachtman fit signe à Hadley. Elle s'avança. L'homme-fourmi posa enfin les yeux sur elle.

– Rousse. Ça change. Les jambes...

Hadley retroussa sa robe, s'arrêta à mi-cuisse.

– Plus haut.

306

Elle obéit.

– Maintenant, dites «Bienvenue au Stork Club, etc.»

Elle aspira.

– Bienvenue au Stork Club. Quel plaisir de vous revoir chez nous, comtesse Dagmar Aroneanuscescu.

– OK. Vous commencez samedi.

Elle eut la sensation cuisante, très inconfortable, de quatre regards qui la grillaient sur place.

– Vous comprenez, dit l'homme au blazer en les reconduisant au couloir. Ici, au Stork, on s'interdit d'écorcher les patronymes de la distinguée clientèle. Imaginez confondre Mrs Wallis Simpson et Mrs Walter Sampson ! Mr Billingsley est impitoyable là-dessus.

– Dois-je essayer l'uniforme ? murmura Hadley en regardant les malheureuses s'éloigner.

– Voyez avec Betty, dit-il avant de refermer le bureau.

Hadley retrouva la porte du salon principal qui s'ouvrit juste au moment où elle la poussait ! Elle bascula sur un pardessus… Une poigne l'intercepta avant la chute. Un plafonnier s'alluma dans la foulée et vint tout illuminer.

Elle poussa un cri de surprise en reconnaissant le jeune homme blond qui la retenait, l'air encore plus ébahi qu'elle.

Les tables d'acajou, le plafond cramoisi, le poêle à bois qui rougeoyait, les fumerolles crachotées par le samovar… L'Ukrainian Tea Room était si chaleureusement familier, tellement réconfortant. Même si elle n'y avait plus mis les pieds depuis ce qui paraissait une éternité.

Chic commanda un thé noir. Elle reconnut le serveur, lui concocta son sourire le plus charmeur.

Il revint verser le thé. Elle se pencha, paupières closes, sur les vapeurs du verre haut. Le parfum lui emplit la bouche. Tout était… comme la première fois qu'elle était venue ici, avec Whitey et le jeune Allen Königsberg, le jour de cette odieuse publicité pour le shampooing aux œufs qui lui avait collé des reflets roses. Ils avaient mangé des petits gâteaux au seigle. Un violon jouait *Les Yeux noirs*.

Pas de violon, aujourd'hui.

Pas de Whitey non plus.

– Vous connaissez Whitey ? Arlan ?

Le serveur avait un regard bleu, triste et doux, un accent russe, doux et triste.

– Il vient souvent ici, hasarda-t-elle.

Devant sa moue d'ignorance, elle lutta contre le désarroi qui l'envahissait.

– Blond pâle. Accompagné d'un garçon de treize, quatorze ans. Des fois. Un roux.

– Ah, *da*. Garçon roux. Je vois. Travaille à côté, CBS, non ?

– Plus maintenant, dit-elle. Vous savez où il est ?

Il haussa les épaules.

– Longtemps je pas vu. Permettez…

On l'appelait.

Whitey connaissait le numéro de téléphone de Giboulée. Elle ne possédait pas le sien. L'unique fois où ils s'étaient parlé au téléphone, l'appel venait de lui. Mais il ne t'appelle plus jamais, songea-t-elle. Et toi, tu ne peux pas. Tu ne sais rien de lui.

Non. Pas rien. Il lui restait quelques éléments. Quatre lieux. CBS (rayé de la liste). Le Polish Folk Hall (rayé). L'Ukrainian (sur le point d'être rayé). La librairie Truman. À regret, elle allait abandonner l'Ukrainian pour descendre dans le froid de Greenwich, lorsqu'un ventre engoncé dans une veste sombre ouvrit la porte qu'elle s'apprêtait à pousser. Elle fit un écart. Melon anglais sur son crâne en boule, l'homme avait des allures de Fatty Arbuckle, d'Oliver Hardy, d'un comique du muet.

– Ô ange des nuées, passez! susurra-t-il, soulevant son couvre-chef avec une onctuosité de facétie.

Elle regarda machinalement les deux qui l'escortaient, s'attendant à l'apparition logique d'un Charlie Chaplin ou d'un Stan Laurel.

– Allen Königsberg! s'écria-t-elle.

Le jeune chiot roux s'illumina. Ils se tombèrent dans les bras.

– Königsberg? répéta l'homme au melon, avec le hoquet de celui qui assiste à la transformation du papillon en hideuse chenille. Non! Ton nom est vraiment Königsberg?

Il envoya son coude dans la poitrine du troisième larron.

– Dis, ce ne serait pas allemand, ça? Oh, *God*! glapit-il en sautillant sur place, sa voix aiguë ponctuant d'abominables grimaces, comme s'il mordait une peau de citron. *God, God...* Königsberg!

Leur compagnon se joignit à ses pitreries. Tous les regards convergèrent.

– Allemand! Königsberg est allemand! répétaient-ils, épouvantés, l'air de chercher une issue de secours. Va vite nous changer ce nom!

– Oh, ça va, soupira l'adolescent. (Il braqua ses lunettes sur Chic.) Lui, c'est Sid. Celui-là, qui a la bedaine de J. Edgar Hoover, c'est Zee.

– Malheureux ! Ne mentionne jamais ce nom, gémit le gros Zee en roulant des yeux de terreur. Ça fait apparaître celui qui le porte !

– *Mam'zelle zoulie*, fit Sid, incliné avec cérémonie, en attrapant la main de Chic et, dans la foulée, un accent français incongru. Très *zoulie zoulie*…

– Arrêtez vos singeries. Voici Miss Felicity.

Chic, quant à elle, avait déjà identifié Zero Mostel, le comique fou furieux d'un show sur Channel 11. Ainsi que Sid Caesar, une des vedettes de *Make Mine Manhattan*, spectacle auquel l'avait emmenée un soupirant (elle avait oublié lequel) l'an passé. Elle eut la nostalgie d'une lointaine et insoucieuse éternité.

– Que fais-tu avec des gens aussi célèbres que le président des États-Unis ? demanda-t-elle à l'adolescent.

Mais la réponse fut le cadet de ses soucis. Le cerveau de Chic s'était mis à mouliner un ordre, une sommation : *Va, demande-lui. Il doit forcément savoir, lui. Allez, vas-y.*

Elle accepta l'invitation à s'asseoir, avec l'espoir que les énormes bocks de bière russe couperaient le sifflet à ce trio de volubiles. D'une oreille anesthésiée, elle entendit le jeune Königsberg lui raconter qu'il gagnait son argent de poche en écrivant des gags, que ça marchait pas mal pour lui, grâce à Zee et à Sid.

– On ne milite pas pour une mise en commun des génies, hein ! précisa Sid Caesar. On apprend juste au nourrisson à en avoir.

– Je ne vous ai pas attendus pour endurer les chaînes du génie et la servitude du talent! riposta le nourrisson. Mon tout premier problème existentiel a été: comment donner un goût de T-bone au lait de ma mère?

As-tu des nouvelles de Whitey? L'as-tu vu récemment? Quand était-ce, la dernière fois? Sais-tu où il travaille? Habite? Déjeune?... Elle mourait d'envie de couper court à leurs clowneries. Le sourire coagulé, elle patientait.

– Par les temps qui courent, gazouilla Zee Mostel, si tu prononces le mot «commun», on te rebaptise ipso presto Vladimir Kolkhoze ou Dimitri Kremlin.

– D'où sors-tu ce ipso presto? Soyons platement camarades, veux-tu? suggéra le garçon, clignant ses paupières chauves.

– Misérable! Encore pire! Camarade...? Strictement *verboten*!

– Vous êtes au courant pour Whitey? dit brusquement Allen en se tournant vers Chic. Il n'est plus à CBS.

– Ah? murmura-t-elle, comme si elle apprenait la nouvelle. Elle l'aurait embrassé. Croqua un cornichon à la place.

– Il travaille où maintenant?

– Aucune idée, dit-il. Pas revu depuis Noël.

Il eut un de ses regards qu'il faufilait par-dessus sa monture.

– A dû tomber amoureux.

Sid et Zee cabotinaient avec le serveur aux yeux tristes qui gloussait avec des soubresauts. Elle noua les pointes de son foulard.

– Vous partez? s'empressa le jeune garçon. Tourner une publicité? Je peux vous accompagner?

– Je rentre chez moi.

– Encore mieux.

Les deux larrons firent chorus à grand bruit.

– Nous aussi, on veut venir !

Elle appuya sur l'épaule du garçon qui, déjà, s'était redressé.

– Préviens-moi si tu localises notre ami, dit-elle en lissant ses gants. Et prenons le thé ensemble un de ces jours.

Il la dévisageait sans un mot. Après qu'elle eut exprimé à Zee Mostel et Sid Caesar sa joie d'avoir fait leur connaissance, et qu'ils lui eurent répondu par des *yodlings*, elle salua le trio avant de se frayer un passage.

Elle fut rattrapée dehors. Allen Königsberg lui tenait le poignet.

– Je passerai chez Whitey, prendre des nouvelles. Je lui dirai que vous êtes inquiète de savoir ce qu'il devient.

– Je ne m'inquiète pas du tout de… Tu sais où il habite ? enchaîna-t-elle sans plus résister.

Il eut un curieux sourire, où se disputaient la satisfaction mélancolique de l'avoir piégée et la déconvenue. Sa réponse arriva avec un léger retard.

– Dans Soho. Dale Street. Me rappelle plus le numéro.

La déception creusa un pli étrange entre la lèvre et la joue de la jeune fille.

– C'est le seul immeuble rouge de la rue, entre un barbier et une boutique de graines pour oiseaux. Le FBI donne 100 dollars, débita-t-il d'un trait. Vous, vous me donnez quoi, Felicity ?

Elle rit, soudain allégée, incroyablement ensoleillée. Elle ébouriffa le toupet roux qui exigeait du jeune Allen vingt minutes de lutte et un demi-tube de gomina chaque matin. Elle posa un baiser de gratitude sur sa bouche close.

– Tricheuse. C'est du baiser de cinéma, ça! Ça ne vaut pas 100 dollars!

– Ça vaut tellement plus!

Debout devant l'Ukrainian Tea Room, il la regarda disparaître, avant de se décider à rejoindre Sid et Zee à l'intérieur.

19

Riders in the sky

— J'adore cette chanson! cria-t-elle dans le tumulte du *board-walk*.

Depuis des semaines, toutes les radios d'Amérique répandaient à l'envi ces *Riders in the Sky*. Coney Island, sa promenade des planches, les baraques et les manèges ne faisaient pas exception. Charity sentit ses poumons se gonfler de musique, du sel de l'océan, des effluves de gaufres et des soupes de clams. La mélancolie tragique du chanteur Vaughn Monroe la bouleversait. Elle se figura les cavaliers de la chanson, au galop dans le ciel comme dans un western flamboyant.

— Avez-vous votre maillot de bain? fit Gavin Ashley à son oreille.

— Il fait bien trop frais! rit-elle. On est en février, après tout.

Le sourcil sévère, il fit mine de lui malmener le bout du nez entre son index et son majeur.

— Je vous avais pourtant dit de l'emporter. Ils ont bâti une nouvelle piscine, immense! Des toboggans en bosses de chameau, l'eau coule dessus, on dirait des torrents. C'est couvert et chauffé.

Sa main glissa du nez au menton de Charity, clémente. La jeune fille entrebâilla son col.

— Je l'ai ! avoua-t-elle malicieusement. Sur moi.

Elle fut heureuse de revoir son sourire, et plus encore du bras qu'il lui noua autour de la taille. Topper trottait sur leurs talons.

— J'aimerais monter sur la grande roue d'abord, dit-elle. Puis dans le train fantôme, et peut-être d'autres manèges, avant de mouiller mes cheveux.

Il acheta de la barbe à papa. Elle grignota le nuage rose par petites fractions, avec précaution ; elle ne voulait pas se barbouiller la figure, ou ses habits. Après une hésitation, elle glissa son bras libre derrière lui, roula son poing fermé sous la martingale de son veston. Quand ils s'étaient retrouvés tout à l'heure, elle l'avait trouvé splendide dans ce costume en tweed vert, gilet assorti, sa cravate bleue.

— C'est une chance, n'est-ce pas ? Il fait beau.

— Vous avez vu ça ? Chaque fois qu'on est ensemble, il fait un temps magnifique !

Il avait l'air de le penser vraiment. Il mordait sa barbe à papa par longues écharpes. Elle était presque terminée, déjà. Charity en éprouva un regret diffus. C'eût été si doux de la savourer en même temps, tous les deux.

Ils firent une halte devant la Bohémienne automate, grandeur nature, qui claquait ses paupières en résine toutes les cinq secondes. Une pancarte décorée de cœurs roses indiquait : *MADAME MELPOMENIA sait tout de vous ! Passé, présent, avenir. Seulement 0,20 dollar !*

Gavin glissa une pièce dans la poche fendue de Madame

Melpomenia. La poupée mécanique émit un ronron, sa mâchoire s'entrouvrit avec un clappement sinistre. Entre ses dents laquées, lentement, apparut une fiche mauve.

– Oh, par saint Georges! s'exclama Charity, mi-amusée, mi-inquiète. J'ai cru qu'elle nous tirait la langue!

Il lut:

– *Toute la vie ton amour durera...* J'espère bien! fit-il avec un clin d'œil. *Prends garde à ce qui sur ton épaule se posera. Prends garde à toujours vérifier derrière toi. Signé: Madame Melpomenia.*

– J'ai rien compris! fit Charity en éclatant de rire. Faut lire au moins douze fois.

– Bah. Le type qui écrit des trucs pareils doit s'encourager au gin.

Il voulut mettre une autre pièce pour elle, mais elle le retint tout en fouillant dans son porte-monnaie.

– Non. Pour que ça marche, il faut que ce soit moi.

Madame Melpomenia ronronna, entrechoqua de nouveau ses paupières. Charity attrapa la fiche mauve et la donna à Gavin.

– Lisez-la pour moi.

Elle lisait mal, elle le savait. Elle déchiffrait avec lenteur, surtout quand c'était à voix haute. Pour tout dire, elle n'avait jamais été une bonne élève. Elle n'en retirait pas encore de regrets, mais en gardait quelque vague complexe. S'il le soupçonna, Gavin Ashley n'en montra nul signe. Il se contenta d'éclaircir sa voix.

– *Quand l'amour frappe, prends garde de lui ouvrir la bonne porte car tu pourrais bien danser sur le mauvais pied...* Ma foi, tout aussi obtus que l'autre! s'esclaffa-t-il. Et pour ce qui est de savoir frapper aux portes, je peux donner des cours à l'université.

– Prends garde, prends garde... Une donneuse de leçons, cette Madame Melpomenia, non?

– Vous y croyez, vous?

– Pas trop, dit-elle prudemment. Ce n'est qu'une poupée.

– Je voulais dire, à l'amour. Vous y croyez, Charity?

– Bien sûr, dit-elle en évitant ses yeux. Pas vous?

Il lâcha les fiches, qui s'envolèrent et partirent divaguer vers l'espace en compagnie de baudruches égarées par quelques marmots. Topper leur aboya après.

– Si. J'y crois. J'y croirai encore plus quand on aura piqué une tête dans cette nouvelle piscine.

Ils déambulèrent parmi les attractions. Topper reniflait les bouts de saucisses tombés ici et là.

Au train fantôme, c'était la bousculade. Ils se rabattirent sur la Rivière ensorcelante. Elle profita qu'il payait le caissier pour jeter son bâton de barbe à papa avec ce qui y subsistait de nuage rose. Dans la petite barque, Gavin dut replier les jambes jusqu'à devoir coincer les genoux sous le menton, ce qui fit office de dossier à Charity, assise devant. Là, tout le temps prisonnière de ses bras, elle désira que l'Ensorcelante coulât sans fin.

Après, elle fut prête pour les ivresses de la grande roue.

Elle était sur le point d'enjamber la nacelle lorsqu'il la saisit par les hanches, et la souleva par-dessus la barre de sécurité pour l'asseoir, lui arrachant un cri de surprise et de frayeur radieuse. Il s'installa sur le banc, près d'elle, tout en repoussant son chapeau en biais sur ses boucles cuivrées, avec la mine canaille et l'accent de James Cagney:

– Jamais grimpé tout là-haut, jolie petite dame? dit-il en bloquant le cran de sûreté. Jamais jamais?

Elle secoua la tête, souriant bravement, terrifiée, impatiente aussi. Il rit, la pressa, sans souffle, contre lui.

— Pas d'inquiétude, murmura-t-il dans ses cheveux. Je suis là.

Il était là.

Elle serra très fort les paupières, et le ciel l'aspira.

Elle ne toucha plus terre du reste de l'après-midi. Même au stand de tir où il voulut absolument aller.

Là, une brunette en justaucorps rouge décrochait une carabine qu'elle vous passait contre un *quarter*. On avait droit à quatre coups. Il s'agissait d'abattre des silhouettes d'animaux qui défilaient sur un rail. Gavin tira quatre fois et gagna un Bambi en peluche qu'il offrit à Charity.

— À vous.

Elle secoua la tête. Les armes lui faisaient peur. Mais il insista, se plaça derrière elle, l'enlaça pour l'aider à épauler et viser. Elle rata les deux premiers coups, surprise par la détonation et le retour de la crosse contre son épaule, mais mit presque dans le mille au troisième. La brunette en rouge l'encouragea pour le dernier. Charity devina que c'était surtout pour être agréable à Gavin. Elle visa une silhouette d'ours, appuya.

— Gagné! fit-il avec un petit saut de joie.

Avec un clin d'œil complice à Gavin, la brunette au justaucorps la fit choisir entre un vase en céramique et une eau de Cologne. Charity prit le vase. De toute façon, rien ne valait le Bambi. Elle le garderait toujours. Elle se rappela combien elle avait pleuré, au film, à la mort de la mère. En ce moment aussi, elle avait envie de pleurer, mais c'était parce qu'elle était heureuse, jamais elle ne s'était sentie aussi heureuse.

– Vous vous défendez rudement bien pour quelqu'un qui n'a jamais touché une arme.

– Je n'ai pas fait exprès, dit-elle. C'est la chance.

– C'est utile de savoir tirer. On peut se défendre.

– Contre qui ?

– Un animal sauvage. Des voleurs. Un voisin malintentionné. Qu'est-ce qui vous fait rire ?

– On ne va rien me voler, je n'ai rien. L'animal le plus sauvage que je connaisse, c'est N° 5. Et maintenant Topper. Et aucun voisin ne me veut de mal.

– Bah, que sait-on de ses voisins ? En vérité, rien du tout. Vous vous rappelez cette histoire de bébé kidnappé et retrouvé dans un sac flottant sur une rivière du Connecticut ? Une vengeance. Une voisine des parents. Eh non, on ne connaît jamais son voisinage, et vous savez pourquoi ? Parce qu'on ne le choisit pas.

La conversation la mit soudain mal à l'aise.

– Ce Mr Lazarides, à côté de chez vous…

– Bezzerides. Mr Bezzerides.

– Vous vous parlez souvent ? Vous savez ce qu'il fait en dehors de son travail, de ses automates ? De quel pays il vient avec son drôle de nom ? Non, je suis sûr.

Elle prit un temps de réflexion.

– Il est vrai que Mr Bezzerides parle avec un accent. Mais beaucoup de gens parlent avec un accent en Amérique. Ce n'est pas pour ça qu'ils sont mauvais ou dangereux.

À peine prononcées, elle regretta ses paroles. Elle ne voulait pas le fâcher.

– Vous avez raison. Mais je n'ai pas tort non plus. Regardez, cet acteur de théâtre, celui dont on parle tellement en ce moment. Ça boit du champagne, ça se pavane avec des blondes, des rousses, ça dîne au 21, la ville entière l'acclame, lui baise les pieds, et on découvre subitement que c'est un rouge.

Il articula le dernier mot sans le son.

— Vous voulez dire un commu…? chuchota-t-elle, effrayée.

Il la stoppa du geste, acquiesça de la tête.

— Souvent des Européens. La plupart avec un accent.

Elle médita sur la scène qui s'était déroulée tout à l'heure, à Giboulée. Cette photo, les gros titres sur le journal, Manhattan si bouleversée, la colère de Mrs Merle… Charity n'avait pas pu suivre toute l'histoire, elle se préparait pour son rendez-vous avec Gavin.

— Mais, argua-t-elle naïvement, si on se met à soupçonner tout le monde, on n'a plus d'amis.

Il l'attira à lui, son menton se frotta aux cheveux de la jeune fille.

— Je tiens à vous. Beaucoup. Beaucoup. Je ne veux pas qu'il vous arrive des misères. Soyez prudente, Charity. C'est tout.

Elle ferma les yeux. Le menton poursuivait ses caresses. Sa barbe rasée crissait un peu. Elle décida de garder pour elle la présence de Manhattan dans le journal avec le fameux acteur. Il ne fallait pas qu'il sache qu'il offrait un Bambi en peluche à quelqu'un qui connaissait quelqu'un qui était ami des communistes.

Tout ce qu'elle voulait, c'était que continuent ses caresses, c'était rester enlacée par ce bras.

— On pique une tête? dit-il en s'écartant, réjoui à l'idée.

Elle fit oui.

Les cabines de bain étaient en mosaïque noire et jaune, avec des cabochons dorés. Elle se dévêtit, vérifia son maillot. Il était quasi neuf; Charity n'allait pas souvent en baignade. Elle coiffa le bonnet en regrettant, face à la minuscule glace de cabine, qu'il ne soit pas d'une couleur mieux assortie au maillot. Elle l'avait emprunté à Janie Lockridge.

La dame qui veillait à la propreté des lieux lui adressa un sourire amical. Alors Charity se sentit jolie. Et elle l'était dans le miroir à côté des douches. Elle y voyait une fille de dix-sept ans au petit corps ferme et agréable, drapé dans le turquoise d'un costume de bain tout simple.

Elle vit passer deux filles merveilleusement élancées, dans ces nouveaux maillots en deux parties baptisés «bikinis». Leurs hauts joliment fleuris, joliment pleins. Elle les envia d'oser si peu de (mais si adorable) tissu.

– Hé! s'écria-t-il en l'apercevant.

Elle arriva tout droit vers lui. Il avait les jambes bronzées, le torse imberbe et musclé. Il la reçut contre lui.

– Tu es épatante. Sacrément épatante.

Il l'entraîna immédiatement au sommet du gigantesque toboggan. Et ce fut comme avec la grande roue! Vertigineux, éblouissant, délicieux. Ils glissaient ensemble, l'un derrière l'autre, dans l'étroit sillon bleu, l'eau dévalait entre leurs jambes, tiède et tumultueuse. Elle s'agrippait à lui dans les éclaboussures et les cris, et ils atteignirent l'eau en hurlant de joie. Le liquide la suffoqua un instant, mais quand elle ressortit, ruisselante, à la surface, Gavin la tenait toujours. Ils reprirent leur respiration parmi la multitude de nageurs et de plongeurs. Elle sentait ses mollets, ses cuisses contre les siennes. Il colla la bouche à son oreille :

– Je t'aime.

Ils nagèrent côte à côte vers le bord. Cela prit du temps, car l'immense bassin était bondé. Hadley avait l'impression d'être un bouchon, tout léger ; rien ne pouvait la faire couler.

– Tu avais le vertige là-haut, avoue ?

– Un peu, dit-elle en replaçant une mèche à l'intérieur du bonnet.

– Je suis là, dit-il.

– Oui.

– Je sais où l'on se donnera rendez-vous, la prochaine fois !

Il voulait la revoir… Il y aurait une prochaine fois…

Elle attendit.

– En haut de l'Empire State Building !

Et il l'embrassa dans un rire.

– Si je m'attendais à tomber sur vous… Pour une surprise !

Avec sa coupe lisse, son pardessus des beaux quartiers, il avait toujours l'air d'un gentleman sur une publicité pour des cravates en soie, égaré dans le monde d'Edward Hopper. Ils étaient installés sur de hauts tabourets, au comptoir d'un snack-bar, non loin du Stork Club. Ogden aspirait à grand bruit son sirop d'orgeat, Hadley et Jay Jay avaient commandé des cafés qu'ils sirotaient par inadvertance.

– Je sortais d'un rendez-vous avec le manager. J'ai peur d'avoir à m'ennuyer souvent dans leurs conseils d'administration. Car voici la dernière blague de Daddynel : il m'a légué les parts qu'il possédait au Stork Club.

Une *bobby soxer* à jupe plissée glissa une pièce dans le Wurlitzer arc-en-ciel, et la voix de Sinatra chanta tout en retenue *You Go to My Head.*

— Vous voulez dire que vous êtes propriétaire du Stork Club ?

— En parts minoritaires, heureusement. Assez, hélas, pour devoir me farcir des réunions trimestrielles fastidieuses. J'envisageais sérieusement de laisser mon beau-frère s'occuper de ça. Maintenant que vous y travaillez, j'ai un motif pour m'y intéresser.

— Je n'étais jamais entrée au Stork Club auparavant, dit-elle, serrant le sac en papier où Betty avait plié son nouvel uniforme. Elle demanderait à Charity de lui reprendre les emmanchures.

Elle regarda la pendule.

— Vous êtes pressée ? On a à peine eu le temps de parler.

— La nourrice habite assez loin. Ensuite, j'ai mon travail.

Il paya les consommations, pirouetta son tabouret vers elle.

— Je vous conduis où vous voulez.

C'était tentant. Mais il ne fallait pas qu'il change ses plans pour elle. Il balaya l'objection et souleva Ogden.

— Viens voir la grosse tuture, bonhomme.

La Cadillac vanille et caramel attendait en face du Stork Club. Jay Jay leur ouvrit la porte arrière. Alors seulement Hadley vit qu'il y avait un chauffeur au volant. Impressionnée, elle dit bonjour, et murmura à Ogden de rester sage. Jay Jay monta.

— Où allons-nous ?

— Au nord. (Elle hésita.) Dans le Bronx.

— Pruett ? Direction l'Arctique.

Hadley livra l'adresse exacte. Dans le rétroviseur large et long frisa l'œil sobrement étonné de Pruett. Jay Jay, lui, parut trouver tout parfaitement normal.

L'enfant était assis entre elle et lui. Entre elle et lui, il y avait également un téléphone. Hadley n'avait jamais vu de téléphone dans une voiture. Elle se gratta le front. Pareil véhicule dans le quartier où ils allaient… Seigneur, qu'allait penser madame Lucie-Jane de tout ce faste ?

– Bonhomme, on ne t'entend pas beaucoup. Elle te plaît, la voiture ?

– Ogden ne parle pas enc…

– Joker ! lança inopinément Ogden.

Jay Jay éclata de rire et lui fit une démonstration du bouton qui démasquait la cachette avec verres, bol de glaçons et carafe en cristal. Il le laissa trouver celui du ressort qui dépliait et repliait la tablette en palissandre, et utiliser le téléphone. Ogden tourna des chiffres sur le cadran et articula :

– Allô… Poker ?

Hadley en resta coite. Ogden prononçait donc des mots. Mais d'où avait-il engrangé ces deux-là ?

– D'habitude, dit Jay Jay, malgré mon affection immense pour Pruett, je préfère conduire moi-même ou me déplacer en taxi. Mais ce matin il me fallait faire un peu d'épate auprès de mes nouveaux asso… Oh, Hadley, enchaîna-t-il de but en blanc, je raconte des sottises alors que je suis tellement heureux. On s'est retrouvés ! Un millier de fois j'ai voulu venir au Kew-pie Doll. Un millier de fois, je me suis interdit de le faire… Je garde en tête que c'est par ma faute que l'on vous a renvoyée du Social Platinium. Je n'ai cessé de m'en vouloir.

Elle posa une main légère sur sa manche.

– Il ne faut pas. Vous avez été très bon avec nous.

Lâchant soudain le téléphone, Ogden rampa jusqu'à Jay Jay

et se blottit en boule au creux du pardessus. Hadley ne l'avait jamais vu ainsi. Le jeune homme caressa les cheveux de l'enfant.

– Vous savez, dit-il doucement. J'ai conservé l'uniforme que vous avez oublié cette nuit-là. Un jour, bien après les funérailles de Daddynel, je l'ai retrouvé dans le dressing… Il était là. Avec votre parfum. Vous étiez présente… incroyablement présente.

La Cadillac glissait sans heurts, à travers une ville étrangement silencieuse derrière les vitres closes. À un feu rouge, Ogden fit un saut de carpe. Il se plaqua à la portière et y cogna de son petit poing.

En face, un vieil homme apathique vendait des petits singes mécaniques. Il y en avait une douzaine, à même le trottoir, qui battaient des cymbales, avec une clef dans le dos.

– Garez-vous ici, Pruett.

Jay Jay ouvrit la porte et le gamin se rua vers les joujoux.

– Elle garde combien de gosses, votre nourrice?

– Six, sept, je ne sais plus exactement.

Il sortit et acheta tous les singes. Le vieil homme, tout guilleret soudain, les rangea dans un des cartons d'épicerie qui lui servaient d'arrière-boutique, empocha les billets.

– Merci, milord. J'ai aussi des lapins. Ils tapent sur un tambour, et des boîtes à musique qui jouent *My Darling Clementine*.

– OK, dit Jay Jay en rajoutant des billets.

– Et puis, chez moi, il me reste des kangourous boxeurs, des lézards qui courent et des oursons qui…

– Une autre fois. J'aurai mon diplôme de vétérinaire avec moi.

Ils retournèrent à la voiture, trois boîtes empilées sur les bras.

À leur arrivée, madame Lucie-Jane les fit entrer, pas le moins du monde surprise de voir Hadley avec ce beau jeune homme en habits chics, aux bras encombrés. Ogden courut au piano et se mit à pilonner *La Tartine de beurre,* de Mozart.

– Je vous le dis, murmura la nourrice, le marmouset a le don des dieux.

Jay Jay avait déballé et répandu les cartons par terre. Tous les petits rappliquèrent avec la vélocité de souris sur une meule de fromage. Il fut bientôt impossible de marcher et de s'entendre, au milieu des singes aux cymbales, des lapins à tambour, les *Darling Clementine* en canon, et le piano qui tartinait.

Jay Jay, accroupi, un bambin sur l'épaule, deux autres sur le dos, remontait la clef sitôt qu'un jouet s'arrêtait.

– C'est un jeune monsieur comme il vous faut, glissa madame Lucie-Jane à l'oreille de Hadley lorsqu'il fut temps de partir. Vous l'avez bien choisi.

Hadley rougit violemment, embrassa Ogden en silence. Dans la rue, elle demeura silencieuse. Des badauds tournaient autour de la Cadillac, avec des sifflements en direction du pare-brise, ou plutôt de Pruett derrière le pare-brise.

– Où travaillez-vous ?

– Ce… ce n'est pas la peine, Jay Jay. Le métro est tout près.

Il la saisit par le coude et la pilota fermement à l'intérieur.

– Merci pour la joie des enfants, dit-elle au bout de quelques minutes.

– C'est à moi de les remercier. Voilà belle lurette que je n'avais passé un moment aussi délicieusement serein. Merci à vous, surtout.

Il garda la main de Hadley serrée dans la sienne jusqu'à la guérite sur la 7ᵉ Avenue.

327

– Tu es drôlement en retard! nota Cooper après le départ de la grosse automobile. C'est à cause de ce type à l'intérieur...?

Il abandonna sa pile de bretzels pour l'aider à débloquer les volets.

– Tu devrais t'en faire un mari. Après le divorce, tu garderais la Cadillac.

Hadley le lorgna en biais.

– Ta Martha? Ça va?

Il eut un soupir rayonnant.

– Ça repousse.

– Ses cheveux?

– Mes sentiments.

20

Love me a little little

Au bruit des clefs, elle se réveilla. Elle se demanda où elle était. Son cou faisait mal, sa main fourmillait. Le visage qu'elle espérait était penché sur elle.

– Vous ? s'exclama-t-il, stupéfait. Mais… Qu'est-ce que vous… À une heure pareille ?

Elle cligna vers sa montre, avec une grimace à cause de la douleur au cou. Et parce qu'elle réalisait qu'elle venait de passer deux heures sur les marches d'un escalier, à dormir devant une porte.

– Je vous attendais.

Il la dévisageait, ahuri. Elle se déroula et se hissa sur ses pieds, frictionnant la main qui fourmillait. La cinquième marche avait appuyé de toutes ses forces contre sa hanche gauche, elle faisait mal, elle aussi… mais pas autant que son cœur qui martelait férocement, qui était en train de comprendre à quel point Whitey lui avait manqué. Chic en était accablée.

– Vous m'attendiez ? À minuit ? Dans l'escalier ? Vous êtes complètement…

– Vous me faites entrer ? Ou vous attendez la fille du vendredi ?

Chez lui… était exactement ce à quoi elle s'attendait, et tout ce qu'elle abhorrait. Un meublé sans attrait, où le mobilier avait vu piétiner pas mal de locataires avant lui. Il y avait un kangourou en barbotine peinte dans un coin. Whitey n'en avait cure, visiblement.

– Je vous fais un café, et vous irez vous coucher, dit-il avec sévérité.

– Ici ? le taquina-t-elle.

– Chez vous. Je vous ramène.

Il avait le regard inquiet, préoccupé, comme si elle importait une sorte de malheur avec elle.

– Arrêtez de prendre cet air obscur. Je ne suis pas dangereuse. Je vous rapporte… des livres.

– Des livres ?

Elle ôta et lui remit son manteau. Du sac, elle déversa pêle-mêle Hammet, Fitzgerald, Dumas, Sanxay Holding, sur la table.

– Les quatre vous appartiennent. Vous les avez achetés au Truman's Bookshop, il y a… assez longtemps.

Il les contempla. Elle tenta d'agripper quelque chose sur cette physionomie, ce visage blond, dans ces yeux bleus, son silence, n'y détecta qu'embarras et lassitude.

– La libraire me les a confiés après que vous les avez abandonnés dans la boutique comme des vieux bas sales et troués. Ils sont restés tout ce temps au fond d'un placard. Ils se sont montrés fort sages… Même s'ils devaient se sentir bien solitaires, se demander pourquoi vous aviez décampé en les plantant là, sans un mot, sans une explication, alors que ce sont probablement de bons bouquins… Je n'en ai lu aucun.

Ses traits, qu'elle ne cessait de tenter de démêler, s'adoucirent un peu.

– Je suis désolé.

Un silence circula.

– Vous faites ce café, ou bien c'est Mortimer qui s'en charge ?

– Mortimer ?

Elle désigna le kangourou en barbotine. Whitey s'empressa en s'excusant. Elle le suivit jusqu'au seuil d'une cuisine au carrelage d'un vert acariâtre, où elle le regarda s'affairer.

– J'ai passé la matinée à me faire photographier les mains pour des bagues extrêmement laides, l'après-midi à défiler dans des robes qui grattent. Et vous ? Vous faites quoi dans la vie, Whitey ?

– Même chose. Technique de plateau.

Il brancha la bouilloire, chercha les filtres dans un placard sépia.

– Je suis allée prendre de vos nouvelles chez CBS.

– Mon contrat se terminait à la fin de l'année. Je suis chez NYVB.

Elle poussa une exclamation.

– Le scandale Uli Styner !… Vous y étiez ?

– Voir cette ordure de Vaughn Crosby se prendre une dérouillée, je n'aurais manqué ça pour rien au monde.

Elle se remémora soudain un détail du récit de Manhattan. Le café… Le technicien blond… ?

– Vous ne seriez pas celui qui a serré la main du valeureux chevalier Styner ?

– Comment avez-vous appris ça ?

– Le monde n'est pas si vaste, dit-elle, ravie de le surprendre. Je ne vous dénoncerai pas ! Promis.

Elle prit la tasse qu'il avait remplie. Ils allèrent s'asseoir dans les deux uniques fauteuils dont la teinte pouvait tenir lieu de soporifique.

Le café, lui, était exquis. Elle regarda autour d'elle. Il y avait des livres à peu près partout, et posés n'importe où. Sur des étagères, ou pas, alignés, superposés, en pile au sol, derrière Mortimer, sous des blocs de papier sur un bureau, près d'une Underwood noire…

Elle trouva cela profondément décourageant.

– Vous les avez tous lus ? questionna-t-elle avec une pointe de défi.

– Sauf quatre.

Après un rire silencieux, il fredonna :

– *I'm mad about good books, how about you ?*

– *I like potato chips, moonlight motor trips, how about you ?* embraya-t-elle du tac au tac.

C'était un succès de Judy Garland qu'elle chantait souvent à neuf ans.

Elle alla ouvrir un volume, à côté de la machine à écrire.

– Et Mortimer ? Vous lui lisez des histoires ?

Il y avait un marque-page à l'intérieur, le tampon d'une bibliothèque.

– *La Petite Dorrit.* Charles Dickens. Il vend beaucoup de livres, ce type ?

– Ce type est mort. Et, oui, il en a publié un certain nombre. À mon avis pas assez.

Il le lui retira des mains, le ferma, le rouvrit au hasard :

– *C'était une maison avec des fenêtres lourdes. Bien des années auparavant, elle s'était mis dans la tête de se laisser glisser à terre ;*

on l'avait étayée et, depuis, elle s'appuyait sur cette demi-douzaine
d'énormes béquilles qui, rongées par les saisons, noircies par le charbon
et la mauvaise herbe, servaient de gymnase à tous les chats du voisinage.
N'est-ce pas une gracieuse façon de croquer une maison ?

Chic opina, mais avec une certaine... incertitude.

– *Oliver Twist, De grandes espérances, David Copperfield...* Vraiment, ça ne vous dit rien ?

– *David Copperfield !* J'ai vu le film avec W. C. Fields. Il devait être riche, ce Dickens, si Hollywood lui achetait toutes ses histoires. En plus, c'est cher, les bouquins.

De manière inattendue, il sourit. Ce fut le plus doux des sourires. Comme s'il chérissait la terre entière tout à coup, avec elle au milieu de cette terre.

– Il existe les bibliothèques pour les prêter.

– Sans doute, fit-elle avec une moue. Sauf qu'on n'a pas le droit d'y ouvrir la bouche. Des endroits déprimants, je trouve. Sans parler des bibliothécaires.

– Qu'est-ce qu'elles ont, les bibliothécaires ?

Il paraissait beaucoup s'amuser soudain, la figure parcourue d'indéchiffrables gentillesses.

– Des lunettes en fer, dit-elle, des chignons gris semblables au toit des vieilles chaumières...

Elle fut littéralement chavirée par son rire qui éclata, clair et franc.

– Vous êtes presque aussi douée que ce bon Mr Charles ! Mrs Chandler n'est pas comme ça, reprit-il. Elle est tout sauf, hum... un vieux toit de chaumière. Elle tient sa bibliothèque comme elle tiendrait une auberge. Chaque livre est un plat à déguster, le lecteur un invité dont elle prend soin et se souvient.

Elle a une allure à la Carole Lombard qui vous plairait, j'en suis sûr.

À regret, elle vit le sourire lentement gommé, et remplacé par l'habituelle mélancolie et le silence.

– J'ai faim, dit-elle.

– Il n'y a rien ici. Je comptais redescendre au drugstore.

– Descendons, alors.

Sur la 9e Avenue le printemps commençait à faire son intéressant, baignant la nuit de délicatesses fleuries. Chic glissa le bras sous celui de Whitey. Un peu avant le Walgreens, elle fut attirée par les lumières d'une marquise.

– J'ai envie de champagne. *How about you?* Ma théorie est qu'un verre de champagne rend meilleur n'importe quel instant de la vie.

Elle sentit le bras se contracter sur le sien. Il n'avait guère envie de prolonger la soirée… Mais elle devinait aussi qu'il se sentait quelque obligation de courtoisie. Il ne pouvait pas la planter là une fois de plus.

Il l'accompagna donc jusqu'au lobby illuminé de l'aimable Little Carlton Hotel. Dans son étroite boutique, une jeune fleuriste nouait des rubans de satin à de menus bouquets de jonquilles.

– Il n'y a pas que le champagne pour retoucher la vie, dit Chic d'un ton qu'elle voulut espiègle. Les fleurs…

Elle choisit trois orchidées sur une barrette en velours. La fleuriste proposa de les fixer à son revers, mais Chic se tourna vers Whitey.

– Accrochez-les, vous.

Elle eut la satisfaction de découvrir qu'il n'avait pas grande habitude de cet usage ; elle l'aida un peu. Puis ils choisirent de

s'installer dans un coin du lobby plutôt qu'au bar, car elle raf-
folait du coloris saugrenu des fauteuils crapauds. Il commanda
une coupe, et une bière.

– Vous ne buvez pas de champagne ?

(Avec moi ? En une pensée désappointée).

– Je n'aime pas trop ça.

Serait-elle donc toujours hors sujet avec lui ?

– Vous n'en buvez jamais ?

– Jamais depuis…

*À la plus belle fille de ce train. À la chance que j'ai eue de la
rencontrer. À celle que j'ai de dîner en sa compagnie…*

*Notre premier champagne à tous les deux. Et ensemble. On fait
un vœu ?*

– … longtemps, acheva-t-il simplement.

La coupe arriva, légère, dorée, voltigeant sur un plateau
d'argent, avec des rondelles d'orange.

– À nos retrouvailles, dit-elle, avec la sensation, mais trop
tard, de mots qu'il ne fallait probablement pas dire.

– À la sale gamine que vous êtes, murmura le bleu insoluble
de ses yeux. La folle enfant que vous faites.

Elle but une gorgée frémissante.

Un couple d'une trentaine d'années entra et gagna le comptoir de réception. La jeune femme était en tailleur lavande, chapeau et gants blancs, amoureusement enlacée par son compagnon.
Chic la dévora du regard, subitement et absurdement envieuse.

– Vous reste-t-il une chambre ? questionna le jeune homme.

– Vous avez réservé ? s'enquit le réceptionniste.

– Non. Voyez-vous, cette halte new-yorkaise n'était pas pré-
vue…

– Je peux vous en proposer une sur jardin. À l'arrière, au calme. Pouvez-vous inscrire vos noms et adresse, s'il vous plaît ?

– Cette belle dame n'est Mrs Herbert Goldman que depuis trois jours, dit le jeune homme en s'emparant de la fiche d'un petit air fiérot. Nous nous sommes mariés dans le Minnesota.

– Mes félicitations.

Le réceptionniste le regarda écrire quelques secondes.

– Un moment, je vous prie, dit-il courtoisement. Je crois me souvenir... Je dois d'abord vérifier...

Sitôt qu'il se fut éclipsé dans le bureau derrière, Chic perçut la tension... Elle se tourna vers Whitey.

Sa bière en suspens, il fixait un point sur la porte par laquelle avait disparu l'employé. On l'eût dit aux aguets. Le couple s'interrogea des yeux. Au bout d'un moment, l'homme revint.

– Vous me voyez positivement navré. Notre dernière chambre, que je croyais disponible, est hélas réservée depuis cet après-midi. Mon collègue avait oublié de le noter.

Le couple échangea des regards. Le jeune homme avait rougi, il fronçait les sourcils. Il ouvrit la bouche, mais son épouse le retint d'une pression sur le bras, l'apaisa d'un battement de paupières. Après un silence, tous deux firent volte-face, et ils ressortirent. De part et d'autre, on n'entendit ni merci ni au revoir.

– Votre collègue a fait là une faute professionnelle ! s'écria Whitey en posant son verre avec brusquerie. Préjudiciable à la réputation de votre établissement.

– C'est exact, hélas, répondit le réceptionniste, impavide. J'ai dit que nous étions navrés.

Chic ne comprenait pas, mais elle sentait, pressentait... Whitey se redressa, jeta un billet sur la table, la tira au-dehors par le coude. Son poing avait la dureté de l'acier, faisait presque mal.

Sous le néon, elle lui trouva un visage effrayant.

– Que se passe-t-il? s'exclama-t-elle en stoppant sous l'auvent. Ne me mordez pas! dit-elle, moitié terrifiée, moitié riant. Je sais que je suis plus appétissante que ce réceptionniste.

Un monsieur les heurta avec sa valise de commis voyageur.

– Ce que c'est d'être pressé, s'excusa-t-il. J'ai roulé toute la journée. Quatre cent cinquante miles... Je ne pense qu'à mijoter dans un bain!

S'excusant derechef, il entra. Whitey respirait férocement.

– Dites quelque chose, l'exhorta-t-elle. Pour l'amour du ciel.

– Je pourrais hurler, dit-il après un temps et avec un calme si glacé qu'elle se demanda si elle ne préférait pas son silence. Je pourrais hurler mais je ne le ferai pas. Savez-vous...

Il jeta un coup d'œil à l'intérieur. Au comptoir, le commis-voyageur entrait en discussion avec le réceptionniste, tout en remplissant sa fiche.

– Venez!

Whitey lui saisit la main – avec moins de rudesse – pour pénétrer une seconde fois au Little Carlton, et s'arrêter à mi-chemin, assez près pour suivre la conversation au comptoir.

– Toilettes privées ou à l'étage? demandait le réceptionniste en compulsant les pages du registre. Rue ou jardin? Il y a le choix. Hier, nous avions les musiciens de tout un jazz band, mais ils ont libéré les chambres ce matin.

– M'est égal, rétorqua le quidam. Après quatre cent cinquante miles d'escarbilles, je dors dans la cave, si c'est là que vous fourrez la baignoire et le savon.

En un demi-tour éclair, Chic se retrouva une nouvelle fois dehors, face à la fureur de Whitey.

– Comprenez-vous maintenant… Comprenez-vous pourquoi cet hôtel est complet pour certains et pas pour d'autres ?

Elle cilla.

– Mais… non. Whitey, vous êtes dans un état épouvantable !

– Comprenez-vous ? s'étrangla-t-il.

– Parce… parce qu'ils n'étaient pas mariés en réalité ? (Elle bredouillait, au désespoir.) C'était un couple adultère ?

Il la contempla un moment, puis subitement la plaqua contre lui, et la serra. Il la serrait formidablement, ainsi qu'elle avait tant rêvé, tant désiré qu'il le fît, mais elle n'en conçut nulle joie. Il y avait trop de tourments, trop de déchirements à l'intérieur de cette poitrine.

– C'est le nom… S'ils avaient eu la peau noire, ils n'auraient même pas pu franchir le seuil. Leur nom ! L'Amérique n'oblige pas à l'étoile jaune comme l'Europe durant la guerre. Elle met des citoyens… de côté. Elle les efface de certains lieux, les raie des corporations, des conseils d'administration, leur interdit… sans le dire.

Il pressa une joue fiévreuse contre les siennes. Ses lèvres étaient toutes proches, mais il ne songeait pas à l'embrasser.

– Pardon, murmura-t-il. Je ne voulais pas vous blesser. Vous êtes encore si naïve, si enfant…

Jamais, depuis qu'elle avait découvert et compris la valeur de sa silhouette et de sa belle mine, Chic ne s'était entendu dire qu'elle était une enfant naïve. Elle repensa à ce soupirant du passé qui la surnommait «la sergente», aux filles de Giboulée qui la jugeaient coriace, vénale, même. Elle ferma les paupières et se pelotonna au creux des bras de ce surprenant spécimen. Comment pouvait-il lui renverser le cœur si vite, la jeter d'un simple souffle des larmes au sourire ?

– Pardon pour le champagne. Je ne vous ai même pas laissée le terminer.

Elle lui montra la barrette d'orchidées.

– Elles suffiront pour ce soir à rendre la vie meilleure. J'ai toujours faim, vous savez.

Ils allèrent avaler un sandwich, debout au comptoir d'une guérite. Ce fut un repas un peu contraint, expéditif et triste. Elle n'osait pas poser les questions qui agitaient son cerveau.

– Je vous raccompagne, dit-il dès qu'il eut payé, pressé d'en finir avec cette soirée qu'il n'avait pas souhaitée.

– Flanquez-moi dans un taxi. Vous savez si bien faire ça, ne put-elle s'empêcher d'ajouter, rappel perfide de leur toute première soirée, notant avec amertume que Whitey n'insistait pas… et avec haine qu'un taxi était déjà là.

– Merci pour les livres.

– Merci pour les orchidées.

Nous sommes au moins bien élevés, pensa-t-elle en grimpant dans la voiture. Il se pencha soudain à la portière. Elle rouvrit en hâte.

– Je vous téléphonerai.

– Vous avez toujours mon numéro ? dit-elle, espérant qu'il ne percevrait pas l'ardeur idiote qui lui ébréchait la voix.

– Caché dans un livre, sourit-il. Oublié lequel. Je vais devoir tout relire, grâce à vous.

Il plaisantait. Tout n'était pas perdu. Elle le gratifia d'une pichenette sur le dos de la main.

– Mes amitiés à Mortimer !

Quand le taxi démarra, elle se sentait moins misérable.

– Aujourd'hui, dit-elle au chauffeur, j'ai découvert que le champagne pouvait rendre malheureux.

– Ouais ?

L'homme, dont la plaque sur le tableau de bord indiquait qu'il se nommait Pancrazio Hornblower, tâtonna dans la boîte à gants, en extirpa une petite boîte ronde et jaune qu'il lui passa par-dessus l'épaule.

– Tentez le cachou français. Ça fait moins roter.

21

Lover man (oh, where can you be)

La veille, elle était passée au Stork avec son uniforme rajusté en artiste par les retouches virtuoses de Charity. Hadley trouva Betty Ohara au vestiaire, en train d'épousseter des objets, une caisse ouverte à ses pieds.

– J'ai appris que vous aviez le job. Bravo ! Je suis contente que ce soit vous.

– Merci, Betty. Vous travaillez le jour aussi ? Voilà deux fois que je vous trouve là.

– Oh, je ne suis pas en service. Voyez, je n'ai pas ma tenue. Je trie, je jette, je range avant mon départ. En trois années et demie, j'ai amassé une tonne de trucs dans tous les recoins de ce vestiaire.

– Vous avez trouvé un emploi ailleurs ?

Betty plissa joliment le nez, exhiba la fine bague bleue à son doigt.

– Oh. Toutes mes félicitations !

– Merci. Je suis heureuse. Eugene va me présenter à sa

famille à Dublin. Et mon petit frère restera avec nous. Eugene est tellement gentil...

Elle ajouta avec un sourire teinté de peine :

– La chance cesse enfin de me tourner le dos. Je vais devenir Mrs O'Grady. Après Ohara... c'est drôle, non ? Sur les papiers, on prenait souvent mes parents pour des Irlandais. Cela nous a servi, parfois, au début de la guerre... Vous avez pensé à cette petite touche personnelle ? demanda-t-elle, lorsque Hadley sortit l'uniforme de l'emballage.

– Flûte, c'est vrai. J'ai oublié. J'ai peur de n'avoir pas grand-chose de remarquable. C'est obligé ?

– Préférable, disons. Mr Billingsley appréciera. Regardez...

Betty lui dévoila sa «petite touche personnelle» à elle : une large pivoine en gouttes de jade et grenats que l'on posait à plat sur l'épaule du chemisier, et dont le feuillage en perles tombait en pointe jusqu'à la boutonnière.

– Elle est splendide !

– Toutes les clientes veulent la caresser. Le jade est une pierre si douce... C'était à grand-mère Setsuko.

Elle rangea la pivoine dans une poche en soie.

– Elle est morte au camp d'internement, en même temps que ma mère... Pneumonie. Il fait si froid la nuit dans le désert, et les jours sont si brûlants.

Hadley avait vaguement entendu parler de ces camps où des Américains avaient été retenus plusieurs années à cause de leur origine japonaise. L'Amérique jetait un voile embarrassé sur le sujet.

Après l'attaque par le Japon de la base américaine de Pearl Harbor, les États-Unis avaient décrété que ses citoyens à nom

japonais étaient tous suspects. Espions possibles. Ennemis poten-
tiels.

Sans preuves ni motifs, des hommes avaient été raflés et
emprisonnés, des familles entières bouclées dans des camps gar-
dés par des militaires, au milieu du désert.

— Vous… étiez là-bas vous aussi ?

— Avec elles, oui, et mon petit frère Jerry. Dans l'Utah.

Betty décrocha une veste et se mit à en brosser les manches.

— Nous étions pourtant américains. De vrais citoyens américains. Papa entraînait l'équipe de base-ball de Curtis Hill. Il
achetait des Chesterfield en cachette de maman, pour imiter
Ronald Reagan sur les publicités. Il lui ressemblait un peu.
Quand on l'a libéré, à la toute fin, il ne lui ressemblait plus du
tout. Ma mère tenait le Movie Box de Curtis, elle connaissait
par cœur les films de George Raft, de Miriam Hopkins, de
Bob Hope et de Dorothy Lamour… Elle nous bassinait les
oreilles avec les disques de Rudy Vallee. Elle était abonnée au
Saturday Evening Post, son roman préféré était *Back Street*. Elle
nous a donné des prénoms américains. Jeremy pour mon frère.
Elizabeth pour moi.

Elle brossait, lentement, la même manche depuis le début de
son récit. Hadley écoutait, muette, le cœur tout rétréci.

— Ç'a commencé avec des pancartes sur les vitrines, des
affichettes collées en ville : *Interdiction aux personnes d'origine
japonaise de sortir après telle heure. Interdiction aux personnes d'origine
japonaise de se déplacer de plus de cinq miles au-delà de leur maison.
Directives et instructions à l'intention des personnes d'origine japonaise*… Chaque semaine, il y en avait de nouvelles. On s'est mis
à nous appeler les Japs, les bridés, les jaunes… Si un inconnu

demandait: «Jap ou Chinetoque?», on répondait «Chinetoque»
pour qu'on nous fiche la paix.

«Quand le FBI a débarqué en 1942, personne n'a compris.
Nous étions américains et patriotes. Nous haïssions ce Japon
qui nous faisait la guerre. Alors pourquoi? Nous étions nés à
San Francisco, à Cincinnati, à Washington, à Pittsburgh… C'est
plus tard, dans ces trains bondés où l'on nous a fourgués par
paquets, oui, à ce moment-là, seulement, que la vérité nous est
apparue. C'était… à cause de nos cheveux noirs et raides, de nos
petits nez et de nos yeux bridés, de notre peau moins pâle que
la vôtre. On nous enfermait parce qu'on se nommait Hayazaki,
Hetsudo, Mujiyaka, Yamao.

Elle cessa de brosser.

– Je vais m'appeler O'Grady, de quoi je me plains? Pourquoi
je vous casse les pieds avec ces histoires…

Elle aperçut les larmes dans les yeux de Hadley.

– Oh, ne soyez pas…

– Je suis désolée, Betty. Si terriblement désolée.

Elles se serrèrent silencieusement dans les bras l'une de
l'autre, sous le bec amical de la cigogne de l'applique.

– Allez, au travail, soupira Betty avec un petit rire emprunté.
Quand vous reviendrez, vous trouverez votre uniforme rangé
dans ce placard. Voici la clef. Et n'oubliez pas, hein… La *personal
touch*.

De retour à Giboulée, Hadley s'était mise en quête.

Elle n'était pas folle de bijoux, et n'en possédait qu'un minimum : une broche qui avait perdu des pierres, une bague trop grande. Et son collier de perles, doublement cher à son cœur parce qu'il avait appartenu à sa mère qui le lui avait donné, et que c'était celui-là qu'elle portait, dans le train, lorsqu'elle avait connu Arlan.

Mais ce n'était pas original. Il fallait… Elle ne savait pas ce qu'il fallait. Chic avait une broche qui représentait un paon… Elle verrait bien.

Elle y repensa le surlendemain, quand le facteur lui remit une enveloppe frappée du sigle de la cigogne en chapeau claque.

– Invitation pour un raout chez les rupins ?

– Ma lettre d'embauche au Stork, Benny.

Il sifflota. Elle referma la porte en décachetant la lettre, n'y jeta qu'un coup d'œil hâtif car elle avait laissé Ogden seul devant un bol de cacao et trois tartines ; elle savait que, si elle ne le pressait pas un peu, le petit déjeuner pouvait s'éterniser jusqu'à midi.

Le mur, derrière, sonna. Elle lâcha un *grrrr…*, fourra la lettre dans sa poche et décrocha le téléphone.

– Allô ?

– Fast Pantheon Garage. Pour Mr Toback, s'vouplè. C'est rapport à la courroie de transmission du moteur qui…

– Désolée, interrompit Hadley. Nous partageons cette ligne avec Mr Toback, mais il demeure dans le Bronx et nous ne le connaissons pas. Vous pouvez le joindre à ce numéro aux heures impaires.

Après un juron, et un merci lapidaire, Fast Pantheon Garage raccrocha. Hadley aussi. Mais à peine deux pas plus tard, ça carillonna de nouveau.

— Grrr! refit-elle en montrant les dents au papier peint. Allô…?

— Bonjour, je souhaiterais parler à Felicity, dit une voix masculine agréable.

— Une seconde.

Elle laissa le récepteur pendouiller sur son tire-bouchon, courut à l'escalier.

— Chic! Téléphone!

Un crâne emballé de bigoudis se manifesta par-dessus la rampe.

— Demande qui c'est, répondit Chic. Je suis occupée.

— Demande-lui toi-même. Je ne suis pas en avance.

Chic soupira, dévala les marches, un livre épais sous le bras.

— Tu lis? Toi? s'écria Hadley, ébahie. *Mr Pickwick*?! Tu sors avec un étudiant de Harvard?

Chic empoigna le téléphone.

— Il a une belle voix, dit Hadley avant de disparaître en riant.

— Allô… Qui?… Oh.

Elle en laissa choir son livre, entre allégresse et odieux présage. Whitey… Il la rappelait bien vite… Trop. Pour lui annoncer qu'il ne voulait plus la voir? Qu'il quittait New York pour la côte Ouest? Ou définitivement l'Amérique…

— J'aimerais que vous me pardonniez ma mauvaise humeur de l'autre soir.

Elle ramassa le livre, un bigoudi vint agripper le tire-bouchon du téléphone, elle tira, remorqua une mèche, manqua crier aïe…

— Hé! s'exclama-t-elle à la place (somme toute un moyen terme). Bien sûr, Whitey.

– Que se passe-t-il par chez vous? demanda-t-il aux clameurs stridentes qu'un Ogden était en train de pousser à l'étage au-dessus.

– Oh. Rien. Le petit ange de la maison. C'est adorable d'avoir... appelé.

Elle laissa passer un temps. Allait-il l'inviter? Il allait sûrement l'inviter. Oh, si seulement ce mioche pouvait cesser de brailler!

– Pourra-t-on se revoir? Si vous ne m'en voulez pas.

– Non... Non, bien sûr que non! bredouilla-t-elle. Vous étiez en colère. Je l'ai bien compris.

Elle attendit, la gorge en suspens.

– Vous êtes une fille charmante, Chic. Je tenais vraiment à vous le dire. Merci.

Ce fut tout. Ils raccrochèrent. Chic le front embrasé, le souffle court comme si elle avait joué dix heures de trompette. Puis elle battit silencieusement des paumes et remonta comme si elle s'évaporait.

Là-haut, Hadley traquait Ogden qui glapissait dans les couloirs, N° 5 à ses basques. Mais Chic n'entendit rien et voyait à peine. Il avait appelé. Whitey avait pris la peine de... Elle s'enferma à double tour dans sa chambre et resta sur le lit à fredonner *I like a Gershwin tune, how about you...* et à fixer le plafond.

Ogden, lui, était parti se percher au dernier palier. Il le connaissait bien, celui-là. Sa mère, elle, n'y montait jamais; du moins, pas aussi souvent que lui. Il tapota la queue de N° 5 et toqua à la porte habituelle.

– Poker! brailla-t-il. Pokeeer!

– Ogden, reviens! chuchota Hadley, effarée. Elle agitait le chandail que, depuis cinq minutes, il refusait d'enfiler. Il ne faut pas rester ici.

Elle le tira par un bras... qui fit de la résistance.

– Ogden, gronda-t-elle tout bas, si on réveille la dame qui habite là, elle ne sera pas du tout cont...

– Je suis réveillée, prononça une voix sèche sur le seuil ouvert. Qu'est-ce que c'est que ce tintamarre?

– Excusez-nous, Artemisia, murmura Hadley. Nous...

– Poker, répéta très doucement Ogden.

La vieille dame et l'enfant se lancèrent un regard dont la complicité échappa totalement à Hadley (mais pas à N° 5).

– Reviens! gémit-elle lorsque, à sa grande horreur, l'enfant galopa sans vergogne dans l'appartement où elle-même n'avait jamais osé mettre les pieds. Oh, bonté divine, Ogden...

Le Dragon resserra son peignoir émeraude, mi-figue, mi-raisin.

– Eh bien, qu'attendez-vous? Je ne crache pas le feu. Faites comme lui.

Elle fit signe d'entrer à une Hadley aussi stupéfaite qu'intimidée.

Entre deux rideaux mal tirés, un rayon matinal allumait un coin de la sombre pièce. Le lit était défait. Sur le sofa, dont le velours était manifestement l'aliment de prédilection des mites, Betty Grable couvait une pile de 78-tours sur un nid de coussins et, au centre du guéridon, Mae West s'accordait une manucure.

– Enfile ce chandail, ordonna Hadley d'un ton sévère. Et ouste!

Ogden s'en moqua allègrement. Il déploya les bras et se mit à faire la mouette, à la grande joie du chien et la curiosité des chats.

– Cet enfant est intelligent… pour un enfant. Je ne les aime guère en général. Celui-ci a le mérite de savoir se taire. C'est votre fils ?

La question, abrupte, inattendue, suffoqua Hadley. Muette, elle comprima le pull entre ses poings. Elle secoua ardemment la tête.

– Mon… neveu. Le fils de ma sœur Loretta, dit-elle avec une force de conviction désastreuse.

Agile et indifférent, Ogden battait des ailes face à un meuble laqué et marqueté de motifs japonais. Hadley se précipita vers lui et le maintint contre elle.

– On s'en va maintenant ! le somma-t-elle d'une voix sourde.

Elle était à bout. Elle voulait fuir, quitter ce lieu et cette femme aux yeux trop pénétrants.

– Je sais ce qui l'intéresse, dit Artemisia d'un ton paisible. L'autre soir, ce galopin n'a cessé de vouloir jouer avec… ça.

Elle ouvrit le tiroir supérieur du meuble laqué.

– L'autre soir ? répéta Hadley.

– Il participe à chacune de nos parties de poker. Vous l'ignoriez ? Il est arrivé, comme ça, un jour. Une nuit, plutôt. On l'a laissé observer, puisqu'il sait se taire. Et ç'a eu l'air de bigrement le passionner. Vous êtes en train d'élever un futur flambeur… J'en ai connu un, à une époque. Il voulait m'épouser. Clive Hunter était son nom. Après une partie d'anthologie au cercle de Texas Guigan, il m'a offert une rivière de diamants roses… qu'il a reprise deux jours plus tard pour payer une autre partie d'anthologie.

En parlant, elle avait dégagé d'un grand écrin une paire d'extraordinaires oiseaux noirs. Elle les éleva dans l'espace. Ogden, menottes goulûment tendues, s'amusa à faire rebondir les plumes mobiles comme des ressorts.

Hadley fixa la parure dans un silence ébloui. Voilà. C'était ça, la *touch* qu'il fallait pour la tenue du Stork Club. Un seul oiseau suffirait. Elle le poserait sur l'épaule... Les plumes étaient sûrement aussi douces que la pierre de jade.

Elle les effleura du bout des doigts. L'apesanteur en était presque magique.

Mais jamais elle n'oserait.

– Qu'y a-t-il ? interrogea Artemisia.

– Ils sont... incroyables.

Artemisia écarta doucement la main d'Ogden, approcha un oiseau du visage de Hadley.

– Ils vous vont presque aussi bien qu'à moi. La couleur de vos cheveux ressemble à celle que j'avais alors. Les miens étaient plus abondants, plus sauvages. Il faut être jeune pour porter ça. Sinon, on se flanque une dégaine de vieux plumeau. Jeune... et avoir un amoureux. Vous en avez un ? Un amoureux ! répéta-t-elle plus fort, faisant sursauter Hadley plongée dans ses pensées.

– Non ! Oh non...

– Vous êtes mignonne, pourtant.

Elle rangea l'oiseau à côté de son jumeau. Puis elle prit le chandail des mains de Hadley, l'enfila au petit garçon qui laissa faire.

– Lorsque vous en aurez trouvé un, je vous les prêterai si vous voulez.

Hadley saisit la main d'Ogden en remerciant. Au moment de franchir le seuil, elle prit son élan et se retourna.

– Pourrais-je… Pourrais-je emprunter l'un d'eux? Pas maintenant… À la fin de la semaine.

–Vous aurez trouvé l'amoureux pour la fin de la semaine?

– Je commence un travail au Stork Club. C'est pour ma tenue… Les filles là-bas portent toutes un bijou, un ornement, et…

Hadley se tut, terrassée par sa propre audace. Le regard vert l'étudia assez longuement.

– Le Stork Club. J'y allais avant guerre. Sherman Billingsley était fou de moi, il dansait sur mon petit doigt. Est-il toujours le propriétaire?

– On a en effet prononcé ce nom-là.

Artemisia tira à nouveau l'oiseau de l'écrin, le contempla, songeuse.

– À une condition, articula-t-elle à voix basse.

– …

–Vous me présenterez l'amoureux de la fin de semaine.

Hadley se mit à rire.

– Merci. Oh, merci, Artemisia.

– Appelez-moi le Dragon. Ce sera tellement plus gentil.

22

Elite Syncopations
(rag time)

Un peu plus tard, le Dragon repoussa les rideaux et regarda Hadley disparaître à l'angle de la rue, galopant à son habitude, son petit à bout de bras.

Une fois, il y avait très longtemps, avant la Première Guerre, Artemisia avait aussi attendu un bébé. L'annonce l'avait baignée d'une incroyable félicité. Nelson l'aimait et elle l'aimait. Il était certain, évident comme le jour précède la nuit, qu'ils se marieraient. Leur amour avait juste pris... un peu d'avance.

Pourtant, Nelson Julius Macaulay n'avait, de sa vie, jamais rien appris du bébé.

ARTEMISIA
PRINTEMPS 19...

Le *Broadway Limited*, qui devait les emmener ce jour-là assister aux courses de chevaux de Plainsfields, était très jeune. Jeune aussi, ce XXe siècle qui n'était qu'un gamin et n'avait pas encore joué à la guerre.

Jeune, la belle Artemisia. Elle n'avait pas appris à dissimuler ses joies ou à jouer les blasées. Radieuse et animée, elle riait souvent, battait des mains à chaque nouveauté, car chaque nouveauté était une stupéfaction en cette ère de tous les débuts.

Le voyage devait durer quatre heures.

Elle et Nelson étaient partis, escortés de toute une fête de jeunes gens de la *gentry* new-yorkaise. À la toute neuve Penn-sylvannia Station, ils avaient déjeuné au Savarin, le restaurant huppé de la gare.

Il y avait là les Murray, fraîchement mariés, les étincelantes Haydee et Faith Wharton, Beau Llewellyn, qui méritait super-lativement son prénom et rendait (le pauvre) Nelson si jaloux ; l'assommant Sterling Crane, ainsi que les cols d'autruche de sa sœur Barbara qui flirtait si âprement avec (le pauvre !) Nelson, et quelques autres.

Artemisia les trouvait snobs – sauf Nelson, évidemment,

puisqu'elle était amoureuse de lui. Elle s'en accommodait cependant, car ils savaient être drôles.

Au Savarin, comme ailleurs et comme toujours, la conversation roula sur des gens qui n'étaient pas là. En l'occurrence, les jumelles Latimer de Park Avenue Ouest.

– Vous ne les connaissez pas, Artemisia ? s'étonna Haydee Wharton avec son rire de tourterelle. Il faut alors que vous sachiez qu'il y a la sœur bonnet de nuit et la sœur délurée.

– Sachez aussi, Mitzi, chuchota Beau, que les jumelles Latimer répondent aux doux noms de Prudence et Margaret.

– Ce jour-là, donc, continua Haydee, Miss Latimer la Délurée prend le frais au Park et se fait aborder par un inconnu. Je ne sais ce qu'ils se disent ou font, mais, ensuite, l'inconnu la suit à son insu jusque chez elle. Il note l'adresse. Deux jours plus tard, il sonne à sa porte. Elle ouvre. Il se lance dans un discours enflammé : il n'a cessé de penser à elle depuis leur rencontre au Park, il chérit les mots qu'elle lui a susurrés ce jour-là, ils ont nourri ses espérances, etc., etc. Et le voilà qui l'attrape par le cou et l'embrasse sans autre forme de procès ! Sauf que ce n'était pas Miss Latimer la Délurée mais Miss Latimer le Bonnet de nuit. Elle...

– Sur la bouche ? s'exclama Artemisia, en riant. Un baiser avec la langue ?

Haydee battit brièvement des cils. Elle jeta un regard atterré aux autres. Murray se dépêcha de verser de l'eau dans le verre de sa récente épouse qui avala en s'étouffant, Faith pouffa bêtement derrière ses mitaines. Barbara admira les somptueux caissons au plafond. Beau ébaucha un sourire dans sa barbe. Nelson fut le seul à éclater de rire sans retenue.

– On peut le supposer, soupira enfin Haydee. Bref. Miss Latimer Bonnet de nuit s'est emparée d'une pendule à cloche qui se trouvait derrière, dans le hall, et a assommé le malheureux.

On rit poliment. Haydee soupira derechef. La grossière interruption d'Artemisia, avec sa question triviale, avait troublé et gâché la fin de son récit.

– Servons-nous une citronnade et une bonne blague, dit Faith.

– Puisqu'il est question de pendule et puisque nous sommes dans une gare, commença Sterling Crane, avec un rien de pédanterie, je connais cette histoire fort amusante de deux hommes qui voyagent en train… Le premier demande au second : «Quelle heure est-il ?» L'autre lui répond : «Mardi.» Le premier lui dit alors : «Ah, merci. C'est ici que je descends.»

Il rit. On sourit. Sauf Artemisia.

– Et ensuite ? demanda-t-elle.

– Rien. L'histoire est finie, s'agaça Barbara, qui lui adressait pourtant rarement la parole.

Par chance, l'olifant sonnait le rappel à l'entrée du Savarin. À travers la salle des pas perdus, les distingués globe-trotters suivirent les seize képis rouges de la fanfare jusqu'au quai n° 4 où le pimpant *Broadway Limited* attendait avec la nervosité d'un jeune dogue muselé.

C'était une foule gaie, bavarde, riche, et probablement inquiète. Certains voyageurs empruntaient le train pour la première fois. Ceux qui continuaient jusqu'au terminus de Chicago y passeraient la nuit, soit plus de vingt heures en tout.

Sur le quai, une jeune femme poudrée, aux joues très rouges, chantait. À cause des hautes voûtes métalliques, sa voix montait par révérbérations, comme du fond d'un aquarium :

S'il est vil de farder de rouge ses lèvres,
De secouer ses épaules et de balancer ses hanches,
La demoiselle que je suis vous rétorque : «Je veux être vilaine!»
S'il est vil de vamper les messieurs,
Ou de se lever après 10 heures du matin,
Alors, la réponse est :«Oui, je veux être vilaine!»
Qu'y puis-je si je suis pleine de vigueur et de santé?
Je vous le clame : «Je veux être vilaine!»

Avant de monter, ils achetèrent des cornets de dragées et de berlingots à des colporteurs. Artemisia choisit les siens à la menthe douce car elle avait eu des nausées le matin.

Elle et Nelson étaient dans la voiture Pullman appelée *Times Square*. Le nom enchanta Artemisia, mais pas autant que sa cabine au ravissant petit salon d'acajou et cet amour de couchette aux draps de percale ivoire. Nelson occupait la cabine voisine.

Elle découvrit une bouteille emplâtronnée de blanc dans un seau en cristal, et deux flûtes à champagne. Elle alla frapper à la cabine de Nelson pour l'inviter à trinquer avec elle.

Il cessa d'écrire quand elle entra. Il posa son porte-plume et reboucha son encrier de voyage.

– Toujours vos petits carnets mystérieux, chuchota-t-elle en allant se blottir sur ses genoux. J'ai longtemps cru qu'il s'agissait du même, car ils sont tous de ce maroquin blond. Avec ces pages crème. Et ce petit lien en cuir brun pour les fermer. Qu'est-ce que vous y racontez de si sérieux?

D'abord, il l'enlaça afin de mieux l'embrasser.

– La vie, répondit-il ensuite. Moi. Vous. Notre déjeuner au Savarin. La fanfare. La chanteuse qui désire tant être vilaine. Ce train. La bande d'idiots qui nous escorte. Vous, encore. Vous, toujours.

– Moi quand je vous embrasse, par exemple ? murmura-t-elle en joignant la geste à la parole.

– Par exemple.

– C'est donc un journal intime ?

– Disons un carnet de voyage. La vie n'est-elle pas un voyage ?

– Vous parlez vraiment de moi, là-dedans ?

– Essentiellement. Oubliez-vous, Mitzi, que voici deux années que nos existences voyagent ensemble ?

Elle sentit son cœur battre plus vite.

– Tu aimerais qu'il se prolonge, ce voyage-là ? demanda-t-elle tout bas. Qu'il dure… toute la vie ?

– Je ne désire rien d'autre au monde, ma chérie. Rien.

Elle s'obligea à se taire et à attendre.

Elle attendit donc. Leurs yeux se scrutèrent. Puis Nelson la désenlaça en silence. Artemisia se remit lentement debout.

– Mais… ? dit-elle d'une très petite voix.

Il referma le carnet, avec lourdeur presque, comme un caisson rempli de galets.

– J'ai en face de moi toute une généalogie de Macauley. Branches directes et branches dérivées. Cela demande du doigté, une once de duplicité et… une certaine puissance de frappe.

Elle resta muette un moment.

– J'étais venue vous inviter à boire le champagne, dit-elle.

Il rangea son carnet et la suivit dans sa cabine. Ils trinquèrent autour d'un adorable guéridon à festons où un bouquet de roses, avec une carte liserée d'or, souhaitait la bienvenue.

— Vous ne terminez pas votre coupe ? demanda-t-il.

Elle avait de nouveau mal au cœur. Mal à son cœur. Elle réussit à sourire.

— Nous en boirons d'autres, n'est-ce pas ? Notre voyage n'est pas terminé.

Elle sortit dans le couloir, regrettant presque que le trajet ne durât que quatre heures.

— Nous reviendrons, voulez-vous ? lui dit-elle plus tard. Nous irons à Chicago, même si nous n'avons rien à y faire. Juste pour le plaisir de passer la nuit dans ce *Broadway Limited*, et puis nous en reviendrons… pour le plaisir d'une autre nuit.

À l'allusion à peine masquée, Nelson vérifia le couloir où ils se trouvaient, la mine faussement scandalisée. Barbara Crane jouait distraitement avec son col en autruche. Beau Llewellyn avait entendu, il regardait par la vitre en suçant ses dragées. Artemisia lui offrit son sourire le plus amène, le plus *donzelle ingénue*.

— Combien d'arrêts jusqu'à Plainsfields ? interrogea-t-elle.

— Sept ou huit, je crois, dit Beau, qui ne demandait que cette perche pour se rapprocher d'elle.

Nelson le fusilla des yeux, crocheta Artemisia par la taille pour l'emporter vers la voiture-observatoire, miraculeuse et féerique invention d'un ingénieur poète, car par-delà le plafond transparent on y voyait défiler le ciel.

La première heure dura cinq minutes. Dans la voiture-salon, ils jouèrent aux cartes avec la bande, aux charades, à la chandelle, au piquet…

Dans un coin, près du bar en orme, un piano mécanique martelait *Easy Winners* de Scott Joplin.

Quelqu'un proposa un poker. Artemisia battit des mains. Elle adorait ça. Elle y jouait avec son oncle Donald depuis l'enfance et se savait assez forte. La jeune Mrs Murray déclina vivement, elle préférait retourner lire dans sa cabine. Faith Wharton la suivit en disant qu'elle refusait de s'encanailler à des plaisirs de bootleggers.

Ils jouaient depuis une demi-heure, Artemisia était en train de gagner lorsque Haydee lui lança :

— Ma chère, je ne sais si la chose est possible, mais j'ai comme le sentiment que vous trichez.

Artemisia, qui jamais n'avait triché de sa vie, en resta pantoise.

— J'ai la même intuition, renchérit Barbara, qui ne cessait de s'embrouiller et jouait très mal.

Elle la considéra sous les cils de ses paupières lisses, caressant son col d'autruche. Artemisia repoussa sa chaise, jeta ses cartes sur la table :

— Prouvez-le, et nous en reparlerons.

Les deux jeunes filles en face d'elle, d'abord surprises, se mirent à rire et à glousser de façon exaspérante.

— Ne prenez pas la mouche, voyons. Vous voyez bien que c'est du bluff. Nous plaisantions. Allons, rasseyez-vous.

Artemisia ne se rassit pas. Elle quitta la table. Beau, qui était son voisin, tenta de la retenir par les doigts. Elle se dégagea, refoulant ses larmes de colère.

Elle passa le second soufflet qui menait à la Pullman *Milky Way*, et marqua un arrêt en se tenant à la rampe de cuivre qui filait le long du couloir.

Qu'elle était sotte d'avoir réagi aussi violemment, si impulsivement. Elle s'en voulait. Ces péronelles… Avec quel art elles savaient garder leur sang-froid ! D'ailleurs, leur sang devait être naturellement froid. Tout comme leurs yeux quand elles la toisaient.

Elle entendit des voix, toutes proches, qui provenaient d'une cabine ouverte sur le couloir.

– Je ne vois pas quel raffinement, mon Dieu, on pourrait attendre d'une fille de marchand de légumes de Hoboken.

Elle reconnut la voix de la jeune Mrs Murray. Et la voix qui répondit était celle de Faith Wharton.

– J'espère de tout cœur que ce pauvre Nelson n'a pas la sottise de vouloir l'épouser. Imaginez-vous la tête de Mr Macauley père !

– J'imagine surtout celle de Mrs Macauley. Voilà deux ans qu'elle invite Barbara à leurs dîners, garden-parties et barbecues avec l'espoir manifeste que… Elle l'a même conviée à un séjour dans leur maison du Maine, cet été. Barbara me l'a confirmé.

– Il paraît que la petite chose habite une pension de famille dans le quartier de la Bowery. La Bowery ! Une pension de famille ! Vous voyez d'ici le tableau. Croyez-vous que Nelson et elle ont… ?

Leurs voix baissèrent et se perdirent dans le fracas des roues.

Artemisia tira sur les plis de sa robe et vint se planter bien droite sur le seuil de la cabine.

– J'ai abandonné la partie de poker, dit-elle d'un ton enjoué. Vous aviez raison, Faith. Vos amis se comportent avec les cartes comme des bootleggers avec des cargaisons de bourbon. Je n'aurais jamais pensé que Haydee pût se montrer si prosaïque et Barbara avoir des réactions de marchande de légumes.

Elle leur adressa son sourire le plus adorable, leur fit un petit adieu de la main.

Elle atteignait le troisième soufflet lorsqu'on lui enlaça la taille.

– Où fuyez-vous ainsi, petite anguille ? murmura Nelson à son oreille.

– Sur la plateforme, admirer le paysage.

– Il sera plus joli à deux.

– La partie est terminée ?

– Pour moi oui, puisque vous n'y êtes pas.

Il lui donna une pichenette sur le bout du nez.

– Ne faites pas attention à ces sottes.

Elle resta silencieuse.

– Vous sentez le savon frais et l'eau de Cologne, dit-elle quand elle se retrouva seule avec lui sur la plateforme ouverte mais abritée.

– Il y a un barbier à bord. J'ai pris le temps d'y passer avant tous ces jeux ineptes. Vous aimez ?

Des prairies, des champs jaunes et chauds défilaient autour d'eux, comme dans un kinétoscope. Sa robe battait, drapeau de dentelles roses contre les jambes de Nelson. Elle se tenait à lui, il était si solide.

– Pour le savoir, le taquina-t-elle, il faudrait que je vous embrasse.

Dans ses bras, chaque fois, elle songeait qu'y passer le reste de son existence était la chose la plus désirable au monde. Il lui caressa passionnément les cheveux, et elle n'eut pas le cœur de lui dire qu'il démolissait une œuvre que la coiffeuse avait passé la matinée à édifier.

– Eh bien… ?

– Essayons encore. Je ne suis pas sûre.

Après cela, elle avait vraiment failli lui dire pour le bébé, leur bébé. Elle savait qu'il serait aussi heureux qu'elle, davantage peut-être… Au lieu de quoi, elle dit :

– Est-ce que mes baisers sont plus jolis que ceux de Barbara Crane ?

C'était une pure espièglerie d'amoureuse. La réponse de Nelson déclencha en elle un séisme.

– Vos baisers sont forcément plus jolis, Mitzi, répondit-il. Puisque sans plumes d'autruche. Ceux de Barbara font éternuer… Probablement.

Le « probablement » fut rajouté avec nonchalance. Mais une seconde trop tard. Artemisia sentit le pincement de la trahison. Nelson avait-il déjà embrassé Barbara Crane ? Lui qui ne cessait de se moquer, de la railler ? Elle s'interdit pourtant de lui poser d'autres questions.

Mais elle rumina, fixant les rails qui filaient à reculons pour devenir une ligne unique à l'horizon.

Il avait ajouté soudain :

– J'ai une surprise pour vous. Je voulais vous la donner plus tard, mais… Venez !

Il l'avait conduite par le poignet. Tout au long des voitures qu'ils retraversaient, elle avait cru, réellement cru, qu'il s'agissait de la bague et de la demande qui accompagnerait.

Dans sa cabine, il s'empara d'un écrin velouté sur le portebagages, le lui tendit. Artemisia déballa, tremblant un peu et battant la campagne. Comment une bague pouvait-elle se cacher dans ce grand…

C'étaient eux. Les oiseaux. Les deux merveilleux oiseaux !
– Je les ai choisis parce qu'ils sont comme vous, Mitzi. Légers et insaisissables.

Il les clippa sur ses épaules, la fit avancer face au miroir.

– Il y aura un bal, ce soir, à Plainsfields, après les courses. Vous les mettrez ?

Elle s'observait. Les aigrettes de plumes ondoyaient en cercle autour de sa figure, comme les jets obscurs d'une fontaine d'encre.

– Tu ressembles à une fontaine en Italie. Je te montrerai l'Italie, Mitzi.

– En voyage de noces ? fit-elle d'un ton sec.

Il cilla, chercha des mots qu'il ne put dire.

Le regard d'Artemisia revint aux oiseaux. Ils étaient si beaux. Elle les avait adorés dès qu'elle les avait vus.

Mais son cœur était déçu, trahi, en colère. Ne devinait-il pas qu'elle n'en pouvait plus d'espérer ? Elle portait leur enfant, et c'était là tout ce qu'il proposait de lui offrir ?

En réalité, songeait-elle, des larmes d'amertume plein le cœur, il ne désirait pas du tout l'épouser. Il la désirait tout court. Mrs Macauley mère veillait à la bonne ordonnance sociale, et jamais son fils n'oserait...

Brutalement saisie d'une rage aussi féroce qu'animale, elle jeta les oiseaux sur le sol parqueté et les piétina avec délectation et fureur de ses petits talons pointus. Nelson la dévisagea, stupéfait.

Elle sortit en claquant la porte, sans prononcer une parole. Elle courut s'enfermer à double tour dans sa cabine avant qu'il pût reprendre ses esprits et essayer de la rattraper.

Elle s'effondra sur la couchette sous la fenêtre, et sanglota sur ses poignets.

Au milieu de la troisième heure, Nelson avait déjà frappé sept fois à sa porte. Elle n'avait pas ouvert.

C'est au cours de cette même heure que le *Broadway Limited* commença à émettre des hoquets de chiot malade, avant de ralentir puis de freiner paresseusement au sein de collines ensoleillées.

Artemisia, qui ressassait, étendue sur sa couchette comme la plupart des voyageurs à ce moment de l'après-midi, trouva au silence une brutalité bienfaisante. Des peupliers bruissaient au loin. Elle n'avait pas le courage de se relever pour abaisser les stores.

– Hé, s'écria soudain, à l'extérieur, une voix sous sa fenêtre. J'ai trouvé ce que c'est. Un animal coincé sous les bogies. Qu'est-ce qu'il fiche là? Un opossum. Il est mort.

Elle se dressa sur un coude.

Au même instant, un visage jeune, sous une visière bleue, apparut au centre de la vitre. À la vue d'Artemisia, les sourcils bruns s'écartèrent de surprise, la bouche souffla un cercle stupéfait de buée, avant de s'ouvrir en un rectangle occupé par des dents carrées sympathiques. L'oreille droite était fendue à la manière des flibustiers de Douglas Fairbanks Sr.

Elle ne le savait pas encore, mais il s'appelait Bubber. Bubber Kibbee.

Artemisia bondit de sa couchette, coulissa la fenêtre et se pencha, le corps à moitié dehors. Elle aperçut des mécaniciens qui s'affairaient, un peu plus loin, à dégager le corps de l'opossum de sous un wagon.

L'air sentait l'herbe coupée, le pollen voltigeait en essaims dorés.

– Où est-on ? demanda-t-elle au garçon à l'oreille fendue.

– Furnace Junction. Pas souvent qu'on a l'honneur d'y voir s'arrêter le *Broadway Limited*. Même jamais.

– La gare est loin ?

Il montra une minuscule bâtisse à une centaine de mètres.

– Ma maison. Mon père est le garde-barrière.

– Je peux venir ?

– On n'est pas bien, là-dedans ? fit-il en montrant la cabine rutilante de luxe.

– Horrible.

– Bon, ben, venez alors…

En un éclair, elle remit souliers, veste et chapeau, prit sa valise, fila dans le couloir et descendit.

Bien sûr, elle n'était pas tombée amoureuse de Bubber Kibbee.

Il lui avait offert une citronnade glacée, sa mère une part de tarte. Artemisia était restée deux jours dans la petite maison des gardes-barrières car le tortillard qui rejoignait le New Jersey ne passait que deux fois la semaine.

Bubber était gentil, il avait tenté de flirter avec elle, mais elle aimait toujours Nelson.

Après, à son retour à New York, tout n'avait été que détresse et chagrin. Elle était allée chez un affreux médecin à favoris marrons qui lui avait demandé 120 dollars pour libérer son ventre du bébé. Elle l'avait payé en cinq fois.

Cela, elle ne le raconta jamais à personne.

Elle quitta la pension de famille où elle résidait, et trouva refuge chez sa sœur Céleste qui venait d'épouser Finlayson Merle, comptable de son état.

La veille de son départ de la pension, un porteur en livrée vint lui déposer un paquet.

– Vous ne l'ouvrez pas ? demanda sa logeuse, une femme rèche aux mains rougies par le savon noir, la voyant bouleversée et toute figée.

Le cœur en tempête, Artemisia lut et relut la petite carte qui accompagnait le paquet : *Mettez-les, ce soir, à notre table au Waldorf. Nous vous y attendrons, moi et votre potage préféré. Les asperges primeur n'ont, paraît-il, jamais été aussi délicieuses qu'en ce printemps. M'aimez-vous autant que vous les aimez ? J'ai peur que non. Je vous aime, quant à moi, plus que tout. Votre Nelson.*

Elle ôta le papier soie, souleva le couvercle de l'écrin… Les oiseaux ! Pas ceux qu'elle avait écrasés et piétinés dans le train, mais leurs jumeaux, exactement, si parfaitement pareils. Nelson les avait rachetés – ou fait refaire – pour elle.

Le premier élan d'Artemisia fut de les retourner à leur expéditeur. Puis une plume vint lui effleurer tendrement la joue, et elle se sentit incapable de s'en séparer une seconde fois. Elle décida que ce serait le cadeau de l'adieu.

Elle n'avait jamais revu Nelson.

Elle lisait des échos sur sa vie, parfois, par les chroniques mondaines du journal. Il n'avait finalement pas épousé Barbara, mais une certaine Emily Aldrich, encore plus fortunée que lui, cinq ans après la fuite d'Artemisia à Furnace Junction.

Elle avait appris sa mort, cet automne.

Elle n'avait plus repris le *Broadway Limited* de sa vie.

23

Moonlight in Vermont

Cosmo sourit à Jo et Dido qui ne souriaient pas du tout.

— Je sais ce que nous allons faire, dit-il en claquant l'une contre l'autre ses moufles qu'il empocha ensuite dans sa canadienne épaisse comme deux steaks. On va rebrousser chemin jusqu'à ce *roadhouse* croisé tout à l'heure. Là, on appellera un garage qui enverra quelqu'un.

Dido renifla, la figure toute rétrécie au-dessus de son petit col en fausse fourrure rouge. Autour, les congères avaient l'air d'igloos d'où personne n'eût été surpris de voir surgir un locataire esquimau.

— En admettant qu'on puisse faire plus de trente pas dans ce sorbet. En admettant qu'on retrouve ce *roadhouse*. En admettant que les lignes téléphoniques fonctionnent, et que le garage déniche un volontaire pour risquer sa peau par un temps pareil... ce volontaire ne pourra être qu'un dipsomane détraqué.

Jocelyn la contempla, éberlué, un tantinet admiratif. Où Dido allait-elle chercher assez d'haleine pour propulser de telles tirades ? Sa pratique des slogans ? Lui-même avait les lèvres toutes gercées, et la bise lui coupait le souffle.

– Et toi, Jo ? Qu'en penses-tu ?

– Je pense qu'il faut arrêter de penser. Courons à ce *road-house* !

Au mot « courons », Dido ricana. Jocelyn nota qu'elle fouillait les alentours du regard.

– Il n'y a pas un chat, observa-t-il, narquois.

– J'ai parlé d'un chien ! se crispa-t-elle.

– Les espions n'aiment pas le froid, dit-il en posant un baiser agile sur sa moue. Ils ne vont pas dans le Vermont.

Ce matin, au moment du départ, alors qu'ils attendaient Cosmo à la grille avec les bagages, elle avait reconnu la Dodge Custom bleu navy, postée à une centaine de mètres, son chauffeur manifestement en faction. Jamais Dido ne l'eût repérée si, l'autre soir dans le taxi, Scott, l'ami de Manhattan, n'avait attiré leur attention.

Elle avait fait le lien avec la visite incongrue, dix jours auparavant, de ce garçon roux qui vendait des couteaux, accompagné de son petit corniaud chaplinesque...

Leur maison était-elle surveillée ? *Ils* ne prenaient même pas la peine de se cacher. *Ils* s'en fichaient bien. Que leur proie se sente traquée les enchantait.

– Tu connais papa, raconta-t-elle à Jocelyn tandis que Cosmo roulait plein nord sur la Bronx River Parkway. Il a fait entrer ce type, a donné à boire à son chien, lui a acheté deux bricoles, lui a offert du thé. Quand je suis arrivée de l'école, le type était là depuis deux heures. J'ai détesté ses yeux. Ils enregistraient tout.

Elle remarqua le regard un brin goguenard qu'échangeaient les deux garçons. Elle croisa les bras et ne décrocha plus un mot.

Cosmo ferma l'objet de leur animosité et de leurs soucis : la grosse Packard Station Wagon à placages de bois – un prêt de son cousin, le sportif –, avec tout l'attirail de ski ficelé sur le toit. Il remit les mains dans ses moufles et tous trois s'enfoncèrent à la queue leu leu dans la neige.

Ils suivirent la route. Du moins ce qui y ressemblait, car on ne croisait aucun véhicule. Quel cinglé se serait aventuré dans ce piège de glace ? À part eux ?

– Les montagnes Vertes sont blanches ! Il est bon de découvrir par ses propres yeux ce que colportent les guides.

Jocelyn se concentrait sur les traces de pneus de la Packard et la ligne de sapins dont les aiguilles raides de gel cliquetaient comme des drisses au-dessus de leurs têtes.

– Hé ! Hé ! Hé ! Qu'est-ce que je vois ! hurla Cosmo en se dandinant soudain comme un grizzli. Son bras pris de folie fit des voltiges de mouche excitée à l'approche d'un fromage.

Sous le bleu congelé d'un néon, le cube en verre du *roadhouse* flottait au pied des montagnes tel un aquarium.

– Et c'est ouvert ! cria Jocelyn. Il accéléra autant qu'il le pouvait dans le demi-mètre de neige.

La chaleur de la salle leur parut aussi réconfortante qu'un tonneau de rhum au trappeur égaré qui sent poindre la pneumonie et le renoncement.

Dans la partie bar, vide, *Buttons and Bows* gazouillé par Dinah Shore jaillissait des bajoues d'un juke-box plus rose qu'un ivrogne hilare. Dans la partie échoppe, un homme en veste de bûcheron à motifs écossais les accueillit, l'air de n'avoir attendu qu'eux toute la sainte journée. Ce qui était possiblement le cas.

— Les Rois mages! s'exclama-t-il en remontant les oreillons de sa casquette fourrée.

— Notre voiture est tombée en panne, expliqua Cosmo.

— SA voiture est tombée en panne, corrigea Dido.

Elle détestait Dinah Shore.

Des restes de confettis de Noël subsistaient çà et là sous les tabourets du bar... On était à deux pas du mois de mars.

— J'vous ai vus passer t'à l'heure! nota l'homme avec un rire dont on se demandait s'il était de sympathie ou de pitié.

Il avait les lobes décollés de Bing Crosby et autant de dents que Clark Gable, en moins bien lavées. Il écarta la guirlande dépressive qui pendait du plafond; elle y perdit un toupet de poils qui chuta sur le bar comme une queue de chat mal en point.

— Je m'suis dit, ceux-là...

Ils attendirent une fin de phrase. Il n'y eut qu'une fin de rire bourrée de sous-entendus.

— Il y a un téléphone?

L'homme frotta ses mains sur un chiffon à cambouis avant de désigner le recoin caché par une immense pin-up en carton, buveuse de Coca-Cola et toute piquetée de fléchettes en plastique. Dido eut un frisson.

— De la monnaie? s'enquit Cosmo en montrant un billet de cinq.

— Hou là. Non. Avec tout' ces chutes de neige, l'est pas passé grand monde aujourd'hui, ma caisse est vide.

Cosmo interrogea ses amis du regard. Jo n'avait qu'un *nickel*.

Avec un reniflement qui révélait l'ampleur de ses griefs et de son hostilité, Dido sortit deux pièces.

East is east, and west is west, and the wrong one I have chos', clop clop clopinait Dinah Shore via les bajoues de l'ivrogne rubicond, … *I am yours in buttons and bows…*

Cosmo feuilleta l'annuaire en accordéon, puis composa un numéro tout en séchant son long nez sur sa manche. Le froid transformait l'escarpin en savate rouge.

— Allô? Allô? lança-t-il, la voix aussi joyeuse que s'il invitait une adorable voisine au bal. Le garage Ackenbloomer?

La bottine de Dido se mit à tapoter le sol en ciment jaune. Jocelyn étudiait l'Empire State Building dans la boule en verre posée sur le comptoir. Il la tourna, la retourna. L'Empire State se dilua sous un maelström de neige. Il la reposa.

— Vous n'avez personne? s'étonnait Cosmo, toujours jovial. Mais nous sommes en panne, seuls dans la nuit qui tombe, avec un fou dangereux qui s'est évadé de l'asile voisin! Oh… bien. Ah… tant mieux!

Il lança, par-dessus l'épaule, un clin d'œil qui confirmait que, là-bas, on avait enfin trouvé. Du même ton réjoui, il exposa leur déplorable situation. Dido songea que, s'il avait dû décrire leurs cadavres étendus raides dans le fossé, il eût affiché la même expression débonnaire.

— Sauvés! dit-il en raccrochant. Plus de mécano pour nous dépanner… Mais le fils de la maison vient nous chercher.

Ils commandèrent trois cacaos, trois donuts. Ils s'attablèrent face à une maison de poupée clouée de guingois et peuplée de figurines de Mickey: Mickey en bonnet de nuit, et faisant coucou, Mickey découpant un gâteau rose, et faisant coucou,

Mickey lisant un magazine, et faisant coucou, Mickey offrant un bouquet à Minnie, etc.

Dido eut un autre frisson.

Elle retira ses gants pour se chauffer autour de la tasse. Des poils dorés avaient migré de guirlandes jusqu'à la banquette ocre.

– Tu ne bois pas ?

Again… This couldn't happen again, this is that once in a lifetime… roucoulait maintenant l'anesthésique Vic Damone.

– Ce cacao a un goût. Servir de bouillotte est à peu près son seul talent.

Jocelyn trouva qu'elle exagérait. Soit, le chocolat avait un petit goût. Mais pas si désagréable.

– Un goût ? répéta Cosmo, la bouche pleine.

Jocelyn se sentit empli de compassion. Cosmo paraissait trouver follement désopilante leur mésaventure, d'accord. N'empêche, c'était chic de les avoir invités. Rien ne l'obligeait.

– Il est très bon, l'assura-t-il en hâte.

Il croqua son donut, piqua du nez dans son cacao pour ignorer l'air ulcéré de Dido.

– Le plus marrant, dit leur hôte lorsqu'il revint débarrasser, c'est qu'avec la même trotte, mais en sens inverse, vous s'riez tombés sur vot' chalet au lieu de devoir r'venir sur vos pas !

C'en fut trop. Dido toussa sa gorgée de cacao. Jocelyn intercepta le regard qu'elle lui décochait à la dérobée : elle riait ! Elle n'avait pas ri depuis le départ de New York.

Il rit aussi. Ainsi que Cosmo. Un instant, ils retrouvèrent leur complicité. Un instant seulement. Car Dido reprit vite ses poses de sultane offusquée.

– Tu es du coin, Cosmo, reprocha-t-elle avec sévérité. Tu ne savais pas ?

– Qu'est-ce qui ressemble le plus à une route sous la neige qu'une autre route sous la neige ? soupira-t-il. Je viens ici une fois par an, et par la gare qui est de l'autre côté.

– Vous r'boirez aut' chose ?

Ils répondirent non, mais achetèrent des œufs, du bacon, des saucisses, du café, des haricots et des pêches en boîte, de la farine, des sodas et, puisqu'on se trouvait dans le Vermont, un pot de sirop d'érable. L'homme (qui répondait, quand il le voulait bien, au nom d'Aldous Rushworth) gloussa à nouveau, sans rime ni raison. À l'instar de Cosmo, rien ne semblait rabattre sa belle humeur, pas même les trilles perçants de Jane Powell qui électrisaient en cet instant le juke-box.

Il leur promit de rappeler Ackenbloomer à l'aube, de ramener lui-même la Packard au chalet dès qu'elle serait réparée. Cosmo lui claqua dans la paume et tous les deux s'esclaffèrent sous l'œil accablé de Dido.

L'ivrogne à chansons se tut enfin.

Un son affable de clochettes leur parvint soudain du dehors. Aldous Rushworth joua gaiement des sourcils.

– On dirait qu'ils arrivent !

Un tourbillon glacial s'engouffra par la porte. Sur le seuil, debout, les « *ils* » étaient en réalité un « *il* » tout seul. À la fois sombre et blanc de neige, et de forme imprécise.

– Le dipsomane détraqué ! souffla Dido, fascinée.

La forme était grande, encapuchonnée d'écharpes et de laines diverses. Elle désigna le traîneau à cheval qui attendait sur la route.

Jocelyn y grimpa le premier, s'enfonça avec bonheur sous les patchworks amoncelés en une sorte de tente molle sur les bancs. Il y fut vite rejoint par Dido et Cosmo.

Aldous les salua depuis le seuil.

– Hue ! lança-t-il.

Ce qui déclencha un de ses rires inquiétants, tandis que le traîneau s'éloignait sur le matelas de neige, tiré par le gros cheval.

Malgré le vent piquant de la course, malgré les cahots, Jocelyn sentit la douillette chaleur du sommeil le gagner.

Assise entre lui et Cosmo, bien droite dans son manteau empesé de neige, Dido gardait les yeux ouverts, son joli profil balayé par les mèches qui voltigeaient hors de son bonnet au même rythme que la crinière du cheval.

– À quoi penses-tu ? chuchota Jocelyn. (Cosmo avait les paupières closes.)

Dido ne répondit pas tout de suite. Puis, dans un murmure :

– Un jour… Quand les Martiens auront envahi l'Amérique et le monde, on possédera peut-être tous un téléphone dans la poche, on appellera qui l'on veut, quand on veut, d'où l'on veut. Plus besoin de patauger pendant des kilomètres dans six pieds de neige à cause d'un… d'un irresponsable !

Des téléphones de poche ? Dido sortait toujours de drôles d'idées aux moments les plus singuliers.

– Comment pourrait-on se balader en traînant un kilomètre de fil téléphonique derrière soi ? On s'emmêlerait tous dedans… Ce serait lourd. Et trop court de toute façon.

Elle haussa ses épaules où les flocons effaçaient le rouge de la fausse fourrure.

– Idiot. Il n'y aurait aucun fil.

– Quoi alors ?

– Des rayons. Des ondes. Comme la radio ou la télévision. Elle était folle à lier.

– Pas avant l'an 3000, alors, dit-il en admirant la cime des sapins.

– Ou 2000 ? C'est assez long, un demi-siècle.

Elle se blottit enfin sous les patchworks tièdes, tout contre lui, rêveuse.

Ils parvinrent ainsi, au petit trot, à hauteur de la Packard tout empaquetée dans sa coque de neige sur un bas-côté. Les skis sur le toit évoquaient les antennes d'un coléoptère en hibernation, prêt à fuir à la première alerte.

Cosmo, Jocelyn et le dipsomane encapuchonné descendirent à bas du traîneau afin d'y transférer bagages et skis.

La tâche terminée, on reprit place, un peu plus serrés, et l'on retrouva l'élastique cadence des clochettes dans l'après-midi finissant.

– Tu oublies, reprit Jocelyn tout bas (Cosmo s'était remis à ronfloter, une joue calée sur sa paire de skis), qu'en l'an 2000 on sera de fichus vieillards. Avec de fichus téléphones peut-être, mais en guerre contre de fichus Martiens. Tu sais quoi ? Je préfère avoir dix-sept ans aujourd'hui, tiré par un canasson de 1949, sur la route d'un week-end de ski.

– Homme sans imagination. Conservateur !

À gauche, la montagne les escortait sur la pointe des pieds avec des mines de jeune Walkyrie fraîchement mariée.

Par magie, dans un glissement du rideau d'arbres, après le dernier virage, le chalet apparut au flanc d'une petite butte où se levait la lune. Ils se regardèrent, charmés.

Les clochettes se turent, les sabots stoppèrent devant un perron en bois, tout laqué de gel.

Cosmo sauta de son banc, moins endormi qu'on ne le croyait.

– La bergerie de la Brown *family*! annonça-t-il, les bras écartés. La case de l'oncle Tom!

Il devança Jocelyn pour proposer, avec une révérence de laquais dévoué, sa main à Dido. Elle enjamba le marchepied, sauta sur le verglas. Sa bottine dérapa. Elle se rattrapa de justesse au bras qui veillait.

Elle leva la tête pour remercier, et découvrit avec surprise que l'irresponsable avait les yeux noisette.

On se serait cru dans une illustration de livre pour enfants.

Ils promenaient des regards un tantinet fatigués, mais ravis et réconfortés sur les murs aux pierres apparentes, les poutres chaleureuses, la cheminée en moellons, les fauteuils veloutés comme de bons chiens. Dido trouva la main de Jocelyn, tous griefs envolés.

– Bienvenue chez Hansel et Gretel, dit Cosmo, le nez dans l'armoire électrique. Qui veut aller couper du bois?

Jocelyn leva son bras libre.

– Tu sais vraiment faire ça? (Avec un coup d'œil pour les doigts du pianiste :) Il faut utiliser une hache, tu es au courant?

– Le nombre de bûches que j'ai fendues pendant la guerre dépasse la somme de tes mauvaises notes depuis le primaire. La maison de mon Papido était dans les montagnes elle aussi, près d'une forêt.

D'ailleurs, cette case de l'oncle Tom l'y faisait penser un peu. Il y flottait la même odeur d'écorce et de montagne fraîche. Jocelyn ferma les yeux un instant...

– Allume déjà une flambée avec celles qui sont là. La règle est d'en laisser toujours une provision avant de quitter les lieux.

Le froid avait légèrement désaccordé le piano qui se trouvait sous une grosse poutre brune. Néanmoins, après avoir lancé le feu, Jocelyn s'attela à la sonate K263 de Scarlatti. C'était un morceau qu'il avait appris, et le plus souvent joué là-bas, à Saint-Illieux.

Le feu bourdonnait et répandait sa chaleur. Ils allèrent visiter les chambres, firent les lits dans trois d'entre elles.

– J'ai faim, dit ensuite Jocelyn.

– Moi non, dit Cosmo. Mon estomac oui.

Mais ils demeurèrent affalés dans les fauteuils-chiens, devant la cheminée.

– Je suis censée faire le dîner ? voulut savoir Dido.

Les garçons échangèrent un regard par en dessous.

– Parce que je suis une femme ?

– Non, non, non, répondirent-ils ensemble, et doucereux.

– Je préfère couper le bois. À la maison, c'est papa qui s'occupe de la cuisine. Je ne sais même pas mixer une vinaigrette, conclut-elle avec une petite note de défi mêlée de triomphe.

Ils soupirèrent. Eux aussi préféraient casser du bois.

La soirée promettait d'être scandaleusement affamée lorsque, au-dehors, tout à coup, éclatèrent des pétarades de moteur et des vociférations. Cosmo prêta l'oreille.

– Oh non, gémit-il. Ça ne peut pas être…

On tambourina une série de coups péremptoires à la porte en chêne.

– Cosmo! Cosmo! hurlèrent des voix traversées de rires. On sait que tu es là! Aldous Rushworth nous l'a dit. Ouvre, bon sang!

Cosmo lâcha un grognement sonore et alla ouvrir à une poignée de jeunes gens, tous bronzés, tous en gros bonnets de laine, pull-overs épais et chaussures fourrées.

– Millie, Steph, Bill, Ned et Sadie, les présenta-t-il. Oh, et Osmond, je l'oublie toujours. Dido. Jocelyn.

– Québécois?

– Français. *Paree.*

– Bon retour au pays! rugit le dénommé Bill, qui ressemblait assez à l'idée que l'on se fait d'un garçon nommé Bill. Le Vermont a été français, le savez-vous?

– J'ai appris ça, dit Jocelyn. Il en reste même une ville appelée Montpelier. En passant, l'Atlantique lui a escamoté un «l», et ça change tout.

– On est tous au Flaming Star, annonça Millie. Venez, il y a une soirée *square dance*. Il y aura du sirop d'érable.

– On repart généralement d'ici avec une grippe et du sirop d'érable.

– Qui veut conduire? Celui-là recevra un tonneau gratuit de sirop.

– Je veux bien, dit Millie. À condition qu'on m'offre les mouchoirs et le tonneau avant.

Ils s'engouffrèrent dans une Ford noire. Il ne neigeait plus, la nuit était bleu foncé, saturée d'étoiles glacées. Quelqu'un brancha la radio… où Vic Damone repartit à mouliner *Again, this never happened before… this doesn't happen again…*

Jocelyn avait Dido sur son front est, Millie sur son front ouest.

– Tu as vu ? lui souffla Dido au creux de l'oreille. Cette Millie ?

– Quoi ? fit-il du même ton.

– Lèvres orange.

Les néons du Vermont Flaming Star Hotel flamboyaient si clair que les étoiles s'éclipsèrent telles des lucioles affolées. Il était bâti sur des pilotis enfoncés dans la neige.

L'intérieur était comme leur chalet, version bottes de sept lieues : inéluctables poutres, pierres centenaires, cheminées grande taille. Le personnel était composé de rustiques géants. Des groupes de jeunes gens merveilleux traversaient le lounge en merveilleux pulls jacquard, de merveilleux skis à l'épaule.

La salle où se déroulait la *square dance* était déjà bondée. Il y avait un buffet où Jocelyn et Cosmo se ruèrent illico, sans un regard pour le quadrille ni l'orchestre qui jouait… *Buttons and Bows.*

– Ils ne connaissent donc que deux chansons dans le Vermont ? demanda Dido à Cosmo, qui lui présentait un sandwich à la truite.

– Quatre, dit-il en mastiquant le sien. Il y a aussi *Sirop d'érable Again*, et *Sirop d'érable Buttons and Bows.*

Elle répondit d'un petit sourire chiche, avant de s'esquiver pour déguster le sandwich au calme, sur la terrasse aux balustrades en pin. Jocelyn la rejoignit presque tout de suite, grignotant du maïs grillé.

— Plutôt rigolos, les copains de Cosmo. Non ?

Elle haussa une épaule, sans répondre. Son regard fouillait la nuit de la vallée blottie à leurs pieds.

— C'est si beau, dit-il avec une intonation romantique, légèrement incongrue derrière un épi de maïs.

— Tu connais la vieille blague. Si c'est si joli en bas, qu'est-ce qu'on fiche en haut ?

— En tout cas, aucun type roux qui vend des couteaux à l'horizon, dit-il en s'efforçant de mesurer son ironie. Ni de chien. À peine ai-je aperçu une chouette qui...

— Tu te crois drôle ?

Elle poussa un soupir d'exaspération et croqua méchamment son sandwich.

— Tu boudes ? fit-il en lui prenant l'épaule.

Elle se dégagea.

— Je ne boude pas. Je n'aime pas cette élite Nouvelle-Angleterre. C'est tout. Cette jeunesse trop dorée, avec ses gris-gris *Ivy League*, Alpha, Kappa, dollars, et tout le tintouin. Je te l'ai dit.

Il prit le temps de ronger quelques grains.

— Ton Jeffrey a tout à fait le genre doré *Ivy League* lui aussi, fit-il remarquer d'une voix neutre.

Elle bondit.

— Pas du tout. Jeffrey est un garçon engagé. Il ne se laisse pas vivre, porté par l'argent de ses parents, lui. C'est un garçon passionnant, avec une âme... spéciale. Et ce n'est pas *mon* Jeffrey.

— Une âme spéciale ? répéta-t-il, piqué.

— Il veut changer le monde, le rendre meilleur. Tu connais de plus beau projet ? Oh, laisse tomber.

Il chercha où déposer l'épi inachevé qu'il n'avait plus envie d'achever. Ne trouvant rien, il l'abandonna au cendrier.

– Je t'apporte un soda ?

– Merci. Je n'ai pas soif.

Il soupira, regardant l'épi rogné dans le cendrier trop petit.

– Je ne sais pas danser la *square dance*. Tu m'apprends ?

Il la tira par le bras. Dido résista.

Il la saisit, et l'emmena malgré elle.

24

Mañana (is soon enough for me)

Le lendemain fut proprement délicieux. Sous un bleu à la pureté de verre, les montagnes enneigées lançaient des clins d'œil solaires à ceux qui daignaient bien les saluer.

Jocelyn n'avait jamais appris à faire du ski, mais ce fut comme à la patinoire : au bout d'une heure, il se débrouillait passablement. Il tombait beaucoup, roulait avec Dido dans toute cette meringue glacée en hurlant de joie.

Au déjeuner, ils se répartirent les tâches : Cosmo cassait les œufs, Dido les battait, Jocelyn les cuisait dans la grande poêle en fer. Ils remontèrent skier, firent de la luge, repassèrent à l'hôtel où, devant la colossale cheminée, ils mangèrent des crêpes et de la guimauve fondue avec la bande *Ivy League*, ainsi que la spécialité locale : des écuelles de neige où l'on versait des louches de sirop d'érable chauffé. C'était brûlant, c'était glacé, il fallait avaler vite. Même Dido s'amusa beaucoup, et l'après-midi passa, adorablement *schuss*.

Lorsqu'ils revinrent, la Packard Wagon était garée devant le chalet, réparée. Ils roulèrent jusque chez Aldous pour le remercier et lui acheter du pain, des steaks, et du beurre. La nuit tomba pendant le trajet retour.

Cosmo fit des crêpes et éplucha tout ce qu'il y avait à éplucher, Jocelyn grilla les steaks et fit sauter les patates. Dido annonça qu'il fallait des bûches et qu'elle sortait en chercher.

Elle allait avec le panier dans la nuit claire. La lune était fine, pointue aux deux bouts comme sur un dessin de Walt Disney. Après cette belle journée ensoleillée, la neige, tassée, craquait sous les semelles.

Dido répartit avec soin les tronçons petits et les tronçons épais. Son panier rempli, elle aspira le piquant de l'air. Elle croisa les bras, se frictionnant les coudes, car elle ne portait qu'un chandail et avait oublié de prendre une écharpe.

Elle était immobile, à serrer son ombre dans ses bras, sous la lune Walt Disney, lorsqu'elle prit conscience d'une présence. Elle se retourna. Il regardait en l'air, lui aussi.

– On dirait une lune de dessin animé, dit Cosmo.

Elle sourit in petto.

– C'était un beau week-end. Trop court.

– Vrai ? Tu n'en donnais pas l'impression. Tu m'en vois très heureux.

Il se rapprocha, vraiment tout près, son long nez toujours en l'air.

– Quand la lune est derrière les nuages qui avancent, on a parfois l'impression que c'est elle qui court.

– Oui.

Ils restèrent silencieux. Brusquement, il lui dit :

– Tu ne m'aimes pas beaucoup, n'est-ce pas ?

Elle pinça les lèvres, le regard en biais.

— Moi, je t'aime beaucoup, dit-il. Depuis le bal de fin d'année.

Il pivota et la saisit dans ses bras. Elle renversa la tête. Il la fixa sans rien dire. Le col roulé de son chandail sentait la fumée du bois d'érable. Elle se laissa embrasser.

Le premier baiser fut connaisseur, chevronné même, les lèvres mobiles, indiscrètes, le nez en escarpin frondeur et plein d'esprit. Le second (qui le suivit quasi immédiatement) était plus pacifique, plus délectable encore, les préambules ayant été posés. Elle repoussa Cosmo, dans une sorte d'engourdissement lointain.

— Si tu veux t'excuser, dit-elle doucement, il est encore temps.

Sa voix titubait un peu. Il souleva le panier avec les tronçons coupés.

— Je m'excuserais si j'avais des regrets.

Elle gardait ses bras le long du corps, les poings en boule, comme s'ils pesaient.

— Je ne t'aime pas, dit-elle. Mais j'aime tes baisers.

Elle fit demi-tour et partit devant, à grands pas pressés, en direction du chalet.

Elle avait affreusement froid.

Elle avait diablement chaud.

Là-haut, la lune hésitait entre aller piquer un petit-four au buffet, ou une tête dans la piscine allumée de bleu. Les maracas de l'orchestre bruissaient du même bruit que les palmes des palmiers. La Havane était exactement ce qu'était un rêve de La Havane, pensa Page. En *Technicolor by Natalie Kalmus*, et en comédie musicale. Dans une minute, le bibi tutti frutti de Carmen Miranda ferait une entrée fracassante.

– Il paraît que cette île prépare une révolution, murmura, entre les langoureux *bong bong* des bongos, un homme en costume de lin clair. Qui peut bien avoir envie d'aller chercher des poux à la langouste ou à la piña colada?

– Absolument *criminalistik*, susurra la déesse vaudoue qui dansait contre lui sur de hauts talons scintillants.

On allait fêter ce soir la dernière représentation du *Grand Couteau* à Cuba. Et les neuf rappels de *La Loterie*!

Après le spectacle, toute la troupe avait soupé vite fait, sous des arcades face à la mer, sur le Malecón, habillés comme ils étaient, même Nancy et Joan, les vedettes féminines de la pièce, et même John Garfield, la star de Hollywood que tout le monde appelait Julie. Ensuite, ils étaient rentrés au Capri, leur hôtel, se changer et se faire beaux pour l'adieu à La Havane… qui s'achèverait immanquablement au bar du Sloppy Joe's, ou au Buena Vista Social Club…

Si c'était cela, la vie d'artiste, Page exigeait un billet sans retour.

– Voulez-vous danser avec nous? fit un homme qu'elle n'avait pas vu arriver.

L'inévitable costume ivoire, le fatal panama, l'aplomb que donne le yankee dollar.

– *Nous?*

– Moi et mon *punch*, dit-il, le sourire fat, en montrant son verre.

Elle leva les yeux au ciel tropical.

– Vous n'avez pas l'air trop fauché. Vous devriez pouvoir vous payer des répliques plus brillantes.

Elle s'éloigna, en quête d'un visage familier.

Mais elle était la première. Le rendez-vous avait été fixé ici, près de la piscine. Page avait pris une douche expéditive, enfilé une robe de soirée blanche (à Etchika), en soie fluide toute simple. Elle avait juste perdu deux minutes sur le fermoir de ses sandales dorées, achetées aux dernières soldes de Bonwit Teller (donc trop petites) une fortune.

Non loin, deux jeunes femmes discutaient dans leurs transats.

– Depuis que papa est mort, disait l'une sur un ton de folle gaieté, maman est devenue une sacrée noctambule. Elle s'est mise à dire bonsoir au laitier et bonjour au veilleur de nuit.

– Inouï! répondit l'autre, tout aussi joyeuse. D'elle, on ne voit plus que des orchidées dans le frigidaire.

– On ne la reconnaît plus. Avant, elle ressemblait à cette femme sur les boîtes de farine à pancakes. Elle écoutait les *serials* à la radio en faisant cuire des fournées de cookies…

Un serveur métis vint distribuer un plateau de cocktails dont Picasso aurait peut-être jalousé les couleurs. Une femme tendit aussitôt ses doigts onglés d'écarlate… sèchement déviés par le mari qui, lui, brandissait déjà un verre.

– J'arrête de boire quand on sera rentrés, promit-elle d'une petite voix languide.

– Aussi probable qu'un homme à la peau noire à la Maison-Blanche, rétorqua-t-il, placide.

– *Ridiculistik!* marmonna la déesse aux talons scintillants qui ondulait dans leurs parages.

— Qui sait? lança une voix à côté de Page.

C'était Victor, un des élèves de sa classe. Vic Valdez, un timide parlant peu et bas dans la vie, devenait sur scène un démon enragé qui savait vous clouer d'effroi ou vous faire rire à mourir.

— Qui sait? répéta-t-il en prenant place sur la même balancelle qu'elle. Un jour, peut-être, L'Amérique élira un type qui a la même couleur que moi.

— Tu crois l'Amérique assez dégourdie pour ça? dit-elle en faisant signe au serveur de venir les servir.

— C'est dans ses gènes. Il sera noir, juif ou latino… Un jour. Je crains seulement d'être raide mort avant.

Il soupira d'aise.

— Des siècles que je n'ai pas ressenti une telle paix avec moi-même. Entrer dans n'importe quel café sans la peur d'être jeté, monter dans ma chambre sans passer par l'escalier de derrière. Me trouver dans cet hôtel… avec mes amis tout simplement. C'est comme être fatigué sans le savoir. Tu te reposes et alors tes épaules s'écroulent. Je vais apprendre le *merengue* et migrer ici.

— Le président de Cuba est bien blanc, lui, observa-t-elle. Ce Socarrás a une tête de comptable qui pique dans la caisse.

Les bongos se réveillèrent subitement pour attaquer crescendo un mambo énervé. Page posa son verre.

— On danse?

Elle se tint debout face à lui et se mit à bouger en rythme. Vic la regarda, incertain, irrésolu. Elle prit sa main pour le forcer à se lever.

Ils dansèrent l'un contre l'autre quelques instants sans parler. Oh, cet air, ce refrain… elle connaissait! Mais pas dans cette insolite version mambo (nettement plus récréative que celle qu'on entendait partout).

– *Again…* fredonna-t-elle. *This couldn't happen again…*

Elle posa instinctivement la joue contre celle de Vic. Il fit un écart.

– Tu n'aimes pas mon parfum ? fit-elle, jouant les inquiètes.

– Ton parfum est divin, céleste, surnaturel, Page ! Mais…

– *Floréal*, dernier jus de chez Corday, 15, rue de la Paix, Paris.

– Tant pis, il sent bon quand même. C'est juste… Tu sais ce qui arriverait si on dansait ainsi, joue contre joue, dans une *ballroom* d'hôtel à New York ? On me réglerait mon compte sous le métro aérien, et toi, on te traînerait par les cheveux jusqu'à une impasse remplie de détritus et de chats hargneux.

– Nous ne sommes pas à New York. Nous sommes deux copains de la même école qui partagent un mambo dans un pays où tout cela n'a aucune importance.

– Bon. Laisse-moi m'habituer. Je n'ai jamais dansé avec une fille blanche. Surtout en public. J'ai l'impression d'être sur Mars.

– En ce cas, 1 partout : tu es noir, je suis verte.

Aucun des Yankees partout présents autour de la piscine ne leur jetait le moindre regard. Vic se détendit, se rapprocha de dix centimètres.

– *This couldn't happen again*, chantonna-t-il. C'était absolument génial, ces trois journées de représentations, n'est-ce pas ? J'ai l'impression d'un tournant, de devenir enfin un véritable acteur.

– Moi aussi.

Avec sa brusquerie et son sans-gêne habituels, Addison se

mit à occuper l'esprit de Page. Elle aurait voulu qu'il fût là, en chair et en os, pour la voir sur scène. Il aurait pu constater tous ses progrès.

– Hello !!!

– Oh… Hello ! Vous en avez mis du temps !

Enfin, ils arrivaient ! Frankie, et Bobbi avec son rituel petit truc à grignoter dans une main, Wayne et son air de faux dernier de la classe, Ron sans pull jacquard plein de poils mais en chemise hawaïenne. Les six chanceux réunis ! Julie était descendu lui aussi, son corps robuste incarcéré dans une veste blanche à revers de satin.

– J'ai l'air aussi à l'aise qu'un hobo invité au mariage de la nièce qu'il n'a pas vue depuis quinze ans, s'amusa-t-il. Quelqu'un a aperçu Lee ?

– Dans sa chambre, en pleines stances, dit Nancy Kelly, une des partenaires de Julie sur scène. *Descendre ou ne pas descendre ? That is the question.*

– *Le Grand Couteau* va faire un malheur à Broadway, prophétisa Wayne.

– Espérons ! soupira Joan McCracken, l'autre vedette féminine, en croisant quatre doigts.

– Vous n'étiez pas mal non plus, les petits jeunes, dit Julie.

– J'aimerais que ma mère soit là ! lança Frankie.

– J'aimerais que mon docteur soit là ! fit Ron, une main sur sa chemise hawaïenne, au niveau de l'estomac.

J'aimerais que tu sois là, Addison De Witt, pensa Page en buvant à la paille, à même la noix, une gorgée du lait de coco qu'on venait de lui offrir.

– Moi, je n'ai pas très faim, constata Bobbi. Je suis trop

excitée, trop heureuse ! Je vais me contenter de crackers et d'un verre de grenadine.

– Pour le dessert, dit Wayne avec un sourire au serveur qui déambulait, elle prendra une langouste, un steak, et des frites.

Lee Strasberg fit une apparition. Avec ses cheveux blancs en pelotes derrière les oreilles et ses lunettes cerclées, son accent, il faisait penser à un écolier dans les romans russes. Un vieil écolier. On avait l'impression qu'il ne vous regardait jamais, pour s'apercevoir ensuite qu'il avait perçu un million de choses en vous. Il remonta dans sa chambre au bout d'un quart d'heure après avoir trinqué, sans boire, avec tout le monde.

– Lester toujours pas là ?

– Le prince se fait désirer.

Frankie, qui venait d'échanger, à l'écart, quelques mots avec Moi-et-mon-punch, revint en hochant la tête avec perplexité.

– Ce cinglé m'a demandé si je voulais danser avec lui et son...

– À toi aussi ? Pas possible ! pouffa Page. Tu l'as renvoyé d'où il vient, j'espère ?

– Comment ? Avec une raquette ?

Ils s'éparpillèrent autour de l'eau miroitante. Page resta avec Wayne, Bobbi, et Julie. Elle avait du mal à réaliser que ce voisin de coude était une star de cinéma, qu'elle l'appelait par son étrange diminutif, et qu'il conversait avec eux – avec elle –, en ami de longue date*.

– Lester Lang est un professeur brillant, dit-il. Pas beaucoup

---

* John Garfield, politiquement engagé à gauche, est la vedette du célèbre film *Le facteur sonne toujours deux fois* (1947). Il meurt d'une crise cardiaque en 1952, trois semaines avant sa comparution devant l'HUAC.

plus vieux que vous tous, mais ce qu'il a réussi à tirer de vous est simplement fantastique.

– Nous le mesurons aujourd'hui, admit Wayne avec emphase. Pour le coup, le Gran Teatro, qui a tant hésité à nous faire confiance, nous invite à revenir lors de la prochaine saison, pour une autre première partie.

– Lester nous a fait besogner comme des ânes, dit Frankie, et ça nous a coûté quelques volées de bois, mais ça valait le coup, je l'avoue.

– Nous allons encore progresser, dit Bobbi en gobant une crevette. Grâce à Lester.

– Va-t-on passer le reste de la soirée à *LesterLanguir*? réagit Page. Ah, chouette, le champagne. Qui en veut?

Elle pivota et se trouva nez à nez avec leur professeur.

– Volontiers, dit Lester. Demandons aux serveurs de faire une distribution générale.

Désarçonnée, elle se tira d'affaire en interceptant le pauvre Vic que le hasard faisait passer là.

– Dansons! dit-elle.

Ils s'éloignèrent en caracolant avec l'orchestre sur *Six Lessons from Madame La Zonga*.

– Tout va bien? s'inquiéta Victor.

– Pas mal. J'aime ces fringantes rumbas mâtinées de fox-trot comme celle-là.

– Tu vas vraiment mal.

– C'est toi, Vic, qui as un drôle d'air.

– Alors on l'a tous les deux. Est-ce parce que tu es… au courant?

– Au courant? Au courant de quoi?

398

Il se pencha au creux de son oreille.

– Ne pense pas que je te serre parce que je me suis salement dévergondé en une heure, mais je dois te dire un truc secret... Tu jures que tu ne diras jamais que c'est moi qui te l'ai appris?

– Je peux toujours jurer. Après, je ferai ce que je voudrai.

Il écarquilla de grands yeux choqués.

– Bon, bon, marmonna-t-elle par-dessus son épaule. Parle!

– Il s'agit d'un complot. Notre bande de joyeux drilles...

– Eh bien?

– Ils vont... (Il tortilla la tête.) Ils vont... te jeter à l'eau.

Elle se figea net, bien qu'on n'en fût qu'à la troisième leçon de *Madame La Zonga.*

– À l'eau? répéta-t-elle, incrédule.

– Dans la piscine.

– Tout habillée?

– Oui. Même si je ne peux pas affirmer que cette robe t'habille toute.

– Pourquoi?

– Pour rigoler.

– Pourquoi moi?

– Pourquoi pas?

Ils rattrapèrent la rumba à la cinquième leçon. Depuis deux minutes, Page se sentait dans la peau de la biche aux abois.

– Sans doute que tu es la plus légère, fit-il, bon camarade.

– Légère? Dans quel sens?

– Strictement physiologique.

– Qui a eu l'idée de cette mirifique conspiration?

– Sais pas. C'est arrivé comme ça. Quelqu'un a proposé : «Si on lançait Page dans la piscine?» et tout le monde a hurlé : «Oh oui, oh oui.» Tu sais nager? s'alarma-t-il.

— Quand? À quel moment?

— N'importe quand. Je m'étonne d'ailleurs que tu n'y sois pas déjà.

— Tu le sais depuis le début? se révolta-t-elle. Même quand tu parlais de toi, du président noir, de la planète Mars, tout ça?

— Le burlesque ne dissout pas la tragédie, *honey*.

Elle le gratifia d'un regard torve.

— Je vais dire que j'ai la migraine et m'enfermer dans ma chambre.

— Un conseil : je te le déconseille. Tu décevras tout le monde si tu ne joues pas le jeu. Tu ne seras plus jamais «Page, cette chic fille pas pimbêche pour un sou». Allons… ce n'est pas méchant. Humide, tout au plus.

Elle soupira. *Madame La Zonga* fignolait sa sixième leçon. Après un pas de côté, Page commença à déboucler ses sandales dorées.

— Des Brewsters pur chevreau de chez Bonwit Teller. En soldes, mais on me les a vendues sans chlore. Tu me les gardes, s'il te plaît? dit-elle en les lui jetant.

Elle arrêta un serveur.

— Un renseignement, *por favor*. Cette piscine est-elle chauff…?

Une espèce de ruade en plein dos la propulsa brutalement dans l'espace. Une fraction de seconde, elle resta en suspens au-dessus du miroir bleu phosphorescent. Dans le même temps, un corps et des bras la couvraient, l'emportaient…

Le choc de l'eau lui cloua les paupières et boucha ses narines.

Elle reprit souffle au bout d'un bref siècle. Un tissu mouillé lui entoura lourdement les épaules, un bras la fit tourbillonner sur elle-même. Venue d'en haut, la musique tonitruait, en *bis repetita*, l'*Again* tropical. Oui, la piscine était chauffée. Ou bien étaient-ce ces bras qui la soulevaient et qui…? Un visage surgit des eaux à un centimètre du sien. Lester Lang avait sauté avec elle!

— On nous regarde, souffla-t-il. Efforçons-nous d'être jolis… et dansons, maintenant!

Elle creva la surface parce qu'il l'avait soulevée par les hanches, en une chorégraphie imprévue, mais assez bien synchronisée. Elle le laissa la mener en rythme, il la lançait, l'enlaçait, la retenait, la faisait virevolter, entre liquide et apesanteur. Il avait les bras minces, durs. Elle se sentait légère… Leur situation était délicieusement anormale, déroutante. D'une mesure à l'autre, elle voyait Lester, ruisselant et concentré, l'approcher, la fuir, l'approcher, la fuir… *Again, this could'nt happen again,… this is the thrill divine…* en une suite d'impossibles baisers.

— Saluez! ordonna-t-il à mi-voix, lorsque le bongo cessa.

Elle obéit, à bout de souffle. Elle éleva un bras en voûte, comme elle avait vu Esther Williams le faire dans ces fichus films à sirènes. Elle espéra être un peu gracieuse… Comment les sirènes réussissaient-elles à sourire la figure noyée, le nez obstrué, les mèches collées aux yeux?

— Bravo! Bravo! Bravo!

Ils furent applaudis, fêtés, tout du long. La troupe déchaînée les hélait, sifflait, piaffait, foulait les bords, au risque d'opérer un plongeon.

— Pas de coulisses par où filer, chuchota Lester. Essayons d'être esthétiques jusqu'à l'escalier.

Elle fit de son mieux. Sa robe, qui avait été floue, s'écrasait sur elle comme un paquet décourageant ; elle se félicita d'avoir eu le temps d'ôter ses souliers.

– Appelons ça une improvisation astucieuse, conclut-il en la hissant élégamment sur la margelle de marbre frais.

Sitôt arrachés à l'élément fluide, ils furent pris en main par le maître d'hôtel et un serveur qui se matérialisèrent avec des peignoirs.

– Déjà ? haleta-t-elle. Vous étiez donc au courant vous aussi ?

– Ah, *señorita*, soupira le maître d'hôtel, si vous saviez. Tous les soirs comme ça. *La calor y los tropicos, seguro.*

– Sorties de bain « spéciales chutes dans la piscine », grommela le serveur.

– *Entoncès*, votre spectacle était le plus charmant de tous. *Lo mismo que Esther Williams y Ricardo Montalban en una película de Busby Berkeley !* Vous avez dû beaucoup répéter ?

Elle rit, remercia, la respiration encore un peu courte. Lester avait disparu. Elle le chercha en vain des yeux. On lui offrit un verre de rhum. Elle s'excusa de ne pas pouvoir aller plus loin que la première gorgée.

– Je risquerais de replonger en oubliant que je sais nager.

– Quelle enchanteresse vous êtes ! s'exclama Moi-et-mon-punch, qui maraudait, l'air sincèrement épaté.

Elle lui abandonna le reste de rhum.

– *Hypnotistik !* lâcha la déesse vaudoue en talons. Positivement *volcanistik*…

– Comment un homme peut-il en prendre à son aise de cette façon avec une femme ? questionna, scandalisé, un client à veste grise.

– J'ai toujours rêvé de le savoir! soupira l'épouse qui l'escortait.

Page voulait remercier Lester. Il avait été fair-play. Il ne l'avait pas laissée patauger seule; rien ne l'obligeait à tremper la chemise et le smoking. Le professeur avait-il redouté le ridicule pour l'élève? Était-ce par fierté? Galanterie? Charité? Commisération…?

– Une chance, la piscine était chauffée, dit-elle à Bobbi et à Frankie.

– Il n'y a pas que la piscine qui chauffait, gloussa Wayne.

– C'est élégant de la part de Lester, non? En plongeant avec moi, il m'a épargné une déconfiture.

– Mon œil! fut le frugal commentaire de Bobbi, qui sirotait une crème glacée à l'ananas. Un alibi pour te peloter, oui.

– Ses mains sur ta robe mouillée! chuchota Vic, un doigt sur les lèvres. *My God.* C'était si… charnel.

– Mais… non… Une banale leçon d'improvisation! se défendit Page, à bout d'arguments.

– Banale? *Waow, baby.* Pure lascivité, si tu veux notre avis à tous.

– Un sacré libertin, notre Lester, conclut Ron. C'est drôle, je ne l'imaginais pas… J'aurais plutôt cru…

Il remplaça les suspensions par une mimique.

– Termine ta phrase, jeta Page d'un ton sec.

Il souffla en direction des palmiers.

– Eh bien… J'aurais parié qu'il n'aimait pas tellement les filles. Voilà tout.

S'ensuivit un silence, le silence escarpé, alambiqué, des tabous.

– Euh, eh bien, vieux, conclut Vic après s'être éclairci la

gorge. Je ne connais pas les lois à Cuba, mais attention chez l'Oncle Sam! Ce genre de ragots peut conduire un homme droit à la camisole et aux électrochocs.

I'M BEGINNING TO SEE THE LIGHT

25

I like New York in spring…

Charity sortit subrepticement de la pension, un paquet sous le bras.

Elle avait mis les bouchées doubles pour achever le travail de la matinée à Giboulée, et ainsi se dégager trois quarts d'heure. Elle courait chez son amie Janie, qui avait une machine à coudre. Charity voulait absolument que sa nouvelle robe fût terminée pour le rendez-vous à l'Empire State Building.

Elle était si profondément plongée dans ses pensées qu'au n° 37 de la rue elle heurta un passant.

– Hé ! fit-il. La plus belle fille de la rue qui me tombe toute crue dans les bras !

Elle mit du temps à revenir sur terre. Elle dévisagea le garçon comme si elle ne le reconnaissait pas. Son esprit, à mille lieues de la 78ᵉ Rue, s'était perché… très haut.

– Oh, dit-elle. Excusez-moi.

Elle voulut reprendre sa route. Il l'arrêta. Elle regarda la tignasse en balai qui fuitait par tous les côtés du petit calot de coursier.

– Qu'est-ce que vous fabriquez par ici ? dit-elle.

– Ce que je fais depuis que je vous connais. Je vous attends.

Elle le regarda sans comprendre. Elle essaya de le contourner pour reprendre sa marche. Il l'empêcha encore.

– J'avais des chocolats à livrer du côté de Wall Street, alors je me suis dit que j'allais en profiter pour vous faire un petit coucou.

– Wall Street ? s'écria-t-elle, interloquée. Mais c'est tout au sud, à l'autre bout !

– Bah, fit-il, un sourire en coin, ça n'est jamais qu'à 80 blocs d'ici.

– Vous êtes fou.

– De toi, ça oui, Charity.

– Vous êtes drôlement familier.

– Tu crois au coup de foudre ?

– Hein ?

– Ma sœur dit que c'est un truc qui ne sert qu'à gagner du temps. Moi, je dis que c'est la chance qu'il ne faut pas rater. Tu es fichtrement mignonne avec ton collier rose. Et cette nouvelle coiffure.

– Laissez-moi passer.

– Je veux te dire quelque chose.

– Envoyez-moi une lettre.

– Je peux te confier un secret ?

– Essayez, vous verrez.

– Je vais t'épouser.

Charity écarquilla les yeux, puis éclata de rire. Elle riait tellement qu'elle dut s'appuyer à la balustrade du n° 43.

– Vous êtes vraiment cinglé.

– C'est pour ça que je suis tellement désopilant.

– Faudra encore travailler.

Il la fixa.

– C'est pas des blagues, tu sais. Je vais me marier avec toi.

– Mais… mais… Je ne connais même pas votre nom! fut tout ce qu'elle trouva à répliquer.

– Crocetti. Sloan Crocetti. Charity Crocetti, c'est joli, non?

– On se marie quand on s'aime, et je ne vous aime pas, Sloan Crocetti.

La voix de Charity était encore pleine de rires.

– Aucune importance, dit-il, sérieusement. Je t'apprendrai.

Pour qui se prenait-il, l'énergumène? Il ignorait donc qu'il existait, quelque part, dans la ville, un beau Gavin Ashley qui lui avait donné rendez-vous, à elle, Charity, là-haut, au plus près du ciel, et qui l'épouserait un jour, peut-être, qui sait.

Elle s'était mise à le contempler rêveusement, sans le voir.

– Vous veniez pour une livraison dans le quartier?

– Si on veut. Une livraison personnelle, mettons. Comment aimes-tu les violettes?

– Ma foi… euh… Violettes.

– Quelle chance. Moi aussi.

Il lui tendit une petite boîte sortie de sa poche. Charity la retourna entre ses doigts pendant plusieurs secondes. Elle se demanda si la déballer l'engagerait à quelque chose. En même temps, elle était curieuse. Elle recevait rarement des cadeaux. Et de garçons, encore moins souvent.

– Tu en mets un temps à l'ouvrir, observa-t-il, se frottant un nez qu'il avait fort retroussé. J'aurais le temps de faire New York–Miami à vélo.

Elle s'assit sur le rebord de la balustrade, défit doucement le papier, ouvrit la boîte. C'était un petit bouquet de violettes noué par un ruban blanc.

– Je l'ai acheté à la vieille Midget, sur Battery. Tu la connais ?

Non, Charity ne l'avait jamais vue. Elle serra les tiges entre le pouce et l'index. Elle était touchée. Touchée et embarrassée.

– Merci, Crocetti, dit-elle.

– Au plaisir. J'ai fini ma tournée. On déjeune ensemble ? Elle secoua la tête.

– Ça ne mènera à rien.

– Ça ne fera pas de mal non plus. Surtout à un estomac qui crie famine. On va danser un de ces soirs ?

– Non, Crocetti. Encore merci pour le bouquet.

Elle vérifia l'heure au poignet du jeune coursier. Oh, bon sang ! Elle n'aurait jamais le temps d'achever la robe…

Elle se mit à courir, son paquet serré sous le coude, les violettes à la main.

– Tu vas rater le métro ! cria-t-il, railleur.

Charity ne répondit pas. Pas besoin du métro, elle avait un petit nuage aux pieds.

Le Haxo Building était une ville verticale. On y trouvait tout, à tous les paliers de ses cinquante-huit étages.

On pouvait y habiter, travailler à l'un de ses nombreux bureaux, acheter des fleurs ou du poulet rôti aux boutiques du centre commercial, s'y faire coiffer, s'y habiller, s'y chausser, prendre un repas dans l'un des trois restaurants, consulter un médecin, un avocat, une voyante, y faire garder son bébé, y apprendre le paso-doble, la trompette, le billard, la dactylo, pratiquer un sport, trouver un publicitaire, régler ses problèmes administratifs, poster son courrier... sans jamais quitter le building. Pour drainer les flux, quatre ascenseurs faisaient du trampoline sur la façade Madison Avenue, quatre autres à l'arrière. Cerise sur le gâteau de pierre : la piscine au sommet.

Recruté à temps partiel, Jocelyn avait passé deux jours à apprendre la composition de chaque étage ; il se trompait encore. En outre, l'uniforme de liftier le laissait dubitatif. Ce képi bleu pétrole, ces énormes boutons de cuivre sortaient tout droit d'une de ces opérettes ridicules que ses sœurs Édith et Marcelline affectionnaient. Mais quand il se présenta à son poste, le premier matin, personne ne s'esclaffa. Ce fut comme si on ne le voyait plus. L'uniforme rendait invisible. Son ascenseur était le n° 2 et s'appelait Topaz.

Slim, au gouvernail de l'ascenseur n° 3 (nommé Ruby), connaissait, elle, chaque palier par cœur. Comme son sobriquet ne l'indiquait pas, Slim était une mignonne brunette avec toutes les formes qu'il fallait, réparties où il fallait.

– Dis donc, Jo, c'est quoi cette histoire de lapin ? demanda-t-elle alors qu'ils attaquaient leurs burgers au self du septième étage.

Ils avaient vingt minutes pour se sustenter et, sans l'agilité et le savoir-faire de Slim, Jocelyn les aurait passées en incertitudes géographiques ou, plus bêtement, dans la file d'attente.

– Ah, dit-il en grattant le ketchup qu'il n'aimait pas. Le Lapin d'Alice ? Une blague entre maman et moi. Tu sais, quand on est face à un truc qui laisse perplexe? On y pense, on rumine, la réponse est là, pas loin, mais elle nous échappe. Elle file... elle file... comme le Lapin blanc dans *Alice au pays des merveilles.*

— Je vois ce que tu veux dire, dit Slim en raflant le ketchup, qu'elle adorait. Un jour, à l'école, j'avais ce fichu devoir de chimie... Impossible de me souvenir de la formule de l'eau. Je savais que je l'avais là, pas loin... mais rien ne venait. Le devoir fini, je rentre chez moi, je prends une douche, et... bingo!

— Tu t'en es souvenue.

— Mieux. Je l'ai vue! Je l'avais inscrite la veille sur mon bras en prévision du devoir. Et complètement oubliée. Un peu ça, ton Lapin d'Alice, hein?

— Si on veut, sourit-il en mordant le burger d'un coup sur toute l'épaisseur. En tout cas, j'ai vu Lapin filer... Aujourd'hui même! C'était au quinzième étage. J'y déposais un groupe de trois joueurs d'alto. Il y avait cette musique sur le palier. Et pan. Lapin m'a subitement fait coucou, avec son grand sourire narquois et... *pffft*! Il a disparu.

— Il reviendra.

— Il revient toujours. Rendez-vous au quinzième étage.

Il lui emplit son verre de soda avant de se servir.

— Ah, la *French* galanterie! minauda-t-elle en arrondissant son petit doigt au-dessus du burger. Merci, Jo. Ici, ce serait plutôt chacun pour soi.

— Tu y travailles depuis longtemps?

— Deux ans. Et toujours le même salaire. Tu as repéré notre patron? Mr Van Killerfilzee a pris ton ascenseur aujourd'hui, exprès pour t'observer.

– Rien remarqué. Il est comment, ce Von Likkerzee?

– Van Killerfilzee. Très rouge. Mais pas communiste! précisa-t-elle tout bas, en riant. Signe particulier: précède sa secrétaire de trois enjambées. Miss Schaumschläger porte un col claudine blanc.

– Oh. Alors je les ai remarqués, je crois.

– On te paie combien, Jo?

Il était toujours épaté de l'aisance avec laquelle les Américains échangeaient ce type d'informations. Les Français étaient nettement plus prudes. Il lui révéla le chiffre exact. Slim but un peu de soda.

– 3 dollars de plus que moi. M'en doutais.

– C'est impossible. Je viens d'arriver.

Elle haussa les épaules, fataliste.

– Parfaitement possible. La preuve.

– C'est injuste. Tu es plus ancienne, avec cent fois plus de compétences. Pourquoi?

Elle posa son soda.

– Va savoir, souffla-t-elle. Parce que le patron n'aime pas la forme de mes dents? De mes ongles? Mes oreilles? Que je suis une femme? Pire: une femme noire?

Il la dévisagea, interdit, consterné. Il abandonna la dernière bouchée de son burger sur l'assiette. Il n'avait plus tellement faim. Slim lui poussa l'assiette sous le nez.

– Mange, Jo. Tu es mignon, mais un estomac vide ne change rien à la règle.

– Tu appelles ça une règle? J'ai fini de toute façon.

Elle lui tapota le poignet en silence.

– Tu veux un dessert? demanda-t-il.

– Oh que oui. Mais on n'a pas le temps.

Chacun alla reprendre son poste. Le flot des visiteurs entrait, montait, descendait, sortait, entrait, montait, descendait, sortait...

Jocelyn acheva son service à quatre heures sans avoir revu ni Mr Van Killerfilzee, ni Miss Schaumschläger... Ni Lapin.

Il salua Slim, se changea au vestiaire et galopa au métro. Il espérait arriver à temps à Toyfell High pour cueillir Dido à la sortie.

Il l'avait à peine revue depuis l'escapade dans le Vermont. Il l'avait croisée une fois sur le perron, mais elle avait joué à la fille pressée-débordée. Le lendemain, il avait frappé chez elle. Prospero était venu ouvrir.

– Ah, Jo! comment va? Notre suffragette révise ses leçons.

Il avait aussi téléphoné, mais c'était comme si elle l'évitait.

Ellery Toyfell High School était un long bâtiment en briques lie-de-vin, aux pelouses bien astiquées, jalonnées de platanes vernis. Jocelyn arriva, essoufflé, une minute avant la cloche. Mais il eut beau attendre en écarquillant les yeux, arpenter le trottoir d'une grille à l'autre, pas de Dido.

– Hello! lança-t-il en apercevant Jeffrey et Fay dans l'allée. Dido est sortie?

Les sourcils perpétuellement étonnés de Fay se haussèrent autant qu'il leur était possible.

– Oh, hello, Jo! Nous n'avions pas de cours ensemble cet après-midi, mais je sais qu'elle comptait potasser à la bibliothèque après la classe. Elle doit y être.

– Je peux aller voir?

– Il te faut l'autorisation de Mr Deinfeld, le professeur principal, indiqua Jeffrey. Mr Deinfeld est également notre doyen. Il doit te signer un bordereau visiteur, mais… ça te prendra autant de temps qu'attendre Dido ici.

– Ou chez toi, continua Fay. Vous êtes voisins, après tout.

– Tu viens boire un pot avec nous ? proposa Jeffrey avec un sourire dans son doux regard sombre.

Jocelyn se dit qu'il aimait bien la voix paisible de Jeffrey, il appréciait sa politesse amicale, et aussi le fait qu'il milite avec – il fallait en convenir – un courage indéniable. En fait, il l'aimait plutôt bien, le Jeffrey. Dommage que le garçon fût si joli, et eût toutes ces filles à ses basques. Ils auraient pu être bons copains, si ça se trouve.

Jocelyn secoua la tête.

– Rien d'urgent, je passais… dans le quartier.

Il leur fit un signe d'amitié et gagna l'avenue. Il attendit qu'ils aient disparu pour refranchir les grilles. Par deux jeunes filles en socquettes et bérets, il se fit préciser l'emplacement de la bibliothèque.

Il monta un escalier en chêne sous un plafond à caissons et prit la direction indiquée. Il resta quelque instants à lire et relire la plaque en cuivre – *Bibliothèque* – sur une porte. Sans bordereau visiteur, il comptait jouer au candide et de son accent de *little Frenchy* en guise de sésame. Il poussa l'épais battant.

La bibliothèque vous jetait immédiatement à la figure le monumental portrait en pied d'Ellery D. Toyfell, fondateur du lieu. Fossilisé dans ses lambris vénérables, Ellery vous toisait, l'œil fulminant, sous sa toque et sa cape noires.

Juste au-dessous, il y avait les yeux de Miss Pamela Anderson-Pym. Ils étaient fort jolis car d'une couleur saphir assez rare,

415

mais Jocelyn ne put les apprécier car, en cette seconde, ils étaient baissés.

Miss Pamela Anderson-Pym était en train de répertorier les apparitions du mot «aimer» – et ses variantes – dans une comédie de Goldoni, et sa conviction intime était que personne ne se rendait compte de l'importance et de l'urgence d'un tel travail. Lorsqu'elle était distraite de cette tâche par un usager de la bibliothèque, Miss Pamela Anderson-Pym répondait, à mi-temps et à mi-voix, à des questions qui allaient de : «Le bus du Metropolitan a-t-il un arrêt près d'ici?» à : «Avez-vous de la monnaie pour la machine à soda?», en passant par : «Où sont les toilettes, s'il vous plaît?»

– Excusez-moi, dit Jocelyn. Je cherche une personne nommée Did... Je veux dire Theodora Bezzerides.

Elle garda ses yeux saphir rivés au XVIIIe siècle vénitien.

– Êtes-vous élève du lycée? interrogea-t-elle.

– N... non.

– Avez-vous un bordereau visiteur?

– N... non. Je n'ai pas l'intention de rester. C'est juste pour l'avertir que je suis là... si elle est là.

– Il faut néanmoins un bordereau visiteur. Mr Deinfeld, notre doyen, vous le signera. Son bureau est au premier étage du bâtiment nommé *Brigham Young*. Le bâtiment à côté du nôtre. Mais je crains qu'à cette heure... ajouta-t-elle, levant enfin les yeux vers l'horloge en fer forgé.

Elle se tut. Pamela Anderson-Pym ne sut jamais à qui elle venait de s'adresser. Jocelyn avait disparu.

Il quitta le campus par une allée latérale. Il attrapa le premier bus qui se montra.

Son terminus était devant Central Park. C'est là qu'il choisit de descendre.

Un photographe de rue le prit en photo, au débotté, juste comme il entrait. Jocelyn fit le signe qu'il n'en voulait pas.

– Nouveau procédé ! le harangua l'homme dont les épaules soutenaient une pancarte avec l'inscription *Polaroid*. En cinq minutes, vous découvrirez l'image ! Cinq minutes seulement !

Du corps de l'appareil, en effet, apparut bientôt un carré épais et caoutchouteux, que le photographe lui tendit.

– Elle est ratée, dit Jocelyn.

La réponse fut une mimique amusée. Il fallait attendre un peu. Lentement, en effet, se révélèrent des contours, puis des couleurs.

Jocelyn se regarda.

Cela faisait longtemps qu'il ne s'était pas vu en photo. La dernière fois, c'était à son départ de France, sa mère avait tellement insisté. Jocelyn s'était rendu au studio d'Anicet Farfalli, le photographe de la rue du Chevalier-de-la-Barre, au bas de la butte Montmartre.

M. Farfalli proposait toutes sortes de décors, d'ambiances : un coin de sable à La Baule avec un seau de plage à vos pieds. Ou une chaise sous les saules à Giverny devant un bassin de nymphéas. Ou la tour Eiffel devant un ciel peint.

Jocelyn ne désirait aucun décor, mais un simple portrait de lui, pour sa mère, avant l'Amérique.

Un tantinet déçu, M. Farfalli avait tout de même insisté pour lui donner un coup de peigne, et le barbouiller d'une sorte de poudre pâle.

– Pour éviter le nez qui reluit, expliqua-t-il.

Au retour, la mère de Jocelyn, enchantée, avait jugé le portrait *absolument, parfaitement ressemblant, oh, mon petit chéri !* Le petit chéri, lui, s'y trouvait l'allure ankylosée d'un manche de pioche.

Sur le Polaroid plastifié de Central Park, en revanche, Jocelyn se découvrit différent. Qu'il avait changé en même pas six mois ! Presque un autre lui-même...

Le cliché l'avait happé en plein mouvement, à la grille du Park, une ombre de feuillage mettait du creux à ses joues, du relief à ses arcades sourcilières. Ses pensées, il le savait, étaient alors concentrées sur Dido. Cela lui donnait... Il se trouvait... un air de jeune homme.

Il acheta la photo.

Ruiné, il fit l'impasse sur le Lemon Coca prévu et, sous un soleil joyeux, descendit la pente en direction du lac.

Il avança en douceur parmi les amoureux de balades en plein vent, de footing, de solitude en réunion, de lectures inattentives, et les amoureux tout court... Le printemps à peine naissant avait jeté les New-Yorkais sur les pelouses compréhensives et accommodantes de leur Park.

Jocelyn s'assit sur un banc, face au lac.

Il songea, soudain égayé, qu'il nageait toujours en pleine opérette. Chacun portait ici le costume de son rôle. Les nurses aux capotes amidonnées qui poussaient leurs landaus ou tiraient leurs petits démons papillonnants, les bambins à cols marins qui lançaient leurs bateaux sur l'eau avec des cris perçants, le vendeur de ballons et de glaces devant sa voiturette blanche, les employés municipaux en kaki qui crochetaient au bout d'une pique les papiers gras et les journaux oubliés, les policiers à cheval, les cochers des calèches, les cygnes en collet monté… Tout cela sous la vigilance débonnaire des gratte-ciel de la 59e alignés derrière leurs collinettes… On eût dit une répétition de show sur une scène de Broadway.

Sa main frôla quelque chose au fond de sa poche. Le Toblerone. Il l'avait emporté ce matin avec l'idée de trouver l'endroit ad hoc pour déguster ce rituel. Un triangle mensuel. Le chocolat de France qui ponctuait chaque changement de mois dans son année américaine. Central Park, oui, était l'endroit ad hoc.

Il le suça très lentement. Cinquième triangle sur les huit que contenait la barre. Déjà…

Que se passerait-il avec Dido quand arriverait le huitième et dernier? Ce serait le moment du retour vers la France… Jocelyn garda les lèvres serrées, la langue collée au palais, sans bouger, afin que le triangle durât le plus longtemps possible.

– Tu as de la monnaie? s'enquit une voix de petite fille.

Il remit sur-le-champ les couettes et les rubans jonquille.

– Bonjour Deanna!

– Comment que tu sais mon nom?

– Tu m'as déjà demandé de la monnaie, une fois. Tu te rappelles?

– Oh, je te reconnais. Mais cette fois, c'est pas pour les patins, c'est pour Alvin.

– Qui est Alvin?

– Lui, là-bas.

Elle désigna le bonhomme qui louait des navires miniatures près du bassin. Jocelyn fouilla ses poches, détecta des piécettes. En tout, quatorze centimes.

– Tout ce qu'il me reste. Ça suffira?

— Deanna!... appela un homme sur le ton de la réprobation.

C'était le papa. Ils se reconnurent, bien que Jocelyn et lui n'eussent fait que s'entrevoir le jour de la patinoire. Ils se saluèrent. Il tendit une pièce à sa fille.

— Merci, mon papa!

Elle fonça droit en direction du vieil Alvin.

— Elle en prend vraiment à son aise, la chipie. En réalité, c'est une tactique. Elle quémande sa monnaie aux passants, me fait ainsi passer pour un croque-mitaine, me plonge dans l'embarras... et l'impossibilité de lui refuser.

— Futée! sourit Jocelyn.

Le papa de Deanna vint s'asseoir à côté de lui, ôta son chapeau qu'il garda sur les genoux, et ouvrit un roman intitulé *J'ai épousé une ombre*.

Deanna était en train de choisir un vaisseau à quatre voiles qu'elle fit bientôt glisser sur les vaguelettes du bord. Son père cessait de lire de temps à autre, afin de la contempler.

C'était un jeune papa — Jocelyn ne lui donnait pas trente ans — aux cheveux drus, un regard à la clarté d'eau.

— Vous avez d'autres enfants? s'enquit Jocelyn.

— Non.

Il hésita.

— On ne nous a pas laissé le temps. Ma femme est morte à la naissance de Deanna.

— Oh. Pardon.

L'homme garda le silence. Il rangea son livre et croisa les jambes. Ses gestes étaient lents, mais sans réelle nonchalance, plutôt comme s'ils étaient méticuleusement réfléchis. Tout comme ses paroles.

– Habituellement, Deanna vit chez ma sœur, à Staten Island. Une jolie maison avec un jardin, un chien et trois petits cousins blagueurs. Je la prends avec moi chaque fois que mon travail le permet.

Il marqua un temps, celui de passer les doigts dans ses cheveux couleur paille, avant d'ajouter tout bas :

– J'espère qu'elle est heureuse.

– Elle en a bien l'air.

– Vous êtes français. Étudiant ?

– En musique.

– Quand vous êtes arrivé tout à l'heure, j'étais sur le banc à côté. Je vous ai observé car je me rappelais qu'on s'était déjà croisés, ici, au Park. Vous sembliez mélancolique.

– Bah, le mal du pays, peut-être, parfois, éluda Jocelyn. Même si New York est fichtrement douée pour vous le faire passer.

Sur la berge, Deanna s'était mise à houspiller avec verve le matelot de six ans qui venait de faire chavirer son embarcation. Le marmot la dévisageait, ébahi, l'air de ne rien comprendre.

– Pauvre gars, murmura Jocelyn. Il est en train de faire connaissance avec ce que l'on peut appeler « le rébus permanent de l'esprit féminin ».

Il discerna un éclat de malice chez son voisin.

– Pas sûr qu'il obtienne les solutions en grandissant.

Encouragé, Jocelyn se tourna vers lui, un coude sur le dossier du banc.

– Vous aussi ? dit-il. N'est-ce pas qu'elles sont compliquées ? N'est-ce pas qu'elles sont insensées au point d'être… indéchiffrables ?

L'autre eut une grimace mi-amusée, mi-résignée.

– C'est ce qui rend si affolantes et enthousiasmantes nos relations avec le genre humain. Au fond, tout est simple. Puisqu'il n'existe guère que trois situations amoureuses possibles.

– Lesquelles? interrogea avidement Jocelyn.

– A: On est aimé d'une personne que l'on n'aime pas. B: On aime une personne qui ne vous aime pas. C: On aime une personne qui vous aime pareillement. Sans l'aspect «rébus permanent», toute cette limpidité ennuierait à dormir, non?

Jocelyn branlait du chef, méditatif.

– Je croyais nager dans le C, dit-il. Mais je me demande si je n'étais pas plutôt dans le B!

– Patience, dit le jeune papa dont l'entrain flirtait discrètement avec le désenchantement. Il reste le A pour s'occuper.

Ses doigts tournaient le chapeau sur ses genoux, méthodiquement, comme s'il s'agissait d'une activité géométrique.

– Malgré les apparences, soupira-t-il, cette saloperie de C peut se révéler atrocement inconfortable.

La gaieté avait déserté ses yeux clairs.

Deanna accourut vers eux, les couettes agitées au vent de la colère.

– Papa! Viens dire au vilain garçon qu'il ne doit pas couler nos bateaux! Viens vite, papa...

Papa obéit, à sa manière lente et raisonnée. Jocelyn hésita, puis il leur emboîta le pas jusqu'aux abords du lac où le vilain garçon en question pilotait les oscillations de son voilier miniature.

Quand Deanna arriva près de lui, le moussaillon l'évalua, l'air hautain.

– Je ne t'aime pas, Deanna! lâcha-t-il.

Il lui tourna le dos.

– Et moi, cria-t-elle avec rage, je te déteste, Milhous !

Jocelyn échangea un regard entendu avec le père.

– Zut. On n'avait pas pensé au D. L'hypothèse où personne n'aime personne.

– Vous voulez mon avis ? dit le papa de Deanna. À plus ou moins brève échéance, le D finit par conduire à cette saloperie de C.

26

… how about you?

Chic acheta le dernier numéro de *Homely Weekly* à Malcom, le marchand de journaux sur Lexington.

– Une nouvelle publicité, Miss Chic ?

– Je crains le pire.

Elle fit voler les pages, trouva celle qu'elle cherchait, regarda la photo, leva les yeux au ciel, et lui montra.

– Hum, jugea Malcom. Vous êtes tellement mieux… en volume.

La publicité vantait les mérites d'un dentifrice nommé *Dazzle Smile*. On y voyait Chic en gros plan, une brosse à dents à la main. Le malheur est qu'on ne voyait pas ses vraies dents qu'elle avait blanches et ravissantes. À la place, on avait dessiné sur le bas du visage une espèce de nuage rose qui évoquait une bulle de chewing-gum, ou un désodorisant pour toilettes, ou un trou de gencive.

Elle soupira. Un après-midi de pose pour ça. Bon... quand même payé 58 dollars.

– C'est bien, ce dentifrice? demanda Malcom qui avait une canine grise, côté gauche.

– Aucune idée. Il n'y avait rien sur la brosse.

– Pénurie?

– Pingrerie.

Elle salua Malcom, vit qu'elle ratait le bus et se rabattit en direction du métro. Elle venait de défiler quatre heures de suite chez Daquin et avait hâte de rentrer prendre un bain de mousse rose. Non, non, pas rose. La publicité *Dazzle Smile* s'en irait rejoindre toutes celles dont elle ne se vantait jamais, comme celle pour le laxatif du Dr Fisher, l'an dernier, qu'elle n'avait acceptée que pour les 70 dollars qui l'avaient conclue.

Un bain. Plein de mousse. Elle devait se dépêcher si elle voulait libérer à temps la salle de bain pour Hadley et que le bain soit tout de même assez long pour être réconfortant.

Mais avant le métro, au coin de la 40ᵉ, elle entendit de la musique, une musique qui gigotait, agréablement épileptique, et donnait envie de gigoter aussi.

Chic ne put se retenir et bifurqua pour aller voir de près. Elle se donnait trente secondes.

Silly Sally and Her Swingin' Syncopators: le nom de l'orchestre embrasait de vermillon la grosse caisse. Il y avait une fille derrière chaque instrument. La chef, assurément Silly Sally, maniait baguette et clarinette.

Il faisait le gentil petit soleil d'un printemps encore tout bébé, et Chic écouta jusqu'à la fin du morceau, rythmant des semelles en cadence, à l'instar des autres badauds.

Happy feet!	Des p'tits petons joyeux !
I've got those happy feet!	C'est ça, j'ai des p'tits petons joyeux !
Give them a low down beat	Envoyez un bon coup de rythme
And they begin dancing!	Et les voilà qui se mettent à danser !
I've got those	J'ai là dix p'tits doigts de pieds
Ten little tapping toes	Qui ne veulent que sautiller
And when they hear a tune	Dès qu'ils entendent la musique,
I can't control	Que je sois damné, mais
My dancing heels	Impossible d'empêcher mes talons
To save my soul	De dansotter !
…	…
'cause I've got	Tout ça parce que
happ happ happy feet!	j'ai des p'tits pieds joie joie joyeux !

Cymbales et Saxophone passèrent ensuite avec un mignon arrosoir jaune.

— Vous êtes de sacrées virtuoses ! dit Chic en y glissant une piécette.

— Merci, dit Saxophone. N'oubliez pas de parler de moi à Alfred Newman de la Twentieth Century Fox ou à Benny Goodman si vous les connaissez.

— Je connais un Benny Newman qui lave les vitres du building CBS, répliqua Chic. Peut-être un croisement intéressant ?

— En ce cas, il doit exister un Alfred Goodman. Je te le laisse celui-là, dit Cymbales à Saxophone, je prendrai l'autre.

– Chez CBS, hein? Laveur de vitres? S'il faut passer par la fenêtre, me voilà prévenue.

– Julia est la meilleure saxo alto que je connaisse, dit Cymbales.

– Rien à faire, je ne t'épouserai pas, Donatella Revoli. Elle me balance un compliment, confia Julia à Chic, chaque fois qu'elle veut emprunter le vison de ma grand-mère pour un rendez-vous galant; elle me croit dupe.

Chic les quitta en riant. Elle vit l'heure au Times Building et accéléra le pas, adopta un galop plus actif en apercevant son bus à l'arrêt au feu rouge. Elle força encore l'allure dans le virage qui menait à la station…

… et reçut le Times Building sur le crâne!

Ce fut, du moins, la déplaisante et douloureuse impression qu'elle eut. Curieusement, malgré la puissance du choc, elle conserva l'équilibre. Elle vérifia autour d'elle, chancelante, ne remarqua rien hormis les trente-six chandelles de la collision; pointa le nez en l'air, dans l'éventualité d'objets en chute libre.

– Dites! protesta une voix à ses pieds. Vous progressez dans la vie et sur la 7e Avenue avec la grâce d'un char Patton!

Elle baissa les yeux.

Elle distingua une paire de jambes, longues et en vrac, dans la posture disloquée d'un veau âgé d'une heure. Ledit veau, sis sur le bitume, essayait de récupérer ses esprits et ses lunettes. D'une main il se frictionnait le front avec force grimaces, de l'autre il tâtait le trottoir. Charitablement, elle ramassa les lunettes et les lui donna. Il les chaussa, sans cesser de se frictionner.

– Hé! Mais…? s'écrièrent-ils en même temps.

– Vous!

– Vous?

Il se releva assez souplement. Ce n'était pas un veau nouveau mais un jeune homme qui administrait de grandes claques à son veston, à son pantalon, à sa cravate.

Chic croisa les bras, les chatouillis de la moutarde lui grimpant subitement aux narines.

— 94 livres habillée, énonça-t-elle, mielleuse. 92, nue, 93 après deux hamburgers. Autant dire qu'un char Patton de ce gabarit ne nous aurait jamais fait gagner la guerre.

Il n'était pas rouge de confusion comme la fois précédente, plutôt pâlichon après toutes ces commotions.

— J'allais appeler un taxi quand vous vous êtes littéralement jetée…

— Vous bivouaquez apparemment dans les taxis, coupa-t-elle avec un ricanement. Vous avez votre sac de couchage avec vous, je présume ?

— Oui… Non… Je dois… Écoutez, je perds du temps ! dit-il, exaspéré. Et, du temps, j'en ai peu ! Alors si vous voulez faire un constat, voir un médecin, un dentiste, aller au pressing ou chez le coiffeur, montez avec moi dans le premier taxi, nous y réglerons notre contentieux. Je vous raccompagne où vous voulez à condition que ce ne soit pas dans le Kansas, ni même à Brooklyn, la circulation sur le pont est infernale.

C'était tentant. En voiture, elle atteindrait Giboulée beaucoup plus tôt qu'avec le bus ou le métro. Elle pensa même invoquer une douleur à la cheville pour culpabiliser le loustic.

Elle n'y songea qu'une demi-seconde. Sa mine grincheuse la dissuada.

— Pour rien au monde je ne voyagerais avec un butor, dit-elle avec un souverain dédain.

– Parfait. Pour ma part, j'aime autant éviter un voyage avec 92 livres de stupidité.

Il héla un *yellow cab* qui maraudait et qui vint se ranger.

– Vous êtes un authentique gentleman, susurra-t-elle.

– Un gentleman extrêmement pressé.

Il vit que sa veste avait perdu un bouton dans le carambolage, et claqua la langue de dépit.

Chic sourit suavement.

– Je vous l'échange contre la paire de bas que vous m'avez pulvérisée l'autre fois.

Il attrapa la portière, resta quelques secondes immobile. Brusquement, il se retourna.

Ses lunettes brillaient. Il souriait.

– Match nul. Nous sommes deux idiots. Montez. Je vous dépose à Brooklyn ou en Arkansas, si ça vous fait plaisir.

Elle rejeta les cheveux en arrière, fière.

– Merci, mais je bois mon thé sans sucre. En outre, c'est vous l'idiot.

Et elle fila à toutes jambes parce qu'un second autobus se profilait et qu'elle ne voulait pas rater celui-là.

Le jeune homme resta un instant à l'accompagner des yeux, le bras à cheval sur la portière ouverte du taxi.

– On la piste? proposa le chauffeur avec une once d'impétuosité.

Le jeune homme s'installa à l'intérieur, retira d'un étui en pécari une peau de chamois carrée dont il se servit pour nettoyer avec concentration les verres de ses lunettes.

– Pas aujourd'hui. Mais la prochaine fois, certainement. Car jamais deux sans trois, n'est-ce pas?

La première semaine de son arrivée à New York depuis son Wisconsin natal, Charity avait marqué un arrêt au pied de l'Empire State Building. Son grand frère, à Milwaukee, le lui avait demandé. Elle avait promis.

La tête renversée sur 90 degrés, Charity avait fixé le monstre dans l'œil. Elle n'était pas montée parce qu'il faisait quand même sacrément peur. Elle gardait à l'esprit King Kong boxant les avions sur sa flèche.

Et puis, aussi, le ticket d'entrée coûtait cher.

Aujourd'hui, elle n'avait pas peur. Accoutumée aux canyons de la grande cité, Charity s'impressionnait désormais avec parcimonie. En outre, il s'était passé quelques faits remarquables.

Pour commencer, l'été dernier, elle avait découvert *Elle et lui*, le film qui l'avait probablement fait le plus sangloter dans sa vie. Les héros s'y donnaient rendez-vous, un an après leur rencontre, là-haut, tout là-haut, parce que c'était l'endroit de New York le plus proche du paradis !

Charity l'avait d'abord vu une fois au Riviera, sur la 44e Rue, puis elle y était retournée le dimanche d'après, pour deux séances de suite. L'endroit le plus proche du paradis à New York ! Elle n'y avait jamais pensé. Elle s'était promis d'y grimper. Un jour.

Et voilà. C'était ici, au plus près du paradis, que Gavin Ashley lui avait donné rendez-vous. Avait-il vu le film lui aussi ? Était-ce le hasard ? Peu importe. Le cœur de Charity frémissait. Une idée aussi merveilleusement romantique, n'était-ce pas un signe, le signe qu'il... que Gavin était...

Elle chassait le mot qui ne cessait de vouloir envahir ses pensées. Il était trop délicieux pour n'être pas déjà douloureux.

Elle allait, flottait, à son rendez-vous, donc. Pas dans une année, pas dans une semaine… Tout à l'heure ! Tout à l'heure, elle allait le voir ! Oubliés, les craintes, King Kong et ses grognements.

S'il lui restait une appréhension, somme toute assez lointaine, c'était qu'il n'aimât pas sa robe. Mais elle l'avait confectionnée avec tant de ferveur, cinq jours durant, jusque très tard la nuit, que c'était impossible. Le tissu, avec son motif à grandes feuilles pointues noires sur fond bleu, avait été une folie. Elle avait coupé le modèle un peu plus court que la mode, pour ne pas se ruiner, mais, là encore, peu importait, Charity aimait bien ses jambes. Pas comme celles de Janie qui n'avait pas de très belles chevilles.

Gavin adorerait la robe, et elle dans la robe, c'était obligé. Il remarquerait sans doute qu'elle y avait cousu le galon et la dentelle qu'il lui avait offerts au marché, un ouvrage délicat qui avait exigé du temps, mais dont elle était très fière. Oui, à coup sûr, il le remarquerait.

Et puis, il faisait joliment beau et doux. Aujourd'hui, pour la première fois, le printemps ouvrait un œil, et c'était, oh, absolument… Quelque chose la submergea entière. Elle dut s'arrêter pour respirer.

Elle portait au cou son sautoir de perles à facettes noires, et ses gants blancs dont elle prenait si grand soin. Un jour, une goutte d'*ice cream* était tombée sur le pouce. Charity en aurait pleuré. Elle avait frotté avec du citron, au bicarbonate, au lait chaud, en vain. Elle avait finalement apporté la paire de gants au pressing. Malgré le supplément qu'elle avait dû payer pour la tache, il subsistait une légère auréole. Mais avec le temps, elle devenait fantôme.

Avant de pénétrer dans le hall du bâtiment, elle renversa la tête en arrière, comme elle l'avait fait la première fois. Défiant les nuages, le monstre était toujours un monstre… Non, décidément, il ne faisait plus peur du tout.

Elle se plaça dans la file d'attente, vérifia que Gavin n'était pas déjà arrivé. Mais non. Elle avait une belle avance, les garçons n'en avaient jamais.

Elle n'était pas sortie avec beaucoup. Elle allait de temps en temps au cinéma, au bal, ou au music-hall, avec Mitch, le frère de Janie, mais elle ne l'aimait pas comme Irene Dunne aimait Charles Boyer dans *Elle et lui*. Il lui volait un ou deux baisers, en gloussant d'une drôle de manière, lorsqu'il la raccompagnait, il n'osait pas davantage, et cela arrangeait Charity.

Pendant trois mois, il y avait eu Reggie. Ses mains étaient douces, et elle aimait quand il la câlinait pendant les films (c'est avec lui qu'elle avait découvert *Elle et lui* au Riviera). Un sourire délicat. Elle l'aimait vraiment beaucoup. Dommage qu'avec les boutons qu'il arborait sur le front elle n'eût pas grand plaisir à se montrer à son bras.

Le travail aux abattoirs le déprimait tellement qu'il ressassait un peu trop souvent ces histoires abominables d'animaux démembrés vivants, de veaux à demi dépecés, de poules pendues qui fouettaient encore des ailes, des détails qui la faisaient frémir, et le plongeaient dans une morosité qui le rendait muet, parfois toute une soirée. Il était l'aîné de sept, le père touchait une pension d'invalidité, Reggie était obligé de travailler. Peu à peu, Charity s'était mise à scruter avec embarras les steaks, les rognons et la volaille que cuisinait Easter Witty.

Lorsque les sorties avec Reggie perdirent de leur douceur, qu'elle ne les attendit plus avec la même ardeur, elle lui annonça que c'était fini. Il était resté une longue minute silencieux, puis avait haussé les épaules en murmurant: «Comme tu veux», les mains dans les poches, et il avait fait demi-tour. Elle ne s'attendait pas à des cris ou des pleurs, il n'était pas le genre. Tout de même, sa réaction l'avait estomaquée. D'ailleurs, s'était-elle subitement souvenue, il n'avait pas versé une larme à *Elle et lui*... Charity n'avait pas revu Reggie.

C'était son tour à la caisse de l'Empire State. Le ticket coûtait toujours cher.

Elle suivit la file de touristes vers les ascenseurs. Celui dans lequel elle monta, tout en marbre sombre veiné de rouge, fila direct au quatre-vingtième étage. Les oreilles se bouchèrent à mi-parcours. Quelques personnes bâillèrent en riant.

– La pressurisation, expliqua sobrement la demoiselle qui actionnait les manivelles et la grille.

Charity ignorait de quoi il s'agissait, mais cela donnait de l'importance au voyage. Elle bâilla aussi, surprise de constater que ses oreilles se dégageaient.

– On peut mastiquer un chewing-gum, préconisa la demoiselle aux manœuvres (qui en mâchouillait un rose).

Au quatre-vingtième, on les transféra dans un second ascenseur qui les emporta au quatre-vingt-six avant de les déverser sur la plateforme qui serpentait au pied de la grande flèche.

Le vent frais du printemps la fouetta. Avant même de regarder le paysage, elle songea à sa coiffure. Elle tâta les épingles,

les pinces qui fixaient, vérifia son reflet aux vitres de l'observatoire… Ça tenait. Elle se rappelait avec mortification leur première rencontre, sur le perron. Les cheveux à la diable qu'elle avait ce jour-là !

Elle musarda le long de l'étroite coursive, étonnée de ne pas être étonnée. Elle s'était attendue à quelque chose d'extraordinaire, et ça l'était, bien sûr. Mais l'extraordinaire perd un peu de sa superbe si la surprise est absente. Finalement, le faux Empire State du film l'avait émue davantage.

Pour l'instant, Charity avait surtout envie de rire. Ils étaient cocasses, les humains, vus d'ici. Et les humains, autour, étaient drôles aussi à leur façon. On se croisait sur cette espèce de chemin de ronde, si proches qu'on se frôlait, si proches qu'on s'écoutait.

Il y avait ce jeune garçon à casquette d'écolier qui se moquait complètement de la vue. Il n'avait d'yeux que pour son Empire State Building en argile laquée, coiffé d'un King Kong ; il le serrait fort dans son poing. Plus loin, ces deux hommes qui discutaient en fumant dans le virage, face à l'East River.

— Pas possible, disait le plus jeune. Toi marié… Je n'en reviens toujours pas.

— La preuve, dit l'autre en agitant son alliance. Est-ce que ce truc a l'air d'être peint sur ma main ?

Elle les dépassa, feignant d'observer le paysage derrière eux. Ils la suivirent du regard, feignant d'observer le paysage derrière elle.

Elle prit appui un peu plus loin contre le parapet, le buste en proue vers le large. Les mouettes volaient en contrebas, comme des bouts de papier déchirés. Elle se trouvait plus haut, bien plus haut qu'elles ! Charity serra les paupières, brusquement asphyxiée par le vide et l'azur.

Le paradis fait-il mourir si on l'approche ? Les vibrations de la plateforme sous les rafales donnaient une sensation de roulis. Elle entendit la conversation d'un groupe de femmes qu'elle ne voyait pas mais qu'elle supposa assises sur l'un des bancs.

– Du renard argenté ? Un simple renard argenté ?

– Le mufle. Il aurait pu t'en offrir un en or ! badina une autre.

– Il n'a même pas de quoi me payer le modèle en plaqué.

Toutes riaient à gorge déployée. Charity rouvrit les yeux en se tenant au grillage. Elle refit le tour, par peur de manquer l'arrivée de Gavin, de le faire attendre. Elle vérifia l'heure à un poignet qui baguenaudait : passée de huit minutes.

– Grôôôwaow ! rugit le garçonnet à casquette, la faisant sursauter.

Il lui agitait son King Kong laqué sous le nez.

– Excusez-le, dit la mère, confuse.

– C'est rien, laissez. Il joue.

La mère s'éloigna en grondant l'enfant à mi-voix.

Charity se cala d'une fesse à un rebord en pierre, distraite par le va-et-vient des ferries, leurs sillages qui s'entrecroisaient en tresses blanches sur la rivière.

Une manche de veston s'éleva jusqu'à ses yeux, retroussée sur un poignet cerclé d'une grosse montre bon marché. Charity se dressa d'un trait, la main posée sur sa coiffure.

– Elle est à ta disposition, si tu veux, *sweetheart*, dit le propriétaire de la montre, un jeune homme à la bouille taquine, au nez aussi fantaisiste que celui de Jimmy Durante. Voilà bien douze fois que tu la lorgnes et qu'elle te donne l'heure.

– Pardon, balbutia-t-elle, le souffle encore haché d'avoir cru... d'avoir cru...

– Ils en vendent à la boutique. Avec un King Kong sur l'aiguille des minutes.

Elle secoua la tête, jetant des coups d'œil aux deux pans visibles de la plateforme. Si Gavin la surprenait avec cet inconnu… Il ne fallait pas qu'il s'imagine… Elle se leva et bifurqua pour un autre tour.

Et un autre encore. Elle fit une halte, côté Hudson. Une autre, côté East River. Une, côté Chrysler Building. Tourna en rond par le nord, puis par le sud d'où jaillissait la forêt des tours d'affaires du bas Manhattan.

– *By Jove*, dit un monsieur avec une cravate couleur de guêpe aux deux femmes qui l'accompagnaient. Un courtier de Wall Street qui veut rallier ce Gandhi, c'est de l'exhibitionnisme.

Elle recroisa le jeune Jimmy Durante à la montre, juché derrière un des télescopes payants. Il lui fit signe d'y venir voir. Elle hésita, puis grimpa sur le marchepied.

– Il reste une minute, dit-il. *Miss Liberty*, c'est par là.

Elle perdit du temps à la mise au point, put apercevoir une mouette en gros plan sur un toit, une bouche d'aération avec du linge, un bout de la torche de la Statue. Le tic tic tic de la machine s'étrangla, et l'objectif devint noir.

– Merci, dit-elle.

– Au plaisir, *sweetie*. Drôlement belle, ta robe. Elle me plaît, pas trop longue, juste c'qui faut.

Il cligna de l'œil et, avant de partir, lui agita son poignet à la figure, pour indiquer l'heure qu'il était. Elle le vit disparaître avec un sentiment de solitude infinie.

Mon Dieu, songea-t-elle tout à coup. Mon Dieu, déjà une heure de passée ?

27

Let a smile be your umbrella

Venanzio entamait sa treizième année au Sardi's, 44ᵉ Rue. Il connaissait sur le bout des ongles l'ordre des célèbres caricatures qui couvraient les murs rouges du premier étage. On disait qu'à ce jour elles étaient cinq cents. Lui-même ne les avait jamais comptées, il n'en aurait jamais eu le temps. Lorsqu'on est maître d'hôtel dans le restaurant d'artistes le plus couru de Manhattan, on a moult chats à fouetter, des indispensables à garder en tête. Un oubli pouvait coûter une réputation, envoyer vers l'enfer des banquettes vides.

Par exemple, ne jamais placer Miss Tallulah à la même table que l'épouse du gouverneur de… Ou toujours poser un bol de radis frais sur celle de Mr Walter, qui avait la causerie croquante. Dévisser l'ampoule de l'applique au-dessus de Mr Robert T., ou de Miss Joan C., de façon à adoucir les, hum, félonies d'une fin de soirée sur une physionomie. Ou assigner telle banquette à Miss H., de sorte qu'elle puisse s'asseoir en n'exhibant que son profil gauche, ou au contraire celle face aux baies à Mr L., qui adorait qu'on l'aperçoive de la rue. Sans oublier le coussinet pour le dos de Miss Martin. Et le traditionnel vase de roses jaunes de Mr Addison. Etc., etc.

Cette sorte de choses. Fondamentales.

Venanzio fit dresser les roses jaunes puisque, ce soir-là, Mr Addison De Witt avait réservé. Il engloba d'un regard pacifié la salle installée au cordeau. Bientôt arriverait la clientèle dite du «Lever de rideau», spectateurs pour la plupart. Après minuit viendrait celle du «Tomber de rideau», acteurs, producteurs, tous ceux qui formaient la grande famille des théâtreux.

Venanzio souffla et se lança dans le pliage métaphysique de trois cent vingt-sept serviettes en damas blanc.

Reuben avait insisté, et fait en sorte que Manhattan se joigne à eux chez Sardi's. Touchée par l'attention, elle n'avait pas osé lui dire que cela n'arrangeait pas du tout, mais alors pas du tout, ses affaires sentimentales.

Elle avait, pour ce soir-là, plutôt songé à rappeler Scott... puisque lui ne le faisait pas. Peut-être aurait-il proposé de retourner chez Rosine? Pour l'heure en tout cas, cette réunion chez Sardi's ajournait ses résolutions hasardeuses.

Uli Styner jeta au milieu de la nappe l'exemplaire du *Big Apple Post*, grand ouvert.

Sur la page de droite, Eudora Flame dansait au bras d'un magnat de la bottine sur mesure: *La Cendrillon exotique trouve chaussure à son pied.* Sur celle de gauche, en bikini, jambes nues et mules de plage, Eudora clamait: *Je n'ai pas encore trouvé mon costume pour la parade de Pâques sur la 5ᵉ Avenue! Qui peut m'aider?*

Le visage d'Uli ne révéla nulle émotion, nulle jalousie, nul amour-propre blessé. Comment, se demanda Manhattan, cet homme pouvait-il aimer une femme si peu... mais si long-temps? Elle pensa à Gina Balestrero, sa mère, et se dépêcha d'enchaîner trois gorgées d'affilée.

– Avec ce qu'elle porte, on pourrait vêtir un pensionnat, affirma Willoughby avec un sérieux tout professionnel.

– Je suis sûr, dit Uli, qu'elle ment sur sa pointure. Elle doit demander deux tailles au-dessus pour que les bottines soient plus chères.

Cecil LeRoy referma le tabloïd d'un geste sec.

– L'auteur a changé le titre de la pièce, comme tu l'as demandé.

– Il faudrait plutôt qu'il ne l'ait jamais écrite.

– Ne recommence pas, Uli, grogna l'avocat. Elle s'intitule désormais *Un communiste dans la maison.*

– Avez-vous remarqué? dit Uli en embrassant la salle de son verre levé. Rouge, le vin. Rouges, les banquettes. Rouges, les murs et la moquette...

Il se pencha pour chuchoter très fort:

– Se pourrait-il que Vincent Sardi soit un commu...?

– La même chose, Venanzio! coupa Reuben d'une voix forte et claire vers le maître d'hôtel.

Il avait troqué son éternel accoutrement corbeau pour une tenue bleu marine et une cravate ivoire. Cela ne lui seyait pas davantage, et Manhattan en éprouvait de l'attendrissement.

– Voici le planning de la tournée de rodage avant Broadway.

Il a été fixé par la production, reprit Cecil LeRoy en sortant des papiers. Tout neuf de cet après-midi.

Styner grignotait ses cacahuètes à la petite cuillère, comme des perles de caviar.

— Ta comparution à Washington devant l'HUAC, c'est bientôt.

— C'est fort obligeant à toi, cher Cecil, de le rappeler.

— C'est mon job. Il faudra que l'on entende parler de ta nouvelle pièce en amont...

— Ce n'est pas *ma* pièce... *Oh, God,* heureusement.

— ... Que son propos anti-rouges entre dans les esprits bien avant tes auditions. Que tout le monde sache que tu as fait ce choix pour...

— Je n'ai fait aucun choix. On ne me l'a jamais donné. Que marmonnez-vous, Willoughby ?

— Que je préfère mon orteil gauche à la parade de Pâques et celle de Halloween réunies.

Uli Styner éclata de rire.

— Bonne pioche, Willoughby.

Il leva soudain le bras. Deux comédiens avec lesquels il avait joué *Make Mine, Arizona!* venaient d'entrer. Malgré ses contorsions, aucun ne parut le voir. Manhattan regarda Reuben, regarda Willoughby. Pour la troisième fois de la soirée, Uli hélait des individus qui ne répondaient pas, ou faisaient semblant de ne pas le voir.

La chose devint patente lorsque le chroniqueur Walter Winchell fit son apparition, passa ostensiblement devant leur table, la tête tournée de l'autre côté, avant de disparaître dans la seconde salle.

– Au fait, enchaîna Uli, l'air nullement troublé. Sur cette photo, Eudora ne porte pas uniquement un bikini et des mules. Elle a aussi un bracelet.

Tous se penchèrent sur le cliché.

– Je connais l'amour platonique, dit-il. Pas les bijoux platoniques.

Son rire de comédien fit trembler les murs.

– Le public a la mémoire courte, reprit paisiblement Cecil. Dans un mois, en pleine tournée d'*Un communiste dans la maison*, il aura...

À l'énoncé du titre, Styner fit mine de vomir ses cacahuètes.

– ... oublié ce désolant épisode NYVB, continua l'avocat, imperturbable. Il faudra l'y aider un peu.

Il s'accorda une pause.

– Attention, *ladies and gentlemen*, l'ami LeRoy va faire surgir l'*incubus* de son chapeau ! marmonna Uli. Abracadabra.

– Pas d'*incubus*, non. Une banale interview, dont j'ai murement pesé la date de publication. La pièce sera à ce moment-là à l'affiche du Jefferson Theatre à Washington. Les membres de la Commission seront aussi présents à Washington. Coïncidence qui n'en sera évidemment pas une.

Cecil LeRoy savoura secrètement le silence qui honora cette dernière phrase.

– J'avais rendez-vous ce matin avec le chef de la rédaction d'un journal de la presse Hearst à Washington. Il va te consacrer une couverture et commander un long article sur toi, Uli.

– À propos de la pièce ?

– Bien entendu. Mais pas uniquement. L'article sera intitulé...

— Ah! Ah! Hé! Hé! s'écria un gros homme à chapeau melon qui remontait l'allée de moquette dans leur direction. Mes respects à toi, Uli le Fou! Ton émission m'a fait rigoler pendant une semaine!

— Zee! s'exclama Uli en lui frappant les paumes avec un beau rire sonore. Tu n'as pas peur, toi? Tu ne crains pas le pestiféré?

— Mon ragoût d'agneau aux oignons est servi en ce moment même au rez-de-chaussée, mais, quand j'ai su que tu te trouvais ici, j'ai hissé mes cent quatre-vingt-trois livres dare-dare.

— Tu es un ami, Zee. Un vrai. Je te remercie. Pas mal d'autres sont en train de prendre leurs jambes à leur cou.

Zero Mostel exécuta un bref mais coquet menuet qui évoquait *La Ronde des heures* revue par le *Fantasia* de Disney.

— Tu as vu mon cou? Mes jambes? Tu me prends pour Eleanor Powell? À Pâques, j'y serais encore.

Il tapota la joue de Styner et lui susurra à l'oreille:

— On est loin de la lutte finale, mon gros. Mais ne laissons pas cette pourriture de Vaughn Crosby et toute la clique gagner.

Ils topèrent une dernière fois, puis Mostel redescendit rallier son ragoût aux oignons.

— J'adore Zee, murmura Uli Styner. Je l'adore vraiment.

Manhattan le sentit sincèrement touché.

— Mais quelle vacherie qu'il soit communiste, grommela-t-il dans sa barbe et sa cuillère de cacahuètes.

Elle pouffa avec Willoughby. L'avocat toqua sur le bord de la table.

— Nos moutons.

– Oui, Cecil. Il était question d'un reportage sur moi, dans un des torchons de cette ordure de *citizen* Hearst*...

– Voici une suggestion de titre...

Cecil LeRoy se racla le fond de la gorge.

– *Je ne suis pas et n'ai jamais été communiste*, par Uli Styner.

Uli Styner cessa de grignoter. Il le fixa, jeta la cuillère, écarta la coupe de cacahuètes.

– Un mea culpa! C'est ça? On réclame une autoflagellation? Des remords? Une rédemption?

– Une mise au point. Un éclairage différent.

– C'est non, Cecil. Je refuse de...

– Bonsoir, mes chers amis!

Manhattan n'avait vu Addison De Witt qu'une fois dans sa vie. Pourtant elle se souvenait bien de lui.

C'était un soir, à l'automne dernier... Une soirée assez remarquable pour qu'elle se la rappelle avec clarté. Remarquable parce qu'ils étaient allés – elle, Jocelyn, et les filles de Giboulée – voir *Good Night, Bassington* en resquillant.

Soirée remarquable surtout parce qu'elle avait revu son géniteur pour la première fois depuis quatorze ans. Uli Styner sur scène. C'était durant le spectacle qu'elle avait pris la décision de partir incognito à la découverte de ce père dont le seul souvenir notable qu'elle gardait était la gifle qu'il lui avait donnée, quand elle avait cinq ans, après un spectacle musical.

Dans la rue, leur groupe extravagant – Jocelyn, les filles en pyjama sous leurs impers! – avait croisé le chemin du célèbre

---

* William Randolph Hearst, magnat de la presse américaine dont Orson Welles s'est inspiré pour son film *Citizen Kane*.

chroniqueur. Addison De Witt s'était poliment arrêté pour saluer Page... Laquelle s'en était trouvée si secouée, si bouleversée, que Manhattan l'avait retenue par crainte qu'elle se trouve mal.

Avec gratitude, elle nota qu'Addison ne faisait pas semblant, ne snobait pas Uli comme la plupart, ce soir... Il prit place à la table, après avoir serré toutes les mains.

– Je salue votre liberté face à Vaughn Crosby. Quelle souveraine irrévérence, Styner! Vous avez fait là ce que, tous, nous rêvions.

Il ébaucha néanmoins un sourire en coin dès que LeRoy aborda la nouvelle pièce, *Un communiste dans la maison*.

– Parlons franc, Addison, coupa Uli. Pensez-vous, comme je le pense, que je pourrais me passer de jouer dans ce brouet? N'évoquons même pas cet article.

Addison prit le temps de commander une coupe de champagne. Il le fit d'un geste court et discret à l'adresse du maître d'hôtel. Quand il apercevait une figure qu'il connaissait, il ne gesticulait pas comme Styner. Il la gratifiait d'une fugitive inclinaison de tête, une lueur cordiale dans ses yeux gris. En l'observant, Manhattan sut pourquoi Page était tombée amoureuse de lui.

Il savoura une gorgée de champagne (et à ce moment-là, il fut évident qu'il ne pensait à rien d'autre qu'à la saveur et au bouquet du vin), puis, enfin, il parla en choisissant ses mots.

– Esthétiquement, vous pourriez vous passer de ce spectacle. De l'article Hearst, plus encore. Mais vous savez, cher Uli, combien les turbulences que nous traversons sont... inesthétiques.

Manhattan lui découvrit soudain des doigts qui tremblaient, de minuscules rides de lassitude qui lui asséchaient les tempes.

– Ce qui importe, c'est de rester probe, Styner. Rester probe est une forme d'esthétique. C'est là le vrai combat. Un peu comme danser un tango. Le danseur peut se permettre un pas facile, ordinaire, voire vulgaire, si le résultat global est une danse belle et unique. Votre carrière, quoi que vous fassiez, est déjà, en soi, une danse belle et unique.

Comme ils le dévisageaient tous, interrogateurs, il sourit.

– En bref, mon ami, cette pièce inepte sera votre réponse aux imbéciles. Je pense que c'est la plus réjouissante et la plus délectable manière de les envoyer au diable. En outre, cette pièce est vouée à sombrer dans les oubliettes du public.

– Qui a la mémoire courte, appuya LeRoy, onctueux.

– Je vous souhaite du courage, Styner.

Addison se leva sans avoir terminé sa coupe. Il serra à nouveau toutes les mains et s'éloigna vers sa table réservée, où ne l'attendait qu'un modeste vase de roses jaunes.

– Le bougre cause mieux que toi, Cecil, soupira Uli. Il est persuasif.

Il écarta, en grand large, des bras de crucifié.

– Tu as gagné. En route pour ta satanée tournée de *previews* ! Qu'on m'exhibe ! Qu'on me cloue à la une de tous les magazines !

– Tu commences mardi au Colony d'Albany, dit paisiblement Cecil. Voici le calendrier. Ensuite, Poughkeepsie, au Harry Carey Theatre. Ils ont déjà reçu et collé les affiches. Ce qui veut dire que vous partez tous demain.

– Va pour demain. Au plus vite j'en aurai fini… Willoughby ? Manhattan ? Mes malles ! *Follow the yellow brick road** ! Décampons… esthétiquement !

---

* *Suivons la route de brique jaune !* Célèbre phrase tirée du *Magicien d'Oz*.

Le cerveau de Manhattan mit quelque temps à évaluer la situation. Demain? Pour un mois? Elle s'étrangla dans son cocktail.

– Mais! s'affola-t-elle. Si vite? Si tôt?

– On ne nous demande pas notre avis, *honey*, susurra Uli.

Prise de panique, elle avisa les téléphones mis à la disposition des clients, derrière les banquettes rouges, mais elle demeura figée, paralysée, avec dans la poitrine une alarme qui cornait urgence, SOS, et branle-bas.

Une éternité durant, elle écouta d'une oreille un défilé de noms: Baltimore, Majestic Theatre; New Haven, Barrymore Theatre; Westport, Atlantic City, le Coronet, le Strand Theatre…

– Je… je vais me repoudrer, balbutia-t-elle, les joues en feu.

Elle attrapa son sac en s'excusant, et partit à travers la salle sous l'œil médusé de ses compagnons de table.

– Désolé, Miss, lui dit l'homme qu'elle bouscula dans l'escalier et dont elle se rendit compte plus tard, quand elle fut dans la rue, qu'il s'agissait de James Mason.

Elle farfouilla dans son porte-monnaie. Pas assez pour un taxi.

Elle se jeta dans une bouche de métro.

Elle ressortit au cœur du West Side, parcourut les blocs au galop, jusqu'à sa porte. Haletante, elle s'arrêta, exhortant son cœur à retrouver toute sa tête.

Elle s'imposa un demi-tour, longea les immeubles à pas

mesuré, sans même remarquer la fine averse qui débutait… et fut de nouveau à sa porte. Elle compta jusqu'à dix.

Elle appuya sur un bouton. Au bout d'une minute, le battant émit un déclic.

À l'étage, elle apperçut la silhouette de Scott sur le seuil. Comme s'il l'avait toujours attendue. Enfin, pas tout à fait. Elle le connaissait en chemise, cravate, chapeau et pardessus. Elle le découvrit en sweater, une serviette éponge autour du cou, les cheveux ébouriffés par la douche qu'il venait de prendre, très… *home sweet home*. Incroyablement apaisant. Et séduisant.

Il poussa un soupir. Un soupir, une expression, impossibles à interpréter. Elle se demanda s'il était en colère.

– Entrez, dit-il simplement.

– Je pars demain! dit-elle en hâte. Je vous en avais parlé. Pour la tournée des *previews*. Ça va durer un mois.

Elle répéta :

– Un mois!

Il referma doucement le battant.

– Vous avez pris toute la pluie.

Il la reçut en silence entre ses bras.

– Pardon. Pardon de débarquer comme ça, sans prévenir, et si tard… Oh, Scott, il fallait se voir avant mon départ. Il le faut, n'est-ce pas?

Il alla ramasser une brindille près des braises de la cheminée, y enflamma une cigarette, jeta une bûche dans l'âtre.

– Vous êtes fâché?

Il sourit imperceptiblement.

– Non. Bien sûr que non.

On eût dit qu'il pensait le contraire de ce qu'il disait. Ou qu'il se trouvait devant une vaste blague dont il n'arrivait pas à rire.

– Il y a du thé chaud. Vous en voulez?

Elle prit place dans le canapé, assise sur ses jambes repliées, comme la première fois. Sous les miroitements que la rivière lançait par la baie vitrée. Comme la première fois.

Il lança la cigarette à peine consumée dans les braises et partit préparer deux tasses dans la cuisine.

– Je sais que vous ne m'attendiez pas. J'espérais… Vous aviez dit que vous rappelleriez…

Elle ne reçut que des cliquetis de faïence en réponse. Quand il revint, elle s'était remise debout et se tenait à l'entrée.

– Je vais partir. Je suis navrée, je vois bien que je vous dérange.

– Vous ne me dérangez pas, Manhattan. J'essaie simplement… de trouver les mots. Je ne suis pas très calé en improvisation.

Elle se sentait bête, debout comme ça, les bras ballants. Elle se posa sur un tabouret.

– C'est si difficile? murmura-t-elle.

– Oui et non.

Il posa le thé devant elle.

– Au fond, pas vraiment.

Elle inspira profondément.

– En ce qui me concerne, je les ai trouvés. Les mots.

Elle but une gorgée avant de souffler dans la tasse:

– Je vous aime, Scott.

Les miroitements au plafond tout à coup cessèrent, parce qu'il venait de se pencher au-dessus d'elle, et que son ombre la couvrait.

Il lui ôta délicatement la tasse des mains, la fit lever pour la prendre par la taille. Il la conduisit dans le couloir, où elle n'était jamais allée.

Il fit pivoter sans bruit la porte d'une chambre. Manhattan vit une lampe de chevet avec un papillon bleuté, un lit en bois blanc et une petite fille dans le lit, qui dormait.

– Ma fille, dit-il d'une voix très douce. Elle s'appelle Deanna.

28

If what you say is true

La veille, Hadley avait achevé sa première soirée au Stork Club aussi brisée qu'à une fin de service au Kewpie Doll. Les jobs de *quelque-chose girl* se ressemblaient tous, au final. Les seules particularités étaient le costume... et les pourboires. Elle était revenue du Stork avec presque 6 dollars en poche.

Sur les trois vestiaires répartis dans tout le Club, on l'avait affectée au A, en tandem avec une dénommée Terry, une fille du Wyoming qui s'était montrée très chic avec elle. Elle lui avait indiqué règles, habitudes et astuces.

– Accroche d'abord les sacs et les chapeaux, ça laisse les mains libres pour manipuler en douceur les fourrures.

Des fourrures, il y en avait beaucoup, autant que d'épaules célèbres. En cinq heures, Hadley avait vu défiler Ann Miller, Herbert Marshall et Laurence Olivier, le maire de la ville, Betty Hutton, Mary Martin, deux des quatre sœurs Lane, Dee Turnell et Dana Andrews.

– Et si tu voyais le vestiaire B ! dit Terry, rassasiée, elle, par deux années de Stork. Celui des entrées et des sorties *discrètes*. À l'arrière...

Ce soir, comme la veille, Hadley arriva en courant... mais avec de l'avance. Pour gagner du temps, elle avait confié le bain et le dîner d'Ogden à Easter Witty. Charity était de congé. On l'avait vue partir toute pomponnée, avec sa nouvelle robe.

Au Stork régnait un calme relatif. Les musiciens du *dining room* accordaient leurs violons et, par les portes battantes des cuisines, on entendait apostrophes, jurons et interjections. Mais tout rentrerait dans un ordre feutré dès l'ouverture au public.

Elle prit ses affaires dans son box, se changea derrière un paravent. Tout compte fait, l'uniforme n'était pas si différent de celui du Social Platinium. Ici, pas de gros nœud sur les fesses, mais, question superficie, on ne pouvait pas dire que le reste – un justaucorps à jupette bordé de dentelle – était beaucoup plus copieux.

Elle clippa l'oiseau-parure à son épaulette. La veille, il avait eu un vif succès. Les femmes effleuraient les ailes, les hommes chiquenaudaient sa queue du bout des doigts. Le yachtman en blazer avait eu un signe appréciateur.

Terry arriva neuf minutes avant l'ouverture et, avec la force de frappe de la routine, se métamorphosa à vitesse éclair : une *bobby soxer* sportive du Wyoming en sweater et jupe pénétra derrière le paravent... Une brune à diadème et escarpins rouges en ressortit quatre minutes après. Le diadème était la «touche personnelle» de Terry.

– Ils arrivent! prévint-elle bien avant le brouhaha de la première vague.

– Je n'entends rien, dit Hadley.

– Oh, pas encore. Juste un déplacement de l'air.

Ils apparurent très vite, en effet. Par couples, en trio, en quatuor, en solitaires, chapeautés, gantés, parfumés, fortunés.

Il y avait ceux qui ne vous voyaient pas du tout, ceux qui évaluaient vos jambes quand vous tourniez le dos pour ranger leur chapeau mais s'absorbaient dans leur numéro de ticket dès que vous leur faisiez face. Il y avait ceux qui souriaient amicalement en cherchant de la monnaie dans leur poche, ceux qui ne la trouvaient jamais et haussaient les épaules, ceux qui perdaient leur ticket, et ceux qui, Dieu sait comment, s'en découvraient deux ou trois.

Tandis que les *hatcheck girls* suspendaient, pliaient, accrochaient, casaient, classaient, prodiguaient les tickets, circulait de l'autre côté de leur comptoir toute une vie mondaine de destinées huppées, d'existences en vison, les doux effluves du capital et de la prospérité.

– Pour qui me prends-tu? demanda une femme en fourreau et voilette à son compagnon. Non, s'il te plaît, ne réponds pas à cette question.

Plus tard (dans le sillage de Joseph Cotten, de Lucille Ball et de son mari Desi Arnaz), un homme à la mèche napoléonienne grommela:

– Ma belle-mère est une femme merveilleusement brillante. Mon épouse ne lui ressemble pas du tout.

Plus tard encore (peu après l'arrivée de Jane Greer, Martha Raye, Glenn Ford), ces deux quinquagénaires soucieuses:

– Ses intentions sont-elles nobles?

– Je le crains.

Vers neuf heures et demie, une fine averse printanière s'invita en ville. Survinrent les parapluies trempés que les *hatcheck girls* tentèrent de ranger sans arroser tout le vestiaire.

— Veux-tu prendre ta pause ? proposa Hadley à Terry quand le flot se fut un peu tari. J'irai ensuite.

La seconde vague de la soirée n'allait pas tarder. Elle déferlerait vers onze heures. Hadley profita de l'absence de Terry pour faire un peu de rangement.

— Miss ? appela une dame, derrière.

Hadley se présenta en souriant au comptoir, salua la dame, prit sa pelisse et son chapeau.

— Mon mari a également un paquet dont il faut prendre soin.

Hadley leva les yeux vers le monsieur qui patientait, en retrait.

— Bonsoir, dit-il, courtois, l'air si incroyablement familier que Hadley aurait pu lui sauter au cou comme à celui d'un vieil ami.

Ni haut-de-forme ni queue-de-pie — il n'en portait que dans ses films. Personne ne pouvait soupçonner qu'il détestait cela en réalité. Seuls les gens qui travaillaient avec lui savaient.

Hadley savait. Un jour, sur le plateau 23 de la Paramount, à Hollywood, elle avait dansé avec lui.

Elle battit des paupières, rougit légèrement. Allait-il se souvenir ? Allait-il reconnaître la jeune danseuse qui s'était évanouie dans ses bras parce qu'elle attendait un bébé ?

Il l'avait rattrapée de justesse, en plein *one-step* au milieu d'un escalier en carton-pâte, avant qu'elle ne s'écroule. Fred Astaire possédait de belles et longues mains, aussi solides qu'élégantes.

— Bonsoir, Mr Astaire, murmura-t-elle en le débarrassant de son pardessus et du paquet.

Il arborait une lavallière en soie perle, piquée d'une épingle en or. Et cette bague qu'il portait toujours. Son regard gris se posa sur Hadley… et marqua un léger arrêt.

Elle lui tourna aussitôt le dos, les yeux au sol, avec les vêtements à accrocher.

Quand elle revint au comptoir, il s'était éloigné. Il s'effaça pour laisser son épouse pénétrer dans la salle.

Avant d'y entrer à son tour, il glissa un coup d'œil, par-dessus l'épaule, en direction de Hadley, les sourcils froncés, à la recherche d'un souvenir. Il disparut.

Elle soupira, à peine soulagée.

– Tout va bien ? demanda Terry à son retour.

– Ou…i. J'ai rangé un peu.

– Vraiment, ça va ? Tu es très pâle et très rouge en même temps.

Hadley gloussa stupidement.

– C'est possible, ça ? Je dois avoir l'air d'un clown.

Elle souleva le panneau mobile du comptoir et fila en pause, avec un crochet par la *ladies' room* où elle demeura de longues minutes, dans une cabine, à laisser son cœur se calmer.

Fred Astaire ne l'avait pas reconnue, par bonheur. Sans doute, en toute candeur, lui aurait-il demandé si l'enfant se portait bien… Oh, Seigneur ! Elle s'arrangerait, quand il sortirait, pour que Terry s'occupe de son vestiaire. La mémoire *ne devait pas* lui revenir.

Trois femmes, invisibles, discutaient devant les vasques et les miroirs.

– Tu devrais te méfier, Lena, dit l'une avec le phrasé en pointillé de celle qui étire les lèvres pour les enduire de rouge.

– Oh, Junie, crois-tu ? C'est un vrai papa avec moi !

– Écoute les conseils de Junie... Elle a dîné avec de nombreux papas dans sa vie.

Hadley attendit qu'elles aient décampé pour sortir se rafraîchir, se poudrer. Elle salua Monica, la dame pipi qui avait été quinze ans *hatcheck girl* au Stork, puis elle remonta.

Du comptoir, Terry lui décocha un battement de cils.

– Il y a ici Mr Tyler Taylor qui demande après toi.

En veste blanche, nœud papillon rouge sombre, Jay Jay vint vers elle en souriant.

– Bonsoir, Hadley. Je m'autorise une visite pour m'assurer que tout vous convient dans votre nouveau travail.

– Bonsoir, Jay Jay. Tout va bien. Merci.

Il fit un pas de côté pour présenter la femme blonde qui l'accompagnait, et à laquelle Hadley n'avait pas prêté attention.

– Ella Turlington. Hadley Johnson, dont l'aide fut si précieuse à la mort de Daddynel.

La femme blonde sourit très aimablement. Ses yeux dorés étaient chaleureux, mais étudiaient Hadley avec curiosité.

– Ravie de vous rencontrer. Jay Jay m'a dit tant de bien de vous.

Interloquée, Hadley hocha la tête. Pourquoi avait-il parlé d'elle ? Était-ce sa nouvelle fiancée ? Elle ne put s'empêcher de penser qu'il avait bien vite remplacé son Eileen.

Ella Turlington avait un admirable port de tête, une allure d'altesse que Hadley ne posséderait jamais. Elle était apparemment plus âgée que Jay Jay, de quelques années.

– Enchantée, répondit Hadley d'une voix faible, avec la conscience misérable et mortifiante de sa jupette abrégée.

Elle se trouvait du côté cruel du comptoir. Il fallait immédiatement regagner la place qui était la sienne. Cacher l'odieux costume.

Elle amorça un quart de tour afin de contourner le couple. Elle vit Jay Jay élever soudain la main vers quelque chose.

– Hadley! Où avez-vous eu ce…? commença-t-il.

À la même seconde, le *dining room* s'ouvrit, déversant la mélodie de l'orchestre. Le battant percuta Hadley de plein fouet. Elle partir à la renverse, les bras en moulinets, la jambe en balancier vers l'espace, jupette par-dessus tête si elle n'avait été si réduite.

Une main jaillit, flexible, solide et prévenante, pour l'encorder instantanément par la taille. La chute, comme inversée par un ressort invisible, fut bloquée net. La main, aussi miraculeuse qu'efficace, rétablit Hadley tout en élasticité sur son centre de gravité.

– Quel réflexe admirable! s'écria Jay Jay.

– Navré, Miss… Vous n'êtes pas blessée? Ah, mais c'est vous… vous, que je voulais justement voir!

La main désormais rangée modestement dans une poche, Fred Astaire contemplait Hadley de ses immenses yeux gris, le sourire posé dans un angle de la plaisante géométrie qu'était sa figure.

– Je revenais pour… Ne le prenez pas mal, Miss, mais… ne nous sommes-nous pas déjà vus?

Pétrifiée, Hadley était sans voix.

Hélas, le sursis ne dura guère. Le temps d'un *one step*, peut-être? D'un *riffle* suivi d'un *flap hop tap*, par exemple?

Car soudain Mr Astaire claqua un splendide *snap* avec les doigts pour louer la mémoire qui lui revenait.

— *Blue Skies*! s'exclama-t-il, rayonnant. On était sur le tournage de *Blue Skies*... Au moment du *paddle and roll* que nous avions tellement répété ! Vous aviez trébuché... Je vous ai crochetée au vol, exactement comme là ! Vous portiez ces pompons rouges au cou... Votre nom, pardon si je me trompe, je ne rajeunis pas... n'est-il pas Hadley ?

La pluie s'était mise à tomber, la pluie froide d'un printemps pas encore déclaré. Un peu avant, il y avait eu la nuit.

— On ferme bientôt, Miss, dit la demoiselle de l'ascenseur.

À mesure que les visiteurs devenaient fantômes, la serviable demoiselle avait plusieurs fois offert à Charity l'abri de sa cabine.

Charity, rencognée sur son banc, avait, chaque fois, fait non en silence.

Le tissu de sa robe, glacé et visqueux, collait aux cuisses et entre ses genoux. Sa veste était trempée aux épaules. Elle ne savait plus où étaient passés ses gants. Elle ne les retrouvait pas, elle s'en fichait. Ils s'étaient envolés, probablement, avec songes et chimères.

Le vide et la nuit grondaient autour du haut bâtiment. Elle était terrifiée de devoir la retrouver, cette ville qui rugissait en bas, tout en bas.

— Miss ?

Un homme à casquette lui toucha le bras. Elle leva la figure. L'homme la vit blême, détrempée, transie.

— Il faut partir, Miss, dit-il avec une note de pitié. On ferme.

Elle le suivit dans l'ascenseur, les muscles ankylosés par la pierre du banc.

— Il faudra prendre une bonne soupe, un bain chaud, dit-il en coulant une œillade entendue à la demoiselle aux manettes.

Il avait surveillé Charity tout au long de cette dernière heure. Les clôtures de sécurité n'étaient pas si hautes, qui savait à quoi rêvent les jeunes filles perdues sous la pluie…?

Au rez-de-chaussée, il la raccompagna jusqu'au trottoir de la 34e, avant d'actionner la longue grille sur son rail.

— Bonne nuit, Miss. Rentrez vite.

La grille claqua. Charity cligna des yeux, regarda la rue autour d'elle. Elle ne vit que la pluie. Tout brillait en noir.

Elle ne songea même pas à prendre l'autobus, ni le métro, elle remonta l'avenue tout droit, sans voir. Les bras croisés autour du corps, elle avançait, légèrement voûtée, la tête fléchie, les vêtements lourds.

Elle traversa Times Square en grelottant, continua, continua, rasa les murs de Central Park.

Elle arriva à Giboulée les souliers abreuvés de boue, les cheveux noyés dans le cou, les joues bleues, claquant des dents.

Il fallut du temps avant qu'elle réussisse à introduire la clef dans la serrure. La maison était plongée dans l'obscurité.

Elle se déchaussa silencieusement dans l'entrée, ôta sa veste qui avait pris l'aspect d'un vieux boyau. Elle resta un long moment à se retenir au portemanteau, à claquer des mâchoires.

Brusquement, un drôle de son sortit d'elle, de sa bouche, une espèce de miaulement qui lui fit peur, car elle ne parvenait pas à le contrôler.

Après quelques minutes, un plafonnier éclaira le premier

étage. Charity se mordit les lèvres, serra désespérément les dents, luttant pour étouffer ce miaulement plus fort qu'elle.

– Bonté divine! s'exclama Mrs Merle accourue au pied de l'escalier. Charity? À cette heure-ci! Comme vous voilà arrosée... Vous ressemblez à une sardine fraîchement pêchée!

Mrs Merle, médusée, vit soudain sa domestique s'affaisser au sol et s'y tordre en longs sanglots muets.

29

Let's face the music and dance

– C'est vrai, ça ? Vous dansiez avec Fred Astaire ? questionna l'homme au blazer de yachtman, que tous, au Stork, appelaient Suffolk Downs parce qu'il pariait aux courses.

– Une fois. Seulement une fois. Il y a longtemps, fit Hadley d'une petite voix, comme si elle avait honte.

Il la surplombait de l'autre côté du comptoir.

– Tout le monde rêve de le voir danser. Les autres clients le réclament. L'orchestre le réclame. Moi-même…

Un doigt posé sur le premier bouton de son blazer, il la considéra. Hadley regarda ailleurs.

– Je viens d'aller lui parler. Il dit qu'il ne veut pas. Il dit qu'il préfère dîner tranquille avec sa chère Phyllis.

Il soupira.

– On ne peut pas forcer les têtes couronnées. N'est-ce pas ? Au Stork, on n'oblige jamais. Mais…

Il lâcha le bouton pour s'incliner en travers du comptoir.

– Mais si Laurence Olivier décide de dégoiser *Le Roi Lear* entre deux cuillerées de *vichyssoise*, ou si Paulette Goddard balance un french cancan sur les tables pour dégeler sa piña colada, on n'empêche pas non plus.

– Je n'ai pas dansé... depuis des années.

Il se remit droit, un autre doigt sur un autre bouton. Il articulait avec lenteur, assez bas, comme s'il s'adressait à une enfant qui ne veut pas manger les épinards de son assiette.

– Ttt. On ne nage pas tous les jours, mais quand on sait, on sait. Ça leur ferait drôlement plaisir, aux clients. Ils viennent ici pour ça, voir des trucs qu'il n'y a pas ailleurs. Un *Cheek to Cheek* avec Fred... Oh, bon Dieu, voilà qui serait classe. Allons...

Il lui pinça la joue. Elle recula.

– Évidemment, vous n'êtes pas Ginger, mais si vous avez déjà dansé un numéro avec lui, c'est que vous vous débrouillez un peu. Non ? Allez, *baby*, sollicitez-le. Implorez-le. Suppliez-le. Mr Billingsley sera fou de joie. Moi aussi.

Hadley écarta de son cou un plumet de sa parure-oiseau qui picotait. Elle avala sa salive.

– Co... comment pourrais-je convaincre Mr Astaire si vous n'avez pas réussi, vous ?

Suffolk Downs l'observa. Sa lèvre du haut se retroussa, étalant denture et gencives – les deux fort hautes – en un sourire qui évoquait stalles, jockey, écuries, hippodrome.

– On est bâtis différemment.

Elle le regarda disparaître. Terry, qui n'avait pas perdu une miette depuis le fond du vestiaire, vint lui tapoter le dos.

– Tu veux que j'y aille ? Ça ne me fait pas peur de causer à Fred Astaire. Une fois, j'ai demandé à Douglas Fairbanks Jr.

comment il s'y prenait pour bondir en arrière du sol jusqu'à une très haute armoire, comme dans *Sinbad le marin*.

– Ah? Il t'a raconté comment?

– J'ai carrément eu droit à une démonstration! pouffa Terry. Tu sais quoi? Il a bondi sur ce comptoir que tu vois là… Et hop, il a sauté par terre. Normalement. Comme toi ou moi on pourrait le faire si on avait la permission.

– Et?

– Ils avaient simplement fait défiler la pellicule à l'envers.

Hadley sourit.

– Il a vraiment sauté de ce comptoir? Douglas Faibanks Junior?

– C'était peut-être Tyrone Power. Ou mon petit frère Tom.

Hadley lui pressa gentiment le bras.

– Tu me donnes du courage. Merci.

Devant la porte du *dining room*, elle se retourna. Terry secoua le poing en l'air, en soutien.

Ce soir, le Stork Club avait invité Henri Rossotti *y su orquesta tropical*. La veille, c'était un duetto de comiques magiciens.

Hadley rampa le long de l'allée latérale, au plus loin des tables rondes à nappe blanche, vers le fond où, sous un savant drapé argenté en coquilles, se situait la petite scène avec l'*orquesta tropical*; lequel berçait *Let's Face the Music and Dance* sur le mode flâneur.

– Hadley, l'intercepta à mi-voix Jay Jay, comme elle se faufilait sans le voir, à proximité. Venez à notre table. Ella meurt d'envie de vous parler.

– Je suis en service, chuchota-t-elle.

– Oui, mais cette fois, riposta-t-il avec un large sourire, je représente un ratio de votre employeur. Asseyez-vous, Hadley Johnson, c'est un ordre. J'ai une question à vous poser.

Si elle s'attardait, elle perdrait tout courage et renoncerait à ce qu'elle avait décidé. Elle resta donc debout près de la table.

– À quel sujet ?

– D'où sortez-vous cet oiseau perché sur votre épaule ?

– Une amie me l'a prêté.

– Pourrez-vous vous informer auprès d'elle sur la façon dont cet animal est entré en sa possession ? C'est important. N'est-ce pas que c'est important, Ella ?

– Oui, très, dit la jeune femme en rejetant sa gorge de cygne pour exhaler la fumée d'un porte-cigarette scintillant.

Elle n'affichait aucun bijou. Son allure et son maintien suffisaient. Hadley baissa les yeux.

Si… Ella Turlington portait une alliance.

– Je me renseignerai.

Repérer la table de Fred Astaire fut aisé : pratiquement tous les regards s'orientaient, à un moment ou un autre, vers le couple qu'il formait avec son épouse. Hadley compta mentalement jusqu'à six – elle affectionnait le chiffre –, redressa le buste et marcha droit sur l'*orquesta*.

À la hauteur du chef Rossotti qui élaborait des *brossés* languides avec ses maracas, elle franchit les deux marches de scène pour lui chuchoter quelques consignes à l'oreille. S'il fut surpris, nul doute que ce fut agréablement, car sa moustache à la Cesar Romero s'incurva au-dessus d'un large sourire. Il désigna le micro. Hadley alla se planter devant, bien verticale.

Son cœur chuchotait *kss siss kss siss* avec les maracas, et aussi *bang bang bang* avec les vibratos sourds du bongo. Il lui devint soudain impossible de respirer. Alors, elle parla.

– *Ladies and gentlemen*, le Stork Club a l'honneur et la joie infinie d'accueillir ce soir un immense génie de la danse.

Elle adressa le signal convenu au chef, qui fit ronronner quelques mesures d'intro. La salle reconnut *I'll Be Hard to Handle*, pressentit ce qu'il allait advenir, et murmura un *Aaah !* de plaisir.

Une lune artificielle se promena sur Hadley avant de capturer son visage. Là-bas, vers la porte, elle vit un blazer de yachtman qui entrait en glissant. Plus près, le regard brillant, intense, que Jay Jay fixait sur elle. À côté, les scintillements d'un fume-cigarette.

Hadley éleva un bras gracieux en direction du public et susurra dans le micro :

– Cher Fred Astaire, voulez-vous danser avec moi ?

Il y eut un flottement. Puis, avec une lenteur résignée, il reposa sa serviette, se leva, rajusta sa lavallière et, de son inimitable déhanché, s'en vint rejoindre Hadley, un poing dans la poche.

– Phyllis, chuchota-t-il à sa femme dans le micro, une main en visière sous le rond de lune. Fais quelque chose pour empêcher ça, *darling*. S'il te plaît… N'importe quel objet contondant fera l'affaire !

Son sourire facétieux illumina soudain la salle entière. Pivotant sur un talon, il crocheta Hadley du bout des doigts, la fit tourbillonner trois fois.

– *Shim sham ?* lui murmura-t-il, front contre front.

Elle rit, comme avec du champagne dans la tête, prête à s'envoler.

— Je vais être dure à contenir!*

Il la prit par la taille, l'orchestre claqua comme un coup de feu, et... Hadley s'envola!

* *I'll Be Hard to Handle*, chanson du compositeur Jerome Kern, interprétée et dansée en duo par Fred Astaire et Ginger Rogers dans le film *Roberta*.

30

Isn't this a lovely day (to be caught in the rain)?

Au prétexte d'offrir à N° 5 une de ses balades d'hygiène quotidiennes, Jocelyn sortit sous la fine ondée printanière.

Il était tard. La pluie avait chassé tous les passants sur la 78ᵉ Rue Ouest.

Il vit de la lumière sur la façade d'à côté. Il ôta la laisse du chien, s'avança vers la grille. La chambre de Dido était éclairée.

Les doigts de Jocelyn se mirent à maltraiter la poignée de cailloux ramassée dans le jardin de Mrs Merle et mise dans sa poche avec un dessein mûrement élaboré.

Il se positionna en ligne de mire, visa, largua un premier caillou... qui se perdit dans la nuit.

Le deuxième frappa trop bas, et rebondit sur le trottoir, non loin de N° 5 qui flairait pacifiquement son réverbère. Le chien lança un regard de blâme à cet humain malhabile.

– Pardon, mille excuses, N° 5.

Le caillou suivant frôla sa cible. Le quatrième produisit enfin un *tac!* retentissant sur le carreau. Jocelyn retint son souffle.

Rien. Ne. Se. Passa.

S'ensuivit une demi-douzaine de jets. *Tac! Tac! Tac! Tac!* Deux seulement ratèrent leur but.

Aucune réaction.

– Dido! cria-t-il tout bas.

Tac! Tac! Tac…

N° 5 se mit à aboyer, à pourchasser les cailloux qui rebondissaient sur le bitume mouillé. Jocelyn repoussa les mèches qui ne tardèrent pas à lui dégouliner sur les tempes.

– On commence à puer le chien mouillé, toi et moi, observa-t-il au bout d'un moment de ce petit jeu. Sauf ton respect, N° 5.

Pour finir, ce fut le désastre, l'incompréhension, le désarroi, la confusion : l'obscurité se fit.

Dido venait d'éteindre!

Avait-elle entendu tambouriner les cailloux? Peut-être avait-elle cru à des gouttes de pluie?

Non, la méprise était impossible. Elle avait fait exprès. Rideau. Fin de non-recevoir et de non-voir.

La peste!

Il se résigna à réintégrer son sous-sol, accablé de tristesse et de hargne. Et puant le chien mouillé.

– Sauf ton respect, N° 5.

Chère petite sœur chérie,

J'ai aperçu ma première primevère américaine. Aujourd'hui, à Central Park. Tu te souviens quand on fauchait celles du jardin de

Mlle Lait pour les offrir à maman? On prétendait les avoir cueillies dans le bois. Je te l'affirme dans les yeux: les américaines sentent exactement comme les françaises.

J'espère que tu vas bien. Ici, ma foi, disons que c'est couci-couça. Oh, la musique, les études, la pension, rien à dire, tout cela va son accommodant petit train-train.

Je me demande si je peux te demander ce que je veux te demander...

D'un côté, tu es une fille. Tu devrais pouvoir m'éclairer sur ces charades de sphinx que sont tes semblables.

De l'autre, tu as décidé d'aimer un esprit, pardon, un Esprit, et donc, j'ignore si tu es encore au fait de ces affaires-là.

Je veux dire, te souviens-tu, par exemple, des motifs qui te poussaient à faire ta coquette, et tourner en bourrique ces malheureux Charles Duchemin, Victor Chanteloup, Antonio Pontecorvo, François-Olivier Schmidt... et tous les autres?

Te souviens-tu même si tu en avais, des motifs?

Bref. Mon problème, c'est Dido. On ne se voit plus. Le pénible est que j'ignore pourquoi.

Ça dure depuis le Vermont. Pendant tout le trajet en auto, avec Cosmo, elle n'a pas desserré les dents. Elle n'était pas fâchée (enfin, il ne me semble pas); plutôt perplexe et soucieuse. J'avais un mal fou à croiser son regard. D'ailleurs, je ne crois pas y avoir réussi.

Depuis, rien. Elle m'évite, ne répond à aucun de mes appels, à aucune de mes visites, ni aux cailloux que je lance sur ses vitres.

Je commence à envisager le pire: l'inviter à un match de base-ball. Tu me vois donc prêt à tout, sœurette. L'amour doit savoir se montrer grand. Y compris en contribuant à la revanche des Brooklyn Dodgers contre les New York Yankees en Ligue majeure.

Je devine ce que tu vas me rétorquer : «Cette fille en a marre de toi, tu la fatigues, elle veut simplement... te larguer. Range ton amour-propre dans ta poche, et admets. »

Je refuse catégoriquement cette hypothèse. Car je n'en vois pas les raisons. Tout allait à la perfection avant le Vermont.

Que s'est-il passé dans cette cervelle, là-bas ?

Elle avait bien sûr, comme toujours, ses lubies à propos du FBI. Et puis aussi cette aversion pour les étudiants qui fréquentaient l'hôtel, trop chics, trop prétentieux à son goût, mais... Oh, j'y pense... Seigneur ! J'espère qu'elle n'envisage pas d'embrasser Dieu, elle aussi !

Mais enfin, quoi ? EN QUOI CELA A-T-IL À VOIR AVEC... Oh, la punaise ! Elle est là, dehors ! Devant ma fenêtre ! J'aperçois ses socquettes !!!

Il lâcha son stylo, gravit les marches en trois sauts, ouvrit à la volée et jaillit dans la rue.

Dido était là, debout sous la pluie, la frimousse déjà ruisselante, accotée à la corbeille de rue.

– Tu fais quoi ? cria-t-il.

Il fut aussitôt consterné par cette question... consternante.

– Je te cherchais, crâna-t-elle d'une petite voix perchée.

– Tu me cherches dans une poubelle ? lança-t-il, de plus en plus atterré par ce qu'il s'entendait proférer.

Elle se crispa, tel un hérisson.

– Tu crois que je chercherais un idiot dans un endroit aussi raffiné ?

– Parfait. Tu racontes quoi pour ta défense ?

Elle haussa les épaules.

– Redemande-moi plus tard.

Il se sentit bête et misérable.

– Dido ! Tu n'imagines pas… Si tu savais… Je veux… Je donnerais mon bras pour savoir ce qui se passe dans ta tête !

Elle sourit, les yeux subitement redevenus miel de châtaignier.

– J'aime beaucoup ce bras. N'a-t-il pas envie de se mettre autour de moi ?

Il hésita, finit par obéir dans un immense soupir.

– Qu'est-ce qui est arrivé, Dido ? murmura-t-il, sa joue collée à la sienne.

Elle ferma les paupières. Il retrouva sa bouche avec ferveur, et gratitude, encore plus exquise sous les gouttes de la pluie.

– Pourquoi a-t-on gâché tout ce temps ?

N° 5 avait établi son arrière-train sur le seuil, à l'abri, en observateur des pauvres humains.

– Respire, chuchota-t-elle, sans répondre. Tu sens ce parfum ?

– C'est toi qui sens bon.

Elle se figea, aux aguets, s'écartant légèrement.

– Cette voiture… Elle était là, tout à l'heure ?

Il la ramena d'autorité à lui. Trempé, transi, il n'avait jamais autant adoré la pluie.

– Bien sûr que non. Quand il pleut sur des voitures, il en pousse de nouvelles. Le principe de l'humidité sur les champignons.

Elle pouffa, secoua la tête, revenue tout contre lui, puis elle se mit à fredonner.

– Tiens, ça revient. Cette senteur... Quelque chose, dans la rue.

Elle chanta un peu plus haut, la face renversée vers le ciel, dégoulinante.

I'm singin' in the rain, just singin' in the rain... What a glorious feeling, I'm happy again... Let the stormy clouds chase everyone from the place... There's the sun on my face... singin' and dancin' in the rain...

– Tu la chantes mieux que Judy Garland.

Ils avaient vu ensemble – une image, une caresse, une image, un baiser – *Little Nellie Kelly* au Music Box, en janvier. Un siècle.

– Hé, ça sent de plus en plus fort.

– Le printemps ! s'exclama-t-il, soudain ébloui et empli de bonheur. C'est cette giboulée. Sur les bourgeons. Le printemps a le même parfum partout. À New York. Paris. Saint-Illieux. Oui, voilà. Le printemps.

– Ça n'est pas une giboulée du tout, grogna-t-elle, toujours pelotonnée. C'est même un fichu déluge ! On va puer le chien mouillé.

Il n'osait plus remuer. Son cœur était plein. Il inclina un peu le cou, juste assez pour soupirer par-dessus son épaule :

– Sauf ton respect, N° 5.

Fin du tome 2
Paris, 6 août 2018 3 h 09 A. M.

Du même auteur à *l'école des loisirs*

Collection MÉDIUM +

Broadway Limited (tome 1) : *Un dîner avec Cary Grant*

Fais-moi peur
Sombres citrouilles
Boum
Taille 42

Collection MÉDIUM

Rome l'enfer
Faux numéro
Quatre sœurs (tome 1) : *Enid*
Quatre sœurs (tome 2) : *Hortense*
Quatre sœurs (tome 3) : *Bettina*
Quatre sœurs (tome 4) : *Geneviève*
Quatre sœurs (l'intégrale en grand format)
La bobine d'Alfred

Cet ouvrage a été achevé d'imprimer
sur Roto-Page
par l'Imprimerie Floch à Mayenne
en novembre 2018

N° d'impression : 93457
Imprimé en France